Marginalidades femininas no mundo lusófono

Marginalidades femininas no mundo lusófono

Vanda Anastácio
(Direção)

Andreia Castro
Ana Cristina Comandulli
(Organizadoras)

CAPES
Programa de Pós-Graduação em Letras · UERJ
CEC Centro de Estudos Clássicos
Cátedra Garrett
Alameda
FLUL Faculdade de Letras Universidade de Lisboa

Grafia atualizada segundo o Acordo Ortográfico da Língua Portuguesa de 1990, que entrou em vigor no Brasil em 2009.

Edição: Haroldo Ceravolo Sereza e Joana Monteleone

Projeto gráfico, diagramação e capa: Ana Júlia Ribeiro

Assistente acadêmica: Tamara Santos

Revisão: Alexandra Colontini

Imagem da capa: *The Laundress* (*La Blanchisseuse*), 1761. Jean-Baptiste Greuze. Domínio Público.

CIP-BRASIL. CATALOGAÇÃO NA PUBLICAÇÃO
SINDICATO NACIONAL DOS EDITORES DE LIVROS, RJ

M282

Marginalidades femininas no mundo lusófono / organização Andreia Castro, Ana Comandulli. - 1. ed. - São Paulo : Alameda, 2023.
358 p. ; 21 cm.

Inclui bibliografia
ISBN 978-65-5966-193-0

1. Mulheres e literatura. 2. Mulheres na literatura. 3. Feminismo. 4. Literatura de língua portuguesa - História e crítica. 5. Mulheres - Condições sociais. 6. Exclusão social na literatura. 7. Literatura comparada - Brasileira e portuguesa. I. Castro, Andreia. II. Comandulli, Ana.

23-85027 CDD: 809.89287
CDU: 821.134.3.09-055.2

Meri Gleice Rodrigues de Souza - Bibliotecária - CRB-7/6439

Este livro contou com apoio do Centro de Estudos Clássicos da Faculdade de Letras da Universidade de Lisboa, da Cátedra Garrett (UERJ) e com recursos do PROAP/ 0907/2022 /88881.719943/2022-01 / PPG Letras UERJ.

ALAMEDA CASA EDITORIAL
Rua 13 de Maio, 353 – Bela Vista
CEP 01327-000 – São Paulo, SP
Tel. (11) 3012-2403
www.alamedaeditorial.com.br

SUMÁRIO

Apresentação

Ainda que a questão feminina e a marginalidade constituam áreas de investigação frequentemente tratadas pela Literatura, pelas Artes e, naturalmente, pelas Ciências Sociais, não são frequentes as abordagens destas questões centradas no âmbito dos países de língua oficial portuguesa.

Em 2014, um grupo de lusitanistas lançou o desafio de abordar a questão feminina no espaço lusófono de maneira pluridisciplinar, cruzando-a com a problemática da marginalidade, e criando uma dinâmica de reflexão em torno do tema. O resultado foi um projeto interuniversitário, vinculado à realização de encontros regulares de investigadores dedicados ao aprofundamento do tema. A um primeiro encontro que teve lugar em França, na Université Sorbonne Nouvelle-Paris 3 em novembro de 2014, seguiu-se um segundo, que decorreu na Universidade de São Paulo, no Brasil, em setembro de 2015, e um terceiro, realizado na Faculdade de Letras da Universidade de Lisboa, em junho de 2016. O quarto encontro da série, teve lugar em outubro de 2017, em Ohio State University, nos Estados Unidos.

O presente e-book reúne uma seleção do vasto material apresentado por um número substantivo de investigadores que participaram no Encontro de Lisboa.

No texto de enquadramento inicialmente proposto pelo grupo de pesquisa que esteve na base do projeto, sublinhava-se que o termo marginalidade "remete desde logo para um avesso, uma transgressão, para a recusa e/ou exclusão do sistema social, para um conflito entre valores" e afirmava-se:

> É marginal, todo(a) aquele(a) que se situa na periferia de um centro que pode ser de natureza política, económica, social, psicológica, cultural, religiosa... Marginal é, por conseguinte, aquele(a) que exibe, declaradamente ou não, uma diferença, um desvio considerado perigoso pelas estruturas vigentes e, a um nível mais radical, alguém que rompeu com os laços simbólicos e morais que garantiam a ordem considerada legítima. A margem, contudo, mantém com o centro uma relação dialéctica, pelo que não é possível abordar a marginalidade sem ter em conta a norma. Por outro lado, a margem é sempre o possível ponto de partida da emergência e da evolução, além de ser também o espelho de distorção que permite um distanciamento salutar.[1]

As questões evocadas nos trabalhos aqui reunidos cobrem um largo espectro de análise, no âmbito do qual cada autor desenvolveu os seus trabalhos segundo os interesses e as lógicas das suas próprias investigações. Os vários capítulos surgem aqui agrupados de forma a dar a ver, quer linhas de sentido comuns, quer diferentes ângulos de tratamento da temática proposta: marginalidade, marginalização

---

1 Projeto Marginalidades femininas no mundo lusófono.

e resistência no feminino; marginalidade(s) sociais e marginalidades culturais; representações da mulher como ser "à margem"; corpo, sexualidade e marginalidade feminina; religião, dominação e marginalidade feminina; trajectórias femininas "à margem".

Pretende-se assim que este e-book cumpra esse desiderato fundamental, que consiste em partilhar o trabalho desenvolvido com a comunidade científica e demais interessados, e contribuir para a consciencialização da importância das questões de gênero e do redimensionamento do lugar social da mulher em diferentes momentos da história das comunidades que se exprimem em português.

Vanda Anastácio

MARGINALIDADE, MARGINALIZAÇÃO E RESISTÊNCIA NO FEMININO

A BATALHA ANTOLÓGICA: RESGATE, INCLUSÃO E (RE)FUNDAÇÃO DA TRADIÇÃO LITERÁRIA NAS CONTRA-ANTOLOGIAS FEMININAS DE FINS DO SÉCULO XX

Paula Candido Zambelli

Introdução

A partir do século XIX, no Brasil, a evolução do gênero antológico parece indissociável dos processos que visavam à criação e à transmissão de uma tradição literária genuinamente brasileira: os primeiros cânones românticos pós-independência materializaram-se nos parnasos e florilégios oitocentistas. No século XX, a forma antológica influenciou o conjunto das práticas letradas, definindo reputações literárias, princípios estéticos e ajudando a erguer os estreitos contornos da história cultural brasileira responsáveis pela marginalização, entre outros grupos, das mulheres de letras, artes e ciência.

Nas últimas décadas do século XX, as antologias tornaram-se o objeto editorial de predileção da Crítica Feminista para a publicação dos textos de autoria feminina ausentes do cânone literário. O primeiro volume da antologia *Escritoras Brasileiras do Século XIX*, organizado por Zahidé Muzart, publicado pela Editora Mulheres, em 1999, é uma obra emblemática desse fenômeno (MUZART, 1999).

Cânone, tradição, memória, identidade, herança, são alguns dos conceitos que emergem do estudo do gênero antológico em geral e, em particular, desse momento que pode ser descrito como o surgimento das chamadas contra-antologias (PALENQUE, 2007, 3). Nesse contexto, pode-se indagar quais foram os elementos que fizeram da forma antológica campo de batalha privilegiado para a revisão da história cultural brasileira e quais foram, em decorrência dessa escolha, os impactos tanto para a historiografia literária quanto para o próprio gênero antológico.

Haja vista o protagonismo da obra *Escritoras Brasileiras do século XIX*, acredita-se que a análise aprofundada de seu projeto antológico, devidamente contextualizado na evolução do gênero antológico no Brasil e nas suas relações com a Desconstrução e a com Crítica Feminista é capaz de colaborar para uma compreensão mais ampla da problemática proposta.

A evolução do gênero antológico no Brasil

No Ocidente, a forma antológica é praticada desde a Antiguidade. Contudo, as antologias modernas, como se as concebe atualmente, são produto do século XIX (FRAISSE, 1997, p. 3) e estão ligadas à formação dos Estados nacionais, sobretudo na América latina: as antologias brasileiras oitocentistas foram poderosos vetores dos valores identitários nacionais – como a língua, a literatura e a cultura.[1] Elas estabeleceram os fragmentos textuais de uma literatura brasileira e as bases para o seu estudo sistematizado. Como destacou Regina Zilberman,

> [...] os românticos passaram pela etapa dos parnasos, com suas variantes (modulações, mosaico, meandro, harmonias, florilégios e grinaldas), e seus estudos tomaram os nomes de bosquejo, cursos e resumos.

1 Tríade que Anne-Marie Thiesse (ver Bibliografia) situa na origem dos processos de criação das identidades nacionais europeias e que parece poder-se aplicar com justeza ao caso brasileiro.

> Mas, quando faziam isso, a história da literatura na Europa consolidava-se e fornecia a eles ideias e inspirações. Se não se atreveram a escrever a « história da literatura brasileira », deram as coordenadas básicas para que seus sucessores, ainda que adversários do Romantismo, tivessem condições de adotar a denominação própria que o gênero tinha desde o início do século (ZILBERMAN, 1997, p. 20).

O longo processo de especialização que separaria os manuais de História literária das antologias tem como marcos as publicações da *História da literatura Brasileira* de Silvio Romero, de 1888 (ROMERO, 1888), e da *Antologia Nacional,* de *1895*, primeira a utilizar a palavra antologia, em cujo prefácio lê-se :

> O título de Antologia, muito de indústria o adotamos. [...] Em seus dois elementos efetivamente reúne a ideia da flor e a da palavra, que é a flor do entendimento [...] Ele também prevenirá o leitor benigno de que se não escandalize de quaisquer lacunas. Um ramilhete não é um horto botânico. Basta que formosas e aromáticas sejam as flores aqui reunidas, e que oferecemos à mocidade de ambos os países onde se fala português (BARRETO, 1895, p. 9).

Além da explicação etimológica, a passagem ilustra o problema fulcral do gênero, o da seleção. O ar despretensioso parece em desacordo com a observação de Marta Palenque de que nada pode haver de inocente em uma antologia uma vez que cada presença implica uma ausência (PALENQUE, 2007, p. 3) – e, porque não dizer, uma marginalização, uma vez que não há escritoras nessa antologia, por exemplo. A *Antologia Nacional* foi reeditada durante 74 anos e esteve presente nas salas de aula de todo o país, desempenhando um papel fundamental na formação da *intelligentsia* brasileira, incluindo um número expressivo de escritores canônicos que a citam em suas memórias como o primeiro contato, formador, com a literatura de língua portuguesa (RAZZINI, 2000).

Na Era Vargas, a partir de 1930, as antologias consolidaram-se na educação nacional como um dos instrumentos de difusão e pedagogia empregados no projeto varguista de reformulação da identidade nacional, pilotado pelo Ministério da Educação. O Ministério foi diretamente responsável, entre outras publicações, por uma série de antologias poéticas. As duas primeiras antologias publicadas pela Imprensa Nacional, organizadas pelo poeta Manuel Bandeira[2], foram cruciais para que as antologias extrapolassem o ambiente escolar e atingissem o grande público, estendendo o alcance da pedagogia do nacional colocada em prática no período – vale sinalizar que, somando os dois períodos representados por Bandeira, os fragmentos de autoria feminino representam cerca de 2% da seleção e limitam-se à 7 poemas de Francisca Júlia (1871-1920) entre os parnasianos. (ZAMBELLI, 2015)

Tal cenário, assim como a afinidade entre gênero antológico e discurso dominante, persistiram por décadas, mesmo com o advento da crítica universitária ou, ainda, com a tendência regionalista de meados do século XX. Na segunda metade do século, gradualmente, a antologia perde espaço nas escolas, como livro didático, mas se vulgariza e encontra amplo espaço no mercado editorial, reapresentando seguidas vezes, apenas com arranjos diferentes, os mesmos cânones para públicos cada vez mais diversificados.

A frequente instrumentalização das antologias pelo discurso dominante explica-se, em parte, pelo fato desses objetos constituí-

2 Trata-se de *Antologia dos Poetas Brasileiros da Fase Romântica* (1937) e *Antologia dos Poetas Brasileiros da Fase Parnasiana* (1938).

rem um espaço de coabitação e imbricamento dos discursos histórico, literário, estético e ideológico. Para Emmanuel Fraisse, apesar da aparente simplicidade, antologias constituem um verdadeiro "observatório do fato literário" (FRAISSE, 1997, p. 3). Veiculam, às vezes muito discretamente, uma certa ideia de literatura que se reflete tanto na seleção dos fragmentos literários quanto no aparato crítico que os acompanha. Cada antologia, cada novo conjunto, poderia ser descrita como espécie de mosaico textual cujo cimento é o discurso dominante do seu tempo presente.

É esse discurso compósito das antologias que determina "o ser ou não ser" (PALENQUE, 2007, p. 3) dos escritores, ou seja, alcançar leitores, ter um lugar na história literária, ou tornar-se um desconhecido, um marginal. Ainda segundo a autora, a percepção desse sistema pelos grupos marginalizados está na origem do surgimento do que ela denomina *contra-antologias*. Um dos exemplos mais evidentes desse processo é, justamente, o da reação ao apagamento das vozes femininas do cânone nacional, tão conhecido e explicado hoje em dia.

Desconstrução, Crítica Feminista e gênero antológico

O surgimento das contra-antologias femininas, nas últimas décadas do século XX, e sua adoção como instrumento de denúncia dos mecanismos excludentes da crítica tradicional, evidenciam as relações entre Crítica feminista e Desconstrução, já esmiuçada na importante obra coletiva *Da tessitura ao texto* (ZINANI/SANTOS, 2012). Desenvolvida por Jacques Derrida a partir de 1967, a Desconstrução

> consiste em desfazer, sem nunca destruir, um sistema de pensamento hegemônico e dominante. Desconstruir é de certo modo resistir à tirania do Um, do logos, da metafísica (ocidental) na própria língua

> em que é enunciada, com a ajuda do próprio material deslocado, movido com fins de reconstruções cambiantes (DERRIDA, 2004, p. 9).

Os estudos de arqueologia literária, ou seja, a recuperação de autoras silenciadas e de textos de autoria feminina apagados, fração importante do conjunto de práticas e paradigmas próprios à Crítica feminista, é uma desconstrução da primazia da história tradicional da literatura, por meio da apresentação de novas formas de ver o literário – ou novas ideias de literatura. Por se tratar de Desconstrução, faz-se, precisamente, "na própria língua" e "com ajuda do próprio material" de origem, ou seja, através, entre outros suportes e discursos, das antologias, objeto fundamental para a construção do cânone tradicional, de vocação excludente.

As premissas de Derrida e a Crítica Feminista convergem, ainda, no combate a outros conceitos contidos no substrato das antologias tradicionais, como: ao mito de que a literatura ocidental foi criada por escritores homens; a imagem do autor genial, superior ao seu tempo e ao conceito de uma literatura única.

Escritoras Brasileiras do século XIX, integra um movimento mundial iniciado pela *The Norton anthology of literature by women* (GILBERT/GUBAR, 1984), uma antologia transnacional que inclui excertos de obras de 219 escritoras, num período de seis séculos (do XIV ao XX). A obra pode ser contextualidada num ambiente intelectual fervilhante, de grande reinvindicação, nos Estados Unidos, poucos anos após a publicação do importante artigo de Elaine Showalter, *Feminist Criticism in the Wilderness* (SHOWALTER, 1981, p. 179-205). Ela responde com diversidade a uma tradição baseada na exclusividade, conforme destacam suas organizadoras:

> As diversity itself has shaped the evolution of feminist criticism, from its early preoccupation with women's shared experiences to its more recent absorption in the complex issues and assumptions informing English-language texts by women writers of diverse geographical, cultural, racial, sexual, religious, and class origins and influences, so diversity has shaped the revisions of this anthology (GILBERT/ GUBER, 1984).

Nos anos que seguem sua publicação, antologias similares à *Norton* foram publicadas em diversos países, atestando a intensa circulação das propostas da Crítica Feminista no mundo ocidental: *Las voces olvidadas: antología crítica de narradoras mexicanas nascidas en el siglo XIX*, (DOMENELLA/PASTERNAC, 1991) no México; *Le scrittrici dell'Ottocento: da Eleonora de Fonseca Pimentel a Matilde Sera* (SANVITALE, 1995), na Itália; ou ainda, *Ellas cuentan: una antologia de relatos de escritoras colombianas, de la Colonia a nuestros dias,*[3] na Colômbia.

Seus projetos antológicos contam uma série de características comuns. São publicadas por editoras relativamente marginais. Seu principal problema de pesquisa – a grande dificuldade de localização dos textos – é tratado ostensivamente nas instâncias prefaciais e relacionado à vontade de inclusão desses trabalhos que, não raramente, flexibilizam seus critérios para abranger um máximo de escritoras do passado. Não é raro, ainda, que seus prefácios apresentem a mesma estratégia discursiva, como segue: após a apresentação dos projetos de pesquisa dos quais são resultados, tratam dos problemas metodológicos enfrentados, abordam o lugar de esquecimento das mulheres

3 *Ellas cuentan: una antología de relatos de escritoras colombianas, de la Colonia a nuestros días*, ed. Luz Mery Giraldo B., 1. ed, Santafé de Bogotá, Seix Barral, 1998, 309 p.

e a questão do cânone utilizando metáforas recorrentes como vozes, silêncios, vazios, penumbras, traçam o panorama da situação feminina no século XIX e insistem na necessidade de que se leia os textos resgatados nos seus devidos contextos. Por fim, anunciam o claro objetivo de revisão das histórias culturais locais.

Projeto antológico de *Escritoras Brasileiras do século XIX*

Um projeto antológico é o resultado uma ação antológica – isto é, dos gestos combinados de seleção, organização e contextualização do fragmento literário, com toda sua intencionalidade. O projeto antológico de *Escritoras Brasileiras do século XIX* foi amadurecido desde os anos 1980, no âmbito do grupo de trabalho "Mulher e literatura", da Associação Nacional de Pós-graduação e Pesquisa em Letras e Linguística (ANPOLL). Trata-se de uma obra de dimensões impressionantes: são 52 escritoras selecionadas por 16 pesquisadoras e mais de 900 páginas destinadas aos textos oitocentistas recuperados e ao aparato crítico que os contextualiza. Apenas no primeiro dos três volumes.

A primeira desconstrução operada por esse projeto é a da figura do antologista. Homem, geralmente só ou em duplas, com sua autoridade de leitor biônico, conhecedor e filtro da tradição. A organizadora Zahidé Muzart divide a cena com outras 15 pesquisadoras, com suas representações, ideologias, tendências críticas e metodológicas, que dão a configuração plural sem precedentes dessa antologia.

Os critérios de seleção também subvertem a postura depuradora das antologias tradicionais, mostrando-se extremamente abrangentes para desmentir a ideia de que mulheres começaram a publicar de forma considerável apenas no decorrer do século XX: todos os estados brasileiros nos quais foram encontrados textos femininos estão representados; assim como escritoras do século XVIII e estrangeiras que publicaram majoritariamente no Brasil. Ademais, incluiu-se grande variedade de gêneros literários: poemas, excertos de romances, contos, crônicas, atos de peças teatrais, ensaios, opúsculos, cartas e paratextos diversos. Nos textos introdutórios da antologia, não há considerações acerca de critérios estéticos, tampouco se faz referência a conceitos tão caros às antologias tradicionais quanto representatividade ou gênio.

Sabe-se que a organização do conteúdo selecionado, longe de ser trivial, é muito significativa para análise de uma antologia. Pode evidenciar, por exemplo, como o projeto apreende a história e sua relação com o literário, sua concepção do binômio texto/autoria, ou ainda posturas críticas, estabelecimento de hierarquias de gênero ou de outros valores estéticos. Nesse aspecto, as posturas das antologias tradicionais variam muito e o que se pode dizer do projeto de *Escritoras Brasileiras* é que apresenta uma tendência à valorização da autoria, apresentando as autoras por ordem cronológica de nascimento, com ausência de índices dos títulos antologizados. Os textos de época são acompanhados de um aparato crítico que muitas vezes os supera em número de páginas. Distantes da notícia bio-bibliográfica padrão ou dos estudos introdutórios gerais, assumem muitas vezes a forma de artigos científicos sobre as escritoras, seu tempo, sua luta e obra.

O que leva à questão da contextualização do fragmento textual – que é aquilo que cria nexos entre as facetas da ação antológica. Na apresentação do volume, a professora cubana Nara Araújo, destaca o que é a seu ver, a grande qualidade de *Escritoras Brasileiras*. Para ela, a antologia "não se limita à acumulação cronológica e numérica dos textos de 52 autoras, olvidados ou mal lidos, mas chega à etapa superior, a da multiplicação e frutificação, na qual o documento perde a pátina, se livra da poeira e se vivifica ao ser situado e contextualizado" (MUZART, 1999, p. 14).

Na relação entre texto e paratexto, manifesta-se a riqueza das antologias, o cimento que confere unidade ao mosaico e inculca valores. Comumente, o aparato crítico de uma antologia não excede nem em volume nem em importância o fragmento literário selecionado. Entretanto, em *Escritoras Brasileiras*, a contextualização é parte essencial da experiência de leitura. Paratexto e texto confundem-se, não podendo ser apreendidos separadamente. Eis outra desconstrução do modelo antológico tradicional, com objetivo de versar sobre "o mundo feminino da época" (MUZART, 1999, p. 30) e de guiar a leitura, garantindo que o estilo datado muitas vezes empregado no texto oitocentista, que caiu em desuso ao longo do século XX, não seja prematuramente julgado como pouca qualidade literária, como gostariam os críticos da proposta de revisão da História Cultural.

Essa sucessão de desconstruções tem como finalidade a desconstrução última da tradição excludente. Para tanto, na introdução da obra, Zahidé Muzart, expõe sua filiação e a herança com a qual dialogará. Repertoria obras anteriores de duas ordens: primeiro, as que trataram de figuras femininas sem, contudo, antologizarem seus textos, como *Mulheres ilustres do Brasil* (1899), de Inês Sabino; *A mulher rio-grandense* (1907), de Andradina de Oliveira; e *Mulheres do Brasil* (em 4 volumes, de 1971 a 1993), de Henriqueta Galeno; e, segundo, as antologias *stricto sensu* como *Antologia Feminina* (1928), de Cândida de Brito; *Perfis de musas, poetas e prosadoras brasileiras* (1956), de Alzira Freitas Tacques; *Vozes femininas da poesia brasileira* (1959), de Domingos Carvalho da Silva; *Em busca da Thargélia: poesia escrita por mulheres em Pernambuco no segundo oitocentismo* (em 2 volumes, 1991 e 1996), de Luzilá Golçalves Ferreira.

Esse panorama não serve apenas para mostrar a evolução de uma tradição, ainda que curta e tímida, na qual a antologia vem-se inserir, mas, principalmente, para mostrar o conhecimento dos limites desses trabalhos e a vontade de superá-los. Eis uma passagem fundamental da introdução do trabalho de Inês Sabino, *Mulheres Ilustres*, de 1899, antologizada em Escritoras Brasileiras:

> O presente livro não é um trabalho de floricultura. [...] Não é que a autora não goste de cultivar as belas filhas da primavera; mas nas Mulheres Ilustres o cultivo das flores visa um outro fim que a emoção estética. [...] Eu quero ressuscitar, no presente, as mulheres do passado que jazem obscuras, devendo elas encher-nos de desvanecimento [...]. A mulher não deve viver somente pelas virtudes, nem pelas graças: ela deve, necessita, agir pela inteligência, de acordo com os seus deveres morais e cívicos... (SABINO, 1899, p. 599)

Nela, há uma dupla associação das flores: com os poemas e com as mulheres. Ao recusar a etiqueta de floricultura – para não dizer antologia – a autora está se posicionando ideologicamente contra um lugar autorizado às mulheres, visto em conformidade com sua natureza, que é o da leitura e da escrita da poesia amena. É uma postura de afrontamento interessante por utilizar uma das metáforas mais difundidas empregadas às antologias no centro de uma discussão sobre discurso e poder.

Escritoras brasileiras insere-se nessa tradição literária, herda essa retórica combativa da Inês Sabino, tão diferente da retórica do prefácio da *Antologia Nacional*, lida na primeira parte deste trabalho, que justifica vagamente suas lacunas e abusa da tópica dos exercícios de modéstia, ou *captatio benevolentiæ*, assim como as muitas antologias que a seguiram. Ela confirma as palavras de Nara Araújo de que a antologia

> pertence igualmente à tendência de uma crítica feminista interessada no estabelecimento de uma tradição

> literária escrita por mulheres: uma literatura própria. Porém vai mais além desse propósito, pois, ao mesmo tempo em que contribui para a história da escritura feminina no Brasil, participa da (re)escritura da sua história cultural (ARAÚJO, p. 14).

Conclusão

As contra-antologias femininas tencionavam denunciar a exclusão sistemática das mulheres, os limites do cânone literário, fundar uma tradição própria e, ao mesmo tempo, expandir os limites da história cultural vigente. Partiram da constatação da confluência histórica entre o gênero antológico e os discursos dominantes, compreenderam seus mecanismos mais profundos – sobretudo a tensão constante entre as funções de museu e de manifesto que portam as antologias. Assim, puderam desconstruí-los e reformulá-los em conjuntos mais abrangentes.

Para a Crítica Feminista, o resultado dessa escolha e desse processo foi a fundação, de fato, de um patrimônio literário da autoria feminina, textual e crítico. *Escritoras Brasileiras do século XIX* é uma obra de referência desde sua publicação, tanto para os estudos sobre autoria feminina, quanto para o conjunto da historiografia literária atual.

Para o gênero antológico, o surgimento das contra-antologias, não apenas as femininas, mas de outros grupos igualmente marginalizados, é um marco. Seu advento impôs uma reflexão ampla sobre as práticas antológicas no Brasil que, apesar da onipresença das antologias na vida cultural brasileira desde a Independência, ainda não ocorrera, colaborando para a emergência do próprio campo de estudo, ainda tímido e lacunar, mas em pleno desenvolvimento, sobre o gênero antológico no Brasil.

Referências Bibliográficas

BARRETO Fausto / LAET Carlos de. (1895) *Antologia Nacional*, Rio de Janeiro: Francisco Alves.

BANDEIRA, Manuel. (1937) *Antologia dos Poetas Brasileiros da Fase Romântica*, Rio de Janeiro: Imprensa Nacional.

_________________. (1938) *Antologia dos Poetas Brasileiros da Fase Parnasiana*, Rio de Janeiro: Imprensa Nacional.

DERRIDA Jaques / ROUDINESCO Elizabeth. (2004) *De que amanhã... diálogo*, Trad. de André Telles, Rio de Janeiro: J. Zahar.

DOMENELLA, Ana Rosa / PASTERNAC, Nora. (1991) *Las voces olvidadas: antología crítica de narradoras mexicanas nacidas en el siglo XIX*, México: El Colegio de México, 451 p.

FRAISSE, Emmanuel. (1997) *Les anthologies en France* Paris: PUF, 1997.

GILBERT Sandra / GUBAR Susan. (orgs.) (1984) *The Norton anthology of literature by women: the traditions in English*, New York: W.W. Norton & Co.

GIRALDO, Luz Mery. (1998) *Ellas cuentan: una antología de relatos de escritoras colombianas, de la Colonia a nuestros días*, Santafé de Bogotá: Seix Barral.

MUZART, Zahidé Lupinacci. (1999) *Escritoras brasileiras do século XIX: antologia*, Florianópolis; Santa Cruz do Sul: Editora Mulheres; EDUNISC.

PALENQUE, Marta. (2007) "Cumbres y abismos: las antologías y el canon", *Ínsula*, v. 721-722, p. 3.

RAZZINI Márcia. (2000) *O espelho da nação: a Antologia Nacional e o ensino de português e de literatura (1838-1971)*, Tese de Doutorado, Campinas: UNICAMP.

ROMERO, Sílvio. (1888) *História da Literatura Brasileira*, Rio de Janeiro: Garnier.

SANVITALE, Francesca. (1995) *Le scrittrici dell'Ottocento: da Eleonora de Fonseca Pimentel a Matilde Serao*, Roma: Istituto poligrafico e Zecca dello Stato.

SHOWALTER Elaine. (1981) "Feminist Criticism in the Wilderness", *Critical Inquiry*, V. 8, No. 2, Writing and Sexual Difference (Winter), p. 179-205.

THIESSE, Anne-Marie. (2001) *La création des identités nationales : Europe, XVIIIe-XXe siècle*, Paris : Éditions du Seuil, 2001.

ZAMBELLI, Paula Candido. (2015) *Anthologies littéraires brésiliennes et identité nationale sous l'*Estado Novo *(1937-1945)*, Dissertação de Mestrado, Paris: Université Sorbonne Nouvelle –Paris 3.

ZILBERMAN, Regina. (2012) "Uma teoria para a História da Literatura no Brasil", in MOREIRA, Maria Eunice (org.), *Anais do I Seminário Internacional de História da Literatura, Cadernos do Centro de Pesquisas Literárias da PUC-RS*, v. III, n° 1, 1997.

ZINANI Cecil e SANTOS Salete dos, *Da tessitura ao texto: percursos de crítica feminista*, Caxias do Sul: EDUCS.

VOZES DO FEMININO EM *SURDINA*, DE LÚCIA MIGUEL PEREIRA[1]

Osmar Pereira Oliva

José Hildebrando Dacanal, em seu livro *O romance de 30* (1982), aponta algumas características da produção literária dessa década. Segundo ele, o narrado não permite quebrar leis físicas e biológicas; não há intervenção de forças divinas ou diabólicas. Sua estrutura é fundamentalmente linear, com a presença constante do narrador em terceira pessoa. A linguagem do narrador se manifesta em um padrão culto. O enredo e as personagens sofrem influência inevitável das forças das estruturas econômicas e sociais; predomina nessas narrativas o universo agrário. Os escritores possuem uma visão panfletária e um otimismo quanto à reforma do mundo.

Ao tecer essas generalizações sobre o romance de 30, Dacanal pontua determinados aspectos que são recorrentes e comuns na literatura regionalista, mas que não se aplicam a uma significativa parte de escritores e de seus romances produzidos nesse período, como os

1 Agradecimentos à Fundação de Apoio à Pesquisa de Minas Gerais – FAPEMIG, pelo apoio financeiro para a apresentação deste trabalho no evento Colóquio Internacional Marginalidades Femininas, em Lisboa, de 15 a 17 de junho de 2016.

de Rachel de Queiroz e de Lúcia Miguel Pereira, os quais apresentam transição do foco narrativo de terceira para a primeira pessoa, em forma de discurso indireto livre, com fluxos de consciência pelos quais conhecemos o que pensam e o que sentem suas personagens. Essas narrativas teriam muito mais características dos romances psicológicos do que daqueles chamados "romance de 30".

João Luiz Lafetá, em seu livro *1930: a crítica e o Modernismo* (2000), ainda que centre suas análises na crítica literária, também discute a produção literária de 1930 para salientar a importância dos romances sociais, de cunho político, incorporando falares regionais e a linguagem coloquial – mas pouco inventiva, se comparada a narrativas como *Serafim Ponte Grande* (1933) e *Macunaíma* (1969). Para o crítico montesclarense, as conquistas estéticas dos escritores modernistas, até 1930 (poética da radicalidade) foram diluídas no romance neo-naturalista, em função do seu caráter mais social. E pondera: "O estudo da literatura na década de 30 (e até o fim da guerra), vista do ângulo dessa tensão entre o projeto estético da vanguarda e as modificações introduzidas pelo novo projeto ideológico, ainda está por ser feita" (LAFETÁ, 2000, p. 36).

Esse breve percurso é apenas para demonstrar como os autores que se dedicaram a escrever sobre o chamado romance de 30 chamam a atenção essencialmente para a escrita de homens, e priorizando as narrativas de denúncia social, que representam o sertão e suas mazelas, os retirantes e outras tendências mais regionalistas, mas deixando de lado uma significativa produção literária que emergia paralela a essas, mas de conteúdo íntimo, psicológico, expondo as crises existenciais, problematizando as identidades ditas "minoritárias" até então, como a mulher, o pobre, o negro, o homossexual, dentre outros, em uma perspectiva mais subjetiva.

É Luís Bueno, em seu livro *Uma história do romance de 30* quem percebe melhor essas vozes dissonantes dessa época. Já na introdução, o autor explica-nos que realizara uma leitura extensiva de qualquer romance publicado entre 1930 e 1939, mesmo que nem todos tenham sido analisados, ou sequer mencionados em seus estudos: "Esse procedimento pouco seletivo permitiu uma visão muito menos rígida do que a que prevalece em nome da História literária, em que normalmente se apresenta o período como o do romance social regionalista (BUENO, 2006, p. 15)".

Embora esse tipo de romance tenha dominado quantitativamente, o romance psicológico, seu antagonista, foi se consolidando com o correr dos anos. A crítica historicista muito contribuiu para o aclaramento do romance de denúncia social e o "apagamento" dos autores de ficção intimista na década de 30. Bueno, realizando uma leitura do conceito de literatura como sistema, a partir de Antonio Candido, aponta a possibilidade coerente de o romance intimista se constituir um sistema naquela década, e não apenas um caso isolado, como foi considerado o surgimento desse tipo de escrita em Clarice Lispector e em Lúcio Cardoso. Em suas palavras, o romance de 30 promoveu uma abertura para a incorporação do outro: o proletário, a criança, o homossexual, o louco, a mulher (BUENO, 2006, p. 23).

E foi exatamente a figuração do outro que lhe serviu de ponto básico para análise de autores-síntese, como Cornélio Penna, Cyro dos Anjos, Dyonélio Machado e Graciliano Ramos, os quais são estudados em capítulos separados do mesmo livro de Luís Bueno. Mesmo que não tenha dedicado um capítulo especial a Lúcia Miguel Pereira, é nesse estudo amplo que o autor discute a produção ficcional da biógrafa de Machado de Assis, ainda tão pouco conhecida. *Em surdina*, por exemplo, analisado na perspectiva da dúvida e da indecisão que rondam a protagonista Cecília. Segundo o autor, trata-se de um romance sobre a "transição difícil e imprevisível nos papéis femininos que ainda em 1934 – e mesmo até hoje – estava muito longe de se definir" (BUENO, 2006, p. 326).

Junto com Luís Bueno, reconhecemos, nesse segundo livro de ficção de Lúcia Miguel Pereira, uma narrativa que pode ser lida como sendo de cunho social, por nos remeter à luta de classes no período pós-guerra (1917), e também pela figuração dos papéis sociais destinados à mulher, mas que, nem por isso, se encaixaria na categoria "romance de 30" pelas características definidoras elencadas por José Hildebrando Dacanal ou por João Luiz Lafetá. Antes, e melhor opção faremos, se o analisarmos quanto aos aspectos estéticos modernizadores da nova narrativa e quanto aos seus movimentos do fluxo de consciência e pelo viés intimista, que muito contribuíriam para ler e discutir outros romances da mesma época, reforçando a constituição de um sistema literário psicológico paralelo ao romance regionalista.

De fato, a independência feminina ainda era hesitante e indecisa, considerando o nosso histórico de dominação masculina e patriarcal. Até início do século XX, a mulher não possuía formação escolar e quase não trabalhava fora de casa. Conforme Constância Lima Duarte, em seu texto "Apontamentos para uma história da educação feminina no Brasil – século XIX" (2002):

> As primeiras escolas normais [...] atendiam apenas aos homens e somente a partir da década de 70 passam a aceitar moças. No caso da Escola Normal da Corte (leia-se Colégio Pedro II), apenas em 1880 vai abrir as portas dos cursos profissionalizantes aos dois sexos, com a ressalva de que, no caso delas, o currículo fosse alterado e incluísse 'bordado branco em filó, de matizes, flores e cortes de roupas brancas' (DUARTE, 2002, p. 277).

Como se nota, abre-se espaço para a educação feminina, mas não se perde de vista seu direcionamento para os cuidados com a vida familiar e o espaço doméstico. Ainda assim, com essa iniciativa, a mulher buscava instrução e trabalho como professora, para dar continuidade à sua missão social (imposta a ela), a fim de ensinar virtudes, moralizar os filhos e a família, e fazer da escola uma extensão do lar.

Não houve, portanto, muitos avanços na condição feminina quando a mulher teve acesso à educação formal. Algumas escritoras (Júlia Lopes de Almeida, Nísia Floresta e Amália Vaz de Carvalho) citadas por Duarte reforçaram, em seus escritos, essa mística, segundo a qual a realização feminina estava em cuidar do lar, ser uma boa mãe, uma zelosa esposa. Esse elogio da maternidade é compreensível àquela época, pois a mulher passava de "escrava doméstica" a "rainha do lar", e não podia mesmo perceber "a nova forma de enclausuramento que se impunha, tão grande o seu poder e tão sedutores seus disfarces" (DUARTE, 2002, p. 282). Mas houve mulheres que resistiram a essa imposição, e assumiram posicionamento reivindicador e crítico da condição feminina, e que contribuíram para o aparecimento de narrativas como *O quinze, João Miguel, Caminho de Pedras, As três Marias,* de Rachel de Queirós; *Maria Luísa, Em Surdina, Amanhecer* de Lúcia Miguel Pereira, todas da década de 30 e que apresentam importantes reflexões sobre o papel da mulher na sociedade e uma crítica bem acentuada sobre o patriarcalismo, o preconceito e o machismo.

Lúcia Miguel Pereira já havia se firmado, na década de 20, como uma importante ensaísta. Leitora e crítica de Eça de Queirós e Machado de Assis, seus livros estão impregnados de uma tendência realista psicológica, todos protagonizados por mulheres que, se não rompem definitivamente com a "mística feminina" da maternidade, problematizam a influência negativa da religião, a conformação e a subordinação da mulher ao marido e ensaiam a possibilidade da emancipação feminina. Equivocadamente, aponta-se em sua ficção um conservadorismo católico e patriarcal que suas personagens não possuem; ou melhor, se o seguem, é para que as próprias personagens, ou para que os narradores em terceira pessoa (que muitas vezes se fundem com a primeira pessoa por via do fluxo de consciência) os ridicularizem e os questionem. Seus romances são todos uma clara ironia e acentuada crítica à religiosidade aparente, e ao casamento por interesse e por conveniências sociais.

Em surdina, segundo livro de Lúcia Miguel Pereira, a narrativa se inicia com uma longa reflexão de Cecília sobre o noivado e o casamento. Suas opiniões não são nada convencionais e ela rejeita vários pretendentes ao longo da trama romanesca. Segundo a protagonista: "O casamento, mesmo em projeto, cava separações profundas na vida das moças. Há distâncias formidáveis entre a namorada de ontem e a noiva de hoje" (PEREIRA, 1933, p. 10). As irmãs Cecília e Heloiza eram órfãs de mãe e foram educadas em colégio de freiras, mas sua tia Marina, que cuidava delas, logo percebera a influência negativa da religião e tratara de combatê-la no espírito das sobrinhas. Ainda na infância, as freiras notaram em Cecília o espírito sonhador: "Ideiava existências heroicas, fabulosas, em que se via ora uma grande santa, ora guerreira, escritora célebre, política influente, milionária, esposa morganática, mas todo-poderosa de um soberano" (PEREIRA, 1933, p. 12).

Retomando Luís Bueno, *Em surdina* inscreve a hesitação da liberdade feminina. E tem razão o crítico. Em 1917, pela passagem do ano novo, Cecília está com 23 anos (idade considerada avançada para uma moça solteira) e volta a tecer considerações sobre o casamento, pois naquele momento, todos estavam em festas familiares, e ela se sentia sozinha. No entanto, sintetiza suas digressões sobre o que poderia ter feito da vida, se tivesse casado, tido filhos, com uma reflexão metafísica, de que tinha sobre tudo isso uma vontade de viver – apenas não sabia ainda o significado desse querer, mas não estava no casamento e em suas convenções a sua plenitude.

Cecília auxilia os sobrinhos nos estudos e nos cuidados domésticos. Nesses desdobramentos "maternais", parece encontrar um equivalente ou um substituto para uma das principais funções sociais para as quais a mulher fora educada. Mas é também observando o casamento de sua irmã Heloiza e os seus sacrifícios maternais que ela percebera "a servidão escondida do casamento" (PEREIRA, 1933, p. 92), uma coisa humilhante para a mulher.

Na sequência desses fluxos de consciência em que analisa a vida da mulher casada, o narrador nos descreve o encontro casual de Cecília com uma de suas antigas colegas de colégio, em um bonde de Santa Tereza. Tratava-se de Yolanda Schmidt, dois anos apenas mais velha que ela, e que fora uma das meninas mais bonitas e em evidência do seu tempo de internas. Aos 14 anos, já era noiva. Agora, encontrava-a irreconhecível, pesadona, com um vestido fora da moda e mãe de 3 filhos pequenos, "em escadinha". Ao comentário de Cecília de que Yolanda estava muito diferente, muito gorda, a mulher responde: "Diga logo que estou velha... você não. Parece uma menina... ninguém lhe daria mais de 18 anos... mas é o casamento... o casamento acaba com a gente" (PEREIRA, 1933, p. 95).

O diálogo direto se mostra entrecortado de digressões – fluxos de consciência de Cecília – mas tende a reforçar a tese do narrador geral de que o casamento traz muitas desilusões para a mulher. Yolanda, que gostava tanto de poesia nos tempos de escola, não tinha mais tempo para leituras, e arremata sua triste opinião sobre o matrimônio: "Case-se, e verá se ainda tem vagar para essas cousas" (PEREIRA, 1933, p. 97).

Se podemos notar a hesitação e a incerteza apontadas por Luís Bueno quanto à independência feminina, muitos são os apontamentos e muitas as reflexões da personagem Cecília de que a mulher deve buscar sua libertação econômica, no âmbito da dominação masculina e da servidão ao lar. Encontrando-se com uma conhecida na rua,

Cecília ouve dela: "Você nem calcula como é bom trabalhar; a gente se sente útil e sobretudo independente; ganha o seu dinheirinho, não tem que dar satisfação a ninguém do que gasta". (PEREIRA, 1933, 134)

Esse depoimento encoraja a protagonista a falar com o seu pai sobre a importância do trabalho para ela; motivo que servirá de contraponto a Cecília para tecer longas reflexões sobre o pensamento machista, patriarcal e preconceituoso do pai, que não aceita a decisão da filha. É nesse tempo que a moça estava sendo cortejada por Paulo, com quem partilhava algumas ideias e aspirações. Não gostava dele afetivamente, mas o admirava por acreditar que ele correspondia a suas expectativas de independência feminina. E na sequência narrativa da negativa do pai, Paulo acha que é o melhor momento para lhe propor casamento: "[...] o emprego que tenho para você, o melhor, o que me encheria de felicidade se você o quisesse, é o de minha mulher. Para que andar por aí, exposta a encontrar gente de toda a sorte, num lugar subalterno, se pode ser rainha em sua casa... em nossa casa?" (PEREIRA, 1933, p. 146-147).

Cecília esperava encontrar naquele homem uma comunhão de ideais, mas se decepciona terrivelmente com ele, e, mais uma vez, o pensamento dela é exposto pelo narrador em terceira pessoa, indignada, e recusa mais um pretendente.

A segunda parte do romance possibilita-nos uma aproximação com *A cidade e as serras*, de Eça de Queirós, assim como já apontei em *Maria Luísa*, porque Cecília acompanha um sobrinho à fazenda Lajeado, para onde se retiraram a fim de tratamentos médicos. A narrativa ganha um tom bucólico, destoando da primeira parte, mas não desprovido de reflexões críticas de Cecília e do narrador geral, pois não cessam comentários e discussões sobre o casamento e sobre o trabalho feminino. É na segunda parte, também, que assistimos, surpresos, à mudança de comportamento de Heloiza, passando de dona de casa exemplar e mãe zelosa à mulher fútil e esposa adúltera, livre das convenções sociais que a amordaçavam. E Cecília tem conhecimento dos casos amorosos da irmã.

A protagonista finaliza o romance e as suas reflexões respondendo às perguntas existenciais que se fizera ao longo da narrativa: "O que é a vida"? "O que é o viver". Antes, ela poderia até encontrar alguma breve relação dessas perguntas com o casamento e a vida doméstica, mas no desfecho da história, ela conclui que a sua era "uma vida diferente das comuns, talvez mais boa e fecunda" (PEREIRA, 1933, 364). Cecília não se casou, não teve filhos, recusara tantos e tão diferentes pretendentes ao casamento. Mas escolhera a vida de mulher solteira, que, em nada, lhe diminuía a identidade feminina. Não prestava contas de sua vida a ninguém e ainda tinha os sobrinhos por quem zelar – satisfaziam-lhe o instinto de maternidade sem o vínculo da subordinação ao masculino e livrava-a da escravidão biológica de ser mãe. Em suma, a vida para ela era essa liberdade feminina, em surdina, sem grandes apelos e sem altos gritos, para não despertar o controle e a vigilância masculinos e sociais, mas escolhendo um lugar que lhe reservava aconchego e contentamentos.

Referências Bibliográficas:

BUENO, Luís. (2006) *Uma história do romance de 30*. São Paulo: EDUSP/UNICAMP.

DACANAL, José Hildebrando. (1982) *O romance de 30*. Porto Alegre: Mercado Aberto.

DUARTE, Constância Lima. (2002) "Apontamentos para uma história da educação feminina no Brasil – século XIX". In. DUARTE, Constância Lima; BEZERRA, Kátia. DUARTE, Eduardo de Assis. (orgs.) *Gênero e representação: teoria, história e crítica*. Belo Horizonte: Editora da UFMG.

LAFETÁ, João Luiz. (2000) *1930 – a crítica e o Modernismo*. São Paulo: Duas Cidades - Editora 34.

NAS MARGENS DA MARGEM: GÉNERO NORMATIVO, GÉNERO SUBVERSIVO E CONTEXTO EPOCAL EM PERSONAGENS FEMININAS DE CLARICE LISPECTOR

Maria do Rosário Neto Mariano

À luz da categorização adotada em diversos Estudos feministas norte-americanos, torna-se necessário distinguir claramente sexo biológico de género, relativos quer ao feminino, quer ao masculino. O primeiro, congénito, carateriza-se por atributos identificáveis anatómica e biologicamente; o segundo, ou seja, aquele que, de modo mais ou menos consensual constitui o género, é essencialmente uma construção sociocultural dependente ou condicionada por fatores tais como espaços geográficos, diversas cartografias civilizacionais, nomadismo ou sedentarismo, regimes e sistemas políticos vigentes, formas epocais de organização social, diferentes práticas de poder e de influência e sua relevância, enfim, o desenvolvimento de complexas e mais ou menos abrangentes redes de relações sociais e familiares ao longo dos séculos.

Enquanto categoria essencialmente cultural, o género é, assim, suscetível de ser desconstruído pela História, a Sociologia, a Psicanálise, os Estudos Culturais, as Ciências Biomédicas, entre outras áreas do Conhecimento. Além disso, estas constituem um excelente ponto de partida para o estudo crítico da evolução das relações entre sexos ao longo da História, das teorias às práticas, das representações mitológico-simbólicas às literárias, artísticas ou etnográficas e, sobretudo, familiares e linguísticas, sendo as instâncias da linguagem verdadeiramente fundacionais e decisivas[1] – já que são claramente estruturantes e estabelecem ligações entre esferas privada e pública, micro e macro- poderes, indivíduo, sociedade civil e poder político.

Por outro lado, falar de diferenciação de género significa também falar de relações de poder e de parâmetros normativos nas sociedades tradicionais (patriarcais e sexistas), com vista a uma regulamentação dos espaços, esferas e domínios em que cada género se deve situar, e exercer poder e influência. Na realidade, o objetivo inequívoco consiste em neutralizar a ameaça que a mulher - esse eterno *Outro*, estrangeira e "outsider" a um tempo, soberana ancestral de um reino noturno de potências misteriosas e sombrias – sempre representou para o psiquismo masculino, pretensamente diurno e solar, garante da ordem e da racionalidade.

No seu estudo intitulado *Les Femmes et les silences de l'Histoire*, Michelle Perrot enuncia a pertinente questão do medo masculino face ao contrapoder representado pela mulher, identificando ainda algumas das causas desse sentimento e seus avatares, particularmente marcante ao longo do século XIX e primeiras décadas do século XX, por via de mutações histórico-civilizacionais muito concretas e determinantes:

> Sur quoi repose cette peur du pouvoir des femmes, dans la famille, l'histoire et la société? En mettant la sexualité au coeur de sa recherche, la psychanalyse tente de répondre à la question. Le sentiment, si

1 Vejam-se designadamente as teorias de Joan Scott, Deborah Cameron e Gayatri Spivak, acerca destas questões.

> angoissant, de l'altérité féminine, fait fondamental, a été renforcé au XIXe siècle par la volonté même de division sexuelle des rôles, des tâches, des espaces, par le refus de la mixité qui aboutit à une ségrégation sexuelle plus vive. L'éloignement accroît le sentiment d'étrangeté. Enfin, cette peur se nourrit des conquêtes féminines du XIXe siècle, de cette poussée continue qu'exercent les femmes dans tous les domaines des savoirs et des pouvoirs et dont le féminisme n'est que l'expression la plus aigüe. Il s'ensuit une crise d'identité sexuelle des hommes dépossédés de leurs prérogatives, crise récurrente, mais qui a, sans doute, atteint un paroxisme au début du XXe siècle. Elle entraîne une double réaccion: de misogynie traditionnelle (obscénité, dérision, sarcasme, caricature en sont les formes les plus banales) et d'anti-féminisme raisonné (PERROT, 1998, 216).

Impunha-se, em consequência, conter esse fluxo de subversão e conquistas protagonizado por um número crescente de mulheres, das classes burguesas ao operariado, dirigindo todo o seu considerável e temível potencial, quer para a função maternal e educacional no seio da família, quer para a função filantrópica ou de trabalho social desenvolvida em diversos setores e instituições da sociedade civil.[2] Nesse sentido, o sistema androcrático salvaguardava insidiosamente, da área de influência e de ação das mulheres, aquela que constituía a esfera pública e "masculina" por excelência, nos seus diferentes domínios judicial, diplomático e financeiro, para além das

2 Sobre aspetos educacionais e laborais relativos à mulher, como reflexo dos preconceitos da mentalidade vigente na época, vejam-se os estudos de Françoise Mayeur, Joan Scott e Michelle Perrot, in Georges Duby & Michelle Perrot (dir.). *História das Mulheres. O século XIX*. (Trads. H. Cruz Coelho, I. M. Vaquinhas, L. Ventura, G. Mota). Lisboa: Ed. Afrontamento, 1994.

prestigiadas carreiras académica, científica e médica, sendo-lhes vedadas ou muitíssimo dificultadas.

Contudo, era necessário fazer algumas concessões que dessem às mulheres uma aparência de abertura e espírito progressista, mas as reformas decisivas nas estruturas institucionais da sociedade e na sua organização laboral haviam-se mantido letra morta, após os fulgores revolucionários de finais do século XVIII e inícios de oitocentos.

Por conseguinte, à lição de Rousseau,[3] bem como de outros notáveis enciclopedistas mais conservadores no tocante à divisão de sexos e sua pretensa fundamentação filosófica, viria associar-se um discurso médico acentuadamente normativo, que introduzia o tópico da mulher-enferma ou das alegadas e inúmeras patologias femininas como caraterísticas endémicas, as quais a sobredeterminariam nos planos fisiológico e psíquico. Assim, à pedagogia da mulher-mãe e esposa em exclusividade, aliava-se agora a profilaxia pelas atividades filantrópicas a tempo parcial. Mais do que nunca, o sexo feminino sofre uma biologização que o aprisiona, sob a alçada das "conclusões" científicas da época, nas redes da fisiologia, da patologia e da sexualidade,[4] reforçando-se paradoxalmente pela ciência a sua ancestral condição estigmática.

Estigmatizada pelos discursos das diferentes áreas do saber, alegadamente cativa da sua idiossincrasia sexual, refém de um género normativo que lhe impõe funções, espaços, papéis e comportamentos incompatíveis com o exercício de uma cidadania real e politicamente interventiva, a mulher entra no século XX sem ter ainda conquistado o direito de voto. Será somente a título individual ou

---

3 De J-J Rousseau, veja-se *Émile* ou de *L'Éducation*, v. V, para além de estudos atuais sobre esta temática (*Laqueur*, 1992 e *Fouque*, 2004).

4 Acerca desta problemática, refira-se o estudo de Geneviève Fraisse, "Da destinação ao destino. História filosófica da diferença entre os sexos" in *História das Mulheres. O século XIX*, p. 59-95.

em pequenas associações que logrará atingir aquilo que pode designar-se por género subversivo – fruto de lutas e reivindicações incansáveis, mas sobretudo da conjugação de vontades e esforços, bem como do exercício determinado e resiliente de uma série de contrapoderes. Do domínio familiar e privado ao profissional e público, tais poderes claramente subvertiam normas, práticas e princípios preconizados pelo discurso bem pensante e pseudo-esclarecido do poder oficial, exclusivamente masculino e caraterizado pelo reacionarismo, o sexismo e, não raras vezes, a misoginia mais ou menos agressiva. A filósofa Élisabeth Badinter (BADINTER, 2001) e (BADINTER, 2011) tem dedicado uma parte substancial da sua obra ao estudo exaustivamente documentado destas questões, prosseguindo e amplificando a obra pioneira e decisiva de Simone de Beauvoir, intitulada *Le Deuxième Sexe*.

O estigma do "feminino" persistia, e em certos setores e ideologemas (para além das ideologias retrógradas que o expressam assumidamente) subsiste ainda, nas sociedades contemporâneas, mesmo nas ocidentais, ainda quando somente no plano subliminar e simbólico presente no imaginário coletivo.

Erving Goffman, numa conhecida obra sobre os estigmas (GOFFMAN, 1975, 11-55) perspetivados em algumas das suas repercussões psicossociais, desenvolve reflexões sobre aspetos marcantes, tais como o "descrédito" recorrente, endémico que determinados grupos de indivíduos, de algum modo conotados com posições ou estatutos de margem – judeus, mulheres, negros, homossexuais, portadores de deficiência –, continuam a suportar por parte da sociedade ou, na melhor das hipóteses, a sua identificação, por parte dos grupos dominantes, com uma condição de pessoas potencialmente "desacreditáveis".

Daí que a mulher, a par de outras categorias de indivíduos estigmatizados, tenha de confrontar-se com dois tipos de identidade: a pessoal e a social; no caso específico da mulher, a identidade social está relacionada com caraterísticas incluídas no género feminino normativo e associada a um conjunto de experiências disfóricas decorrentes de uma genderização, ou delimitação de géneros, ditada por múltiplos preconceitos e medos atávicos, conscientes ou não. O estigma, congénito e arbitrário nos seus fundamentos, tem funcionado assim como atributo de género e falso argumento para a menorização e marginalização a que a mulher tem sido votada (CARLING, 1962), relativamente às práticas de uma cidadania política ou civil ativa e relevante.

Voltando agora o foco para a condição da mulher brasileira das classes burguesas, em finais de século XIX e primeira metade do século XX, ela aproxima-se bastante, nas suas linhas gerais, da condição da mulher europeia contemporânea – sobretudo nos países meridionais – e pertencente a estratos sociais homólogos. Essas linhas consistem em: prevalência massiva de profissões e tarefas toleradas pelo seu teor semiprivado e altruísta, tradicionalmente associadas ao seu sexo e englobadas naquilo que então se identificava como funções de "maternidade social"; pressão sistemática no sentido da escolha do casamento e da maternidade, correlativa da marginalização do celibato e da ausência de prole; pedagogia de atitudes pretensamente configuradas pelo género feminino, ou seja, secundarização e submissão face ao homem, passividade, domesticidade, sedentarismo, valorização da afetividade e da emotividade em detrimento da racionalidade; em paralelo, a menorização clara de carreiras e outras modalidades laborais, sistematicamente consideradas como acessórias e declináveis em caso de exigência ou simples vontade do cônjuge masculino; enfim, exaltação dos papéis tradicionalmente atribuídos à mulher e figurados na imagem quase imaterial do "anjo do lar", em harmonia com a cartilha arcaica e reacionária da complementaridade dos sexos e funções na comunidade social.

Num estudo sobre "Trabalho feminino e sexualidade", integrado numa obra dedicada à história das mulheres no Brasil, Margareth Rago escreve, referindo-se às primeiras décadas do século XX:

> As barreiras enfrentadas pelas mulheres para participar do mundo dos negócios eram sempre muito grandes, independentemente da classe social a que pertencessem. Da variação salarial à intimidação física, da desqualificação intelectual ao assédio sexual, elas tiveram sempre de lutar contra inúmeros obstáculos para ingressar em um campo definido – pelos homens – como "naturalmente masculino". Esses obstáculos não se limitavam ao processo de produção; começavam pela própria hostilidade com que o trabalho feminino fora do lar era tratado no interior da família. Os pais desejavam que as filhas encontrassem um "bom partido" para casar e assegurar o futuro, e isso batia de frente com as aspirações de trabalhar fora e obter êxito em suas profissões. Não socializar informações importantes era uma boa estratégia, e os homens se valiam dela procurando preservar seu espaço na esfera pública e desqualificar o trabalho feminino (RAGO, 2002).

Também no setor secundário, com o enorme incremento da industrialização no Brasil a partir dos anos trinta, mulheres e crianças, que até aí haviam constituído grande parte da mão-de-obra barata, são afastadas em benefício dos homens, representando em 1950 apenas 23% da população fabril. Na realidade, as elites intelectuais e políticas das primeiras décadas do século XX, sob a perene influência das doutrinas de Rousseau e das normas preconizadas por médicos e higienistas da época, procuraram ativamente reorientar as mulheres para uma posição de margem na esfera profissional e, sobretudo, no processo global de modernização em curso nos principais centros urbanos, à imagem do que ocorria na Europa e nos Estados Unidos. Essas elites acreditavam que a profissionalização feminina, sobretudo em áreas diferenciadas, científicas ou artísticas, mais ligadas à exigência de uma carreira, constituía uma ameaça para a preservação da família, colocando em perigo a moral social e a própria raça, já que a prole se ressentiria necessariamente da presença menos assídua dos cuidados e ensinamentos maternos. Por outro lado, temia-se que a mulher afrouxasse os laços com o casamento e a maternidade, considerados o verdadeiro "el Dorado" da realização feminina e panaceia para todo o mal-estar psicossocial manifestado por muitas mulheres. Assim, as mulheres que optavam por desempenhar profissões tradicionalmente atribuídas aos homens eram objeto sistemático de censura por parte do moralismo conservador e eugenista dominante na época (DEL PRIORE/BASSANEZI, 2002), que assim tentava restabelecer a ideologia da "maternidade cívica" como missão nacional, ao mesmo tempo que se pretendia relegar a mulher para a esfera privada, à margem dos centros de decisão e de produção de saber e das contestações e lutas travadas nas arenas feministas, divulgadas em diversos periódicos (RAGO, 2001, 588-589) dessas primeiras décadas de novecentos. No entanto, sobretudo a partir da década de 50, a mulher brasileira vai progressivamente conquistando lugares no espaço público, destacando-se em áreas estrategicamente anexadas pelos homens, não obstando a que se mantenha dominante a mentalidade sexista no tocante ao trabalho feminino e à moral sexual no seio da sociedade e da família, como atesta uma outra historiadora da condição da mulher brasileira, Carla Bassanezi (2002):

> Na família-modelo dessa época, os homens tinham autoridade e poder sobre as mulheres e eram os responsáveis pelo sustento da esposa e dos filhos. A mu-

> lher ideal era definida a partir dos papéis femininos tradicionais - ocupações domésticas e o cuidado dos filhos e do marido - e das características próprias da *feminilidade*, como instinto maternal, pureza, resignação e doçura.[5]

É a partir deste contexto ideológico, moral e social, mas subvertendo-o profunda e singularmente, que a escritora brasileira Clarice Lispector construirá as suas personagens femininas, quer as protagonistas – que de algum modo se sublevam, instaurando na/ou contra a ordem masculina ancestral e normativamente dominante uma ordem subversiva e um contrapoder definitivo ou intermitente, no seio de uma estrutura familiar conservadora –, quer as personagens secundárias, premeditadamente apagadas, submissas e convencionais, passivamente integradas ou resignadas à ordem social vigente, com as suas rígidas distinções de género e consequente genderização dos diferentes papéis nas esferas pública e privada.

Na sua quase totalidade, as personagens femininas clariceanas movem-se numa geografia mais ao menos limitada, circunscrita aos espaços da casa ou aos itinerários exteriores, em geral urbanos, complementares das suas funções conjugais, maternais e domésticas, podendo, contudo, transpô-los pontualmente e aventurar-se nos amplos, livres e pletóricos espaços da natureza tropical.

Assim, não será em empresas, laboratórios, universidades, academias de arte ou redações de jornal que iremos encontrá-las, mas em espaços mais convencionalmente ligados à mulher e ao universo dito

---

5 Uma das revistas femininas mais lidas na década de 1950, denominada *Jornal das Moças*, veiculava regularmente os preconceitos e pressupostos ideológicos mais conservadores, com o intuito de neutralizar nas suas "formandas" possíveis tendências subversivas ou comportamentos considerados menos próprios.

feminino, em paralelo com a realidade sociológica mais relevante nas décadas de 40 a 60, durante as quais a autora escreve a maior parte da sua obra literária. É nesses espaços improváveis que Lispector irá instaurar acontecimentos marcantes, amiúde de ordem epifânica, fusão do amor pela vida maior e mais ampla com uma dimensão do sagrado que é, na sua essência última, encontro com o milagre temível de estar vivo e recusa ou suspensão temporária daquilo que a escritora designava por "pacto de mediocridade com a vida".

Ora, nos seus contos e romances, são quase sempre personagens femininas que protagonizam estes acontecimentos singulares, tal como são elas que assumem disrupções ou mesmo ruturas definitivas com a dimensão meramente horizontal e imanente da existência, mesmo quando superficialmente possa ser sedutora ou até revestida de intelectualidade, libertando-se dos condicionamentos familiares e sociais que as tornam reféns da menoridade de Sentido, no que à vida diz respeito. A sua busca será então a do lado mais fundo e extremo e espiritual da vida, ou seja, iniciando a deriva das tradicionais margens rumo à verdadeira Margem-limite, afastando-se por conseguinte de qualquer conceito menorizante ou discriminatório de margem, enquanto espaço de limitação ou defetividade. Para tal, entrarão em conflito aberto com o género normativo que a sociedade lhes determinara, assumindo nos planos mental e/ou comportamental uma nova identidade de género a vários níveis subversiva da ordem estabelecida – quer essa ordem configure um conjunto de normas conducentes à tipificação de opções e comportamentos associados à estrita divisão de géneros, quer ela assuma apenas a dimensão imanente, razoável e previsível da existência comum e, na sua perspetiva, tristemente menor.

Assim acontecerá com a protagonista do romance inaugural de Lispector – *Perto do coração selvagem* –, escrito com apenas 23 anos mas já claramente uma obra-prima, na qual convergem já muitos dos tópicos e dos pressupostos metafísicos da sua obra ficcional. Ao sentir-se confinada pelo casamento a uma espécie de vida sitiada e asténica, Joana, a protagonista luminosa e intensa, aquela que anseia "de qualquer luta ou descanso levantar [-se] forte e bela como um cavalo novo", dá-nos a conhecer, pela mão da narradora-autora, o seu mais tumultuoso e indomável mundo íntimo:

> A culpa era dele, pensou friamente, à espera de nova onda de raiva. [...] só raras vezes agora, numa rápida fugida, conseguia sentir. [...] Ele roubava-lhe tudo, tudo. [...] Antes dele estava sempre de mãos estendidas e quanto oh quanto não recebia de surpresa! De violenta surpresa, como um raio de doce surpresa, como uma chuva de pequenas luzes... Agora tinha todo o seu tempo entregue a ele e os minutos que eram seus ela os sentia concedidos, partidos em pequenos cubos de gelo que devia engolir rapidamente, antes que se derretessem. E fustigando-se para andar a galope: olhe, que esse tempo é liberdade! Olhe, pense depressa, olhe, encontre-se depressa, olhe... acabou-se! (LISPECTOR, 2000, 88-89)

No extremo oposto, apresenta-se Lídia, uma personagem secundária, plana e, em parte, igualmente secundarizada pelos protagonistas do romance. Verdadeiro e linear paradigma da mulher-fêmea, recetáculo passivo e silencioso do homem, sem paisagem para além dos espaços doméstico e uterino, espera Otávio e a cria de ambos num contentamento plácido e paciente. Seu único poder reside na gestação do filho e da matéria espessa e igual dos dias, recolhendo em si o homem e suas vontades em estrita e pia obediência. Pelas mulheres, das quais se distancia, vitoriosa e alienada na sua pequenez, Lídia sente só desdém, mesmo e sobretudo por aquelas que se libertam, fulgurantes - ela que apenas se sente ser e existir pela mediação do homem, verdadeiro sopro inaugural de vida:

> Otávio seguindo-a com os olhos... aquela certeza, nunca mais apagada, de que era alguém...[...] Havia de cuidar da criança e de Otávio, ora se havia... Recostou-se melhor na poltrona, o bordado escorregou para o tapete. Entrecerrou os olhos e o ventre assim crescia, farto, brilhante. [...] Pousou a mão sobre os flancos ainda não deformados. De algum modo desprezava bastante as outras mulheres (LISPECTOR, 2000, p. 128-129).

Reduzida à sua função de apagada fêmea do homem e de gestante, Lídia é a própria figuração do feminino subalterno na esfera privada e marginalizado na esfera pública, encontrando na margem o seu perfeito habitat e a sua razão de ser. Joana, a disruptiva, reconhecendo pelo contrário as coordenadas da sua marginalidade imposta pela situação conjugal, evadir-se-á para um espaço que, não sendo o de uma cidadania ativa e reconhecida publicamente, é profundamente subversivo noutra dimensão: a das perigosas Margens inalcançáveis pela sociedade prudente e prática e por esses homens e mulheres comuns e temerosos, buscando a vida em prudentes horizontes e procurando sempre abrigo no conforto calmo de normas e estereótipos. Essas maiúsculas Margens projetam a existência numa dimensão vertical e larga, quase infinita, como a que caraterizará todas as protagonistas femininas nascidas da sua linhagem. Tal como Otávio reconhecera, Joana "era impossuída como o pensamento futuro" (LISPECTOR, 184).

Outras personagens femininas, como Laura, do conto "A Imitação da rosa", ou Ana, do conto "Amor", mais inseguras e instáveis, contentar-se-ão com a visita violenta mas breve a esse espaço superior, a essa Margem fulgurante nascida da recusa de todas as margens concebidas pelo desígnio da norma. E assim voltarão a envelhecer, apagando o clarão por momentos entrevisto e "afastando-[se] do perigo de viver"[6]. Depois, sentar-se-ão quietas com os seus vestidos corretos, caseiros, e fazendo "o possível para não se tornar[em] luminosa[s] e inalcançável[eis]"[7]. Outras, mais próximas do coração selvagem da vida, como a matriarca do conto *Feliz Aniversário*, ou Ângela Pralini, do conto *A partida do trem*, quebrarão convenções e expetativas, recusando as atitudes e os papéis que a sociedade lhes havia prescrito. Num longo monólogo interior, sentada no *trem* que a levará para horizontes ilimitados, longe do marido que acaba de abandonar, Ângela Pralini atinge-nos como um relâmpago:

> Eu não caio nessa de que o certo é ser infeliz, Eduardo. Quero fruir de tudo e depois morrer e eu que me dane! [...] Passividade. Eu não vou nessa também, nada de passividade, quero é tomar banho nua no rio barrento que se parece comigo, nua e livre! [...] Edu, você sabe?, eu te abandono. [...] E abandono o grupo falsamente intelectual que exigia de mim um vão e nervoso exercício contínuo de inteligência falsa e apressada. [...] Você é o deserto e eu vou para a Oceânia, para os mares do Sul, para as ilhas Taiti. Se bem que estragadas pelos turistas. Você não passa de um turista, Eduardo. Vou para a minha própria vida, Edu. E digo como Fellini: na escuridão e na ignorância crio mais (LISPECTOR, 2006, p. 220-221).

6 Cf. Lispector, "Amor", *Laços de Família*. Lisboa: Relógio d'Água, s.d., p. 26.

7 Cf. Lispector, "A Imitação de rosa", *Laços de Família*, p. 47.

Referências bibliográficas

BADINTER, Élisabeth (2001) *L'amour en plus: Histoire de l'amour maternel - XVIIe- XXe siècle.* Paris: Gallimard.

___________ (2011) *Le Conflit - la femme et la mère.* Paris: Gallimard.

CIXOUS, Helène. (1989). *L'Heure de Clarice Lispector.* Paris: Des Femmes.

DEL PRIORE, Mary & BASSANEZI, Carla (Dir) (2002) *História das Mulheres no Brasil.* São Paulo: Ed. Contexto.

DUBY, Georges & PERROT, Michelle (Dir.) (1994) *História das Mulheres. O século XIX.* (Trads. H. Cruz Coelho, I.M. Vaquinhas, L. Ventura, G. Mota). Lisboa: Ed. Afrontamento.

FOUQUE, Antoinette (2004) *Il y a deux sexes: essais de féminologie.* Paris: Gallimard.

GOFFMAN, Erving (1975) *Stigmate. Les usages sociaux des handicaps.* Paris: Minuit.

GOTLIB, Nádia B. (2004) *Clarice Lispector: fotobiografia.* São Paulo: EdSUP.

LISPECTOR, Clarice (2000) *Perto do Coração Selvagem.* Lisboa: Relógio d'Água.

__________. (2006) *Contos.* Lisboa: Relógio d'Água.

__________. (s/d) *Laços de Família.* Lisboa: Relógio d'Água.

MARTINS, Maria Teresinha (1988) *O Ser do Narrador nos romances de Clarice Lispector.* Goiânia: CERNE.

PERROT, Michelle. (1998) *Les Femmes ou les Silences de l'Histoire.* Paris: Flammarion.

RAGO, Margareth (2002) "Trabalho feminino e sexualidade". in: Mary DEL PRIORE & Carla BASSANEZI (Dir.) *História das Mulheres no Brasil.* São Paulo: Ed. Contexto, p. 588-589.

MULHER (IM)POSSÍVEL: IDENTIDADE E CONFLITO EM *A MORATÓRIA*, DE JORGE ANDRADE

Márcia Regina Schwertner

Lucília: Não está orgulhosa de mim?
A moratória, Jorge Andrade

Em 1998, Iná Camargo da Costa publicou o livro *Sinta o drama*, abordando, em uma série de textos, questões teóricas e práticas atinentes à produção teatral brasileira.

No capítulo intitulado "Ensaísmo teatral no Brasil", refere-se à peça *A moratória*, de Jorge Andrade:

> Para quem não se lembra, Jorge Andrade conta a história de uma família de latifundiários cafeeiros atropelada pela crise do capitalismo dos anos trinta e por isso presa ao passado, à fazenda, ao seu tempo de classe dominante. Ninguém ali, com exceção de Lucília, está apto para enfrentar o presente e suas novas exigências. Todo o interesse da peça está no exame das relações e reações que se estabelecem, tendo as antigas como referência necessária (COSTA, 1998, 122).

Aqui surge a pergunta que embasa boa parte deste trabalho: Lucília está apta para enfrentar a nova realidade? Nossa resposta a esse questionamento é negativa. O que pretendemos analisar é a ideia de que Lucília, assim como Joaquim e Helena, seus pais, e Marcelo, seu irmão, perde-se no processo de mudança social, econômica e política vivido pelo país nos anos 1930.

Para o presente estudo, utilizamos a publicação da Editora Perspectiva, do ano de 1986, uma segunda edição do conjunto da obra de Jorge Andrade, com primeira edição de 1970. O livro publicado pela Editora Perspectiva, sob o título de *Marta, a Árvore e o Relógio*[1], reúne dez textos, revisados e em ordem definida pelo próprio autor, que, assim, garante ao leitor o acesso a uma edição definitiva e unitária. A obra de Jorge Andrade amplia suas perspectivas quando lida em conjunto e não isoladamente.

Conforme Décio de Almeida Prado, em *O teatro moderno brasileiro*:

> Jorge Andrade reconduz-nos a São Paulo. Se existe alguma coisa para ressaltar em seu ciclo de dez peças, *Marta, a Árvore e o Relógio*, seria a diversidade de temas e o aproveitamento pessoal das mais variadas influências. [...] Mas, na verdade, o centro de sua dramaturgia é ele mesmo – e por extensão o Brasil. As experiências e vivências pessoais formam o núcleo

1 Jorge Andrade (1922-1984) recebeu o troféu Molière, concedido aos melhores autores do teatro no Rio de Janeiro e São Paulo, pela publicação de *Marta*, a *Árvore* e o *Relógio*. O autor também foi premiado com o Prêmio Saci, do jornal *O Estado de São Paulo*, pela autoria das peças *A Moratória* (1955) e *Os Ossos do Barão* (1963); pela Associação Paulista de Críticos Teatrais – APCT –, como o melhor autor por *Pedreira das Almas* (1958), *A Escada* (1961) e *Vereda da Salvação* (1964); e pelo Serviço Nacional de Teatro – SNT –, com a peça *Rasto Atrás* (1965). Ainda, produziu textos para a televisão, telenovelas e casos especiais, como *Os Ossos do Barão* (1973, novela regravada em 1997), *O grito* (1976), *As Gaivotas* (1979), *Os Adolescentes* e *A escada* (1981), Ninho da Serpente (1982) e *Mulher Diaba* (1983).

> de uma reflexão que se foi dilatando através da geografia e da história até constituir um painel como não há outro pela extensão e coerência em nosso teatro. (PRADO, 2001, p. 91)

Jorge Andrade viveu a infância e a juventude nas fazendas de café de seus pais e assistiu ao *crash* da bolsa de Nova York, em 1929, ao início da derrocada da cultura cafeeira e à queda dos preços do café, com a falência dos grandes produtores e exportadores do produto. Dessa época, guardou muitas memórias, utilizadas em sua obra, como ressalta Anatol Rosenfeld: "devassou e escavou as próprias origens e as da sua gente" (ROSENFELD, 1982, p. 102), transformando-as em material literário para a escrita de várias de suas peças. A dramaturgia de Jorge Andrade trará para a cena profundas observações desse universo, especialmente a difícil adaptação dos latifundiários cafeeiros à queda do padrão de vida e à vivência no meio urbano.

Esse mundo decadente é visto por uma ótica de afeto e compaixão, sem, contudo, deixar de retratar crítica e ironicamente a nova realidade e as relações humanas no novo contexto. Sábato Magaldi, em *Moderna dramaturgia brasileira*, observa que esses conflitos são "o primeiro exorcismo dos demônios familiares – a pintura da aristocracia rural decadente, em que o velho tronco de fazendeiros confronta a dissolução de costumes da nova geração" (MAGALDI, 1998, p. 43).

Embora retrate um período da história do Brasil e faça uma incursão a uma memória familiar pelo vivido, há uma diversidade de situações e relações que extrapolam o individual, abrangendo temáticas atemporais e universais, sobretudo no atinente à representação da figura feminina.

O transformar essa diversidade em um painel da realidade brasileira viabiliza-se, em grande parte, graças à inclusão de elementos comuns que percorrem toda a extensão das peças, modificam, influenciam ações, gestos, sentimentos. São nós e redes, sustentam e sufocam.

Dentre os fios que concebem essa tensão, temos personagens que se entrecruzam, presença física ou evocada. Marta é exemplo de personagem presente em todos os textos, como uma espécie de fio condutor primário. Mais do que um nome, é quase um conceito. Surge em posições estratégicas, algumas claramente visíveis, outras sutis, protagonista ou ser apenas de passagem em momentos breves, como ocorre na peça *A Moratória*. Contudo, é sempre marco de mudança, alterando ambientes e destinos.

E não apenas personagens se entrelaçam, também histórias ouvidas ou histórias a contar, cenários e objetos, onde se destacam a árvore, galho ou flor – representando as raízes e a possibilidade/impossibilidade de renovação – e o relógio, como marca do tempo, passagem ou estagnação.

A moratória retrata a situação da família de Joaquim e Helena. Os protagonistas são latifundiários que perdem sua fazenda e vivem presos a um passado de glória e poder, incapazes de adaptar-se às exigências do novo momento político, social e econômico. Quem arca com as responsabilidades dessa nova época é Lucília, filha do casal, que sustenta a família com seus trabalhos de costura.

Duplicada como em um espelho, a jovem aparecerá também em personagens femininas de outras peças. Em *A moratória*, Lucília, apesar de educada em um universo patriarcal, revela-se frustrada e incrédula diante da soberba e das falsas esperanças dos pais. Ela enfrenta a sua nova condição com um realismo que, mesmo acompanhado da resignação excessiva, a torna figura feminina que se levanta contra o patriarcalismo e a oligarquia social, construindo uma tentativa de emancipação feminina na nova sociedade que está em formação.

Contudo, a aptidão de Lucília é descrita a partir de sua capacidade de garantir o sustento. Fica a pergunta: garantir o sustento familiar sacrificando a realização pessoal e profissional é suficiente? Estar apto é permitir nossa transformação em peça de uma engrenagem frente a qual só nos resta uma muda resignação pela perda de identidade e perspectivas?

Lucília tem em seu nome a luz, a chama da vida e da esperança. Contraditoriamente, para garantir a sobrevivência, vende o corpo, não como produto sexual, mas como peça mecanizada de trabalho. Encerra-se em casa, sua sobrevivência física não implica aptidão para enfrentar a realidade, destrói-se na forma mais profunda, na perda da humanização. Sua aptidão ao trabalho não a humaniza, pois humanidade significaria revolta, gritos, choro, ação e transformação. E a transformação que vemos no texto é a de pessoa em máquina, a ser absorvida pelo sistema da indústria emergente.

A costura, elemento inicialmente criador, termina transformada em elemento supridor de necessidades básicas, em círculo vicioso automatizado que prende a jovem a quatro paredes e ao contínuo rodar dos pedais da máquina. A atividade, de certa forma artesanal, podendo ser contraponto à era da indústria, mostra-se sem o viés da criatividade que poderia representar uma brecha e uma possibilidade ainda de realização.

O título *A moratória* traduz isso bem. A vida de Lucília é uma moratória preestabelecida, um voo suspenso entre dois mundos onde não consegue encontrar um caminho real de integração, nem com a classe trabalhadora urbana, nem com a classe detentora do poder agrário da qual foi excluída. Permanece estagnada.

A crise da Bolsa de Valores de 1929 atingiu o Brasil: decadência total do setor cafeeiro, déficit econômico, dívidas, falências, alterações políticas, posse de Getúlio Vargas, início e consolidação – na medida do possível – da indústria. Encontramos o país em um momento de transição, e a nova realidade que surge devora, de forma inexorável e sem retorno, positiva e negativamente, não apenas valores, sistemas políticos, fazendas, bens móveis e imóveis, mas, principalmente, pessoas.

Joaquim, Helena, Lucília e Marcelo são destroços desse cenário. Perdem a fazenda e mudam-se para a cidade, onde Lucília assume o papel de provedor, antes exercido pelo pai que, agora incapaz de aceitar as mudanças, se isola cada vez mais num mundo onde tudo gira em torno da esperança de retorno à fazenda.

Essa tensão provocada pela crise é o conflito abordado com maestria por Jorge Andrade ao retratar um núcleo familiar, descrevendo um período de transição no qual os valores antigos são adaptados ou simplesmente descartados e substituídos por novas fórmulas de conduta e percepção da realidade, com todas as consequências em termos de desconstituição, fragmentação, conflitos, inadaptação e loucura decorrentes.

Berilo Luigi Deiró Nosella, em artigo intitulado "Jorge Andrade e o teatro moderno no Brasil: uma revisão de alguns acertos e muitos equívocos", afirma:

> Modernidade é em si um momento de crise, um momento histórico determinado. O modernismo é uma consequência histórica da modernidade. Todo esse conjunto nasce dessa essência de ruptura, próprio do moderno. [...] Poderíamos perceber três tensões dialéticas fundamentais agindo no seio do modernismo: a tensão entre a tradição e o novo; a tensão entre a arte e a vida; e por fim, a tensão entre o local e o universal (NOSELLA, 2008).

Dentro dessa visão, *A moratória*[2] apresenta-se como uma peça que incorpora tendências da dramaturgia moderna com a descrição da realidade nacional, unindo aspectos relativos ao retrato social perpassado pelo indivíduo com inovações em termos de cenário e instrumentos de representação. Do ponto de vista teatral, é uma peça sofisticada, pois avança esteticamente em relação aos recursos teatrais até então utilizados com referência a espaço, tempo e ação.

Sábato Magaldi frisa esse fato ao afirmar que, depois de *Vestido de Noiva*, de Nelson Rodrigues, *A Moratória* foi "o primeiro acréscimo significativo ao nosso palco" (MAGALDI, 1998, p. 44) e marca essa influência ao rememorar em um depoimento pessoal que, certa vez, Jorge Andrade[3] o procurou contando sobre as dificuldades que enfrentava para concluir a peça, pois "não estava conseguindo unir os tempos de 1929 e 1932, que eram indispensáveis à estruturação da história" (MAGALDI, 1998, p. 44). Então, o mestre aconselhou-o a ler *Vestido de Noiva*, peça na qual Nelson Rodrigues havia resolvido a contento esse problema, utilizando três planos: realidade, memória e alucinação.

Jorge Andrade parece ter alçado voos pessoais depois dessa leitura. Em *A moratória* utiliza simultaneamente dois planos e dois tempos históricos: o primeiro (direita) é a casa simples na cidade, tempo presente, ano de 1932; e o segundo (esquerda) é o casarão da fazenda de café, tempo passado, ano de 1929. Há um jogo entre os dois planos durante todo o desenrolar da peça.

2 A peça foi encenada pela primeira vez no dia 06 de maio de 1955, no Teatro Maria Della Costa, de São Paulo, com direção e cenografia de Gianni Ratto. Essa peça lançou a atriz Fernanda Montenegro, considerada um dos ícones do teatro, da TV e do cinema brasileiros.

3 Jorge Andrade foi aluno da Escola de Arte Dramática de São Paulo (naquele tempo, curso de preparação de ator EAD).

A divisão do espaço físico do palco, tendo ao fundo um corredor ligando as duas partes, permite ao público uma relação quase direta entre o passado e o presente. A técnica é tão bem executada que um episódio de 1932 parece preparar o espectador/leitor para um fato que ocorre em 1929 e, igualmente, essa duplicidade sugere uma "paralisação do tempo numa realidade superior e esmagadora" (MAGALDI, 1998, p. 44). O público entra em contato com as expectativas dos personagens, os projetos feitos em determinado momento e, logo ao lado, o resultado, as frustrações e os desenganos.

Contudo, mais do que viabilizar uma passagem entre os dois espaços temporais, reforça a ideia de um tempo de transição, de mudança. Passado e presente são jogados simultaneamente e encontram-se de certa forma mesclados, ainda não foram compreendidos ou aceitos em toda a sua extensão.

Joaquim, Helena, Marcelo e Lucília vivem uma situação de "moratória", expressão cujo significado envolve a questão jurídica, sim, já que Joaquim espera a extensão de prazo para pagamento das dívidas que o fizeram perder a fazenda, porém é um conceito de sentido bem mais amplo. Nele encontramos o período de tempo que Joaquim necessita para enfrentar sua realidade, o período de mudança do sistema rural para o urbano e industrial e, mesmo, o período de tempo que precisamos acreditar, nos será concedido para pagamento de nossas próprias dívidas pessoais.

Interessante ressaltar que Lucília, por princípio, encontra um imenso prazer na descoberta de suas habilidades como costureira, ao perceber que era capaz de criar com suas próprias mãos. Na página 143 do livro, ano de 1929, vemos:

> LUCÍLIA: Não está orgulhosa de mim? HELENA: Por quê?
>
> LUCÍLIA: (Dando uma volta e fazendo pose) Olhe só o meu vestido! Ninguém nunca teve um igual. (ANDRADE, 1986, p. 143)

Nesse momento, o mundo é repleto de possibilidades. Lucília é um personagem forte, idealista, sonhador, crente de que conseguirá trilhar um caminho de sua própria escolha. É um ser que luta, ainda não derrotado. Assim como se encanta com sua capacidade de criar, também acredita em sua capacidade de decidir o futuro. Arte e liberdade mostram-se interligadas:

> LUCÍLIA: Mamãe! Fiquei conhecendo o melhor moço do mundo.
>
> HELENA: (Com esforço) Já soube. LUCÍLIA: Vou me casar, mãezinha!
>
> HELENA: Pense bem, minha filha. Casamento é uma coisa muito séria. LUCÍLIA: Sei o que quero.
>
> HELENA: É preciso falar primeiro com seu pai.
>
> LUCÍLIA: Mas quem vai casar sou eu! (ANDRADE, 1986, p. 143-144)

A opção do autor por colocar a costura como profissão da jovem é interessante pelo significado subjetivo que exerce no interior da trama. Costurar é juntar pedaços, construir uma realidade nova com tecidos distintos. Lucília junta passado e presente, tentando construir um futuro com o pouco material que possui. Ela fracassa. A urgência da situação econômica impede o olhar para o crescimento pessoal, impede que se concretize a integração do mundo produtivo e criativo por meio desse elemento – a costura – que se mostrava benéfico e terreno tão fértil no tempo anterior à perda da fazenda.

A crueza da realidade demonstra que por mais que a jovem faça, não tem como vencer. Não é uma vitória viável individualmente, e Lucília representa o esforço individual. Para ter alguma chance, deveria sair do círculo familiar vicioso. Contudo, as exigências do "sobreviver", aliadas aos valores antigos que ainda carrega, impedem essa saída para o exterior, impedem um envolvimento com o mundo além de si e de seus laços familiares.

E nesse ponto do fracasso torna-se ambígua a presença de Marta, a personagem que entrecruza as peças de Jorge Andrade como fio denunciador do modo como o mundo, na verdade, se interliga e não pode ser lido de forma individualizada, não vivemos em redomas, livres em nossa alienação, fazemos parte do todo.

Nos textos que integram o livro *Marta, a árvore e o relógio*, ela aparece já na primeira peça, *As confrarias*, onde é personagem principal, figura materna que carrega continuadamente o cadáver do filho, impondo desde o início a sua força e seu desespero como mãe, guia, elemento condutor e que nos proíbe de não perceber a realidade. Podemos fechar os olhos e não aceitar, mas o cheiro empestará o ar e exigirá seu reconhecimento. Esse cheiro, esse morto, quem carrega é Marta.

Em *Pedreira das Almas,* outra peça do livro, no primeiro quadro da primeira cena, temos o cântico:

> Santa Marta quando andava no mundo!
>
> Onde ela passava
>
> Os homens diziam:
>
> Onde ela passava
>
> Os homens diziam:
>
> Deixai as águas mais claras
>
> Senhora tão bela!
>
> Deixai as águas mais claras
>
> Senhora tão bela! (ANDRADE, 1986)

Águas claras são espelhos, é onde vemos refletidos nossos rostos, a realidade e o mundo. Da mesma forma, nas demais peças, ainda que não como personagem direta, é sempre evocada, mais do que presença física, é força motriz iniciadora de um processo de mudança, de abertura para novas possibilidades, de anseios que vão atingindo e envolvendo os demais personagens.

Em *A moratória,* a inclusão de Marta por Jorge Andrade é feita de uma maneira sutil. A menção inicial aparece no primeiro ato, numa conversa entre Lucília e seu pai, Joaquim, passada no primeiro plano, momento presente, conversa na qual ocorrem alusões às formas diferenciadas que possuem pai e filha de perceber e enfrentar a realidade.

> LUCÍLIA: (*Voltando à costura*) Hoje, tudo está atrasado. JOAQUIM: Não se afobe, minha filha.
>
> LUCÍLIA: E que faço do meu serviço?
>
> JOAQUIM: Que importância tem? Você não é obrigada a costurar. Até prefiro que...
>
> LUCÍLIA: (*Corta*) Ora, papai! (*Pausa. Lucília olha para Joaquim e disfarça*) Tia Elvira vem experimentar o vestido e ainda tenho que acabar o de dona Marta.
>
> [...]
>
> JOAQUIM: É exatamente o que não suporto LUCÍLIA; O quê?
>
> JOAQUIM: Ver você costurando para essa gente. Gente que não merecia nem limpar nossos sapatos! (ANDRADE, 1986, p. 123-124)

Mais tarde, também no primeiro ato, segundo plano, momento passado, vemos uma conversa entre Joaquim e Helena. Marta é novamente mencionada, agora como professora de costura de Lucília:

> JOAQUIM: Traga também a Lucília. HELENA: Ora! Por quê?
>
> JOAQUIM: Chega de aprender costura.
>
> HELENA: Ela ainda não acabou o curso de dona Marta, Quim!
>
> JOAQUIM: (*Com desprezo*) Dona Marta! Uma costureirinha. Bastam algumas noções. A Lucília não vai ser costureira. (ANDRADE, 1986, p. 135)

Assim, somos informados de que Marta, no passado, foi quem ensinou Lucília a costurar e, no presente, faz o papel de intermediária entre a jovem e os outros clientes. Em *A moratória*, viabiliza à Lucília o conhecimento que garantirá a sobrevivência, mas não a liberdade. Acompanhando o processo de construção/destruição de Lucília, vemos Marta, no passado, como professora de corte e costura; no presente, como elo de intermediação. É fonte de notícias, sim, mas também, sendo intermediária, impede o contato direto com o mundo exterior.

A relação interior-exterior, público-privado sofre mudanças radicais na passagem do tempo e não ocorre de forma igualitária entre os personagens. Marcelo e Helena conseguem sair de casa: Marcelo pela boémia; Helena pela igreja. Lucília permanece enjaulada, praticamente algemada à sua máquina de costura que, de instrumento de libertação, termina por se transformar em instrumento de opressão.

No passado, a autosuficiência da fazenda acarretou isolamento, o que, inclusive, foi fator determinante para a derrota do mundo agrário. A força exercida por esse isolamento aparece bem clara na conduta religiosa de Helena. Na página 125, primeiro plano, tempo atual, Joaquim entra na sala de costura de Lucília e pergunta por Helena. A jovem diz que a mãe foi à igreja. Nesse momento, o cenário torna-se parte essencial da peça e vemos a maestria com que Jorge Andrade lida com os jogos temporais. No espaço destinado ao presente, na casa urbana e pobre, Joaquim olha os quadros religiosos; no espaço destinado ao passado, casa rica e rural, Helena aparece rezando na frente desses quadros. Então, no tempo presente, Joaquim declara: "JOAQUIM: Era diante desses quadros que sua mãe costumava rezar lá na fazenda. (*Pausa*). Foram sua igreja durante trinta e cinco anos" (ANDRADE, 1986).

Helena passa horas na igreja. Na época rural, isso significava isolamento do resto do mundo; agora, na vida urbana, significa o oposto. Ela sai de casa para rezar, há uma quebra do mundo familiar, desagregação desse mundo e um ingresso no espaço mais amplo da sociedade.

O mesmo ocorre com Marcelo. O jovem, ao trabalhar fora de casa, também quebra essa unidade familiar e ingressa no mundo social. Ingresso falho, no caso dele, pois não ocorre a adaptação.

É importante um contraponto com Marcelo, talvez um dos personagens mais angustiados do texto, posto que não se torna elemento produtivo do sistema, como Lucília faz, e, ao mesmo tempo, é incapaz de se iludir com a ideia de recuperação da fazenda que mantém o pai vivo.

De certa forma, Lucília, ao começar a costurar, é a primeira a perceber a nova ordem econômica, e Marcelo, com sua vida fora de casa, é o primeiro a perceber a nova ordem social. Marcelo foge por meio da vida boêmia, da rebeldia sem foco e da bebida, usa a vida social como escape e não como enfrentamento; Lucília foge por meio de seu trabalho, que assume de forma quase doentia, fechando portas de uma vida pessoal e social que talvez ampliasse suas defesas e possibilidades de vivência no mundo urbano.

Os dois jovens, ainda que assumindo atitudes diferentes, acabam seguindo o mesmo rumo da derrota, incapazes de adaptação a uma realidade urbana maior do que ambos.

Cabe aqui ressalvar que a obra analisada o foi a partir de uma visão de texto escrito e não como peça encenada. Dessa forma, a palavra e o enredo assumiram perspectivas maiores, possibilitando-se um contínuo avanço e retorno no texto para nova apreciação ou superposição de leituras. Ao mesmo tempo, perdeu-se um contato mais real com a construção de Jorge Andrade. Por mais que a imaginação exerça seu papel, a leitura flui de maneira mais direta e encadeada, os diálogos correm sem interrupções, sem as pausas, perde-se em termos de entonação, os gestos não são percebidos, o cenário imaginado pelo autor não envolve da mesma maneira.

Para esse trabalho, Jorge Andrade foi lido, não encenado, nem visto de um lugar privilegiado da plateia. Isso implica perdas imensas, mas viabiliza também uma percepção de detalhes, de segundas intenções, de significados em aspectos quase invisíveis em sua individualidade, ainda que importantes no conjunto, e que exigem um trabalho extremamente cuidadoso por parte da direção para que possam ser igualmente percebidos pelo público no momento da peça encenada.

Porque a obra de Jorge Andrade é complexa, forte, múltipla. Os diálogos são rápidos e cortantes, envolvem gestos, nem sempre claros e de fácil compreensão. Ele mostra por meio de detalhes, é o relógio, o galho, o nome, a expressão.

Nossa pesquisa usou como fonte o texto e procurou desvendar algumas dessas filigranas delicadas, desse artesanato com a palavra, desse enxergar o mundo e conseguir transportar esse mundo para o papel. Do papel para o palco, do palco para o público já são outros caminhos, igualmente complexos e gratificantes, sem dúvida, provavelmente mais.

Referências Bibliográficas:

ANDRADE, Jorge (1986). *Marta, a Árvore e o Relógio,* São Paulo: Perspectiva.

FERNANDES, Aníbal de Almeida (2006). *Crise de 1929 e Revolução de 1930*. Disponível em: http://www.historianet.com.br/conteudo/default.aspx?codigo=872.

COSTA, Iná Camargo (1998). *Sinta o Drama,* Petrópolis: RJ, Vozes, 1998.

MAGALDI, Sábato (1998). *Moderna dramaturgia brasileira,* São Paulo: Perspectiva.

NOSELLA, Berilo Luigi Deiró (2008). *Jorge Andrade e o teatro moderno no Brasil: uma revisão de alguns acertos e muitos equívocos*. Disponível em: http://www.abralic.org.br/anais/cong2008/AnaisOnline/simposios/pdf/023/BERILO_NOSELL A.pdf.

PRADO, Décio de Almeida (2001). *O teatro brasileiro moderno,* São Paulo: Perspectiva.

ROSENFELD, Anatol (1982). *O mito e o herói no moderno teatro brasileiro,* São Paulo: Perspectiva.

CAPITU, MADALENA E MACABÉA CONTRA O NARRADOR ELEGÍACO

Ana Cláudia Suriani da Silva

Eco e Narciso

Em *Metamorfoses*, o poeta Ovídio conta que foi Juno que privou Eco da capacidade de se expressar verbalmente como punição pelo seu uso enganoso da linguagem. A ninfa, antes eloquente, ficou confinada a somente devolver, dentre muitas, as últimas palavras faladas por uma outra pessoa, como punição por entreter Juno em longas conversas enquanto Júpiter se encontrava deitado com outras ninfas nos montes. Juno profere: "Sobre a tua língua, com a qual me enganavas [...] ser-te-á outorgado diminuto poder e brevíssimo uso da voz" (OVÍDIO 2007, p. 94). Algum tempo depois de sofrer a maldição, Eco avista o jovem Narciso, enquanto este caçava veados com seus companheiros. Eco imediatamente se apaixona por Narciso e passa a segui-lo à distância. Quanto mais olhava para o jovem, mais a ninfa ansiava por ele. Porém a maldição a impedia de falar com ele.

Talvez por ter percebido que já estava sendo seguido há alguns dias, Narciso separa-se do grupo de companheiros e pergunta: "Quem está aqui?", ao que Eco responde "Está aqui". E assim continua o diálogo entre os dois: toda vez que Narciso se dirige à ninfa misteriosa, o único recurso de que Eco dispõe para expressar os seus desejos é repetir-lhe as últimas palavras. "Anda para aqui, vamos", insiste Narciso. "Vamos", retorque Eco. Em seu delírio, Eco corre para Narciso pronta para se jogar nos braços do jovem. Narciso, no entanto, fica horrorizado e, rejeitando-a, exclama: "Tira as tuas mãos de cima de mim! Antes morrer do que entregar-me a ti!". Eco, mais uma vez, devolve-lhe as últimas palavras, expressando os seus desejos contrariados: "Entregar-me a ti!" (OVÍDIO, "Narciso e Eco", p. 95). Depois foge, desprezada, humilhada e envergonhada.

A recusa de Narciso em corresponder aos seus desejos amorosos acabou por transformar a Ninfa em nada mais do que um eco. Hoje, tudo o que resta de Eco é o som de sua voz. Narciso por fim também morre consumido pelo amor da sua própria imagem, que vê refletida no lago; um amor que se provou inalcançável: "'Oh, rapaz amado em vão!', e outras tantas palavras o local devolveu; e mal disse 'Adeus!', 'Adeus!' também disse Eco" (OVÍDIO, "Narciso e Eco", p. 98).

Narrador e heroína

Do mito de Eco e Narciso que resumi aqui com algum detalhe tentei levantar alguns traços que foram posteriormente explorados no romance moderno, mais particularmente em romances em primeira pessoa cujo narrador, normalmente do sexo masculino, conta a sua vida a outros homens e culpa uma mulher pelos seus fracassos:

1. O silenciamento e a marginalização da voz feminina;
2. A anulação da sexualidade feminina;
3. A habilidade do feminino de encontrar caminhos, mesmo que limitados, para expressar seus desejos;
4. A ambiguidade que o feminino introduz no discurso (SPIVAK, 1993, 24: p. 17-43) (BERGER/GABARA, 1996, 27, p. 621-640).

Dom Casmurro (MACHADO DE ASSIS, 1899), *São Bernardo* (RAMOS, 1934) e *A hora da estrela* (LISPECTOR, 1977) apresentam esses elementos. Neste capítulo pretendo explorar brevemente as peculiaridades e semelhanças na forma como se dá a interação entre o narrador e heroína nesses três romances brasileiros. São todos narrativas em primeira pessoa, que contêm uma história dentro de outra história, nas quais um narrador registra através da escrita a história do seu fracasso e, nesse processo, envolve o leitor na discussão da sua relação complicada com a heroína e o árduo caminho que tem de trilhar para a construção de um texto e de um sentido para a sua vida. São, portanto, romances sobre a confissão de uma voz masculina, sobre sua aversão a, ou admiração por uma mulher, e a tentativa de exclusão e silenciamento da mulher no discurso. A marginalização e supressão total ou pelo menos temporária da voz feminina são temas centrais nesses romances. Entretanto, ao mesmo tempo, o exercício formal que seus escritores empreendem torna proeminente a capacidade da voz feminina de sobreviver, emergir do discurso masculino, ou mesmo dele se apossar, desafiando-o ou tornando-o ambíguo.

Em todos os três romances a heroína está crucialmente implicada de uma forma ou de outra no fracasso do narrador, seja por ela ser forte ou fraca, muito ou pouco amada, admirada ou execrada, pela sua capacidade ou incapacidade intelectual, por sua superioridade ou mediocridade, ou simplesmente por existir. Em *Dom Casmurro* e *São Bernardo*, coincidentemente os dois romances de autoria masculina, os narradores são incontestavelmente homens e a heroína já está morta quando a narrativa começa, ou seja, são romances elegíacos, como veremos a seguir. Em *A hora da estrela*, a identidade e gênero do narrador se problematiza. Neste capítulo mostrarei que Clarice Lispector quebra com as regras do romance elegíaco e do *récit* em geral – ou seja, de uma narração em que o narrador relata acontecimentos que ocorrem geralmente no passado, para expor as convenções literárias, estabelecidas por autores canônicos do porte de Machado de Assis e Graciliano Ramos, as quais transformaram a voz masculina no sujeito detentor do discurso.

Dom Casmurro e *São Bernardo*

Como podemos ver já de saída, nos romances de Machado de Assis e Graciliano Ramos o ponto de vista masculino predomina, pois seus autores seguem modelos literários canônicos, em que o narrador é um homem, mais especificamente o *récit* francês e o romance elegíaco (SEGAL, 1988) (BRUFFEE, 1983). Para adaptá-los ao contexto brasileiro, espelham a assimetria discursiva entre narrador e heroína na situação de dependência socioeconômica da mulher na sociedade oligárquica e patriarcal brasileira, flagrada em dois momentos de crise: respectivamente, o declínio de oligarquias agrícolas em meados do século XIX e início do século XX (GLEDSON, 1984) (LAFETÁ, 1989). Os narradores escolhidos por Machado de Assis e Graciliano Ramos são em ambos casos patriarcas e maridos das heroínas. Capitu e Madalena foram, portanto triplamente silenciadas, em primeiro lugar, por serem personagens e não narradoras. A narrativa de *Dom Casmurro* e *São Bernardo* resulta da reconstrução, no momento presente do enunciado, da relação que essas duas personagens complementares – o autor ficcional e a heroína – mantiveram no passado, a qual mistura fatos à invenção, inclusive para justificar os ciúmes e violência contra a mulher. A voz feminina é intermediada pelo discurso do narrador e, portanto, é sua (re) construção e produto de sua fantasia. Mesmo quando suas falas são veiculadas através do discurso direto, nos diálogos, a voz feminina é meticulosamente selecionada e editada pelo narrador. Os silêncios, a leitura que o narrador faz das expressões faciais da personagem e as poucas falas atribuídas a Capitu, por exemplo quando Bentinho lhe revela os planos maternos de o enviar para o seminário, colaboram para a construção de uma personagem calculista, imprevisível e conspiradora:

> Capitu, a princípio, não disse nada. Recolheu os olhos, meteu-os em si e deixou-se estar com as pupilas vagas e surdas, a boca entreaberta, toda parada. Então eu, para dar força às afirmações, comecei a jurar que não seria padre. Naquele tempo jurava muito e rijo, pela vida e pela morte. Jurei pela hora da morte. Que a luz me faltasse na hora da morte se fosse para o seminário. Capitu não parecia crer nem descrer, não parecia sequer ouvir; era uma figura de pau. Quis chamá-la, sacudi-la, mas faltou-me ânimo. Essa criatura que brincara comigo, que pulara, dançara, creio até que dormira comigo, deixava-me agora com os braços atados e medrosos. Enfim, tornou a si, mas tinha a cara lívida, e rompeu nestas palavras furiosas: — Beata! carola! papa-missas![1]

Outro exemplo é uma conversa entre o casal sobre a economia da esposa, a qual surge de uma lição entendiante sobre astronomia e torna-se o assunto principal de um capítulo no livro. O narrador edita a fala da personagem para insinuar que Capitu se distraíra porque pensava em Escobar e, ao mesmo tempo, para fazer com que o leitor desconfie de que o suposto romance entre o amigo e a heroína possa ter brotado desses encontros de natureza profissional:

> – Você não me ouve, Capitu.
>
> – Eu? Ouço perfeitamente.

1 Machado de Assis, *Dom Casmurro*, 1899, capítulo 18, "Um plano", http://machadodeassis.net/hiperTx_romances/obras/domcasmurro.htm, Acessado em 20 de outubro de 2016.

– O que é que eu dizia?

– Você...você falava de Sírius.

– Qual Sírius, Capitu.

– Há vinte minutos que eu falei de Sírius.

– Falava de... falava de Marte, emendou ela apressada.

Realmente, era de Marte, mas é claro que só apanhara o som da palavra, não o sentido. Fiquei sério, e o ímpeto que me deu foi deixar a sala; Capitu, ao percebê-lo, fez-se a mais mimosa das criaturas, pegou-me na mão, confessou-me que estivera contando, isto é, somando uns dinheiros para descobrir certa parcela que não achava. Tratava-se de uma conversão de papel em ouro. A princípio supus que era um recurso para desenfadar-me, mas daí a pouco estava eu mesmo calculando também, já então com papel e lápis, sobre o joelho, e dava a diferença que ela buscava.

– Mas que libras são essas? perguntei-lhe no fim.

Capitu fitou-me rindo, e replicou que a culpa de romper o segredo era minha. Ergueu-se, foi ao quarto e voltou com dez libras esterlinas, na mão; eram as sobras do dinheiro que eu lhe dava mensalmente para as despesas.

– Tudo isto?

– Não é muito, dez libras só; é o que a avarenta de sua mulher pôde arranjar, em alguns meses, concluiu fazendo tinir o ouro na mão.

– Quem foi o corretor?

– O seu amigo Escobar.

– Como é que ele não me disse nada?

> – Foi hoje mesmo.
>
> – Ele esteve cá?
>
> – Pouco antes de você chegar; eu não disse para que você não desconfiasse (*Dom Casmurro*, capítulo 56, "Dez libras esterlinas").

Em segundo lugar, o desejos e aspirações das heroínas são constantemente podados, porque elas são economicamente dependentes dos autores ficcionais, que não querem que elas se dediquem a outra função que não seja cuidar da casa, gerar e educar o filho. Finalmente, a voz das heroínas é silenciada porque elas se encontram mortas quando o relato se inicia. Nós, enquanto leitores, não temos acesso à suas vozes a não ser através do narrador, que passa a ser seu mediador, seu porta-voz inevitavelmente parcial.

O problema que o narrador enfrenta é que, apesar de a heroína estar morta, a sua influência permanece viva na sua mente. Ao morrerem, Capitu e Madalena levam o passado do narrador consigo. Para se livrar dos seus fantasmas e recuperar o seu passado, Bento Santiago e Paulo Honório precisam embarcar numa viagem memorialística e literária da qual resulta o relato autobiográfico. A leitura que empreendem das suas próprias vidas tem o fim de compreender sua relação com as heroínas e, ao mesmo tempo, porque as perderam. Na reconstrução do passado através da escrita o narrador se arrepende de suas ações e lamenta não poder recomeçar: "Se fosse possível recomeçarmos...".[2] Ao contar sua história, o narrador consegue, ou pelo menos tenta, ganhar algum controle sobre o problema subjacente, que é a própria perda irreversível da voz feminina. Os

2 Graciliano Ramos, *São Bernardo*, http://lelivros.me/book/download-s-bernardo-graciliano-ramos-em- epub-mobi-e-pdf/, capítulo 36, consultado em 20 de outubro de 2016.

ecos da voz feminina que restaram em suas memórias colocam-nos em parafuso, impedem-nos de encontrar um sentido unificador para as suas ações e existência.

Ironicamente o aspecto autobiográfico da narrativa fica mais evidente no título do romance que mais se concentra na interação entre o narrador e a heroína, ou seja, em *Dom Casmurro*. A relação entre Bento Santiago e Capitu é abordada no romance desde a situação inicial e o elemento perturbador da narrativa: da cena de abertura da ação propriamente dita, em que a Bentinho são revelados, ou pelo menos tornados mais claros, a sua paixão por Capitolina, o caráter dissimulado da heroína e o futuro que a família lhe reservava.

Dom Casmurro conta a história da obsessão do seu narrador pela figura – heroica – da "primeira amiga", como ele chama Capitu no último capítulo do livro. Sua busca – e, diga-se de passagem, a de Paulo Honório – também é interna, ou seja, ao tentar reconstruir a sua interação com a heroína, procura uma afirmação epistemológica e psicológica para si mesmo. O narrador revela já no capítulo 2 que seu "fim evidente" ao escrever o livro "era atar as duas pontas da vida, e restaurar na velhice a adolescência", feito malsucedido com a casa construída no Engenho Novo.

O título de *São Bernardo*, por sua vez, sendo o nome da fazenda do narrador, nos adianta a coincidência entre proprietário e propriedade, o paralelismo que se estabelecerá entre a edificação e arruinamento do patrimônio e trajetória de vida de Paulo Honório. Com a escrita ele reconstrói o seu passado, da origem humilde de menino órfão à posição de latifundiário empreendedor, reconhecido e respeitado na região e, no final, de homem solitário, arruinado, sem herdeiros nem amigos. Madalena aparece no texto de *São Bernado* muito mais tarde do que Capitu em *Dom Casmurro* e a princípio como elemento indispensável para a perpetuação do patrimônio e formação de uma nova linhagem, que se concretizará com a geração de um herdeiro para a fazenda:

> Amanheci um dia pensando em casar. Foi uma ideia que me veio sem que nenhum rabo de saia a provocasse. Não me ocupo com amores, devem ter notado, e sempre me pareceu que mulher é um bicho esquisito, difícil de governar. A que eu conhecia era a Rosa do Marciano, muito ordinária. Havia também conhecido a Germana e outras da mesma laia. Por elas eu julgava todas. Não me sentia, pois, inclinado por nenhuma: o que sentia era desejo de preparar um herdeiro para as terras de São Bernardo. Tentei fantasiar uma criatura alta, sadia, com trinta anos, cabelos pretos mas parei aí. Sou incapaz de imaginação, e as coisas boas que mencionei vinham destacadas, nunca se juntando para formar um ser completo.[3] (*São Bernardo,* capítulo 11).

O narrador, a partir do sentido reificador que Graciliano Ramos imprime na sua obra, tenta reduzir tudo a objeto (Candido,1992) e (Costa Lima, 1969). Ele faz uso da violência física e repressão intelectual para rebaixar à condição de mercadoria, o que, no entanto, só funciona no trato de mulheres que tiveram passagem curta na sua vida, como Germana: "abraquei a Germana, cabritinha sarará danadamente assanhada e arrochei-lhe um beliscão retorcido na popa da bunda. Ela ficou-se mijando de gosto" (*São Bernardo,* capítulo 16).

A citação acima também revela, no entanto que o universo feminino resiste a reificação, sendo a mulher "bicho esquisito, difícil de governar" (*São Bernardo,* capítulo 11). O mesmo se observa em

3 Graciliano Ramos, *São Bernardo,* http://lelivros.me/book/download-s-bernardo-graciliano-ramos-em- epub-mobi-e-pdf/, capítulo 11, consultado em 20 de outubro de 2016.

outras passagens do romance: "Conforme declarei, Madalena possuía um excelente coração. Descobri nela manifestações de ternura que me sensibilizaram. E, como sabem, não sou home de sensibilidade" (*São Bernardo,* capítulo 20).

O foco de *São Bernardo* não está desde o começo na relação entre Madalena e Paulo Honório. Entretanto, assim como Bento Santiago, o que leva Paulo Honório a escrever é a presença constante da heroína nas suas memórias: "Penso em Madalena com insistência", afirma Paulo Honório no último capítulo do livro (*São Bernardo,* capítulo 36). Em *Dom Casmurro*, à medida que a narrativa avança, a presença de Capitu e os enigmas em torno de sua personalidade se tornam constantes. Entretanto, se Capitu nos é apresentada como uma figura mais indecifrável, em termos de suas ações luta menos contra a dominação masculina do que Madalena. Após a separação, Capitu é enviada para a Suíça, de onde nunca volta. Quem lhe define o destino, portanto, ainda é Bento Santiago que decide pela separação, a qual somente nas aparências é circunstancial, a pretexto de acompanhar o filho nos estudos.

Madalena, por sua vez, representa a mulher instruída, intelectual e politizada que luta pelos direitos conquistados pelo movimento feminista brasileiro, como o direito ao voto assegurado pela Constituição de 1934.[4] Após as primeiras semanas de casamento, o comportamento de Madalena começa a incomodar Paulo Honório. Ela não se enquadra no perfil da dona de casa. Escreve para jornais, conversa com outros homens em pé de igualdade, interessa-se pela

4 Rita de Cássia Barbosa de Araújo. "O voto de saias: a Constituinte de 1934 e a participação das mulheres na política", *Estudos Avançados*, v. 17, n. 49, p. 133-150, Dec. 2003, <http://www.scielo.br/scielo.php?script=sci_arttext&pid=S0103-01420030003000098&lng=en&nrm=iso>. access on 04 Sept. 2016. http://dx.doi.org/10.1590/S0103- 40142003000300009, consultado em 20 de outubro de 2016.

gestão da fazenda, pela escola, preocupa-se com as condições de vida dos empregados e seus salários. Os ciúmes e os atritos matrimoniais se intensificam à medida que Paulo Honório percebe que as qualidades intelectuais e visão política progressista da mulher revelam sua própria inferioridade, visão retrógrada e representam uma ameaça à sua autoridade e patrimônio. O caminho que a personagem encontra para se livrar da dominação é suicídio. Por mais drástica que seja a sua decisão, representa uma recusa em se subjugar a um estilo de vida que não correspondia às aspirações das mulheres do seu tempo.

Macabéa e Olimpíco

Em *Dom Casmurro* e *São Bernardo*, o narcisismo do narrador e o silenciamento e marginalização da heroína se conectam através da construção de uma elegia, ou seja, do lamento pela morte de um ente querido que provoca dor, tristeza e a reavaliação da própria existência. *Dom Casmurro* e *São Bernardo* são romances elegíacos segundo a definição de Keneth A. Bruffee. Como discutido em mais detalhe em outro trabalho, Bruffee cunhou o termo "elegiac romance" para designar uma nova forma narrativa que permitiu que a tradição do romance de busca heroica ("heroic quest romance") sobrevivesse na ficção do século XX (SILVA, 2012). Bruffee prefere chamá-los de "romance" ao invés de "novel", porque o herói embarca em um tipo de busca, como nos romances de cavalaria. São "elegíacos", porque seus narradores nos contam a história depois da morte do herói, como na elegia pastoral.

Dom Casmurro (1899) foi um dos precursores do gênero, ao lado de *Lord Jim* de Joseph Conrad (1900). É certamente o primeiro romance elegíaco brasileiro e o que inaugura uma tradição de romances narrados do ponto de vista masculino, à qual *São Bernardo* se afilia. Em *A hora da estrela*, encontramos a mesma relação complexa entre o narrador e a heroína, e os elementos fundamentais do romance elegíaco: o narrador em primeira pessoa, construção de uma narrativa em moldura ("frame narrative"), a ambiguidade da relação do narrador com seu herói, as introspecções do narrador e a manipulação retórica do leitor. Entretanto, como veremos brevemente a seguir, a relação binária entre narrador e heroína e o caráter elegíaco da narrativa são colocados em chegue em *A hora da estrela.* Clarice Lispector transfigura o narrador em personagem, problematiza a posição do discurso masculino como instrumento de ordenação do mundo e põe em evidência a artificialidade da estrutura e tempo narrativos.

Enquanto a identidade de Olímpico se contrói em oposição à de Macabéa (e anteriormente à de Bento e Paulo Honório em oposição à de Capitu e Madalena), como representante da virilidade e ambição do nordestino imigrante, a do narrador Rodrigo S.M. está intimamente ligada à de sua heroína. Rodrigo se coloca perante a protagonista como num espelho: "Vejo a nordestina se olhando ao espelho e – um ruflar de tambor – no espelho aparece o meu rosto cansado e barbudo" (LISPECTOR, 1998, p. 22). A identidade de Rodrigo é construída à medida em que ele próprio contrói sua heroína: "Pareço conhecer nos menores detalhes essa nordestina, pois se vivo com ela. E como muito adivinhei a seu respeito, ela se me grudou na pele qual melado pegajoso ou lama negra" (*A hora da estrela,* p. 21). A transfiguração do narrador em personagem é, na verdade, sugerida em vários trechos do romance, por exemplo:

> Para desenhar a moça tenho que me domar e para poder captar sua alma tenho que me alimentar frugalmente de frutas e beber vinho branco gelado pois faz calor neste cubículo onde me tranquei e de onde tenho a veleidade de querer ver o mundo. Também

> tive que me abster de sexo e de futebol. Sem falar que não entro em contacto com ninguém. Voltarei algum dia à minha vida anterior? (*A hora da estrela*, p. 23).
>
> É paixão minha ser o outro. No caso a outra. Estremeço esquálido igual a ela (*A hora da estrela*, p. 29).

Nas citações acima, Clarice Lispector imprime um caráter relacional e interdependente nas relações de gênero. No discurso ficcional, narrador e heroína não mais se encontram em oposição um ao outro. Ambos só podem ser compreendidos a partir das relações que se estabelecem entre eles no tempo presente da narrativa.

Rodrigo S. M. expõe sua dificuldade em lidar com a pressão de criar uma personagem inteira a partir de sua própria imaginação. Entretanto, sua existência depende inteiramente da construção da sua personagem: "preciso falar dessa nordestina senão sufoco. Ela me acusa e o meio de me defender é escrever sobre ela. Escrevo em traços vivos e ríspidos de pintura" (*A hora da estrela*, p. 17). Em *A hora da estrela,* essa mútua dependência se estende à própria existência e sobrevivência do narrador e heroína. Quando Rodrigo S. M. põe fim à existência de Macabéa, ele também morre: "Macabéa me matou. Ela estava livre de si e de nós. Não vos assusteis, morrer é um instante, passa logo, eu sei porque acabo de morrer com a moça" (*A hora da estrela*, p. 86).

É certo que há várias ocasiões em que o narrador insulta a personagem feminina. Ele se sente superior a ela, mas reconhece as semelhanças em suas biografias, o que o distingue de Paulo Honório e Bento Santiago, sendo ambos imigrantes nordestinos tentando sobreviver no Rio de Janeiro. Rodrigo tenta ganhar controle sobre a narrativa, ao tornar-se escritor e o criador de uma personagem, a qual não teria a capacidade de contar a sua própria história, por não saber escrever. Ele cria Macabéa, como seu duplo. O fato de Macabéa ser pura invenção, a representação de um tipo carioca – a imigrante nordestina subempregada e suburbana ("É que na rua do Rio de Janeiro peguei no ar de relance o sentimento de perdição no no rosto de uma moça nordestina", p. 12) – expõe a convenções da prosa ficcional, entre elas a diferença entre personagem complexa e linear e a própria construção narrativa como um todo.

Como escreve Rodrigo, "também esqueci de dizer que o registro que em breve vai ter que começar – pois já não aguento a pressão dos fatos – o registro que em breve vai ter de começar é escrito sob o patrocínio do refrigerante mais popular do mundo e que por isso me paga nada" (*A hora da estrela*, p. 23). Clarice Lispector problematiza o processo de criação literária ao explorar a artificialidade de uma das técnicas narrativas mais populares, a narrativa em moldura ("frame narrative"), que coloca uma narrativa principal dentro de um quadro que lhe fornece uma estrutura de início, meio e fim. No caso especifico dos três romances em questão, um homem senta para nos contar a história de que resulta o romance. Essa técnica também se encontra no romance elegíaco. Clarice Lispector expõe a artificialidade dessa técnica uma vez que seu narrador tem consciência do ato de criação da heroína, diga-se de passagem, cuja morte já é prenunciada no início da narrativa: "Só não inicio pelo fim que justificaria o começo – como a morte parece dizer sobre a vida – porque preciso registar os fatos antecedentes" (*A hora da estrela*, p. 16).

Além disso, ele sabe que tem o poder de controlar o tempo e o encadeamento da ação:

> A história – determino com falso livre-arbítrio – vai ter uns sete personagens e eu sou um dos mais importantes deles, é claro. Eu, Rodrigo S. M. Relato antigo, este, pois não quero ser modernoso e inventar modismos à guisa de originalidade. Assim é que expe-

> rimentarei contra os meus hábitos uma história com começo, meio e 'gran finale' seguido de silêncio e de chuva caindo (*A hora da estrela*, p. 13)

Vemos que o trecho acima nos deixa entrever a identidade de Clarice Lispector enquanto narradora ela mesmo, ao nos revelar que o narrador envereda por um tipo de narrativa fora do seu costume, o que de fato *A hora da estrela* representa no conjunto da obra da escritora. O narrador também nos revela que precisa se controlar para não adiantar o fim:

> Pergunto-me se eu deveria caminhar à frente do tempo e esboçar logo um final. Acontece, porém que eu mesmo ainda não sei bem como esse isto terminará. E também porque entendo que devo caminhar passo a passo de acordo com um prazo determinado por horas: até um bicho lida com o tempo. E esta é também a minha mais primeira condição: a de caminhar paulatinamente apesar da impaciência que tenho em relação a essa moça (*A hora da estrela*, p. 16)

A voz de Capitu e Madalena havia sido silenciada porque suas histórias foram contadas sob o ponto de vista do patriarca e porque estavam mortas no momento em que a narrativa se inicia. Macabéa, por sua vez, é silenciada por não ter o dom da escrita e por ser deliberadamente uma criação do narrador. Essa Eco nordestina foi desprovida de um corpo atraente ("o fato de vir a ser uma mulher não pertencesse à sua vocação", *A hora da estrela*, p. 49), está fadada a apenas repetir as frases que ouve na Rádio Relógio e a datilografar palavras incompreensíveis. Apesar de a voz da heroína permanecer silenciada, o romance apresenta uma reflexão sobre a posição tradicional de esquemas narrativos canônicos em que narrador masculino usa a personagem feminina para demonstrar sua masculinidade e superioridade. Entretanto, essas três heroínas introduzem ambiguidade no discurso e como nos mostra o narrador ovidiano, mesmo tendo sido privadas da linguagem, conseguem expressar o seu desejo, até mesmo dentro dos limites da repetição, como o fez Eco. O eco, ou seja, a voz feminina não desaparece: na verdade, inercepta e desestabiliza o discurso narrativo masculino hegemônico e se transforma nos grandes mistérios e enigmas da literatura.

Referências Bibliográficas

ARAÚJO, Rita de Cássia Barbosa de. *O voto de saias: a Constituinte de 1934 e a participação das mulheres na política*. In: Estudos Avançados, v. 17, n. 49, p. 133- 150, Dec. 2003, <http://www.scielo.br/scielo.php?script=sci_arttext&pid=S0103- 40142003000300009&lng=en&nrm=iso>. access on 04 Sept. 2016 http://dx.doi.org/10.1590/S0103-40142003000300009, consultado em 20 de outubro de 2016.

BERGER, Anne-Emmanuelle / Rachel GABARA. (1996) "The Latest Word from Echo", *New Literary History*, 27, 621-640.

BRUFFEE, Kenneth A. (1983). *Elegiac Romance: Cultural Change and Loss of the Hero in Modern Fiction*, Ithaca e Londres: Cornell University Press.

CANDIDO, Antônio (1992). "Ficção e confissão", *Ficção e confissão*, Rio de Janeiro: Editora 34.

GLEDSON, John (1984). *The Deceptive Realism of Machado de Assis: A Dissenting Interpretation of* Dom Casmurro, Liverpool: Liverpool Monographs in Hispanic Studies.

LAFETÁ, João Luiz (1989). *"O mundo à revelia", em Graciliano Ramos*, São Bernardo, Rio de Janeiro: Record, 1989.

LIMA, Luiz Costa (1969). "A reificação de Paulo Honório", *Por que literatura*, Petrópolis: Vozes, 1969.

LISPECTOR, Clarice (1998). *A hora da estrela*, São Paulo: Rocco, 1998.

MACHADO DE ASSIS (1899). *Dom Casmurro*, http://machadodeassis.net/hiperTx_romances/obras/domcasmurro.htm, acessado em 20 de outubro de 2016.

OVÍDIO, (2007). "Narciso e Eco", in *Metamorfoses*, tradução de Paulo Farmhouse Alberto, Lisboa: Livros Cotovia.

RAMOS, Graciliano. *São Bernardo*, http://lelivros.me/book/download--s-bernardo- graciliano-ramos-em-epub-mobi-e-pdf/, consultado em 20 de outubro de 2016.

SAGAL, Naomi (1988). *Narcissus and Echo: Women in the French Récit*, Manchester: Manchester University Press, 1988.

SILVA, Ana Cláudia Suriani (2012). "Dom Casmurro, uma elegia moderna: diálogos com Lord JIM, de Joseph Conrad", em Hélio de Seixas GUIMARÃES e Marta de SENNA (eds), Rio de Janeiro: Móbile Editorial.

SPIVAK, Gayatri Chakravorty (1993). "Echo", *New Literary History*, 24, p. 17-43.

MARGINALIDADE(S) SOCIAIS & MARGINALIDADES CULTURAIS

A RELAÇÃO ENTRE CRIADAS E PATRÕES NA SEGUNDA METADE DO SÉCULO XIX, EM *O PRIMO BASÍLIO* DE EÇA DE QUEIRÓS

Albertina Pereira Ruivo

No século XIX, Portugal encontra-se numa decadência profunda. Desde as invasões francesas, o país atravessa uma grande instabilidade política, a pobreza aumenta de dia para dia e as classes mais abastadas continuam mais do que nunca ignorando a miséria que se instala à sua volta. A pequena e média burguesia vive entorpecida, segundo os valores caducos do romantismo. Durante a segunda metade do século, um grupo de jovens intelectuais, de Coimbra, inspirados por outros países europeus como a França, a Alemanha e a Inglaterra, decidem protestar contra os valores conservadores e retrógrados, contestando o gosto artificial e decadente do Romantismo. Na capital, estes jovens, entre os quais, Eça de Queirós, pronunciam uma série de "Conferências Democráticas". Abertas a todos, estas tinham por objectivo agitar a opinião pública, sensibilizá-la sobre as correntes artísticas, literárias, filosóficas, científicas, políticas e sociais, emergentes na Europa. Baseando-se nas obras de Taine e Proudhon, estes lembram o estado decadente das letras nacionais e a necessidade de renovar.

Por sua parte, Eça, insiste na ideia principal do realismo, que era a "negação da arte pela arte".[1] Para isso era indispensável que conseguissem fazer, através da arte, com que os artistas da época deixassem de pintar o sentimentalismo para pintar a realidade.

Em 1871, aquando as famosas conferências do Casino, Eça e Ramalho Ortigão, encetam a publicação mensal, de *As Farpas,* nas quais fazem apelo ao "Leitor de bom senso", convidando-o a ver o estado de decadência em que se encontra o país: "Aproxima-te um pouco de nós, e vê" (QUEIRÓS 2004, p. 16).[2] Nestas crónicas, os dois artistas explicam realidades verificadas naquela época em Portugal, tanto a nível artístico como político, económico e social.

No romance, *O Primo Basílio*, publicado em 1878, Eça pinta o quadro da vida burguesa no qual a mulher vive dentro do cânone do romantismo, completamente desocupada, sem trabalho, levando uma vida mundana, regida segundo as regras do "bem parecer" da época. Nesta obra, Eça, introduz o aspecto mais inovador do realismo, ao dar voz ao proletariado, atribuindo um lugar importante às criadas e sublinhando assim a relação que têm com os patrões.

Para começar, veremos como mulheres honestas, que vão para a capital para conseguirem uma vida melhor, se tornam vítimas das aspirações burguesas dos patrões; em seguida observaremos as cir-

---

1 Jacinto do Prado Coelho, "Conferências do Casino". *Dicionário da Literatura*, v. I, Porto: Figueirinhas, 1989, p. 195.

2 Na introdução desta edição, Maria Filomena Mónica, acrescenta uma nota explicativa a propósito da autoria dos textos: "Note-se que alguns dos parágrafos identificados a cor cinza nos sumários da presente edição são do Ramalho. Os textos que Eça aproveitou em *A Campanha Alegre* aparecem identificados, mas os que ele decidiu não incorporar surgem frequentemente misturados com os daquele. Quanto aos escritos de Ramalho, dividem-se em dois grupos: os que ele coligiu sob o título *As Farpas*, em volumes publicados em vida pelo editor David Corazzi (1887-1890); e os outros, que suscitam problemas".

cunstâncias que as levam as transgredir as regras; para terminar analisaremos como se opera a confrontação entre proletariado e patrões.

As jovens provincianas vão para a capital à procura de uma vida melhor. As mulheres do proletariado vivem um período complicado, que não lhes é favorável. Em geral estas mulheres são serviçais, cozinheiras, costureiras. Segundo o estudo d'Anne Higonnet "Femmes et Images", as mulheres trabalham sobretudo na costura: "Du début à la fin du siècle, l'activité féminine la plus représentée fut la couture"(HIGONNET, p. 362) As moças, ainda muito jovens, vão para a cidade para conseguirem uma vida mais digna, trabalhando para pessoas abastadas, com pouca ou nenhuma compaixão. No romance, o autor insiste sobre as realidades evocadas em *As Farpas* acentuando os contrastes entre o proletariado e a burguesia, apontando os principais inconvenientes acarretados pela utopia romântica. A mulher da pequena e média burguesia vive sob a influência de leituras sentimentais que a levam, em certos casos extremos, à sua perda. A ociosidade, a solidão e, sobretudo, a ilusão de uma vida luxuosa conduzem-na inexoravelmente à marginalidade. Devido ao facto de viver num ideal que recusa a realidade, a pequena burguesia ignora a pobreza à sua volta.

Os autores, em *As Farpas,* descrevem uma realidade demasiado cruel, a classe média é cada vez mais impermeável, à miséria do povo, "A ruína económica cresce, cresce, cresce" (QUEIRÓS, 2004, p. 16). O povo afogado na pobreza passa a vida a rezar, "a única coisa que faz além de pagar" (QUEIRÓS, 2004, p. 19). No meio urbano a vida é muito difícil, mas no meio rural a realidade económica da época ainda é bem mais rude. O agricultor trabalha de sol a sol, subalimentado para poder pagar o imposto ao Estado: "A população dos campos, vivendo em casebres ignóbeis, sustentando-se de sardinha e de vinho, trabalhando para o imposto por meio de uma agricultura decadente, puxa uma vida miserável, sacudida pela penhora".

(QUEIRÓS, 2004, p. 17). Nestes textos pode-se notar até que ponto os meios rurais são castigados.

São estas realidades sociais que obrigam os jovens a tomarem o caminho das cidades. Os homens, em geral, mesmo vindos da agricultura, encontram um trabalho qualificado; carpinteiro, marceneiro, carvoeiro, cocheiro, jardineiro. Desta forma, as mulheres também são obrigadas a partir, a falta de trabalho também as encaminha para a cidade, onde algumas conseguem um emprego de costureira, modista, cozinheira. Com a chegada da industrialização também aparece a máquina de costura. As jovens, que em grande parte, trabalham na costura ficam desempregadas. Ramalho numa d'*As Farpas*, datada, de Novembro de 1873, diz o seguinte: "A costura que ainda há pouco era o grande refúgio das raparigas pobres desapareceu com a máquina de coser. A mulher não pode sustentar essa concorrência" (ORTIGÃO, 2007, p. 989) Perante as dificuldades económicas a maioria das jovens com, ou ainda, sem profissão, acabam por encontrar uma única solução que é tornarem-se criadas.

O autor, numa outra *Farpa*, apresenta o mundo industrial moderno: "Actualmente, nas nossas cidades industriais e burguesas, o homem sai de manhã para os seus negócios; [...] A mulher tem suas visitas de dia, tem à noite o seu camarote em S. Carlos [...] Além disso lê um romance. [...] Os criados têm em virtude desta organização uma existência inteiramente separada da família" (ORTIGÃO, 2007, p. 1026). É de notar que com a industrialização o número de pequeno-burgueses aumenta e que, na segunda metade do século XIX, a procura de criadas de servir também. Anne Martin-Fugier, na sua obra sobre as criadas, salienta o facto de esta procura conhecer um aumento constante, mas apenas no que diz respeito às criadas: "Cette demande grandissante, et même excessive par rapport à l'offre, concerne uniquement la bonne à tout faire, et non les domestiques plus spécialisées" (MARTIN-FUGIER, 2004, p. 36), As razões que levam à escolha de uma única criada para todos os serviços são de ordem económica, o salário da criada não é tão elevado como o de uma empregada especializada. Quando é necessário reduzir o orçamento para os empregados, os primeiros a ser despedidos são os jardineiros, os cocheiros, as cozinheiras, as costureiras.

Para se ser burguês a condição *sine qua non* é ter criados ao seu serviço. No caso dos pequeno-burgueses, mesmo que não tenham os meios suficientes para lhes oferecer as regalias de base, procuram ter uma criada para assegurarem a condição social a que pretendem. O facto de não terem as condições necessárias não é essencial, mesmo que não haja dinheiro suficiente para as manter. Mas para se poder diferenciar, todo pequeno-burguês tem criada. Anne Martin-Fugier, salienta no seu estudo, esse limite ténue entre pequeno-burgueses e proletariado:

> La clientèle des bonnes à tout faire, c'est la petite bourgeoisie. À la fin du XIXe siècle sont de en plus nombreux les petits-bourgeois qui, ayant des revenus à peine supérieurs à ceux des prolétaires,[3] n'ont rien de plus pressé que de se démarquer de ceux-ci en adoptant l'image de marque des bourgeois : la bonne à tout faire. (MARTIN-FUGIER, 2004, p. 36)

Em geral, estas não são respeitadas pelos patrões que para manterem a sua posição social, lhes impõem trabalho sem relaxe, sem horários, instalam-nas em alojamentos de fortuna. Eça, sensível e atento à condição social, descreve com hábil minúcia os seus personagens; nenhum detalhe escapa à agudeza da sua análise. Numa carta a Rodrigues de Freitas, o autor sublinha as intenções dos realistas: "queremos fazer a fotografia, ia quase dizer a caricatura do velho

3 Sublinhado nosso.

mundo burguês, sentimental, devoto, católico, explorador, aristocrático..." (QUEIRÓS, 2001, p. 45)

No seu romance, Eça, sublinha os erros trazidos pelo ideal romântico, insistindo sobre a realidade social da época. O narrador alterna entre os patrões e o proletariado. Por um lado, temos a mulher burguesa, Luísa, que faz tudo para salvar as aparências, e por outro, a mulher que trabalha, Juliana, a criada, lutando por uma vida melhor. Uma que tem tudo quanto quer para ser feliz, mas que se aborrece por falta de actividade, e outra gasta pelo trabalho e cansada de esperar por dias melhores, que não vê chegar.

Luísa, a personagem principal, é uma jovem recentemente casada com Jorge, um mocetão, robusto, vigoroso, que pertence ao mundo burguês desde sempre e que encarna o arquétipo representativo dos valores do romantismo, aliás, os amigos dele não hesitam a dizer-lhe que é um "proseirão", um "burguês" (QUEIRÓS, 1990, p. 11). O jovem casal tem em casa duas empregadas, a cozinheira, Joana, uma jovem minhota, e Juliana, a criada, uma senhora menos jovem, oriunda de Lisboa.

Juliana não conheceu o pai e a mãe faleceu quando era jovem. Nunca gostou de servir, mas levou uma vida inteira de serviçal contrariada. Desde menina sonha ter um pequeno pecúlio para se pôr à sua conta, dar ordens e ser patroa. Trabalha duramente para economizar algum dinheiro para realizar o seu sonho, mas o dinheiro que ganha não lhe chega, o pouco que conseguiu juntar gastou-o para se tratar: "Servia havia vinte anos. Como ela dizia, mudava de amos, mas não mudava de sorte. Vinte anos a dormir em cacifos, a levantar-se de madrugada, a comer restos, a vestir trapos velhos, a sofrer os repelões das crianças e as palavras das senhoras, a fazer despejos..." (QUEIRÓS, 1990, p. 75) Juliana é uma vencida da vida, uma pobre que não tem nada para ela. É doente, magra, feia, solteirona, nunca teve nenhum homem que se interessasse por ela, o único por quem ela se interessou riu-se dela e pôs-lhe o nome de "*Isca Seca*!" (QUEIRÓS, 1990, p. 79). A velhice aproxima-se e ela sem ter nada de seu. Ao ver a idade a avançar, perde a esperança de conseguir juntar o tal dinheiro que lhe permitiria mudar de vida. Quando começa a trabalhar para a tia de Jorge as suas esperanças voltam, mas, quando esta falece sem a mencionar no testamento, desaparecem de novo: "perdeu toda a esperança de se estabelecer. Teria de servir até ser velha, sempre de amo em amo! Essa certeza dava-lhe uma desconsolação constante" (QUEIRÓS, 1990, p. 75).

As criadas vivem isoladas, não têm vida pessoal, vivem à margem, dentro do meio doméstico, mas sem fazer parte da vida familiar. Os patrões representam o centro, as criadas, essas, vivem separadas, no sótão ou, como em Paris, no infame sexto andar. O afastamento, a falta de condições e a falta de consideração fazem com que estas se sintam rejeitadas. É este sentimento de rejeição que as leva à revolta.

Note-se que a Juliana, de tanto ser rejeitada, torna-se uma pessoa azeda, cheia de ressentimento. Transforma-se numa pessoa amarga e desagradável, detestando tudo e todos, sobretudo as amas. Chamando-lhes "cabras": "Todas o mesmo! Uma récua de cabras!"(-QUEIRÓS, 1990, p. 87). Juliana começa a detestar os patrões, sobretudo as senhoras: "Tivera-as ricas, com palacetes, e pobres, mulheres de empregados, velhas e raparigas, coléricas e pacientes – odiava-as a todas, sem diferença. É patroa e basta! [...] A ama era para ela o Inimigo, o Tirano" (QUEIRÓS, 1990, p. 77).

Embora Jorge reconheça os esforços e as qualidades de Juliana e prove o seu reconhecimento, ao empregá-la contra a vontade da esposa: "Coitada, é uma pobre de Cristo! E depois que engomadeira admirável! [...] – E, enfim, minha filha, a maneira como ela se portou na doença da tia Virgínia" (QUEIRÓS, 1990, p. 14). Tudo isso não é suficiente para lhe oferecer um quarto decente.

Jorge, como todos os burgueses interessa-se mais em manter as aparências do que pelas condições de vida das criadas. Juliana e Joana vivem como a maioria das criadas, dormem no sótão, debaixo do telhado, demasiado frio no inverno e sufocante no verão: "o quarto era baixo, muito estreito, com tecto de madeira inclinado; o sol aquecendo todo o dia as telhas por cima, fazia-o abafado como um forno; havia sempre à noite um cheiro requentado de tijolo escandecido." (QUEIRÓS, 1990, p. 71). Os alojamentos são pequenos, insalubres, pouco arejados, com madeiras podres e cheios de bicharada, Juliana não cessa de se lamentar: "Nunca, nunca nas casas que servia, tinha tido um quarto pior. Nunca!" (QUEIRÓS, 1990, p. 74).

Em geral, as criadas têm cama e mesa, mas em muito más condições, as camas são de ferro, com colchões de palha e cheios de percevejos: "O raio do quarto tinha ninhos! Até sentia o estomago embrulhado. – ai! é um inferno! – disse com lástima Juliana! – Eu só adormeço com dia" (QUEIRÓS, 1990, p. 72).

Os salários são miseráveis, as criadas nunca têm dinheiro para as suas necessidades, quando precisam de roupas são obrigadas a pedir dinheiro adiantado. Vivem consoante a boa vontade dos patrões, muito pouco generosos, tanto a nível de salários, como a nível de alojamentos e até mesmo a nível de alimentação. Quanto à saúde, o facto de estarem doentes não é uma razão suficiente para os patrões lhes darem um dia de descanso. Em caso de necessidade têm direito de ir ao médico, mas se a doença for grave mandam-nas para o hospital, para dar lugar a outras.

Juliana como pessoa doente sabe que deve trabalhar mesmo a lutar contra o sofrimento: "Uma criada! A criada é o animal. Trabalha se podes, senão rua, para o hospital" (QUEIRÓS, 1990, p. 270). Há realmente dois mundos totalmente opostos. Embora a fronteira entre o pequeno-burguês e o proletariado seja, em certos casos, muito pequena. A indiferença, a falta de consideração dos patrões e as más condições em que vivem conduzem as criadas à revolta.

A transgressão dos limites aparece como única solução. As serviçais passam a vida a lastimar-se, quando se encontram em situações desesperadas perdem as expectativas, e a única solução que encontram é transgredir as regras. Deixam de respeitar os patrões, conspiram, intrigam, roubam, vingam-se. Note-se que os amos animalizam os subalternos, obrigando-os a trabalhar sem horários, mal alimentados, mal vestidos, mal alojados, sem condições de vida e sem nenhumas garantias.

Juliana vive revoltada, o trabalho tornou-se muito cansativo, encher água, despejar água, lavar, ensaboar, engomar, arrumar, limpar, servir. O ódio que sente contra as patroas começa a invadi-la:

> Começou a detestá-la: pôs-lhe logo um nome: piorrinha! [...]. Começou a odiar a casa.
>
> Tinha para isso muitas razões, dizia: dormia num cubículo abafado; ao jantar não lhe davam vinho, nem sobremesa; o serviço dos engomados era pesado; Jorge e Luísa tomavam banho todos os dias, e era um trabalhão encher, despejar todas as manhãs [...] tinha servido vinte anos e nunca vira semelhante despropósito (QUEIRÓS, 1990, p. 81).

Para encontrar solução aos seus problemas, Juliana, pediu conselho à Tia Vitória, a inculcadeira. Pôs-se então à procura de um "bom segredo", para assegurar a sua velhice, começou a espiar a patroa e a procurar no cesto dos papéis. Ao encontrar uma carta de amor de Luísa a seu primo Basílio, Juliana pensou ter encontrado a oportunidade da sua vida e decidiu tirar proveito da situação. No início exigiu à patroa uma quantia importante de dinheiro. Como não conseguiu obter o dinheiro, começou a roubar, ameaçando a patroa, pedindo-lhe tudo o que queria.

Através desta chantagem, o narrador convida mais uma vez o leitor a ver a miséria e as dificuldades dos que precisam de trabalhar. A criada começa a fazer pressão sobre a patroa e a mandar nela, mostrando-lhe, desta forma, o que ela não via, pondo-a a lavar, a despejar, a engomar, a limpar, a varrer. Juliana, para conseguir o que não conseguiu à força de trabalho, tem de transgredir as regras. Ela que sempre foi honesta e trabalhadeira, encontra-se a roubar e a mandar na patroa. Como nunca conseguiu dinheiro para ter a sua criada, pôs a sua própria patroa a trabalhar para ela.

Os modelos de criadas que encontramos no romance, de Eça, correspondem aos modelos da época, conhecidos noutros países da Europa. Por exemplo, o personagem de Juliana, tem alguns traços do personagem do romance de Jules e Edmond Goncourt, *Germinie Lacerteux*. Esta tem problemas pessoais, e depois da desilusão da morte da filha, começa a beber: "Germinie trouva dans l'arrière-boutique deux ou trois bonnes de la rue qui "tuaient le ver". Attablées, elles sirotaient des cancans et des liqueurs"(DE GONCOURT, 1990, p. 151). As criadas parisienses tinham o hábito de ir logo de madrugada à taberna, para "matar o bicho". Juliana, não vai tão longe, mas quando perde as esperanças de mudar de vida, também começa a beber fechada: "em certos dias comprava uma garrafa de 80 réis, e bebia-a só, fechada, repimpada, com estalos da língua" (QUEIRÓS, 1990, p. 78). Como Germinie, Joana, a cozinheira também tem uma vida secreta, recebe o amante às escondidas dos patrões. Quando estes saíam ela estendia à janela um velho tapete, com galhos de veado, para dar sinal ao amante para ele entrar. Joana, também pede dinheiro adiantado para o manter: " – Vossemecê também, Sra. Joana, deixa-se cardar pelo homem! Joana sorriu. – Ainda que eu tivesse de roer ossos, Sra. Juliana, a última migalha havia de ser para ele!". (QUEIRÓS, 1990, p. 73)

Em certos casos extremos os patrões também abusam sexualmente das jovens criadas, exigindo que as criadas vivam em concubinagem com eles. As pobres criaturas trabalhavam para eles de dia e dormiam com eles de noite. É o que acontece com o Conselheiro Acácio, que não quer compromissos com as mulheres do seu nível social, mas vive amancebado com Adelaide, uma jovem criada. Esta promiscuidade, tem como resultado o aborto clandestino, o infanticídio, muitas vezes as jovens não têm outro remédio, senão levarem os bebés à roda. Anne Martin-Fugier, conclui que a situação mais frequente e mais difícil para uma criada é engravidar. Em 1890, nos hospitais de Paris, mais de metade dos bebés que nascem são filhos de criadas (MARTIN-FUGIER, 1980, p. 35). Também acontece esconderem a gravidez até ao termo e dar à luz sozinhas, fechadas no quarto, para irem abandonar os filhos na rua. Como foi o caso de Adèle, em *Pot-Bouille,* de Zola, que depois de ter passado uma noite de sofrimento para ter o bebé, embrulhou-o em jornais, voltou a desembrulhar para ver o sexo, e foi abandoná-lo na rua: "elle put sortir, [...] aller poser son paquet dans le passage Choiseul [...] puis remonter tranquillement." (ZOLA, 1998, p. 452). As raparigas encontram-se ameaçadas pelo desemprego, tão isoladas que não hesitam em abandonar os bebés. No romance, de Eça, o narrador não fala de aborto, nem de nascenças clandestinas, mas alude ao caso da filha da amortalhadeira, a Antoninha, que se encontra grávida de um homem que lhe bate e que lhe apanha o dinheiro: "aquele desalmado que lhe come tudo, que já lhe arranjou um filho e que a derreia com pau... Mas então, as raparigas são assim..." (QUEIRÓS, 1990, p. 408)

Eis algumas das situações que, em certos casos, conduzem as serviçais a ultrapassarem os limites, insurgindo-se contra os maus tratos dos patrões.

A criada é duas vezes marginalizada, primeiro por ser mulher, mas sobretudo por ser pobre e por ser criada. As criadas não têm direitos, só têm obrigações. Quando têm um amante muitas vezes é para lhes pedir dinheiro, para as espancar e mesmo para as engravidar. A reacção de Adèle é muito expressiva, no momento em que esta descobre o sexo do bebé: "C'était une fille. Encore une malheureuse! de la viande à cocher ou à valet de chambre..." (ZOLA, 1998, p. 452). Estas palavras vindas da boca de uma criada marginalizada por todos, resumem bem a condição feminina do lado de trás da burguesia. É esta a parte escondida que os realistas querem sublinhar, dando a palavra aos rejeitados.

A luta entre classes é aqui representada por duas mulheres que se odeiam, uma por ter tudo e outra por não ter nada. Eça leva o ridículo da situação ao seu paroxismo. A chantagem exercida pela Juliana sobre a Luísa faz com que a mulher burguesa conheça a humilhação e a vida de escrava da criada. Juliana faz questão em que Luísa vá visitar o seu quarto. "A senhora já foi ao meu quarto? É uma enxovia! A percevejada é tanta que tenho que dormir quase vestida!" (QUEIRÓS, 1990, p. 270). Por falta de dinheiro, tanto uma como a outra são levadas a transgredir as regras, o que as conduz à própria morte.

Para concluir, podemos dizer que, nesta obra, Eça põe em prática os princípios do realismo, denunciando a estagnação e a decadência do país, que vive mergulhado no passado e baseado nos ideais da corrente romântica, o que impede a evolução socio-cultural. Eça põe em relevo tudo o que não funciona na sociedade da época. A sociedade lisboeta vive no passado. Os personagens vivem fora do tempo, excepto Basílio, que volta do estrangeiro para sublinhar o atraso da nação. A capital portuguesa, segundo ele, não é mais que uma aldeola, uma pocilga. Naquela época, as pessoas que têm possibilidades financeiras, preferem abandonar Lisboa para se instalarem em cidades modernas e desenvolvidas.

Através da personagem de Juliana, Eça mostra que, por trás da burguesia, que vive procurando um ideal que, na verdade, só subsiste nos romances, existe uma realidade que é a pobreza dos que trabalham para sobreviver. Tanto a burguesa como as criadas são transgressoras dos limites. O quadro romântico narrado neste romance faz parte de um ideal que deve ser extinto. Eça aponta vários tipos de mulher que, ao viverem num mundo imaginário desligadas da realidade, são encaminhadas para a marginalidade. Tanto a mulher desonesta, pervertida pelo sexo, como a mulher cúpida e chantagista, fazem parte de um mundo que está condenado a desaparecer. As criadas são umas "miseráveis", marginalizadas pelo nascimento e pelos patrões que as desumanizam até ao último ponto, obrigando-as assim a passar de marginalizadas a marginais.

Referências bibliográficas

ARON, Jean-Paul (1980). *Misérable et Glorieuse, la femme du XIXe siècle*. Paris: Fayard.

COELHO, Jacinto do Prado (1989). "Conferências do Casino," in Jacinto do Prado COELHO, *Dicionário da Literatura*, v. I, Porto: Figueirinhas.

DE GONCOURT, Edmond et Jules (1990). *Germinie Lacerteux*. Paris: Flammarion.

HIGONNET, Anne (2013). "Femmes et Images" *in Histoire de femmes en Occident IV. Le XIXe siècle*, Geneviève Fraisse et Michelle Perrot (Dir.), Paris: Plon.

KÄPPELI, Anne-Marie (2013). "Scènes Féministes" *in Histoire de femmes en Occident IV. Le XIXe siècle*. Geneviève Fraisse et Michelle Perrot (Dir.), Paris: Plon.

MARTIN-FUGIER Anne (2004). *La place des bonnes, la domesticité féminine à Paris en 1900,* Paris: Éditions Perrin, collection Tempus.

ORTIGÃO, Ramalho e Eça de QUEIRÓS (2004). *As Farpas - Crónica mensal da política, das letras e dos costumes,* coordenação e introdução de Maria Filomena Mónica, Lisboa: Principia.

ORTIGÃO, Ramalho (2007). *Farpas Completas*, Barcelos, Círculo de Leitores, 2007.

PERROT, Michelle (2001). *Les femmes ou les silences de l'histoire,* Paris, Flammarion, 2001.

PERROT, Michelle (dir.) (1984). *Une histoire des femmes est-elle possible?* Marseille: Rivages.

PERROT, Philippe (1980). "Le jardin des modes", *Misérable et Glorieuse, la femme du XIXe siècle,* Paris: Fayard.

QUEIRÓS, Eça de (1990). *O Primo Basílio*, Porto: Porto Editora, Colecção Portuguesa.

QUEIRÓS, Eça de (2001). "Carta dirigida a Rodrigues de Freitas, a 30 de março de 1878", *Cartas e outros escritos*, Lisboa: Livros do Brasil.

VAQUINHAS, Irene (2000). "Senhoras e Mulheres" na sociedade portuguesa do século XIX, Lisboa: Edições Colibri.

ZOLA, Émile (1998). *Pot-Bouille*, Paris: Livre de Poche

BALBINA, JOSEFINA E EMÍLIA: A CONFIGURAÇÃO TEATRAL DA MARGINALIDADE NO FEMININO, NA PEÇA INÉDITA *FATAL DILEMMA* DE ABEL ACÁCIO BOTELHO

Anabela Morais Brás

A obra literária de Abel Botelho (1855-1917) é bastante rica no que diz respeito ao tema da marginalidade feminina, pois este escritor não só recorreu à periferia para construir personagens femininas e composições romanescas, como também ele próprio, a determinado momento, fora excluído do sistema literário, pelo facto de ter explorado, nos seus romances naturalistas, temas bastante controversos na sociedade portuguesa dos finais de Oitocentos e, mais tarde, do Estado Novo, tais como a homossexualidade (masculina e feminina), a bissexualidade, a pederastia, a prostituição, o adultério, a miséria e a injustiça sociais, por exemplo.[1] Assim, em Abel Botelho, verifica-se o caso curioso em que tanto o criador como as suas criaturas se apresentam como seres "à margem" do expectável.

Abel Botelho é comummente entendido como romancista epigonal de um naturalismo tardio, sendo atualmente o universo narra-

1 Em especial o *adultério* – desde logo pelo seu potencial de conflito a nível diegético, para além de dilema moral em face da instituição religiosa e social do matrimónio – torna-se manifestamente um dos grandes temas da literatura ficcional do Oitocentos (do romance ao teatro), prestando-se a fecundas análises de natureza comparatista (cf. NEUPART, 2002).

tivo dos cinco volumes que constituem o ciclo romanesco "Patologia Social" (1891-1910) objeto de pesquisas, que procuram resgatá-lo e reinseri-lo no universo literário, por meio de ensaios críticos, preleções e teses. Na verdade, o caráter marginal dos "casos patológicos", provocados pela falta de comedimento na gestão das "faculdades de sentimento, de pensamento e de ação" – tal como o anunciara na "explicação-programa" do "Prólogo da Segunda Edição" de *O Barão de Lavos* (1898) –, tem vindo a seduzir múltiplos e variados estudiosos, com o intuito de dissolver a invisibilidade que cobriu boa parte da sua multifacetada produção literária.

Todavia, a produção teatral de Abel Botelho ainda se encontra afastada da recente produção crítico-literária, sendo a sua abordagem não tão vasta nem tão aprofundada como desejável, dado que se possui um conhecimento francamente insuficiente sobre a dramaturgia do autor, a qual se resume, muitas vezes, à mera enumeração de peças e de representações ou a breves apontamentos relativos à sua receção. Vários fatores comprovam esta situação: desde o desmerecimento e a reprovação a que foram votados o autor e a sua obra, até à ausência da (re)edição das peças representadas e das inéditas, o que dificulta, largamente, a concretização de investigações mais detalhadas.

Neste sentido, na sua modéstia, esperamos que a presente reflexão permita revelar mais uma faceta da obra deste escritor, neste caso em particular sobre o cosmos feminino da sua dramaturgia, mais especificamente o do drama inédito *Fatal Dilemma*, uma vez que também se adivinha, nas suas produções teatrais, a presença do mesmo fascínio de Botelho pela delineação de espaços e de situações do quotidiano de seres femininos transgressores e/ou pertencentes a setores marginalizados da sociedade. Embora este não seja o momento para demonstrar cabal e aprofundadamente tal asserção[2], mas a título de curiosidade, referimos apenas que duas das suas peças apresentam como título o nome das suas heroínas – a comédia *Jucunda* (Teatro do Ginásio, 1889 e 1890; ed. 1895) e o drama *Claudina* (Príncipe Real, 1890) –, e que o universo feminino sobressai nas produções teatrais *Imaculável* e *Fatal Dilemma*, como seguidamente observaremos.

A propósito desta última peça teatral, sobre a qual incide a nossa intervenção, convém relembrar que o escritor publicara um romance com o mesmo título, o qual constitui o quarto volume de "Patologia Social" (publicado em 1907), circunstância que o próprio autor explica pelo facto de "Pouco depois de concluído o manuscrito", ter sido seduzido pela "sugestiva exteriorização do palco", determinando-se "a enquadrar o assunto numa peça" (BOTELHO, 2007, p. 365).[3]

A peça inédita *Fatal Dilemma* consiste num manuscrito inédito de cento e vinte e oito páginas, datado de 1893. Põe em cena uma ação que tem como pano de fundo o ambiente familiar aristocrato-burguês dos finais do século XIX, ilustrado quer pelo casal Ernesto e Balbina Silveira, quer por aqueles que frequentam a sua casa: Cincinato (doutor e grande amigo de Ernesto), Josefina (a amiga jovem casada de Balbina) e o Marquês de Rio Bom (um cinquentão reconhecido pelas suas diversas conquistas femininas, ao jeito de D. Juan). De modo a completar um quadro que configurasse um acontecimento elucidativo do casamento burguês, das relações amorosas, das causas e das consequências do adultério finisseculares, Abel Botelho concebeu ainda dois seres socialmente margina-

2 Esta temática integra um dos capítulos da dissertação de Mestrado sobre a dramaturgia de Abel Botelho, trabalho académico em fase de desenvolvimento.

3 Escrita a que não é alheio o influxo das ideias estéticas do Naturalismo, com o seu "processo fisiológico", aplicadas aos vários géneros literários, do romance ao teatro. Aliás, estas ideias foram teorizadas em Portugal por Júlio Lourenço Pinto em *Esthetica Naturalista* (1884).

lizados e moralmente indignos: Emília, a ex-amante de Ernesto, e Chiquinho, o seu *souteneur*.

A trama desenvolve-se em torno da vingança de Emília – pelo facto de Ernesto ter posto fim à sua relação –, e do ardil arquitetado por Chiquinho para extorquir grandes somas de dinheiro ao ex-amante. A perfídia resume-se ao seguinte lance: Chiquinho publica, no jornal *Combate*, um artigo anónimo difamatório, levantando suspeitas sobre a identidade de uma mulher casada que teria tido um momento de maior liberdade com o famoso sedutor, o Marquês de Rio Bom, ao conversar largas horas, já noite dentro e coberta pela folhagem, junto à casa de Ernesto, após o término da festa religiosa da vila. Após a operacionalização de vários estratagemas urdidos por Chiquinho, a insinuação do possível incumprimento do dever de fidelidade marital e da falha de idoneidade moral da misteriosa mulher recai sobre Balbina, visto que o Marquês a acompanhara durante esse dia, por serem "os presidentes da comissão executiva dos festejos".

No entanto, na verdade, essa mulher é Josefina. Consumada a suspeita, Chiquinho oferece os seus serviços a Ernesto, o qual se mostra disponível para pagar o que for necessário para saber a verdade ou para comprar o silêncio de alguém. Mais tarde, numa das suas visitas, o impostor coloca o referido jornal, propositadamente, num local acessível a Balbina que, deste modo, toma conhecimento do sucedido e se vê perante um *fatal dilema*:

> Se te deixo, condeno-me; se te não deixo, envergonho-te! [...] ao cabo das minhas ásperas cogitações, [...]. Eu vinha bater de encontro [...] a este fatal dilema: ou, para salvar o marido, perder a minha reputação; ou salvar a minha reputação, sacrificando a do marido! (BOTELHO, 1893, p. 125)

A resolução deste "fatal dilema" está na execução da divisa familiar "Morre, não envileças" e, por conseguinte, diante de Ernesto, Balbina bebe o veneno de um pequeno frasco que já pertencera a sua mãe. Desesperado, o marido procura também pôr termo à vida, apunhalando-se, mas não consegue. Procura, então, melodramaticamente, restos do veneno nos lábios da morta e, como não encontra, "depois duma hesitação, crava o punhal no coração de Balbina, tira-o logo com violência, e aplica os lábios aos bordos da ferida" (BOTELHO, 1893, p. 128), morrendo suavemente.

Neste brevíssimo preâmbulo sobre a intriga de *Fatal Dilemma*, o que nos importa realçar é que as três personagens femininas (Balbina, Emília e Josefina) podem ser entendidas como elementos transgressores de condutas sociais e de carateres expectáveis na mulher dos finais do século XIX.

Com efeito, a inclusão de Emília, no enredo, remete-nos para temáticas caras a realistas e naturalistas, como o adultério ou a prostituição, afinal uma das faces da *dominação masculina* que sustenta a sociedade patriarcal de Oitocentos, cujos ecos se prologam até aos nossos dias (BOURDIEU, 2002). Esta personagem retrata simbolicamente as mulheres de condição social duvidosa, denominadas de *protegidas* ou *cocottes*, as quais constituíam uma outra forma de prostituição, integrando uma franja social feminina desfavorecida e miserável. Tal é confirmado não só em várias falas das personagens, mas também no simples ato de Chiquinho lhe dar dinheiro para jantar, pois há um dia que não comia. Assim, a baixeza de caráter de Emília é explicada pela "baixeza da [sua] condição", a qual a obriga a procurar e a explorar sucessivos amantes para sobreviver.

Neste contexto, Abel Botelho optou também por lhe atribuir um traço patológico, na medida em que Emília profere que os vários amantes que tivera foram fruto de "um apetite de momento, uma vibração dos nervos... que nem deixa rasto na vida nem raízes no coração...". (BOTELHO, 1893, 6). Esta manifesta corporalização dos seus caprichos carnais e da sua satisfação sexual posicionam-na como *transgressora*, quer do código de conduta vigente, quer da própria representação discursiva feminina dos finais de Oitocentos, encarnando assim uma das faces do *poder feminino* que reside na capacidade de prender, subjugar e manipular o ser masculino, através da sensualidade e da volúpia. No fundo, associando o feminino à ideia de sedução, em figuração próxima da moderna *femme fatale* (nas antípodas da clássica *donna angelicata*), Emília personifica o arquétipo da "mulher-tentação", verdadeira criatura de instinto, astuta e ávida, objeto e agente de prazer carnal, sendo, concomitantemente, vítima e carrasco de um mundo em transformação, em decadência.

A confirmação da representação do potencial subversivo e marginal de Emília inserem-na no universo literário das mulheres feitas para o prazer, opondo-se, consequentemente, às duas outras personagens femininas, Balbina e Josefina, as quais ilustram as "mulheres respeitáveis" da burguesia e da aristocracia da última década do século XIX. Efetivamente, na construção destas personagens, descortinamos, indubitavelmente, a tipificação do mundo feminino da mulher casada virtuosa oitocentista, na qual sobressaía o cuidadoso respeito por regras e convenções sociais, que confinavam as mulheres ao lar, aos afazeres da casa e à criação dos filhos, com pouco ou nenhum acesso à educação formal, e sempre sujeitas ao poder e controlo do marido. Contudo, como observaremos de seguida, tanto Josefina como Balbina também infringem paradigmas, colocando-se assim, mais ou menos, distantes do centro do modelo social e moral veiculado.

A transgressão de Josefina reside no ato de ter sucumbido às artes de sedução do Marquês de Rio Bom, pois conversara com ele a sós, na rua, a altas horas da noite, circunstância inadmissível para uma "mulher elegante" casada. No entanto, na intriga, o seu delito não implica a marginalização pública, visto que a culpabilização indevida de Balbina lhe permite manter a imagem (hipócrita) de integridade conjugal, perante os seus pares sociais. Ora, apesar de Josefina não se enquadrar num modelo marginal como o de Emília, Abel Botelho acaba por se socorrer dela para espelhar, em cena, uma mudança de comportamento da mulher, considerada condenável no respeitável mundo burguês finissecular: a mulher virtuosa, acostumada à clausura doméstica, conquistou não só o direito de *estar à janela*, como também o de passear pela *rua*, onde corria o risco de ser confundida com uma *mulher pública*, a qual procurava neste local satisfazer um propósito fácil de adivinhar. Esta nova conduta foi entendida como um desvio perigoso pelas estruturas morais vigentes, porque, primeiro, deixara de existir um critério diferenciador entre "respeitáveis" e prostitutas, o que conduzia a aborrecidas e comprometidas confusões; e, segundo, porque se encarava a vida em público geradora da violação da moral e da decadência das leis da respeitabilidade, pelo que as "mulheres de bem" poderiam perder a virtude pela sua frequentação.[4]

Neste contexto de uma cultura marcadamente patriarcal, a maior visibilidade da mulher conduziu à normalização de novas condutas sociais em público cujos preceitos toda e qualquer "senhora elegante" deveria cumprir. Assim sendo, Josefina transgrediu essas normas, representando todas as jovens casadas que desfrutavam livre e frivolamente de seus anseios, caprichos, ou mesmo, desejos amorosos, sem ter em conta que a sua conduta poderia conduzir à

4 Como nos evidenciam estudos bem detalhados do ponto de vista sociológico e cultural, são muito diversas as imagens oitocentistas da mulher, desde logo na própria imprensa periódica feminina da época (LOPES, 2005). Aliás, existem estudos que nos retratam a evolução da figura da mulher burguesa desde finais do séc. XIX (BARREIRA, 1992).

dissolução do matrimónio e à consequente marginalização social, tal como nos é apresentado em Balbina.

Com efeito, nesta personagem, verifica-se o caso paradoxal de termos uma mulher que mantém, simultaneamente, uma forte ligação com a legitimada ordem moral, mas que se posiciona, de modo claro, na periferia de um padrão imoral socialmente experimentado, porém não validado. Balbina retrata as mulheres casadas virtuosas e perfeitas, que cuidam, religiosamente, da sua reputação, para que sejam reconhecidas como "mulheres de bem" e os seus homens como "honrados". Ela simboliza a continuidade do modelo de moralidade e dos códigos de respeitabilidade que deveriam constituir o suporte de dependência da mulher, submetendo-a à autoridade masculina patriarcal do marido, ou à de qualquer outro parente homem. Contudo, a sua elevadíssima probidade moral, afasta-a, em muito, do emergente padrão imoral. Balbina situa-se "à margem" da nova experiência feminina, pois a sua conduta, irrepreensível e exemplar, revela-se desenraizada e extemporânea, pelo que o suicídio é entendido como a única solução para evitar a desonra.

Desta forma, Botelho coloca em cena a temática de uma sociedade em degenerescência que aniquila os seres que se lhe opõem, pela sua resistência em perpetuar as normas do antigo código moral. No fundo, a marginalidade de Balbina reside na preservação das normas tradicionais do comportamento feminino, as quais a sociedade respeitável concebe como basilares, mas que pressente estarem sujeitas a transformações fraturantes, uma vez que a vivência do relacionamento entre homens e mulheres se alterou e, sobretudo, que o mundo feminino anseia por uma mudança, a qual é forçoso conter.

A partir do anteriormente exposto a propósito de Emília, Josefina e Balbina, podemos inferir que, no drama inédito *Fatal Dilemma*, a representação da marginalidade feminina reflete o modelo imagético masculino cultivado nesta época, o qual expressa um estereotipado universo feminino ambivalente, em que a mulher simboliza ora a *virtude* (Balbina) ora o *pecado* (Emília); ou tem tendência para a contenção ou para a transgressão (Josefina), pois sente necessidade de liberdade, ou mesmo, de dar vazão ao seu desejo.

No entanto, apesar de configurar o padrão androcêntrico da representação da marginalidade feminina, a intriga de *Fatal Dilema* é reveladora de mudanças ocorridas na conduta da mulher dos finais do século XIX, bem como da conduta devassa dos homens/maridos, funcionando a trama dramática como modelo preventivo, com vista a educar mulheres e homens nas normas de decência e de respeitabilidade do casamento, reforçando os códigos social e moral legitimados. Com este intuito, verifica-se o caso curioso de se referir e demonstrar, ao longo da peça, que os homens são os grandes culpados pelos atos desonrosos das mulheres, uma vez que não cuidam delas.

Sirva de exemplo a cena em que Emília tem um diálogo enérgico com Ernesto, no qual defende que o comportamento feminino imoral e decadente das "protegidas", se deve aos "nervos espertos" e à "sensibilidade exaltada" de homens que as procuram pela novidade e que, pouco depois, satisfeito o capricho, se fartam e as abandonam; Josefina só teve maior liberdade com o Marquês porque tem o "marido longe", ou seja, este deixara a mulher sem vigilância, um dos seus deveres conjugais. Por sua vez, Ernesto deixara Balbina conviver com o Marquês, sem a sua supervisão, mas, sobretudo, levara à desonra o seu matrimónio por ser incapaz de controlar o seu vício de "correr a malbaratar o tempo, a fortuna, a saúde, a reputação e a vida, na estúpida frequentação de criaturas suspeitas, homens sem dignidade, mulheres sem frescura..." (BOTELHO, 1893, p. 14).

Em suma, *Fatal Dilemma* manifesta um tom moralista e moralizante sobre o papel da mulher e do homem, assinalando ruturas no respeitável código de conduta burguês, as quais já não se conseguia controlar ou mesmo extinguir. Assim, tal como nos seus romances,

Abel Botelho pretendeu revelar os vícios e os costumes dissolutos dos seus contemporâneos, através da encenação de uma crise de valores morais que resulta na aniquilação do casamento e da família, devido à imprudência feminina e ao adultério masculino. Ao mesmo tempo, o dramaturgo ataca a hipocrisia social que prefere ignorar as consequências de tais ações indignas, promotoras de uma decadência social generalizada, de uma "patologia social".

Estas considerações podem ter impedido a representação da peça, pois esta tornaria públicas as condutas imorais dissimuladas do público aristocrato-burguês que não pretendia ver encenado o "mundo que existe adentro das soleiras de uma casa senhorial", o qual se caracterizava pelas "mazelas de uma célula social composta de *deboche* e mentira" (MOISÉS, 1962, p. 26). Por conseguinte, tal como anteriormente sobreviera com as representações de *Jucunda* (1889) e de *Claudina* (1890), intuímos que, se fosse levada à cena, *Fatal Dilemma* (1893) conduziria Botelho a mais uma polémica, dado que esta agitaria igualmente a *moral pública*, as condutas e as consciências burguesas dos espetadores dos finais de Oitocentos, os quais preferiam assistir a um repertório romântico de quadros menos crus e, sobretudo, não representativos da sua própria conduta imoral e hipocrisia social.

Assim, pelo anteriormente exposto e, consequentemente, por entendermos ser Abel Acácio Botelho um romancista dramaturgo (ou seria um dramaturgo romancista?), criador de seres (femininos) marginais e/ou marginalizados, cremos que a realização de futuras reflexões poderá remover a dramaturgia botelhiana das "margens" da crítica e dos estudos literários, ao disseminar novas leituras sobre um universo dramatúrgico, até agora, unicamente inventariado ou simplesmente desconsiderado.

Referências bibliográficas

BARREIRA, Cecília (1992). *História das nossas avós – retrato da burguesia em Lisboa (1890-1930)*. Lisboa: Colibri.

BENOÎT-DUPUIS, Monique (1977). "Contribution à la bibliographie d'Abel Acácio de Almeida Botelho", in separata de *Sillages*, n.º 5, p. 49-73.

BOTELHO, Abel (1893). *Fatal Dilemma, drama em três atos*. Lisboa: Biblioteca da Academia de Ciências [manuscrito inédito].

__________ (1898). "Prólogo da segunda edição", *Pathologia Social: O Barão de Lavos*. 2.ª edição, v. 1. Porto: Chardron [corrig.; 1.ª ed. 1891].

__________ (2007). *Fatal Dilema*. Baguim do Monte: Lello Editores (Col. "Obras de Referência"; edição patrocinada pela Câmara Municipal de Tabuaço) [1907].

BOURDIEU, Pierre (2002). *La Domination Masculine*. Paris: Éditions du Seuil.

LOPES, Ana Maria Costa (2005). *Imagens das mulheres na imprensa feminina de oitocentos. Percursos da modernidade*. Lisboa: Quimera.

MOISÉS, Massaud (1962). *A "Patologia Social" de Abel Botelho*. São Paulo, *Boletim Faculdade de Filosofia, Ciências e Letras da Universidade de São Paulo*, n.º 263.

NAUPERT, Cristina (2001). *La Temática Comparatista entre Teoría y Prática (La novela de adulterio em la segunda mitad del siglo XIX)*. Madrid: Arco/Libros.

PAIS, José Machado (2008). *A prostituição e a Lisboa boémia: do século XIX a inícios do século XX*. Lisboa: Ambar.

PINTO, Júlio Lourenço (1884). *Esthetica Naturalista: estudos criticos*. Porto: Livraria Portuense.

LE PERSONNAGE DE LA DOMESTIQUE DANS *LA COUSINE BETTE* D'HONORE DE BALZAC ET DANS *O PRIMO BASÍLIO* D'EÇA DE QUEIRÓS.

El Hadji Omar THIAM

Le personnage est un être textuel à qui son créateur donne des attributs dignes d'une personne. Il peut avoir plusieurs fonctions suivant ses actions, ses apparitions, ses implications sociales et professionnelles. Tzvétan Todorov se pose une série de questions sur le personnage et y apporte des réponses: "Qu'est-ce qu'un personnage sinon la détermination de l'action? Qu'est-ce que l'action sinon l'illustration du personnage? Qu'est-ce qu'un tableau ou un roman qui n'est pas une description de caractères?" (TODOROV, 1971, p. 78). Deux idées générales se font jour à travers ces interrogations. La première concerne la relation indéfectible des différentes catégories du récit: le personnage et l'action. Il n'y a pas de personnage hors de l'action, ni d'action indépendamment du personnage. La seconde idée définit le roman comme le regard, les valeurs d'un personnage. Michel Zéraffa affirme que le personnage renvoie à une conception de l'homme et "est le porte-parole d'un écrivain dont la préoccupation fondamentale est d'affirmer la primauté de l'impression et de la pensée sur les faits et sur les actes, le subjectif étant la seule force totalisante capable de reconvertir en vérité les diverses et mauvaises apparences de la vie» (ZÉRAFFA, 1971, p. 278). Cette pensée témoigne de l'avènement d'une nouvelle conception psychologique du personnage, qui nous plonge au cœur de sa vie intime pour révéler ses tourments cachés: états d'âme, souffrance, reflux de l'émotion.

De ces réflexions de Tzvétan Todorov et de Michel Zéraffa sur le personnage ressortent deux approches: une approche sociologique et une approche psychologique. Celles-ci nous permettent de comprendre, d'une part, le personnage de la domestique comme un élément de la société romanesque, véhiculant les traces de la réalité sociale et, d'autre part, d'analyser son individualité, c'est-à-dire sa présence, sa conscience, son identité.

Le personnage de la domestique est présent dans tout le roman réaliste-naturaliste qui prétend dévoiler la «vraie vérité». En France, Edmond et Jules Goncourt se sont inspirés de Rosalie Malingre, la vraie domestique de leur mère, pour créer la domestique Germinie Lacerteux dont le roman[1] porte le nom. Les Goncourt ont incontestablement innové: on assiste à l'ascension du peuple au statut de héros et à la promotion de la physiologie en tant qu'objet d'étude romanesque, qui, pour la première fois, est abordée dans ses aspects considérés alors comme les plus interdits, les plus répugnants : la sexualité et la maladie. Gustave Flaubert décrit, dans *Un Cœur Simple*, une servante singulière qui se nomme Félicité[2] et qui incarne l'avarice par excellence. Dans *L'Assommoir*, Emile Zola se focalise sur

1 "Germinie est une domestique douce et pure, [...] un être d'amour et de douleur." (DE GONCOURT, 1997, p. 258). Ce roman fut publié en 1865.

2 Cet extrait montre la singularité de ce personnage: "Pendant un demi-siècle, les bourgeoises de Pont-l'Evêque envièrent à Mme Aubain sa servante Félicité. Pour cent francs par an, elle faisait la cuisine et le ménage, cousait, lavait, repassait, savait brider un cheval, engraisser les volailles, battre le beurre, et resta fidèle à sa maîtresse, - qui cependant n'était pas une personne agréable." Gustave Flaubert, "Un Cœur Simple", in *Trois Contes*, Paris, Gallimard, 1973, p. 19.

la blanchisseuse Gervaise[3], ses conditions de travail et d'existence, ses maternités qui accélèrent son processus de dégradation physiologique. Au Portugal, Júlio Dinis a aussi fait un focus, dans *Os Fidalgos da Casa Mourisca*, sur la domestique Berta.[4] Celle-ci travaille pour la famille aristocratique de Mourisca composée du père Luís et de ses enfants Maurício et Jorge. Ces deux frères se disputent le cœur de Berta. Cela précipite la décadence des Mourisca.

Ce bref rappel nous monstre que le personnage de la domestique est omniprésent dans le roman réaliste. Balzac et Eça de Queirós ont cultivé la personnalité de ce personnage, ses rapports avec sa maîtresse (qui devient finalement esclave). Cela se manifeste par une esthétique du paroxysme, de l'excès, qui met en évidence l'attrait sensuel, le laid, le répugnant, la maladie.

---

3 Lisons ce passage sur Gervaise: "Les Lorilleux célébraient d'une façon outrée les mérites de la blanchisseuse. [...] Gervaise, depuis longtemps, s'était remise au travail. Elle n'avait plus la peine d'enlever et de replacer le globe de la pendule; toutes les économies se trouvaient mangées; et il fallait piocher dur, piocher pour quatre, car ils étaient quatre bouches à table. Elle seule nourrissait tout ce monde. Quand elle entendait les gens la plaindre, elle excusait vite Coupeau. Pensez donc! il avait tant souffert, ce n'était pas étonnant, si son caractère prenait de l'aigreur! Mais ça passerait avec la santé". Emile Zola, *L'Assommoir*, Paris, Grands Textes Classiques, 1995, p. 119.

4 Berta est une domestique dévouée et obéissante: "Berta acordou firme no propósito que formara na véspera de aceitar com coragem de mulher as suas novas condições de vida, e de entregar-se de alma e vontade ao cumprimento dos deveres domésticos, sofreando para isso a indócil imaginação de rapariga. [...] Entregue toda a esta tarefa, sentia-se no íntimo contente, que se pôs a cantar a meia voz a música de uma cantiga em voga no sítio. Pareceu-lhe por mais de uma vez ouvir rumor nas balseiras vizinhas, mas julgou-o produzido por algum pássaro, agitando-se no ninho oculto nos silvados, e não lhe deu maior atenção." Júlio Dinis, *Os Fidalgos da Casa Mourisca*, Minho: Livraria Figueirinhas, 1972, p. 98-99.

Dans *La Cousine Bette*[5] et dans *O Primo Basílio*,[6] deux familles bourgeoises sont au centre de l'histoire. Il s'agit respectivement de la famille Hulot et de la famille Brito de Carvalho. Elles sont minées par des aventures amoureuses auxquelles participent les domestiques Agathe dans *La Cousine Bette* et Juliana dans *O Primo Basilio*. En effet, Agathe entretient une relation discrète avec le baron Hulot dont l'épouse est atteinte d'une maladie irréversible. Elle meurt de chagrin après avoir découvert l'infidélité de son époux. Juliana est la servante de Luísa, épouse d'un ingénieur des mines qui se nomme Jorge Carvalho. Le retour du Brésil de Basílio, son ancien amant, ravive la flamme passionnelle de sa cousine Luísa. L'adultère de celle-ci est un signe annonciateur de la décadence de la bourgeoisie.

Dans cet article, notre réflexion portera sur le personnage de la domestique, ses portraits, ses voix et sa place dans l'histoire. Le narrateur de *La Cousine Bette* et de *O Primo Basílio*, quand il présente la domestique, procède à une description physique et psychologique détaillée. Le lecteur apprend les traits propres à son visage, ses habitudes vestimentaires, sa sexualité, sa moralité, sa situation sociale. La caractérisation morale intégre ses voix ou ses paroles. L'insertion de paroles est une technique de présentation qui nous renseigne sur l'origine sociale et la vie intérieure de la domestique (ses peurs, ses craintes, ses sentiments). L'ensemble des données physiques et psychologiques confère à cet être de papier une grande importance dans le dénouement de l'histoire.

---

5 Honoré de Balzac, *La Cousine Bette*. Paris: Bibliothèque Larousse, 1908 [roman publié en 1846]. Toutes nos références à ce roman sont tirées de cette édition.

6 Eça de Queirós, *O Primo Basílio*. 2ª edição. Lisboa: Publicações Europa-América, s. d. [roman publié en 1878]. Toutes nos références à ce roman sont tirées de cette édition.

1. Portraits de la domestique

Le portrait est défini par Marius Roustan comme "une description de personnes" (ROUSTAN, 57) et de personnages, dirons-nous dans le domaine romanesque qui nous intéresse. La première question qui se pose à un auteur qui veut que son lecteur se représente physiquement un personnage, c'est la suivante: comment rendre ce corps perceptible par les mots en sachant qu'il est imaginaire? A ce sujet, Eduard Pommier fait remarquer que

> le corps qui s'assemble au fil du roman n'atteint sa perfection que s'il est doté d'un halito, c'est-à-dire d'une certaine manière d'être: la coiffure (dont l'ordonnance est aussi importante que la beauté de la chevelure), les vêtements, les traits du visage (révélateurs des qualités ou défauts moraux) (POMMIER, 1996, 67).

Dans notre analyse, nous utiliserons la typologie du portrait proposée par Francis Berthelot qui s'articule autour de deux données: les données d'appartenance et les données individuelles (BERTHELOT, 1999, 86). Dans un premier temps, les données d'appartenance, telles que le sexe, l'âge, la classe, la fonction sociale, déterminent le personnage comme faisant partie d'une catégorie aisément repérable. Examinons le portrait d'Agathe Piquetard:

> Au commencement du mois de décembre 1845, Célestine prit pour fille de cuisine une grosse Normande d'Isigny, à taille courte, à bons bras rouges, munie d'un visage commun, bête comme une pièce de circonstance, et qui se décida difficilement à quitter le bonnet de coton classique dont se coiffent les filles de la basse Normandie. Cette fille, douée d'un embonpoint de nourrice, semblait près de faire écla-

> ter la cotonnade dont elle entourait son corsage. On eût dit que sa figure rougeaude avait été taillée dans le caillou, tant les jaunes contours en étaient fermes. On ne fit naturellement aucune attention dans la maison à l'entrée de cette fille appelée Agathe, la vraie fille délurée que la province envoie journellement à Paris. Agathe tenta médiocrement le cuisinier, tant elle était grossière dans son langage, car elle avait servi les rouliers, elle sortait d'une auberge de faubourg, et, au lieu de faire la conquête du chef et d'obtenir de lui qu'il lui montrât le grand art de la cuisine, elle fut l'objet de son mépris. Aussi la Normande, se voyant maltraitée, se plaignit-elle de son sort; elle était toujours envoyée dehors, sous un prétexte quelconque, quand le chef finissait un plat ou parachevait une sauce (BALZAC, 398).

Afin de marquer la dernière étape de la déchéance du baron Hulot, Balzac développe considérablement le portrait de cette fille de cuisine et ajoute quelques détails complémentaires sur la situation d'Agathe chez les Hulot. D'abord, les références temporelles qui permettent de situer la date d'entrée d'Agathe chez les Hulot visent à susciter chez le lecteur un effet de réel quant à la somme d'informations que nous fournit le portrait. L'évolution vestimentaire de cette domestique résulte du changement de lieux (de la Normandie à Paris). Le visage et le langage sont les deux éléments du portrait où se concentre principalement l'attention du narrateur: "figure rougeaude" aux "contours fermes". Ce visage repoussant contraste avec l'opulence du corps, un centre érotique qui attirera à la fin du roman le baron Hulot. Quant au langage, il reflète les imprécations, les petites disputes qui étaient monnaie courante dans le faubourg parisien. Vulgaire et peu galante, Agathe fait l'objet de mauvais traitements et est méprisée par le personnel de la maison des Hulot.

Dans *O Primo Basílio*, le portrait de Juliana renferme des indications physiques et sociologiques. Lisons le passage suivant:

> Juliana entrou, arranjando nervosamente o colar e o broche. Devia ter quarenta anos, era muitíssimo magra. As feições, miúdas, espremidas, tinham a amarelidão de tons baços das doenças de coração. Os olhos grandes, encovados, rolavam numa inquietação, numa curiosidade, raiados de sangue, entre pálpebras sempre debruadas de vemelho. Usava uma cuia de retros imitando tranças, que lhe fazia a cabeça enorme. Tinha um tique nas asas do nariz. E o vestido chato sobre o peito, curto da roda, tufado pela goma das saias – mostrava um pé pequeno, bonito, muito apertado em botinas de duraque com ponteiras de verniz. [...] Nascera [Juliana] em Lisboa. O seu nome era Juliana Couceiro Tavira. Sua mãe fora engomadeira. [...] Servia, havia vinte anos. Como ela dizia, mudava de amos, mas não mudava de sorte. Vinte anos a dormir em cacifros, a levantar-se de madrugada, a comer os restos, a vestir trapos velhos, a sofrer os repelões das crianças e as más palavras das senhoras, a fazer despejos, a ir para o hospital quando vinha a doença. [...] Tinha agora dias em que so de ver o balde das aguas sujas e o ferro de engomar se lhe embrulhava o estômago. Nunca se acostumara a servir (QUEIRÓS, 16 e 59).

Juliana a les attributs d'une sorcière très efflanquée aux yeux immensément grands. Le fond rouge de ses yeux laisse voir la cruauté, la méchanceté. Cette vieille fille encore vierge a les lignes du visage et du corps effacées. Son pied qui est la seule partie sensuelle et attrayante contraste avec son visage. Les qualificatifs donnés à ces pieds cachés dans des bottines montrent l'omniscience du narrateur. Celui-ci connaît les traits intérieurs du personnage. La valorisation de ses pieds est une manière de dire que Juliana se déplace sans se faire remarquer pour écouter derrière les portes. L'emploi de l'analepse permet d'expliquer le destin de Juliana identique à celle de sa mère. Cela est en droite ligne avec l'esthétique naturaliste qui peint le personnage comme le produit de sa lignée familiale et de son milieu. Juliana est née dans la servitude mais elle a une aversion pour le travail domestique avec son lot de maltraitances et de violences verbales ("os repelões das crianças e as más palavras das senhoras").

En somme, l'obsession du détail (BRUNETIÈRE, 1897, 134) est une constante dans les portraits d'Agathe et de Juliana.[7] Le narrateur met en évidence des détails qui semblent insignifiants aux yeux du lecteur mais qui ont un sens connoté. Par exemple, les "bons bras rouges" d'Agathe traduisent son engagement dans le travail domestique et le "tique nas asas do nariz" de Juliana est une preuve de la violence physique dont elle était victime à bas âge de la part de sa mère.

A l'opposée d'Agathe et de Juliana, Hortense et Luísa, leurs maitresses respectives, ont des charmes exotiques et enivrantes. Les passages suivants méritent une attention particulière:

> Hortense avait des cheveux d'or, ondés naturellement et abondants à étonner. Son état tenait de celui de nacre. On voyait bien en elle le fruit d'un honnête

---

7 Brunetière ironise sur les détails qui inondent les romans réalistes et naturalistes : "Vous me montrez un tapis dans une chambre, un livre sur ce tapis, une courte pointe sur ce lit, un édredon sur cette courte pointe… quoi encore ? Ce qui fatigue ici, c'est bien un peu l'insuffisance du détail, comme ailleurs c'en sera la bassesse, mais bien plus encore la continuité de la description. Il y a des détails bas ; il y a surtout des détails inutiles". Brunetière Ferdinand, *Le roman naturaliste*. Paris: Calmann Lévy, 1897.

> mariage, d'un amour noble et pur dans toute sa force. C'était un mouvement passionné dans la physionomie, une gaieté dans les traits, un entrain de jeunesse, une fraicheur de vie, une richesse de santé qui vibraient en dehors d'elle et produisaient des rayons électriques. Hortense appelait le regard. Quand ses yeux d'un bleu d'outremer, nageant dans ce fluide qu'y verse l'innocence, s'arrêtaient sur un passant, il tressaillait involontairement. D'ailleurs pas une seule de ces taches de rousseur qui font payer à ces blondes dorées leur blancheur lactée n'altérait son teint (BALZAC, 31).

> O cabelo louro um pouco desmanchado, com um tom seco de travesseiro, enrolava-se, torcido no alto da cabeça pequenina, de perfil bonito; a sua pele tinha a brancura tenra e láctea das louras: com o cotovelo encostado à mesa acariciava a orelha, e, no movimento lento e suave dos seus dedos, dois anéis de rubis miudinhos davam cintilações escarlates. Luísa tinha cuidados muito simpáticos nos seus arranjos; era asseada, alegre como um passarinho, como um passarinho amiga do ninho e das carícias do macho (QUEIRÓS, 13).

Dans ces deux passages, le narrateur part d'abord de la description des cheveux de Hortense et de Luísa. Ce sont des cheveux abondants qui mettent en valeur la beauté naturelle de ces deux personnages. D'où l'emploi des mots "cheveux d'or", "cabelo louro". Ensuite, le narrateur insiste sur la peau blanche d'Agathe ("blancheur lactée") et de celle de Juliana ("a brancura tenra e láctea"). Cette blancheur de la peau est une caractéristique de la femme bourgeoise qui vit en permanence dans la maison à l'abri des rayons du soleil. Enfin, le narrateur souligne le bonheur de ces deux maitresses. Il s'agit d'un bonheur romantique qui s'effondre comme la glace, une fois en contact avec le monde extérieur. Les mots “rayons électriques” et “cintilações escarlates” montrent le caractère éphémère et exotique de ce bonheur.

Dans un second temps, les données individuelles soulignent certaines caractéristiques propres aux personnages. Il s’agit principalement des caractéristiques psychologiques. Le portrait de Juliana est un exemple pertinent:

> A necessidade de se constranger trouxe-lhe o hábito de odiar: odiou sobretudo as patroas, com um ódio irracional e pueril. Tivera-as ricas, com palacetes, e pobres, mulheres de empregados, velhas e raparigas, coléricas e pacientes – odiava-as todas, sem diferença. E patroa e basta! Pela mais simples palavra, pelo acto mais trivial ! Vai-te, a negra cá fica no buraco! Cada riso delas era uma ofensa à tristeza doentia. Detestava-as na alegria dos filhos e nas prosperidades da casa. Rogava-lhes pragas (QUEIRÓS, 61).

Ici, la haine de Juliana est assimilée à une déformation psychologique qui affecte ses sensations. Elle se méprise et méprise les autres. Elle ignore les délices de l’imagination et les plaisirs charnels. Les insultes et les insanités qui sortent de sa bouche traduisent bien sa déformation psychologique, d’où l’intérêt d’étudier les voix des domestiques qui se révèlent dans les dialogues.

II. *Voix de la domestique*

Les domestiques entrent en interaction avec d’autres personnages. Leurs voix sont pleines d’éléments qui renseignent davantage le lecteur. Nous entendons par voix les paroles des domestiques. Ces paroles qui apparaissent dans des dialogues peuvent avoir deux fonctions: une fonction d’exposition et une fonction de caractérisation (BAKHTINE, 1984, 166). Ces deux fonctions s'entremêlent parfois au point que leur distinction ne soit pas évidente.

La fonction d'exposition a pour but de faire connaître au lecteur une situation, un événement ainsi que les personnages impliqués. Dans *La Cousine Bette*, un dialogue entre Hulot et sa domestique Mariette montre en filigrane la tension qui secoue la famille de son maître:

> – Monsieur, dit Mariette à l'oreille de son maître, il m'a dit de vous dire tout bas qu'il s'agissait de monsieur votre oncle.
>
> – Mon oncle?
>
> – Oui…
>
> – Lui-même?
>
> – Lui-même. (BALZAC, 242)

Ici, la relation entre Hulot et son oncle est implicitement évoquée. En effet, l'arrivée de son oncle annoncée par Mariette a suscité chez son neveu une grande surprise. Les réponses de Mariette témoignent de son obéissance, son entier dévouement à Hulot.

Dans *O Primo Basilio*, le dialogue entre Luísa e Juliana laisse voir une relation conflictuelle qui se manifeste par une violence verbale:

> – A senhora não quer luz? – perguntou à porta a voz fatigada de Juliana.
>
> – Ponha-a no quarto.
>
> Juliana trouxe o rol e a lamparina. Aquela figura com ar de enfermaria irritou Luísa:
>
> – Credo, mulher! Você parece a imagem da morte!

> Juliana não respondeu. Pousou a lamparina com os olhos baixos:
>
> – A senhora não precisa mais nada?
>
> – Vá-se, mulher, vá! (QUEIRÓS, 71-72)

Dans cet extrait, le conflit entre Luísa et Juliana est flagrant. Juliana propose ses services à Luisa malgré les propos désagréables et injurieux de celle-ci ("credo", "imagem da morte", "vá-se").

La fonction de caractérisation laisse transparaître les caractères et comportements d'un ou de plusieurs personnages. A travers leurs voix, Agathe et Juliana, personnages respectifs de *La Cousine Bette* et de *O Primo Basílio*, dévoilent leurs qualités et leurs défauts. Agathe oppose à au baron Hulot un refus de communication qui est une forme de réponse pleine de sens. Le passage suivant mérite une attention particulière:

Elle s'arrêta tout épouvantée en reconnaissant la voix du baron, qui, séduit par les charmes d'Agathe, en était arrivée, par la résistance calculée de cette atroce maritorne, à lui dire ces odieuses paroles: "– Ma femme n'a pas longtemps à vivre, et, si tu veux, tu pourras être baronne" (BALZAC, 399).

Ici, le refus de communication est un moyen qui sert à mieux attirer le baron dans l'aventure amoureuse. Cela met en évidence la faiblesse, la fragilité du baron devant le désir. Dès lors il y a une inversion des rôles: le maître devient l'esclave de la domestique. La promesse délirante de Hulot ("si tu veux, tu pourras être baronne") confirme cette faiblesse.

Dans *O Primo Basilio*, un échange verbal entre Luísa et Juliana suffit pour nous faire part de leur drame moral. Analysons le passage suivant:

> Tinha [Luísa] atirado o chapéu, a sombrinha.
>
> – Como a senhora costuma vir sempre mais tarde… - disse Juliana.
>
> – Que lhe importa a que horas eu venho? Que tem você com isso? A sua obrigação é arrumar logo que eu me levante. E querendo, rua, fazem-se-lhe as contas!
>
> Juliana pôs-se diante dela, e com palma das convulsivas no peito, a voz rouca:
>
> – A senhora não me faça sair de mim! A senhora não me faça perder a cabeça! – E com voz estrangulada através dos dentes cerrados: – olhe que nem todos os papéis foram pro lixo!
>
> Luísa recuou e gritou:
>
> – Que diz você?
>
> – Que as cartas que a senhora escreve aos seus amantes, tenho-as eu aqui! e bateu na algibeira ferozmente (QUEIRÓS, 178).

Dans ce passage, Juliana apparaît comme une femme curieuse qui se mêle de ce qui ne le regarde pas. Au lieu de s'occuper de ses travaux domestiques, elle contrôle les mouvements de sa maîtresse. Celle-ci lui a rappelé fermement ses occupations ménagères quand elle a voulu savoir la raison de son retour tardif à la maison. La violence verbale est exprimée par des phrases interrogatives et exclamatives. Les phrases interrogatives renvoient Juliana à sa condition de domestique et celles exclamatives véhiculent des menaces aussi bien du coté de Luísa que de Juliana. Luísa menace de renvoyer sa domestique et celle-ci brandit les lettres d'amour écrite par Luísa à son cousin Basilio.

Dans les nombreux dialogues qui inondent *La Cousine Bette* et *O Primo Basílio*, apparaissent les voix des domestiques. Ces voix sont porteuses de messages qui renvoient à la servitude et au mépris, en un mot à la condition d'existence d'Agathe et de Juliana. D'autre part, ces voix mettent en évidence les vices d'Agathe et de Juliana. En effet, elles ont la langue trop longue, c'est-à-dire elles sont incapables de garder un secret. Elles sont à la recherche perpétuelle de secrets. L'antipathie des maîtresses envers ces domestiques peut traduire, dans une vision plus ample, les conditions méprisables dans lesquelles se débattait la classe laborieuse en général, et, en particulier les femmes qui vivaient à la sueur de leur front. Défendre la cause de ces femmes de la part de Balzac et d'Eça n'est point surprenant, dès lors qu'ils ont adhéré aux idéaux républicains[8] qui voulaient un meilleur traitement des femmes dans le monde du travail (MARCEAU, 1971).

III. Place dans l'histoire

Dans *La Cousine Bette* et *O Primo Basílio*, l'histoire est forcément liée aux personnages. Selon Michel Paquin, "l'action centrale et les événements qui gravitent autour d'elle forment l'histoire, c'est-à-dire ce qui est raconté. La structure de cette histoire est l'intrigue. Elle se compose d'épisodes, de séries d'événements disposés dans un certain ordre." (PAQUIN/ROGER, 1984, 49). Dans notre *corpus*, les domestiques occupent une place très importante dans l'histoire bien

---

8 Félicien Marceau écrit dans sa préface ceci: "Dans *La Cousine Bette*, le baron Hulot n'a qu'une passion : les femmes. [...] Balzac condamne l'absolu de l'amour chez Louise de Chaulieu, l'absolu de l'argent chez Gobseck, l'absolu de' la luxure chez le baron Hulot. Ici encore, comme il lui arrive souvent, Balzac pense résolument contre son siècle. [...] Son œuvre est un hymne à la vocation, à la responsabilité de l'individu." in Honoré de Balzac, *Le Père Goriot*, Paris, Editions Gallimard, 1971, p. 18.

qu'étant des personnages secondaires. En effet, Agathe n'apparaît que dans les toutes dernières pages de *La Cousine Bette*. Le focus du narrateur, tel l'œil d'une caméra, montre ce personnage en gros plan avec des informations précieuses qui permettent au lecteur de deviner la fin tragique de l'histoire. Le narrateur a recours à l'analepse pour nous apprendre la vie libertaire de cette domestique passée dans une auberge de faubourg. Il fait aussi état de son omniscience en montrant en filigrane la force destructrice du sexe de cette fille: "on ne fit naturellement aucune attention dans la maison la maison à l'entrée de cette fille appelée Agathe, la vraie fille délurée que la province envoie journellement à Paris." (BALZAC, 398) Le qualificatif "délurée" associé à Agathe traduit son côté pervers qui motive en partie son désir de travailler dans la maison des Hulot. Surprise en pleine nuit avec le baron, Agathe est la cause de l'aggravation de la maladie fatale de la baronne. Celle-ci, avant de mourir, a tenu ces propos : "Tu seras libre, et tu pourras faire une nouvelle baronne Hulot." (BALZAC, 399) Agathe permet au narrateur de mettre en évidence l'esthétique du paroxysme dans l'expression des sensations de la baronne Adeline : "Et l'on vit ce qui doit être rare, des larmes sortir des yeux d'une morte. La férocité du vice avait vaincu la patience de l'ange, à qui, sur le bord de l'éternité, il échappa le seul mot de reproche qu'elle eut fait entendre de toute sa vie." (BALZAC, 399) Les larmes qui sortent des yeux du cadavre d'Adeline ont une grande portée sémantique. Elles marquent l'irruption du fantastique (TODOROV, 1977, 32)[9] dans l'univers romanesque, irruption qui sert à mettre en relief la déchéance sentimentale d'Adeline.

9 "Todo o fantástico é a rotura da ordem reconhecida, a irrupção do "inadmissível", que se introduzem na "vida real", no "mundo real", ou ainda na "inalterável legalidade quotidiana. [...] O fantástico implica pois não apenas a existência dum acontecimento estranho que provocou uma hesitação no leitor e no

Quant à Juliana, elle est omniprésente dans *O Primo Basílio*. Elle apparaît, dès le début du premier chapitre, décrite comme une sorcière qui suscite l'antipathie de Luísa : "- Estou a tomar ódio a esta criatura, Jorge! Há dois meses que a tinha em casa, e não se pudera acostumar à sua fealdade [...] Que antipática! » (QUEIRÓS, 16). Les mots "ódio" e "fealdade" associés à Juliana véhiculent un message fort : il faut s'attendre au pire avec ce personnage. Dès lors, le lecteur est averti de la place de cette domestique dans le dénouement tragique de l'histoire. C'est elle qui fait basculer la vie douce et monotone de Luísa (faite de lectures, de fantaisies romantiques) dans la déchéance morale. Elle a réussi à briser le mariage de sa maîtresse, en révèlant à Jorge, dans le chapitre VII, une lettre amoureuse que Basílio a envoyée à Luísa. Dans le roman, les apparitions répétées de Juliana sont toujours associées à celles de sa maîtresse Luísa. Le champ lexical auquel le narrateur a recours renvoie au conflit permanent entre ces personnages. Analysons deux exemples tirés respectivement des chapitres I et XII:

> Veio [Luísa] encostar-se à *voltaire* de Jorge, passou-lhe lentamente a mão sobre o cabelo preto e anelado. Jorge olhou-a, triste já da separação: os dois primeiros botões do seu roupão estavam desapertados; via-se o começo do peito de uma brancura muito tenra, a rendinha da camisa: muito castamente, Jorge abotoou-lhos.
>
> – E os meus coletes brancos? – disse.
>
> – [...] Os coletes não estavam prontos, disse [Juliana] com uma voz muito lisboeta, não tivera tempo de os meter em goma (QUEIRÓS, 16).

herói; mas também uma maneira de ler." Tzvétan Todorov, *Introdução à literatura fantástica*, 1ª ed., Lisboa, Moraes Editores, 1977, p. 32.

> Luísa agora, diante dele [Jorge], já nem se atrevia a falar a Juliana com um modo natural; temia os sorrisos malignos, os apartes: «Anda, atira-lhe um beijo, conhece-se na cara que estás com vontade de lho atirar!» E receando as suspeitas dele, querendo mostrar-se independente, começou, na sua presença, falar a Juliana com uma dureza brusca, muito afectada. A pedir-lhe água, uma faca, dava à voz inflexões de um rancor postiço (QUEIRÓS, 16).

Dans le premier passage, Juliana surgit dans l'histoire pour mettre fin à la douce intimité du couple Jorge et Luísa. La question «E os meus coletes brancos?» est un prétexte pour introduire Juliana. Celle-ci a un langage grossier qui témoigne de son manque de courtoisie. Ainsi, dès sa première apparition, Juliana suscite chez le lecteur le rejet de par sa langue de vipère, et la compassion de par le travail pénible qu'elle fait quotidiennement.

Dans le second passage, Juliana se fait la complice obligée de Luísa qui cache à son époux son jeu avec Basílio. Luísa tente de dissiper tous les comportements de Juliana qui peuvent attirer l'attention de Jorge. L'implication de cette domestique traduit sa capacité d'influer sur la vie sentimentale de sa maîtresse. Autrement dit, Juliana devient un personnage central qui relance l'intrigue par le chantage sur Luísa (elle garde une lettre d'amour que Basílio a adressée à sa cousine). Ce chantage est une arme qui fait de la maîtresse une esclave soumise à une forte pression psychologique.

En définitive, Agathe et Juliana sont les actrices de la déchéance de leurs maîtresses, elles orientent le dénouement de l'histoire vers le tragique. La mort de la baronne Hulot et celle de Luisa interviennent dans le dernier chapitre des deux romans et résultent des actions de ces domestiques. Ces actions peuvent être considérées comme une expression de liberté qui remet en question l'ordre bourgeois et qui annonce sa décadence.

Conclusion

Le personnage de la domestique nous permet d'appréhender le regard d'auteurs masculins sur le féminin. Ce regard véhicule le projet de société qu'ils entendent construire par les mots. Balzac et Eça de Queirós montrent la domestique dans sa complexité physique et psychologique. Les corps d'Agathe et de Juliana portent les stigmates du travail et des mauvais traitements de leurs maitresses. Ces stigmates ont des effets négatifs sur la psychologie de ces personnages. Le sentiment de haine et de vengeance anime ces domestiques et les pousse à l'acte. Agathe attire le baron Hulot dans l'aventure amoureuse pour se venger contre le mépris de la baronne. Juliana révèle la relation adultérine entre Basílio et Luísa pour détruire la vie conjugale de cette dernière.

Le dialogue tient une place prépondérante parmi les différentes composantes (narration, description) des romans *La Cousine Bette* et *O Primo Basílio*. Les caractères des domestiques se manifestent dans le dialogue. Le vocabulaire et le langage qu'ils emploient révèlent les traits les plus importants de leur psychologie. Balzac et Eça de Queirós ne se contentent pas de faire parler les personnages; il indique leur comportement, la manière dont ils réagissent à certaines répliques, et sollicite le commentaire du lecteur pour créer une plus value de sens. Balzac et Eça de Queirós s'efforcent de faire entendre aux lecteurs la voix, la manière de parler des personnages. Ils veulent que le dialogue soit aussi naturel que possible, dépourvu de toute affection ou éléments pathétiques.

Balzac et Eça de Queirós placent les domestiques en milieu bourgeois. Cela nous éclaire sur le dessein de ces auteurs, qui n'est pas de nous donner simplement des romans de mœurs, mais de projeter devant nous leurs visions du monde. Or, un monde, ce n'est pas une suite de récits, c'est un réseau de personnages qui exposent les réalités de la société. Gardons-nous ici de tomber dans le travers commun qui est de prêter à ces romanciers toutes les opinions de leurs personnages. Balzac et Eça de Queirós veulent une société juste et équitable qui garantit les droits des femmes. Dès les premières pages du roman, la société est là, qui campe dans ces deux lieux éminemment sociaux : un salon, celui de Luísa; une salle à manger, celle de la baronne Hulot. A première vue, nous pourrions penser que ces deux lieux sont là pour s'opposer. Le second n'est que la face minable du premier et les domestiques, qui passent de l'un à l'autre, vont y retrouver les mêmes traitements dégradants.

Balzac et Eça de Queirós sont deux écrivains réalistes-naturalistes qui ont en commun des convictions politiques. D'ailleurs, des informants à caractère politique apparaissent dans *La Cousine Bette* et dans *O Primo Basilio*, en relation avec les personnages du baron Hulot et de Luísa de Brito: "Hulot lisait un journal républicain. [...] Il était le plus entêté des républicains" (BALZAC, 30); "Ficara [Luísa] sentada à mesa, a ler o *Diário de Notícias*" (QUEIRÓS, 11) Ces informants renvoient à la République qui place l'amélioration des conditions de vie de la femme au cœur de son programme.

Références Bibliographiques

BAKHTINE Mikhail (1984). *Esthétique de la création verbale*. Traduit du russe par Alfreda Aucouturier, préface de Tzvétan Todorov, Paris, Gallimard.

BALZAC Honoré de (1908). *La Cousine Bette*. Paris: Bibliothèque Larousse.

BALZAC Honoré de (1971). *Le Père Goriot*. Paris: Editions Gallimard.

BERTHELOT Francis (1999). *Le corps du héros*. Paris: Nathan.

BRUNETIERE Ferdinand (1897). *Le roman naturaliste*. Paris: Calmann Lévy.

DINIS Júlio (1972). *Os Fidalgos da Casa Mourisca*. Minho: Livraria Figueirinhas.

FLAUBERT Gustave (1973). "Un Cœur Simple", in *Trois Contes*. Paris: Gallimard.

GONCOURT Edmond et Jules (1997) *Germinie Lacerteux*. Paris: Flammarion.

PAQUIN Michel et Roger RENY (1984). *La lecture du roman*. Québec: La Lignée.

POMMIER Eduard (1996). *Théorie et portrait du roman. De la Renaissance aux Lumières*. Paris: Gallimard.

QUEIRÓS, Eça de. *Primo Basilio*. 2ª edição. Lisboa: Publicações Europa-América, s. d.

ROUSTAN Marius. *La description et le portrait*. Paris: Librairie Classique Paul Delaplane, s. d.

TODOROV Tzvétan (1971). *Poétique de la prose*. Paris: Editions du Seuil.

TODOROV Tzvétan (1977). *Introdução à literatura fantástica*. 1ª ed., Lisboa: Moraes Editores.

ZERAFFA Michel (1971). *Personne et personnage. Le romanesque des années 1920 aux années 1950*. Paris: Editions Klincksieck.

ZOLA Emile (1995). *L'Assommoir*. Paris: Grands Textes Classiques.

A MARGINALIDADE FEMININA NA OBRA DE JOSÉ LINS DO REGO: AS MULHERES DO ENGENHO

José Vilian Mangueira

Destacando principalmente uma região específica do Brasil, o Nordeste, com seus problemas, tipos humanos, falares e costumes, José Lins do Rego (1901-1957) ficcionalizou o ambiente regional nordestino valorizando suas características singulares. Alguns de seus romances, aqueles inseridos no Ciclo da cana-de-açúcar – *Menino de engenho* (1932), *Doidinho* (1933), *Banguê* (1934), *Usina* (1936) e *Fogo morto* (1943) (cf. AZEVEDO, 1991, p. 221), focalizam a chamada várzea do Paraíba, com seus engenhos de açúcar. Dessa mesma região, mas distanciando-se um pouco dos engenhos, surge o romance *Pureza* (1937). Outros, os romances *Pedra Bonita* (1938) e *Cangaceiros* (1953), dão destaque à parte nordestina conhecida como Sertão. Há, ainda, os que focalizam o Litoral nordestino, como é o caso de *Moleque Ricardo* (1935) e *Riacho Doce* (1939). Este último romance, diferentemente de todos os outros, tem como cenário de parte de sua narrativa um outro país, a Suécia. Todavia, obras como Água-Mãe (1941) e *Eurídice* (1947) fogem à ambientação nordestina. Água-Mãe tem como espaço a região de Cabo Frio, no interior do Rio de Janeiro, e *Eurídice* se passa na capital carioca.

Mesmo nestas últimas obras, "não é difícil reconhecer traços fatalistas de quem viveu até o fundo o drama de uma decadência social e o incorporou para sempre à sua visão do mundo" (BOSI, sd, p. 452). Assim sendo, é possível afirmar que, mesmo fugindo do ambiente do Nordeste, José Lins não se livra das influências desta parte do Brasil, ao criar obras cujo cenário se distancia do lugar onde nasceu o escritor. Na verdade, todos os romances de José Lins do Rego têm como cenário os lugares onde morou e/ou trabalhou o escritor: a região dos engenhos da Paraíba, a capital de Pernambuco, as praias de Alagoas, a cidade de Cabo Frio, o Rio de Janeiro. A Suécia foi visitada pelo escritor em uma de suas viagens pelo exterior.

Uma característica que marca a obra do escritor José Lins do Rego é a exploração de um sistema social movido pelo poder do patriarcado. Seus romances focalizam uma sociedade cujo mando é do homem e, principalmente, do senhor com poderes dentro e fora de casa. A focalização do sistema patriarcal faz com que a obra do escritor conceda às personagens femininas um lugar de inferioridade social que legitima e perpetua o poder e a agressão masculinos. Nos romances do escritor, vemos que a mulher, em uma sociedade onde prevalecem os valores masculinos, encontra-se econômica, social e moralmente subjugada ao poder do patriarcado. Todavia, embora as mulheres não tenham voz, como frisou Eloísa Toller (1991), há uma forte presença da mulher nos romances desse escritor. Em alguns desses romances elas são maioria e assumem, mesmo que de forma velada, papeis que, nos contextos retratados pelo escritor, são desempenhados por figuras masculinas. José Lins cria, em diferentes romances, a figura da mulher que assume o papel do homem frente à família. Uma vez que suas obras estão inseridas em um sistema patriarcal, a mulher só ganha empoderamento[1] quando o homem a elas superior sai de cena.

---

1 Entendemos o termo empoderamento conforme a definição de Rodrigo Rossi Horochovski. Segundo o autor, o termo é uma tradução da palavra inglesa

É assim que surgem figuras como Dona Mocinha de Água-Mãe, uma mulher que enviuvara cedo e teve de dar sequência ao trabalho do marido, sendo identificada pelos seus subordinados como "um homem de coragem" (REGO, 1993a, p.7); as matriarcas de *Riacho Doce*, Elba, a avó de Edna que mandava na família inteira, e Aninha, a avó de Nô que exercia um poder absoluto sobre todos de sua família e até sobre os moradores da vila de pescadores.

Há, ainda, um grupo de mulheres que, embora estejam em segundo plano, uma vez que é dado aos homens um lugar de destaque, ao serem postas em contraste com os seus pares masculinos, geralmente seus maridos, elas se destacam pela clarividência, uma vez que conseguem perceber a realidade de maneira mais lúcida do que os homens o fazem. É o caso, por exemplo, das mulheres do romance *Fogo morto*. O livro está dividido em três partes, a saber: "O mestre José Amaro", "O engenho de Seu Lula", "O Capitão Vitorino". Em cada parte, é enfocada a figura de um representante das três parcelas sociais que constituem o sistema econômico onde se passa o romance: o homem que vive de seu trabalho, mas sob o mando de um senhor de engenho; o senhor de engenho; e o homem sem posses, mas que não vive do trabalho. Para cada personagem masculino é criado um antípoda feminino. Estes personagens masculinos são guiados pela impulsividade, pela força, pela brutalidade, e pela falta de prudência e de discernimento. Para se oporem a eles, há a legião de mulheres.

Como bem deixa claro o Capitão Vitorino, ao se referir a sua mulher, quem tem voz nas narrativas de José Lins do Rego é o homem: "Cala esta tua boca, vaca velha [...] Aqui nesta casa manda

---

empowerment e seria quase sinônimo de autonomia. Desse modo, "[e]m síntese, ocorre empoderamento quando atores sociais reúnem recursos que lhes permitem, efetivamente, tomar parte das decisões que lhes afetam, por meio de sua voz e de suas ações. Em outros termos, pessoas e grupos empoderam-se quando conquistam autonomia para, nos limites das coerções normais em qualquer agrupamento humano, decidir sobre seu destino" (HOROCHOVSKI, 2006, p. 22).

o galo" (REGO, 1998, p. 204). Mas, nos bastidores ou em surdina, uma vez que elas não podem se elevar à cena principal, porque estão em relação inferior de poder, essas mulheres demonstram que são capazes de ações de maior discernimento do que seus maridos. A técnica narrativa empregada no romance *Fogo morto*, a onisciência seletiva múltipla (LEITE, 1985, p. 47-54), que permite dar voz tanto aos homens quanto às mulheres, aproxima, ao menos na construção da narrativa, as personagens femininas das masculinas. Ao dar voz ao feminino, de maneira indireta, a escolha narrativa pode ser vista como dupla função: a) não deixar que as reflexões femininas quebrem a supremacia masculina quanto ao desenvolvimento de ações dele; e b) livrar o narrador de qualquer culpa diante da análise dos personagens, pois não é ele quem está julgando os actantes, mas uma personagem julga a outra. De qualquer forma, *Fogo morto* põe em choque, na tessitura do texto, o masculino e o feminino. Esse choque está visível quando analisamos a relação Lula e Amélia. Na segunda parte do romance, dado ao foco narrativo, o texto privilegia a personagem feminina em detrimento à masculina. Como ocorre nas outras duas partes do romance, em "O Engenho de Seu Lula", o narrador está constantemente utilizando os pensamentos e reflexões dos personagens na tessitura do texto. Mas nesta segunda parte do livro há diferença das duas outras. Aqui não são os pensamentos do personagem masculino que predominam, como ocorre com José Amaro e Vitorino, mas os da personagem feminina.

Outro exemplo de como o narrador criado por José Lins se utiliza dos pensamentos das mulheres pode ser retirado de *Usina*. D. Dondon, a mulher do usineiro Juca de Melo, é responsável por refletir sobre o percurso que ela e sua família fazem nos quatro anos em que o marido constrói e perde a usina Bom Jesus. De todas as mulheres ligadas ao chefe do patriarcado, D. Dondon é a que mais ação desenvolve, uma vez que ela se movimenta em diferentes lugares – na usina Bom Jesus, na Paraíba (nome da capital João Pessoa, antes da Revolução de 30) e em Praia Formosa. O fato de ela também se encontrar constantemente longe do marido lhe possibilita tomar certas decisões. Com o declínio do poder do marido, graças à falência da usina e à doença de Juca, D. Dondon ganha destaque enquanto agente de ações, pois é ela, por exemplo, que oferece à filha mais velha uma festa de casamento digna e é ela também que tenta salvar o marido da doença e busca, na derrocada da usina, auxílio para a família. *Usina* é o primeiro romance de José Lins do Rego que dá voz aos sentimentos e às angústias de uma personagem feminina na urdidura da trama, embora a mulher se mantenha sem poder dentro das relações de gênero. Assim, D. Dondon tem papel relevante na trama e é ela quem tão bem analisa as ações do marido como gerente da usina Bom Jesus.

A configuração do feminino, com mulheres capazes de enxergar e avaliar as ações do masculino, não se constitui a norma da obra do escritor. A mulher com discernimento é constante apenas nos romances cujo narrador é de terceira pessoa. Quando quem narra é um personagem masculino, a mulher é totalmente silenciada. Nos romances de primeira pessoa, José Lins do Rego traz para a urdidura da narrativa todo um sistema de valores patriarcais que reforçam a supremacia do masculino, mostrando as mulheres como subjugadas, desprovidas de ações, pensamentos e vontades. Elas são apenas projeções do narrador masculino que "idealiza a mulher dentro de um certo modelo de feminilidade, petrifica-a, enquanto objeto de desejo do narrador" (BRANDÃO, 2006, p. 31).

Focalizando os romances que têm como cenário o espaço dos engenhos da Paraíba, vemos que as personagens femininas criadas por José Lins podem ser divididas em grupos: brancas e negras. Este primeiro grupo ainda pode ser dividido em um subgrupo: pobres e abastadas. Essas divisões mostram que há também uma hierarquização social na constituição das mulheres. Mas, independente de qual classe social ou a qual raça pertençam, estas mulheres estão sempre no espaço do privado e são postas em segundo plano, deixando agir os personagens masculinos. O espaço a elas reservado é o espaço da casa, em suas mais diversas configurações. Brancas ou negras, pobres ou abastadas, essas mulheres se constituem como propriedade do homem. E como tal, a constituição dessa mulher representa, refletindo o externo que é fruto das vivências do autor José Lins do Rego, o feminino como "criatura reprimida sexual e socialmente, dentro da sombra do pai e do marido" (FREYRE, 2000, p. 51). Nas vozes dos narradores, elas são identificadas por uma adjetivação que reforça a ideia de passividade e nulidade diante do poderio masculino.

Quanto àquelas mulheres que estavam diretamente ligadas ao senhor de engenho e se encontravam no rol das abastadas – esposas, filhas, cunhadas, primas etc. – elas possuem atividades bem marcadas que não ultrapassam as fronteiras da casa-grande: bordam, tocam piano, cuidam dos seus jardins ou de suas hortas, dirigem a cozinha, organizam rezas. Quando deixam os seus lares é para fazerem visitas aos parentes ou para socorrerem doentes. Elas também se constituem bens materiais, uma vez que elas podem oferecer a possibilidade do homem crescer, graças ao casamento. Este crescimento pode trazer ao homem bens materiais ou herdeiros – sempre homens. Em *Banguê*, por exemplo, quando o personagem Carlos de Melo vê o seu engenho Santa Rosa escapando de suas mãos, ele vislumbra a possibilidade de um casamento com alguma moça abastada para salvar a si próprio e as suas terras. Quanto aos herdeiros, o personagem Lula de Holanda lamenta o fato de Amélia não ter lhe dado um filho homem, para perpetuar seu poderio, mas ele esquece de que foram a fortuna e o nome de Amélia que deram a Lula um lugar social privilegiado.

O papel que cabia a estas mulheres era o de procriadoras, responsáveis por garantir a descendência do senhor de engenho. Mas não eram as responsáveis por darem aos seus maridos o prazer do sexo. Os homens procuravam fora do lar o prazer que o sexo poderia lhes oferecer. Era junto às mulheres de cor, que moravam nos engenhos, ou junto às prostitutas das vilas ou das cidades, que o senhor de engenho buscava o prazer carnal. No espaço de seus domínios, o homem usava o poder de mando para garantir as relações extraconjugais com as mulheres de cor. Fora de seus domínios, ele usava o poder do dinheiro para manter mulheres nos bordéis. O narrador de *Usina*, fazendo uso dos pensamentos da personagem D. Dondon, num discurso indireto-livre, demonstra como as esposas lidavam com as traições dos maridos:

> D. Dondon não podia deixar de saber das vadiagens do marido. E calava. Casara-se sabendo das histórias do noivo. Falavam das cabrochas do engenho, de raparigas na Paraíba. Outras, como ela, teriam tido maridos assim. Ali pelos engenhos os maridos tinham direitos que elas mulheres respeitavam (REGO, 2002, p. 130).

É também via a voz de D. Dondon, mais uma vez em discurso indireto-livre, que o narrador deixa transparecer o modo como os homens do espaço do engenho tratavam suas mulheres. Em *Usina*, quando a personagem D. Dondon vislumbra o casamento de suas filhas, ela deseja para as duas meninas um homem que se diferencia dos que cercam esta personagem:

> Deus as [as filhas] livrasse de homens raparigueiros como o pai, como os avós delas, gente para quem *a mulher era só para dentro de casa, como um móvel.* Queria maridos para as filhas, maridos bons, que não

> fossem aqueles homens grosseiros dos engenhos, *que só queriam mulher para lhes encher a barriga de filhos* (REGO, 2002, p. 137, sublinhado nosso).

Da fala da personagem, três características da relação marido e mulher são aqui reforçadas. Primeiro, para a mulher estava reservado o espaço privado da casa. Segundo, a mulher era tida como parte das posses do homem. E, terceiro, a mulher dos senhores de engenho tinha como função a procriação. E uma vez elas se tornassem estéreis, eram esquecidas sexualmente por seus maridos. Mais uma vez, o romance *Fogo morto* é emblemático ao mostrar que a esposa só é vista pelo homem como a responsável pela procriação. Ao comentar o fato de ter tido um aborto que a deixou impossibilitada de gerar outro filho, a personagem Amélia assim se refere ao comportamento do marido Lula para com ela, depois daquele episódio:

> Tivera um marido amoroso, cheio de ternura, até aquele parto infeliz. Depois Lula dera-a como morta. Ficara outro homem, tratando-a como a uma doente. E ela se sentira ferida com aquela atitude do marido. Não era uma inútil, não era uma coisa sem préstimo (REGO, 1998, p. 148).

Como a mulher não consegue mais engravidar, segundo a visão estereotipada do marido, Amélia está desprovida da função sexual. Assim sendo, ela torna-se, como contrariamente afirma o discurso indireto-livre da personagem, uma inútil.

Já a mulher vinda da classe subalterna, seja branca ou negra, além de se constituir uma propriedade do homem, ela ainda tem que se juntar a ele na produção de bens, seja para o sustento familiar ou para o crescimento de um império. A esta mulher está reservado um espaço ainda menor. Não é no espaço todo da casa que ela pode ficar, mas em uma pequena parte dela: a cozinha. Os personagens Vitorino e José Amaro, dois representantes da classe dos homens brancos desprovidos de dinheiro, delimitam a parte da casa reservada à mulher. O capitão Vitorino, ao ser surpreendido pela esposa no meio de mais um delírio, assim fala para ela: "Que sonhando, que coisa nenhuma. Vai para a tua cozinha e me deixa na sala" (REGO, 1998, 242). Embora não use a palavra cozinha em sua fala, o mestre José Amaro, querendo afastar a mulher Sinhá, manda que esta deixe o espaço em que ele se encontra, a parte de fora da casa, para ir se preocupar com o que a ela está destinado: "– Vai cuidar das tuas obrigações. Me deixa, mulher. A velha voltou para dentro de casa" (REGO, 1998, p. 62). A própria Sinhá, num momento de nojo do marido, volta-se para o lugar da casa onde poderia ficar afastada de Amaro: "Não pode chegar-se para perto do marido [...] Um nojo terrível tomou conta dela [...] [Sinhá] Fugiu para a cozinha" (REGO, 1998, p. 87).

Quanto à representação da mulher de cor nos romances de José do Rego, vemos que esta parcela possui mais um agravante que a põe em situação ainda mais rebaixada no rol das mulheres: esses romances não oferecem, de forma alguma, uma possibilidade dessa mulher de cor exercer qualquer momento de reflexão, como ocorre, por exemplo, com as mulheres brancas. Elas não têm voz, não possuem possibilidade de crescimento e, muitas vezes, constituem apenas adornos do espaço social em que as narrativas acontecem. Em condição ainda mais miserável do que as prostitutas, uma vez que elas não ganham dinheiro pelos favores sexuais, as negras servem apenas como alívio para os desejos sexuais do homem branco. É o caso de Zefa Cajá, que inicia Carlos de Melo, de *Menino de engenho*, nos prazeres do sexo; e de Maria Chica, com quem o já homem Carlos de Melo tem um relacionamento sexual em *Banguê*. A função dessas negras era apenas a de engrossar o número de trabalhadores para os engenhos, nunca se ligando a um casamento que lhes possibilitasse constituir uma família legítima. É o que fica claro na observação feita pelo personagem-narrador do romance *Menino de engenho*: "Não conheci marido de nenhuma [das negras] e, no entanto viviam de barriga enorme, perpetuando a espécie sem previdência e sem medo" (REGO, 1997, p. 38). Essas mulheres de cor, ainda sob a ótica de Carlos de Melo, no romance *Doidinho*, são identificadas como ligadas ao amor maligno, responsável pela perdição do jovem branco: "Luísa, Zefa Cajá, negra Paula, o diabo deu a vocês três poderes a que eu não sabia resistir [...] Negras que me ensinaram a amar, bem cedo vocês me instruíram no que havia de precário e de amargo no amor" (REGO, 2004a, p. 106).

Ainda com relação à representação da figura das personagens femininas nas obras de José Lins do Rego, podemos destacar aqueles textos que trazem como figuras centrais as mulheres. É o caso dos romances *Eurídice* e *Riacho Doce*. O primeiro deles, embora traga no título o destaque da personagem Eurídice, focaliza, graças ao foco narrativo escolhido para contar a história, o personagem-narrador Julinho e sua trajetória de vida até ele matar Eurídice. Assim, Eurídice deixa de ser a protagonista da história para representar o alvo do personagem-narrador. Esta figura feminina encarna o estereótipo de mulher definido como "mulher fatal". Segundo estudo de Gentil de Faria, esse tipo de caracterização da figura da mulher pode ser definido como a personagem que:

> acarreta a ruína ao homem, após seduzi-lo de maneira premeditada e irresistível. De mulher-objeto e passiva, ela se transforma dentro da literatura em ser diabólico e cruel. O homem torna-se facilmente descartável depois de saciar seus caprichos amorosos (FARIA, 1989, 223).

Na constituição do livro, a personagem feminina, Eurídice, assume o papel de responsável pela narrativa tomar forma, uma vez que é ela, ou melhor, o seu assassinato e o consequente arruinamento da vida de Julinho, que motiva a narrativa feita pelo personagem-narrador.

Mas a narrativa de José Lins do Rego que tem, realmente, como protagonista uma mulher é *Riacho doce*. Dividido em partes, o romance, de 1939, tem como foco principal a personagem Maria Eduarda, ou Edna, uma sueca que vem com o marido tentar uma nova vida no Brasil. A primeira parte do livro focaliza a infância, a adolescência e o início do casamento de Edna na Suécia. Aqui é explorada a relação de transferência que a protagonista sofre por sua professora Ester. Nas outras duas partes, vamos encontrar a "galega" - como era chamada pelos pescadores - envolta na paisagem nordestina, desfrutando do sol e do mar que banham a pequena vila de pescadores de Riacho Doce, situada no estado de Alagoas. Neste pequeno lugar, a personagem acaba se descobrindo como mulher e se entrega a uma paixão por um mestiço local, Nô. Para ficar com o seu amor e para continuar sentindo o que nunca experimentara antes – "A vida de Edna começou a ser outra. Sem saber explicar direito, havia uma coisa dentro dela, uma espécie de preocupação constante, um desejo oculto que a dominava" (REGO, 2003, 218) –, Edna esquece sua situação de mulher casada, sua raça e classe social, e se entrega aos braços de Nô. Nessa entrega, ela acaba lançando-se, depois de ser rejeitada pelo mestiço e perceber que arruinara a vida do marido, ao mar que tantas vezes serviu de refúgio amoroso para os dois.

Diante do rápido levante que fizemos sobre a representação da mulher na obra do escritor paraibano, percebemos que as personagens femininas não constituem, com exceção de *Riacho doce*, protagonistas exclusivas das narrativas. Há casos, por exemplo, que, devido ao grande número de núcleos de personagens, as mulheres têm destaque tão importante quanto os homens, como ocorre no romance Água-mãe. Mas, no geral, elas são periféricas no que concerne ao domínio do espaço e, também, da voz que narra sua própria história.

Quanto ao modo como José Lins do Rego trata o feminino em seus romances, percebemos que ele constrói uma grande variedade de mulheres, mas não lhes concede autonomia para guiarem a narrativa. Seus narradores, quando em primeira pessoa, são sempre vozes masculinas, mostrando a mulher como uma projeção dos anseios e/ou das frustrações inerentes ao sexo oposto, o masculino. Quando a narrativa está em terceira pessoa, a voz que conta as estórias marca como primeiro plano os personagens masculinos, deixando o feminino em plano secundário na trama. Mas, graças ao processo narrativo conhecido como seletivo múltiplo, percebe-se que o feminino participa da narrativa, via voz do narrador, no momento em que a voz masculina cala-se. Reificando o mundo real, da época em que criou os seus romances, José Lins do Rego faz a mulher falar, mas não a deixa ser ouvida pelos personagens masculinos. É o leitor quem ouve e codifica o que elas pensam e/ou falam. E, nesse processo de escolha narrativa, temos o embate entre as ações e os diálogos em discurso direto e indireto-livre do masculino e o sentir em monólogos secretos do feminino. Tal escolha do escritor para representar o feminino indica que há na tessitura das narrativas uma reafirmação da ideologia do patriarcado da sociedade da qual fez parte o escritor.

Referências Bibliográficas

AZEVEDO, Neroaldo Pontes de. (1991) "José Lins do Rego: trajetória de uma obra" in: COUTINHO, E. F. e CASTRO, A. B. de (Seleção de textos). *José Lins do Rego*. Rio de Janeiro: Civilização Brasileira; João Pessoa: FUNESC, p. 208-224, (Coleção Fortuna Crítica, 7).

BOSI, Alfredo. *História concisa da literatura brasileira*. São Paulo: Cultrix, s/d.

BRANDÃO, Ruth Silviano. (2006) *Mulher ao pé da letra*: a personagem feminina na literatura. Belo Horizonte: Editora UFMG.

FREYRE, Gilberto. (2000) *Casa-grande e senzala*. Rio de Janeiro: Record.

HOROCHOVSKI, Rodrigo Rossi. (2006) Empoderamento: definições e aplicações. In: *Anais do 3º encontro anual da ANPOCS*. Caxambu, p. 1-29. Disponível em: http://www.anpocs.org/portal/index.php?option=com_docman&task=doc_view&gid=3405&Itemid=232 Acessado em 10/11/15 às 10:30.

GOMES, Heloisa Toller. (1991) A presença de Cassandra. In: COUTINHO, E. F. e CASTRO, A. B. de (Seleção de textos). *José Lins do Rego*. Rio de Janeiro: Civilização Brasileira; João Pessoa: FUNESC, p. 415-429. (Coleção Fortuna Crítica, 7).

FARIA, Gentil de. (1989) O tema da mulher fatal na literatura. In: *Anais do XXI SENAPULLI*. Maringá, p. 223-259.

REGO, José Lins do. (1997) *Menino de engenho*. 72 ed. Rio de Janeiro: José Olympio.

______. (2004) *Doidinho*. 38 ed. Rio de Janeiro: José Olympio.

______. (2007) *Bangüê*. 21 ed. Rio de Janeiro: José Olympio.

______. (1984) *O Moleque Ricardo*. 21 ed. Rio de Janeiro: José Olympio.

______. (2002) *Usina*. 14ª ed. Rio de Janeiro: José Olympio.

______. (1986) *Pedra bonita*. 13 ed. Rio de Janeiro: José Olympio.

______. (2003) *Riacho doce*. 19ª ed. Rio de Janeiro: José Olympio.

______. (1993) Água-mãe. Rio de Janeiro: José Olympio.

______. (1998) *Fogo morto*. 54ª ed. Rio de Janeiro: José Olympio.

DA PRESENÇA(?) FEMININA NOS ROMANCES HISTÓRICOS OITOCENTISTAS

Luciene Marie Pavanelo

Os romances históricos oitocentistas não nos parecem um terreno propício para o desenvolvimento das personagens femininas. Se pensarmos em dois dos títulos de temática histórica mais lidos pelo público do século XIX, modelos para os escritores de várias nacionalidades e célebres até os dias de hoje, *Ivanhoé* (1819), de Walter Scott, e *Notre Dame de Paris* (1831), de Victor Hugo, verifica-se que as personagens femininas estão neles postas em segundo plano, em narrativas que focam nas ações de protagonistas masculinos – Wilfred de Ivanhoé e Quasímodo, respectivamente. Nos romancistas portugueses não encontramos grandes diferenças; se analisarmos *O Bobo* (1843), de Alexandre Herculano, e *O Arco de Sant'Ana* (1845), de Almeida Garrett, a narrativa é também focada em Egas Moniz e Vasco. Há, contudo, algumas diferenças na forma como as personagens femininas influenciam na construção da história e da História, que precisam ser discutidas caso a caso. Comecemos pelos modelos.

Em *Ivanhoé*, temos a presença de duas personagens femininas principais: Lady Rowena, protegida por Cedric, pai do protagonista, que planeja casá-la com o herdeiro da coroa saxã, a fim de restaurar o trono do domínio normando, apesar do amor do filho por ela; e Rebecca, filha de um judeu comerciante. Em determinado momento da narrativa, os destinos das duas se cruzam: o pai de Rebecca, temendo ser assaltado na estrada, pede para integrar a comitiva de Cedric, e todos acabam sendo raptados pelos vilões normandos. Um deles, o nobre De Bracy, pretende forçar um casamento com Lady Rowena, a fim de herdar sua fortuna, ao passo que o cavaleiro templário Bois-Guilbert planeja seduzir Rebecca.[1]

Lady Rowena, apesar de ser caracterizada como uma mulher altiva – "A vontade de Rowena fora quase sempre lei em sua casa [de Cedric]" (SCOTT, 1983, p. 153)[2] –, ela acaba esmorecendo frente às ameaças de De Bracy. Segundo o narrador scottiano

> O seu hábito de domínio e sua altivez eram, pois, fictícios, impostos sobre os seus próprios sentimentos, de modo que a abandonaram [...]. Depois de haver lançado o olhar em torno de si, como à procura de auxílio, que não se achava em parte alguma, e depois de algumas exclamações, ergueu as mãos aos céus, entregando-se a um acesso incontrolável de desespero e aflição. (SCOTT, 1983, p. 187).[3]

---

1 O sequestro foi motivado também por outras questões, que não serão abordadas aqui, já que não possuem relação com o estudo das personagens femininas.

2 Neste artigo, iremos utilizar a tradução de Brenno Silveira. Do original: "Rowena's will had been in almost all cases a law to his household." (SCOTT, 1904, p. 189).

3 "Her haughtiness and habit of domination was, therefore, a fictitious character, induced over that which was natural to her, and it deserted her [...]. After casting her eyes around, as if to look for the aid which was nowhere to be found, and after a few broken interjections, she raised her hands to heaven, and burst into a passion of uncontrolled vexation and sorrow." (SCOTT, 1904, p. 232-233).

A atitude de Rebecca, por outro lado, é bem diferente, devido à perseguição que sempre sofreu pela sua etnia: "A judia, no entanto, tinha a vantagem de estar preparada, pelo hábito de refletir e pela natural energia do seu espírito" (SCOTT, 1983, p. 191-192).[4] À imposição de Bois-Guilbert, para que ela se convertesse ao cristianismo e se tornasse sua amante, Rebecca replica:

> – Submeter-me ao meu destino! [...] Mas a que destino, santo céu? Abraçar a tua religião! E que religião é essa que tem em seu seio um vilão como tu? Tu, a melhor lança entre os templários! Cavaleiro indigno, sacerdote perjuro! Cuspo em ti e desafio-te! O Deus de Abraão abriu à sua filha um caminho para a fuga... mesmo deste abismo de infâmia!
>
> Enquanto assim falava, Rebecca abriu a janela de grades que dava para o terraço, e, instantes depois, estava à beira do parapeito, sem nada que se erguesse entre ela e um tremendo precipício. (SCOTT, 1983, p. 195-196).[5]

A distância entre o comportamento de Lady Rowena e o de Rebecca a ameaças semelhantes é evidente: ao passo que a primeira

---

4 "Yet had the Jewess this advantage, that she was better prepared by habits of thought, and by natural strength of mind." (SCOTT, 1904, p. 238).

5 "'Submit to my fate! [...] and, sacred Heaven! to what fate? Embrace thy religion! and what religion can it be that harbours such a villain? Thou the best lance of the Templars! Craven knight! forsworn priest! I spit at thee, and I defy thee. The God of Abraham's promise hath opened an escape to his daughter – even from this abyss of infamy!'
As she spoke, she threw open the lattice window which led to the bartisan, and in an instant after, stood on the very verge of the parapet, with not the slightest screen between her and the tremendous depth below." (SCOTT, 1904, p. 242-243).

não consegue esboçar reação, esperando pela intervenção divina, a judia ameaça se suicidar. A primeira demove o vilão com suas lágrimas – "Era impossível ver uma criatura tão bela em tal extremo de angústia, sem sentir por ela comiseração, e De Bracy não ficou insensível, embora se sentisse mais embaraçado do que comovido" (SCOTT, 1983, p. 187)[6] –, enquanto a segunda o faz pela sua ousadia – "O templário hesitou, e a sua audácia, que jamais cedera à piedade ou à miséria, cedeu ante a admiração pela coragem da formosa judia" (SCOTT, 1983, p. 196).[7]

Ambas, contudo, dependem da bravura dos heróis masculinos para serem salvas e, portanto, não parecem ter uma ação definidora nem no desenvolvimento do enredo, nem no conflito histórico entre saxões e normandos. Lady Rowena é resgatada no ataque ao castelo, liderado por Ricardo Coração de Leão e o bando de Robin Hood, enquanto Rebecca é levada por Bois-Guilbert à ordem dos Cavaleiros do Templo. Descoberta pelo grão-mestre, a judia é acusada de ter enfeitiçado o cavaleiro templário – a acusação de bruxaria também se deve aos seus conhecimentos de medicina –, e pede um julgamento por combate, no qual aparece, nas páginas finais do romance, Ivanhoé, cujos ferimentos de batalha tinham sido tratados por ela. É neste momento que o herói prova o seu valor, vencendo o seu oponente Bois-Guilbert, ilustrando os valores morais da cavalaria medieval, defendidos por Scott no romance. Ou seja, ambas as personagens femininas servem de pretexto para as ações heroicas dos personagens masculinos.

6 "It was impossible to see so beautiful a creature in such extremity without feeling for her, and De Bracy was not unmoved, though he was yet more embarrassed than touched." (SCOTT, 1904, p. 233).

7 "The Templar hesitated, and a resolution which had never yielded to pity or distress gave way to his admiration of her fortitude." (SCOTT, 1904, p. 243).

Em *Notre Dame de Paris*, por sua vez, Victor Hugo traz o retrato de uma personagem que desafia os padrões impostos às mulheres não somente do tempo da narrativa - o século XV -, como também do tempo de sua escrita, o século XIX. Assim como Rebecca, de *Ivanhoé*, Esmeralda também pertence a um estrato marginalizado da sociedade. Sendo uma cigana, pode se vestir de maneira menos recatada para a época, deixando nus os seus braços, costas e pernas, revelados em sua dança sensual:

> enquanto ela dançava ao soar do pandeiro que seus braços torneados e claros elevavam acima da sua cabeça, delgada, frágil e viva como uma vespa, com seu corpete dourado sem dobras, o vestido multicor que enfunava, com suas costas nuas, suas pernas finas, que sua saia descobria por instantes. (HUGO, 2011, p. 97).[8]

Se Esmeralda surpreende por seu comportamento arrojado - além das roupas e da dança, a personagem vive só, tendo como única companhia uma cabra -, seus ideais não diferem muito dos das típicas personagens femininas retratadas nos romances românticos. A cigana casa-se com um escritor apenas para salvá-lo da morte - ele havia penetrado na periferia de Paris, região dominada por marginais[9] -, mas continua vivendo como uma mulher independente.

---

8 Neste artigo, iremos utilizar a tradução de Ana de Alencar e Marcelo Diniz. Do original: "tandis qu'elle dansait ainsi, au bourdonnement du tambour de basque que ses deux bras ronds et purs élevaient au-dessus de sa tête, mince, frêle et vive comme une guêpe, avec son corsage d'or sans pli, sa robe bariolée qui se gonflait, avec ses épaules nues, ses jambes fines que sa jupe découvrait, par moments." (HUGO, 1906, p. 41).

9 Victor Hugo retrata esses personagens da periferia de Paris como marginais nos dois sentidos: são tanto criminosos, como à margem da sociedade.

Ao ser questionada pelo marido sobre como ele deveria ser para lhe agradar (e, assim, consumar o casamento), Esmeralda lhe responde que "precisa ser um homem [...]. Um homem tem elmo na cabeça, espada em punho e espora dourada nos tacões [...] Só posso amar um homem que me proteja" (HUGO, 2011, p. 138-139)[10]. Esmeralda gostaria de um cavaleiro medieval, como Ivanhoé, em sua vida.

Quando é salva pelo soldado Phoebus de uma tentativa de sequestro por Quasímodo – a mando de seu pai adotivo, Claude Frollo, que nutre uma paixão doentia por Esmeralda –, a personagem projeta no rapaz o seu ideal:

> Phoebus [...], o senhor é bom, o senhor é generoso, o senhor é belo. Salvou-me, a mim que não passo de uma pobre menina perdida na Boêmia. Há muito tempo que sonho com um oficial que me salvasse a vida. Era com o senhor que eu sonhava antes de conhecê-lo, meu Phoebus. Meu sonho tinha uma bela farda como a sua, uma grande aparência, uma espada. [...] O senhor é a espada de um corajoso. Eu o amo, meu capitão. (HUGO, 2011, p. 343).[11]

A paixão cega por Phoebus – um mau-caráter sedutor, que tinha uma noiva e várias amantes – é responsável pela sua perdição. É a acusação de tê-lo assassinado, reforçada pelas apresentações de

---

10 "Il fault être homme [...]. Un homme a le casque en tête, l'épée au poing et des éperons d'or aux talons [...]. Je ne pourrai aimer qu'un homme qui pourra me protéger." (HUGO, 1906, p. 78).

11 "Phoebus [...], vous êtes bon, vous êtes généreux, vous êtes beau; vous m'avez sauvée, moi qui ne suis qu'une pauvre enfant perdue en Bohéme. Il y a longtemps que je rêve d'un officier qui me sauve la vie. C'était de vous que je rêvais avant de vous connaître, mon Phoebus; mon rêve avait une belle livrée comme vous, une grande mine, une épée. [...] Vous êtes l'épée d'un brave. J'aime mon capitaine." (HUGO, 1906, p. 211-212).

mágica que ela fazia com a cabra, que a leva a ser condenada por bruxaria – na verdade, Claude Frollo é que tentara matá-lo, num acesso de ciúme ao ver o casal se beijando. Apesar de saber de sua inocência, o soldado, tendo escapado da morte, jamais tenta intervir no processo para ajudar Esmeralda. No fim, depois da tentativa de Quasímodo de salvá-la – mais uma vez, a personagem feminina é apresentada como uma vítima que precisa de um salvador masculino – e sua posterior fuga da Notre Dame, a moça, escondida, acaba se denunciando aos policiais ao ouvir de longe a voz de Phoebus, o que a leva para a forca:

> Essa voz era de Phoebus de Châteaupers. [...] Até esse momento, ele fora seu amigo, seu protetor, seu apoio, seu asilo, seu Phoebus! Ela se levantou e [...] lançou-se ao postigo, gritando:
>
> – Phoebus! Venha, meu Phoebus! (HUGO, 2011, p. 549).[12]

Passemos agora para as personagens femininas dos romances portugueses. Dulce, de *O Bobo*, de Alexandre Herculano, lembra-nos Lady Rowena, de *Ivanhoé*. Também uma personagem da aristocracia, Dulce é aparentemente altiva, ao mesmo tempo que propensa a desmaios:

> O caráter de Dulce era um misto inexplicável de candura e de energia, em que a fraqueza própria do seu sexo era muitas vezes subjugada pelo sangue nobre e generoso que lhe girava nas veias [...]. A alegria súbita

12 "Cette voix, c'était celle de Phoebus de Châteaupers [...]. Il était donc là, son ami, son protecteur, son appui, son asile, son Phoebus! Elle se leva, et [...] elle s'était jetée à la lucarne en criant: Phoebus! à moi, mon Phoebus!" (HUGO, 1906, p. 335).

> de ver Egas poderia ser-lhe fatal, se as palavras gélidas que ele lhe dirigia não houvessem temperado o delírio do primeiro instante. (HERCULANO, 1967, 86).

Se Dulce procura resistir à imposição do Conde de Trava para que ela se case com Garcia Bermudes, respondendo-lhe com "todas as forças da sua alma" – "o primeiro instante de uma situação arriscada era para ela o da fraqueza mulheril, mas era só um instante" (HERCULANO, 1967, p. 105) –, é Garcia quem lhe salva, acabando com a discussão: "Não [...], não serás minha vítima! Garcia Bermudes nunca se esquecerá do dever de cavaleiro. Seria acaso a minha vida mais risonha possuindo-te, quando o teu coração... me rejeita? – Sê livre!" (HERCULANO, 1967, p. 107). Por fim, o Conde de Trava acaba conseguindo obrigá-la a se casar com Garcia, enganando o último e ameaçando matar o seu amado Egas Moniz, num expediente que remete à ameaça que De Bracy faz a Lady Rowena, de que mataria Ivanhoé caso ela não se casasse com ele (cf. SCOTT, 1983, p. 186).

Dulce tenta intervir, em vão, nos acontecimentos, casando-se com Garcia, não conseguindo, contudo, ajudar Egas – o Conde de Trava não cumpre sua palavra e, depois, quando ela tenta pessoalmente libertá-lo, o cavaleiro não aceita a sua ajuda, por acreditar ter sido traído por ela. No final do romance, o assassinato de Garcia por Egas não resolve o problema amoroso, pois ele se ordena monge, o que provoca a morte de Dulce. Como explica Maria de Fátima Marinho, a personagem, entre outras de Herculano, não "escolhe o seu destino, antes são o joguete da fatalidade que as ultrapassa e que não conseguem dominar" (MARINHO, 1992, p. 110). Apesar de Herculano ter colocado no romance uma personagem feminina que tenta agir na trama e na História,[13] ela acaba por não ser bem-sucedida.

13 A libertação de Egas faz parte da construção da História, já que ele luta na Batalha de São Mamede. Quem o liberta, contudo, é D. Bibas, o bobo.

Gertrudes, de *O Arco de Sant'Ana*, de Almeida Garrett, porém, é muito distinta das personagens até agora analisadas. Filha de um caldeireiro, que, apesar de ser rico e ocupar um cargo importante como juiz e magistrado municipal, não pertencia à nobreza, Gertrudes tem uma forte consciência política. Bradando, nas palavras do narrador garrettiano, "com um acento que nem a mais exaltada malhada ou setembrista dos nossos dias saberia imitar - com uma firmeza e confiança [...]" (GARRETT, 2004, p. 78), a moça defende a intervenção de D. Pedro I para acabar com a tirania do governo do bispo do Porto. É emblemática a cena em que a personagem ergue o bebê da vizinha raptada pelo bispo, e conclama a população à revolta: "Gertrudes tinha voltado para casa com o desvalido filho da sua amiga nos braços. E mostrando-o da janela ao povo, concitava aquele generoso entusiasmo que a indignação contra os atos de prepotência excita sempre nas classes menos corrompidas da sociedade" (GARRETT, 2004, p. 119).

É ela quem manda o protagonista Vasco, seu noivo, procurar o rei: "Pois vai-te; e corre a bom correr. Não comas nem bebas, nem tua cabeça descanses, até chegares a el-rei D. Pedro e lhe dizeres o aperto em que estamos" (GARRETT, 2004, p. 81). Enquanto Vasco é uma mistura de trovador medieval e poeta romântico, pedindo a atenção da noiva com suas trovas, Gertrudes é uma mulher com alto senso de realidade: "Boa escolheste a hora para versos e coplas, estudante! [...] Ora acabaste de cantar? [...] Pois vai já e corre" (GARRETT, 2004, p. 82). "Rosnando, e [...] subindo rua acima" (GARRETT, 2004, p. 82), o rapaz não parece estar contente com a sua missão; ao contrário, ele só aceita tomar o lado dos populares na luta contra o bispo do Porto, seu valedor, pela insistência da noiva:

> Neste ponto da nossa história a mania dominante [de Vasco] era [...] a de ser físico e obter assim a mão de

> Gertrudinhas. Mas Gertrudinhas era sobretudo patriota, partidária d'el-rei D. Pedro, inimiga portanto do bispo; e o pobre Vasco, o melhor coração de rapaz que jamais se viu entalado em tais apertos, era todo ele homem do bispo, seu dependente e seu protegido. (GARRETT, 2004, p. 93).

Há, contudo, uma figura que deixamos para discutir por último, que aparece tanto em *O Arco de Sant'Ana* quanto em *Ivanhoé*, cuja ação é determinante para a construção do enredo: a da mulher idosa, com um passado obscuro, associada à figura da bruxa – ainda que não seja de fato uma feiticeira. Urfried/Ulrica, de *Ivanhoé*, primeiramente refém e depois amante e comparsa dos normandos durante toda a vida, acaba incendiando o castelo, tirando a atenção dos vilões do ataque efetuado pelo grupo liderado por Ricardo Coração de Leão. Como ela explica a Cedric, "Quando vires uma bandeira vermelha a tremular na torre, ataca os normandos com vigor. Nesse momento, eles terão muito que fazer aqui dentro" (SCOTT, 1983, p. 218).[14]

A Bruxa de Gaia/Guiomar/Ester, por sua vez, tem uma participação mais efetiva em *O Arco de Sant'Ana*. Ela, além de Gertrudes, também ajuda a convencer o filho Vasco a lutar contra o bispo – que depois é revelado como seu pai –, em vingança pelo abuso que ela sofrera: "Um nobre infanção, como eles dizem, um jovem fidalgo, segundo a crença deles, vestido assim, assim colocado no mundo, é o que devia ser o meu filho para me vingar. E assim és; e assim me vingarás" (GARRETT, 2004, p. 192). Sem aparecer de fato na narrativa, é através da voz de um dos personagens que o leitor fica

14 "when thou shalt see a red flag wave from the turret on the eastern angle of the donjon, press the Normans hard – they will then have enough to do within." (SCOTT, 1904, p. 270).

sabendo de sua participação essencial na entrada de D. Pedro I na cidade, cercada pelo bispo:

> Fui eu em pessoa, com o arcediago e com a Bruxa de Gaia - aquela velha que sabe tudo, e que conhece quantos alçapões, quantas covas e cavernas há no castelo e na cidade –, fui eu com eles ambos abrir-lhe o postigo secreto que dá nos subterrâneos do paço, e que também vai à capela da Senhora da Silva na Sé. Lá está [D. Pedro I] (GARRETT, 2004, p. 328).

Dessa forma, a Bruxa de Gaia age não somente no desenrolar da trama, mas também na construção da História, pois é com a sua ajuda que D. Pedro I consegue entrar na cidade e expulsar o bispo tirano do poder. Como mostramos anteriormente, as ações de Gertrudes também se refletem na mudança histórica, pois é ela quem incita a população à revolta e impõe a Vasco o papel de líder da revolução. É importante notar que ambas são personagens do povo: Gertrudes, apesar de rica, não faz parte da nobreza, e a bruxa de Gaia, apesar de pertencer a uma família nobre judia, viveu desprezada pela sua origem étnica e também por ter sido desonrada pelo bispo na juventude.

Outro ponto que nos chamou a atenção na leitura desses quatro romances é o fato de as personagens que não se encaixam nos padrões sociais impostos às mulheres da época serem acusadas de bruxas: não somente as duas idosas de *Ivanhoé* e *O Arco de Sant'Ana*, como a judia Rebecca, da obra de Walter Scott, e a cigana Esmeralda, da narrativa de Victor Hugo. Todas elas personagens marginais, que contrastam com a representação das aristocratas Lady Rowena, de *Ivanhoé*, e Dulce, de *O Bobo*, que nos parecem mais frágeis e menos combativas, mais vítimas do que atuantes de fato. Gertrudes e a Bruxa de Gaia, do romance de Almeida Garrett, por outro lado, são duas mulheres que agem efetivamente na trama e nos acontecimentos históricos, incorporando, em parte, o papel do personagem mediano descrito por Lukács (2011, 72), que tem seus potenciais despertados nos momentos de crise, sendo responsáveis pela transformação da História. Talvez seja justamente o fato de fazerem parte das camadas populares que as permita agirem dessa forma: afinal, é no povo que se encontra a capacidade transformadora.

Referências bibliográficas

GARRETT, Almeida (2004). *O Arco de Sant'Ana*. Lisboa: Imprensa Nacional-Casa da Moeda.

HERCULANO, Alexandre (1967). *O Bobo*. São Paulo: Difusão Europeia do Livro.

HUGO, Victor (1906). *Notre Dame de Paris*. Oxford: Clarendon Press.

____________. *Notre Dame de Paris*. (2011) Tradução de Ana de Alencar e Marcelo Diniz. 2ª ed. São Paulo: Estação Liberdade.

LUKÁCS, György. (2011) *O Romance Histórico*. Tradução de Rubens Enderle. São Paulo: Boitempo.

MARINHO, Maria de Fátima (1992). "O romance histórico de Alexandre Herculano". *Revista da Faculdade de Letras – Línguas e Literaturas*, Porto, 2ª série, v. IX, p. 97-117.

SCOTT, Walter (1904). *Ivanhoe*. New York; Cincinnati; Chicago: American Book Company.

____________. *Ivanhoé* (1983). Tradução de Brenno Silveira. São Paulo: Abril Cultural.

REPRESENTAÇÕES DA MULHER COMO "SER À MARGEM"

O FEMININO FIGURAL EM MARIA GABRIELA LLANSOL

Maria Lúcia Wiltshire de Oliveira

Na confluência entre o conceito final de feminilidade de Freud e a arte literária, defendo a hipótese de que a *escrita é mulher* e desse modo tento ultrapassar a dicotomia de gênero "masculino x feminino", ao mesmo tempo em que abandono a ideia da especificidade de uma escrita feminina. Para dar conta do desafio devo, portanto, adentrar domínios: o que é a escrita literária; e o que é a feminilidade. Valho-me da escrita imagética de Maria Gabriela Llansol (1931-2008) e do tema do feminino para abrir um novo viés na minha pesquisa, atualmente centrada no estudo da imagem literária. Diante da oportunidade de recuperar um projeto anterior de investigação sobre a família e a posição da mulher dentro dela, quando abordei a teoria freudiana, busco agora uma relação entre o campo literário, em especial a questão da potência da imagem literária, e a natureza do feminino, sem com isso desvalorizar os estudos culturais que, como sabemos, envolvem muitos vieses na abordagem do gênero.

Para rever a natureza da arte literária, sirvo-me da célebre *Aula* de Barthes, onde recolho pensamentos que mantêm diálogo com outros teóricos da matéria, entre os quais Gaston Bachelard,

Otávio Paz, Maurice Blanchot etc. Ao fazer a diferença entre a linguagem comum e a literária, diz Barthes que a primeira "é uma legislação" (BARTHES,1989, p. 12), cujo modo fascista de atuar "não é impedir de dizer, é obrigar a dizer" (BARTHES, 1989, p. 14) o que o leva a afirmar categoricamente: "Em cada signo dorme este monstro: um estereótipo" pelo qual "Na língua, servidão e poder se confundem inelutavelmente" (BARTHES, 1989, p. 15). Ao identificar literatura, escritura ou texto como "a prática [libertária] de escrever" (BARTHES, 1989, p. 17), o eminente professor do Colégio de França chama a atenção para esta "trapaça salutar para fora da língua com a língua" (BARTHES, 1989, p. 16), negando a falácia de que o real é representável. Ao contrário de tal consenso afirma, peremptoriamente, concordando com Lacan, que o real é "o *impossível*" (BARTHES, 1989, p. 22), "sempre um delírio, isto é, a inadequação fundamental da linguagem ao real". Mas se, de um lado, a escrita literária "tem o real por objeto do desejo" (BARTHES, 1989, p. 23) e se de outro se mostra obstinadamente "irrealista, deduz o crítico que se trata de um "desejo do impossível" (BARTHES, 1989, p. 23) associado à função utópica mallarmeana "Mudar a língua" concomitante à expressão marxista "Mudar o mundo" (BARTHES, 1989, p. 23 e 24).

Antes de Barthes outros linguistas já haviam tratado da matéria, em especial seu mestre Benveniste, como também Peirce que chegou a esboçar uma "proto-estética" baseada no signo icônico ou hipoícone, análogo ao real (mas não igual ao real) que, segundo o brasileiro Décio Pignatari, funciona "como quase-objeto" (PIGNATARI, 1974, p. 43) de efeito fulgurante. Os estudos do linguista norte-americano infelizmente não foram desenvolvidos, mas abrem horizontes no campo da filosofia para a compreensão daquilo que Barthes chamou de "o próprio fulgor do real [...] esse fulgor indireto" (BARTHES, 1989, p. 18-19) que nos remete a um termo-chave da estética de Maria Gabriela Llansol, a "cena fulgor".

Ao lado do aspecto promissor da imagem poética ou do signo icônico, não se pode esquecer a sua frágil promessa de representação, muito bem discutida por Blanchot em "A Literatura e o direito à morte", quando evidencia a coragem da literatura ao assumir a ausência ou a morte em sua própria enunciação, na tentativa de representar o real, seja o objeto trazido à fala ou à memória, seja o sujeito que faz o gesto de enunciar. Publicada 17 anos antes do incontornável *Les mots e les choses* (1966) de Foucault, o filósofo e poeta francês coloca em cheque a própria representação no artigo acima citado, inserto na coletânea *La part du feu* (1949): "A palavra me dá o que ela significa, mas primeiro o suprime. [...] Ela é a ausência desse ser, seu nada, o que resta dele quando perdeu o ser [...]" (BLANCHOT, 1997, p. 310)

Ao postular a ausência ou a morte na própria natureza do signo ou palavra, e ao notar a sua assunção na escrita literária, abrimos espaço para associar, de forma transdiciplinar o pensamento de linguistas e filósofos às pesquisas finais da psicanálise quando Freud elaborou o conceito de pulsão de morte, conectado ao sentimento de castração e de desamparo. Sabemos que de início o criador da Psicanálise relacionou a castração à histeria e ao feminino como gênero fadado ao masoquismo incondicional. No entanto, nos textos de 1932 ("A feminilidade") e 1936 ("Análise terminável e interminável"), deu-se conta de que a castração marcava não exclusivamente o sexo feminino, mas também os homens, causando-lhes o mesmo desconforto que as histéricas aceitaram demonstrar em suas exibições. No início de um século ainda imerso em misogenia, estas conclusões são apresentadas de forma negativa e indireta por Freud, como percebeu Birman (BIRMAN, 2001, p. 223). Freud já havia detectado a pulsão de vida que, a esta altura, ele associara a um esforço para superar a finitude (ou a morte), identificando modos de sublimação que têm raízes num mecanismo a que dá o nome de masoquismo erógeno, ou vital, que é comum aos dois sexos, permitindo a sublimação do narcisismo sofrido pela castração efetiva (no caso da mulher) e de horror à castração (no caso do homem). A este mecanismo erógeno, Freud associa o feminino por provir de um processo masoquista próprio à mulher segundo o qual a feminilidade seria a fronteira do "rochedo da castração", mas que, na leitura de Birman, "revelaria o originário do psiquismo, algo anterior à ordenação da subjetividade fundada no falo". (BIRMAN, 2001, p. 223) Como afirma Nunes, a noção de masoquismo erógeno é uma novidade que "abre espaço para se pensar a constituição de novas formas de sublimação e, portanto, diferentes possibilidades para o sujeito, independente de seu sexo" (NUNES, 2000, p. 211). Estava aberta a possibilidade de se substituir o fundamento falocêntrico da cultura humana em favor de um mecanismo primevo relacionado à castração, à morte, ao desamparo.

O trabalho literário do negativo

Se homens e mulheres "sabem" que estão originariamente condenados à finitude e ao desamparo, vejamos primeiro como se dá o trabalho do negativo em forma de sublimação na escrita literária de Llansol.

Como postulamos acima, por detrás do signo repousa a morte do real, mas nele ainda se pode detectar um rasto de fulgor da vida que se entrevê nos intertícios da representação, sendo capaz de gerar prazer e êxtase. Para Maria Gabriela Llansol neste espaço edênico reside a arte literária que se tece de "liberdade e dom poético". Ao se afastar das normas consagradas e gastas que ao longo do tempo institucionalizaram a prática da escrita, a escritora afirma que a arte não se circunscreve a circuitos pré-nomeados. Privilegiando a imaginação que produz a escrita inovadora, própria da poesia, Llansol atesta a proliferação de mundos ou realidades virtuais, assim como a importância da técnica e do compromisso utópico e ético de compartilhamento das descobertas: "Não há literatura. Quando se escreve só importa saber em que real se entra, e se há técnica adequada para abrir caminho a outros." (LLANSOL, 1998, p. 55). Pode-se afirmar que a autora não acredita em mundos melhores, antes acredita na capacidade humana de concebê-los mediante a libertação das formas e o cultivo da poesia, aqui entendida no sentido de *poien*, do fazer poético (cf. NANCY, 2005, p. 17).

Valendo-se de um corpo que aceita escrever sob o efeito das impressões provindas de Fora (cf. BLANCHOT, 1997, p. 305) ou do Exterior (cf. FOUCAULT, 2001, p. 115) e convertendo-se à emergência de múltiplas vozes, a imaginação llansoliana produz imagens (signos icônicos) de alta densidade que dão intensidade e luminosidade ao texto. Se por um lado causam estranhamento (cf. CHKLOVSKI, 1973, p. 45-46) ou in-conforto no leitor, por outro convidam à abertura do corpo e do pensamento do leitor (ou legente, como diz Llansol) tornando-se exílio de vida e pujança, onde se aceita a morte e a entropia como passo necessário para lhe opor neguentropicamente a afirmação da vida. Seu convite não se reduz a uma revisitação do conhecido, mas a novo território ou lugar de afetos onde tempo, espaço, personagens, enredo, pontos de vista e demais categorias da prosa mimética realista ou verossímil se transformam e buscam o fulgor em terreno inaudito. No lugar do narrador, há múltiplos pontos de vista; no lugar do tempo cronológico, há sobreposição de tempos; no lugar do enredo, há um fio que "liga as diferentes cenas fulgor"; no lugar do real, há existentes não-reais (virtuais); e no lugar de personagens que vivem e morrem, há figuras eternas ou eternizadas, como, por exemplo, Ana de Penãlosa, Müntzer, Eckhart, Suso, Nietzsche, que atuam como "nós construtivos" (que são as vozes das imagens ou das palavras), contornos de "núcleo cintilante" também chamados "cenas fulgor". Como se percebe, estas figuras/personagens não obedecem à lei da verossimilhança histórica, pertencem a tempos diferentes e se mesclam num convívio comunitário de indivíduos livremente inventados, que nãos são reais mas existem: "existentes-não-reais" próprios à textualidade llansoliana (LLANSOL, 1994, p. 120).

Esta prática corporal da escrita – pois se trata de um "corp'à 'screver" - assenta no vazio da linguagem e sabe, como nos ensina Pessoa, que finge como única possibilidade de salvar e salvar-se diante da finitude, do incognoscível e do não-representável. A potência nietzschineana do falso, juntamente com a afirmação paradoxal do Tudo e do Nada, celebram o acontecimento e os agenciamentos, que são o outro nome para o sentido numa perspectiva deleuziana. Assim é o trabalho literário do negativo que faz a singularidade da poética narrativa llansoliana.

Como exempo, destacamos alguns segmentos de *O livro das comunidades*, obra a partir da qual a autora fez a sua iniciação à escrita de fulgor. É o Lugar 18, onde a figura feminina de Ana de Penãlosa, rica viúva protetora do poeta místico São João da Cruz, demora-se refletir sobre a escrita e o bordado.

> Leio um texto e vou-o cobrindo com o meu próprio texto que esboço no alto da página mas que projeta a sua sombra escrita sobre toda a mancha do livro. Esta sobreposição textual tem por fonte os olhos, parece-me que um fino pano flutua entre os olhos e a mão e acaba cobrindo como uma rede, uma nuvem, o já escrito. [...] bordo e penso que sei bordar; não sei como fiz esta associação mas logo depois reflicto. Saber e ver [...] Com um dedo sobre a linha, prendo também os olhos ao tecido, [...] soergo a agulha do feltro, o movimento parece-me semelhante ao da escrita, embora inverso. [...] Não fui eu quem traçou este desenho que bordo mas, percorrendo-o com a agulha, recons-

> truo o nascimento do acto de desenhar; [...] Situo-me historicamente ao lado de outras mãos que bordariam tecidos de outra época. [...] Passo da escrita ao bordado, traduzindo como se ambos fossem a minha palavra; [...] Com um livro escreve-se outro livro. Como um livro é vegetal. (LLANSOL, 1977, p. 65-66)

No Lugar 19, que se segue, Ana de Peñalosa está à beira de um lago a observar um peixe em sigulares transformações que se aproximam da escrita produzida por si e pelos seus mestres medievais, a saber o monge Eckhart e seu discípulo Suso, metamorfoseado em peixe, passagem concluída com a afirmação do negativo na forma do nada: "Fora uma escrita ritmada, conduzida pelo peixe e pela evolução das conchas: todos os seres são nada puro." (LLANSOL, 1977, p. 69)

De sexo, gênero e feminilidade

Sobre a questão do sexo e do gênero feminino em Llansol, garimpei alguns momentos em que a autora fala explicitamente sobre o assunto em seus Diários.

Do Diáro II – *Finita* (1987) temos a entrada do dia 23 de Janeiro de 1975, sobre as distorções decorrentes da diferenciação opositiva dos sexos, numa passagem em que, depois do chá e do mel servido ao marido, Llansol aponta para a tirania e a violência contra a mulher:

> E vem-me a memória a impressão, a que guardo já há muito, sobre o que domina as relações genéricas entre homens e mulheres, / à margem do mútuo: / a vassalização e o crime.
>
> Quando a mulher domina, a fecundidade absorve o afecto [...] A fecundidade e o crime vão juntos.

> Quando o homem domina, a conquista transforma os homens em guerreiros de mais além e a mulher é sempre o primeiro vassalo que paga o tributo pela guarda das terras conquistadas [...] (LLANSOL, 1997, p. 18)

Contrapondo-se a esta perversa dualidade opositiva homem--mulher em forma de sado-masoquismo "à margem do mútuo", Llansol recupera a figura histórica de Plantin, um dos mais libertários tipógrafos da Antuérpia nos idos de 1589, ao mencionar a expressão "sexo invisível", que se pode associar ao neutro ou a um gênero independente do sexo biológico: "Plantin me disse que, embora eu fosse mulher, podia escrever numa sala próxima das oficinas, pois para ele mais vale o livro que o sexo e que o livro torna o sexo invisível." (LLANSOL, 1984, p. 29). Quem aqui fala é Margarida, outra figura--beguina que se singulariza "pela pulsão da escrita", tal como sua companheira Ana de Penãlosa, ambas duplos de Llansol que, em sua (falsa) voz autobiográfica, reafirma o "neutro" da escrita, no diário I, *Um falcão no punho*: " À medida que o texto adquire uma *certa potência*, deixa de ser característica de homem, ou de mulher [...] Eu própria vou sentido uma parte *neutra* no meu ser – a terra prometida da força, a terra de ninguém do sexo." (LLANSOL, 1998, p. 140, sublinhado nosso)

Assim como na experiência mística, o livro torna o sexo invisível mas não o apaga, pois as suas imagens/palavras carregam a energia remanescente provinda do corpo e das coisas, sendo capazes de gerar prazer e gozo (cf. BARTHES, 1973) com base em Eros, o deus sublimador de nossa finitude. Como disse Freud, o masoquismo erógeno ou libidinal compensa o desamparo, num processo similar ao dos místicos, o que corrobora a experiência de Llansol cuja virada iniciática na escrita ocorreu depois das leituras de São João da Cruz na biblioteca da Abadia de Maredret, próximo a Namur, na época do exílio na Bégica.

Para o prof. Barrento, Presidente do Espaço Llansol e estudioso da escrita llansoliana,

> Este será, porventura, o mais acabado exemplo de uma escritora sem 'sexo' (que de si mesma diz: "Há em mim uma mulher que tem sexo, e outra que não tem" (*Finita*, 1987,19), querendo com isso significar que aquela que não tem é a que escreve) que, desde O Livro das comunidades (1977), vem escovando a contrapelo, não apenas o texto do romance, mas também o da história - e o de uma "escrita feminina" - que contesta porque o que lhe interessa não são noções como as de sexo ou gênero, mas de "pujança" (ou força, potência, derivadas da filosofia de Espinosa), também da escrita (BARRENTO, 2003, p. 139)

Ora, se esta potência se relaciona sem dúvida com Espinosa (*conatus*), também faz eco aos seus pósteros, a saber Nietzsche e Freud. Para além do trágico, a proposta de uma estética de vida encontra abrigo no masoquismo erógeno esboçado por Freud, responsável pela condição de feminilidade como "aceitação da castração" (NUNES, 2000, p. 231) o que exige "um trabalho de simbolização" (NUNES, 2000, p. 231). Trata-se de uma pujança que não tem sexo, que é neutra, e que acena com a "terra prometida da força" já que "mais vale o livro que o sexo".

Na passagem de *Finita* atrás citada, Llansol se pergunta sobre esta indiferenciação sexual quando recusa a narrativa representativa da verossimilhança: "Se eu procurar abrir caminho a um texto que não represente (e por isso mesmo, antes de mais, diga) que sexo estarei dizendo?" (LLANSOL, 1987, p. 19). É uma pergunta que permanece também para nós.

Outra maternagem

Na primeira linha d'*O livro das comunidades* lemos: "nesse lugar havia uma mulher que não queria ter filhos de seu ventre." (LLANSOL, p. 11). Aqui quem fala é Ana de Penãlosa que se recusa ao papel de reprodutora, abrindo-se para outras tarefas de maternagem. Ela é a Grande Dama entre todas as figuras femininas que habitam as duas trilogias de Llansol - Geografia de Rebeldes e Litoral do Mundo. Misto de beguina e mulher da sociedade, ela teria encontrado a sua feminilidade como sinal do humano, para além do sexo e do gênero. Assim como fez Maria Gabriela Llansol, Ana de Penãlosa troca a maternidade biológica por outra, numa atitude que parece recusar as exigências culturais do seu sexo e optar pela liberdade por meio da escrita e da imagem literária. No final do livro, lemos: "Ana de Peñalosa não amava os livros; amava a fonte de energia visível que eles constuem quando descobria imagens e imagens na sucessão das descrições e dos conceitos." (p. 86) Ela escolhe ser a mãe da palavra que a si mesma dela se alimenta: "Sentava-se no seu quarto (em toda parte) e dava-se a palavra sobre o dedo indicador ligeiramente curvado como se servisse um aperitivo ou um peixe." (p. 12). Diz que gosta "perdidamente de escrever (e de desaparecer na escrita)" e que não gosta de ler simplemente porque não consegue mais "separar a leitura da escrita" (p. 15).

A carga erógena do originário masoquismo identificado por Freud – partilhado por ambos os sexos porque supõe a aceitação da pequenez e da impotência ou passividade do ser humano frente à morte – que identificamos na escrita de Llansol, também passa para o leitor que na leitura vivencia o "sexo de ler" e usufrui do libidinal agenciamento do corpo de quem escreve com o que lhe é exterior – "sexo da paisagem". Com fina intuição, Llansol se pergunta no Diário 2 – *Finita:* "E o sexo e a escrita não serão os dois caminhos da mesma ação?"

Como um alter ego de Llansol, Ana de Peñalosa é a mulher e visionária "sempre pronta para escrever, [que] sonhou com um grupo de homens" (p. 13) e, na sua companhia, tendo à frente São João da Cruz, seguiu numa cruzada de visitação /rememoração do primeiro massacre de camponeses da História, acompanhada de outras figuras históricas igualmente rebeldes: o sacrificado líder dos anabaptistas (Tomás Müntzer), o "herético" defensor do heliocentrismo (Copérnico), o "blasfemo" afirmador da rotação terrestre (Giordano Bruno), o mal afamado destruidor das tábuas da lei (Frederico Nietzsche), os místicos ousados da Idadae Média (Eckart e seu discípulo Suso/porco), além de imaginários animais-figuras, como Coração de Urso, a cadela Maya, o cavalo Pégaso. Ana é mãe de São João da Cruz e se torna esposa de Nietzsche com o qual concebe "outra criança ou objecto, ou planta, ou animal" (p. 85), um novo ser "composto da profundidade de nomes" (p. 85) cuja mão direita era São João da Cruz a soletrar num livro e cuja testa (uma delas) era a cabeça decapitada de Müntzer a cavalo. Compósita e exdrúxula, esta imagem é sugestiva de muitas significações e reaparece na abertura do livro seguinte, *A restante vida* (1982).

Efetivamente, o segundo livro da trilogia começa com a constatação de que "o novo ser era um monstro" (p. 11), mas seu sentido vai se esclarecendo aos poucos a ponto de o considerarmos uma alegoria da textualidade imagética de Llansol que figuralmente ressuscita Münzter graças à maternagem de Ana de Peñalosa que o gera e o protege. Como Ana trouxe neste momento de reencontro uma "espécie de livro com magia" (p.11), ela fez "um espesso agasalho com as suas páginas" e "na última embrulhou a cabeça de Muntzser e beijava-lhe constantemente a ferida do pescoço" (p. 11). Dele vai receber o testamento, tornando-se sua mensageira. Em outras palavras, guardará como mãe a mensagem do seu filho, rememorando para nós esta primeira repressão ao clamor dos pobres nos primórdios da era moderna, situando-se "historicamente ao lado de outras mãos que bordariam tecidos de outra época." (p. 66)

Concluindo

Sem negar a potência das mulheres escritoras na história literária e sem desprezar os problemas de gênero, preferi apontar para outro horizonte sobre a natureza da escrita. Concluindo, diria que *a escrita é mulher* embora possa ser produzida e compartilhada indistintamente por qualquer sexo ou gênero; diria que a literatura é mulher porque exige do poeta e do grande narrador uma "alma feminina", uma dobra do sujeito narcísico e falocêntrico, já que a escrita - por extensão toda forma de arte – é um enfrentamento da morte do eu e da realidade (Tânatos) como nos ensina Blanchot e, em troca, uma afirmação da vida (Eros). Arrisco-me a pensar na curiosa presença do elemento x – atribuído ao caráter feminino – no mapa microbiológico dos sexos (xx e xy). O certo é que os ambos os envolvidos no processo da castração – real ou temida – sofrem diante do fim.

Pode-se supor que a mulher tenha sido melhor preparada na sociedade falocêntrica para admitir mais facilmente a sua passividade e a sua impotência no curso da história. O próprio Freud alude a este traço cultural ao dizer que é difícil "convencer um homem de que uma atitude passiva para com homens nem sempre significa castração e que ela é indispensável em muitos relacionamentos na vida. A supercompensação rebelde do homem produz uma das mais fortes resistências transferenciais. " (FREUD, 1937, p. 29-30).

Se o instinto maternal das fêmeas decorre da certeza de que a vida é frágil e mortal, cabendo à fêmea preservá-la de modo a manter as crias vivas o maior tempo possível, a maternagem humana é uma atitude cultural que enfrenta o desamparo e pela arte busca inventar um espaço edênico onde se desfrute prazerosamente da vida. Feminilidade e maternagem se articulam em *O livro das comunidades* de Maria Gabriela Llansol sob o imperativo da escrita vazada em "liberdade e dom poético".

O conceito de feminilidade aqui discutido é inerente a qualquer gênero e sexo tendo sido na obra de Freud "paulatinamente desarticulado da imagem da mulher" (NUNES, 2000, p. 229). Como endossa Nunes, "Ao se descobrir castrado, o sujeito se reencontraria com uma *feminilidade* primária, que se de um lado o remete a uma experiência de angústia, de outro lhe abre novas possibilidades sublimatórias" (NUNES, 2000, p. 232). Esta noção tardia de Freud pode representar um passo a mais na libertação e revalorização do feminino além de funcionar como um espelho crítico para as masculinidades misóginas da era patriarcal.

Sem dúvida, mais do que os gestos e a fala, a escrita "neutra", poética e sem sexo é uma suprema forma de simbolização e amparo usada pelo animal humano, demasiado humano. Se por um lado o texto literário procede do vazio ou da morte do real (Tânatos), por outro afirma a vida e o fulgor (Eros), tornando-se o lugar paraxoxal e ambíguo da linguagem ao qual se aplicam os seguintes atributos que servem de título aos capítulos da Parte I de *Causa Amante* (1996), v.1 da 2ª trilogia de Maria Gabriela Llansol: Aqui - É - Tudo - Aqui - É - Nada - Aqui - É - Entre tudo - Entre Tudo e Nada.

Referências Bibliográficas

BARTHES, Roland. (1989) *Aula*. São Paulo: Cultrix.

BARRENTO, João. (2003) "O livro torna o sexo invisível?". *Revista Metamorfoses 4*. Set 2003, Rio de Janeiro / Lisboa: Cátedra Jorge de Sena /Editorial Caminho.

BLANCHOT, Maurice. (1997) *A parte do fogo*. Trad. Ana Maria Scherer. Rio de Janeiro: Rocco.

BIRMAN, Joel. (2001) *Gramáticas do erotismo; A feminilidade e as suas formas de subjetivação em psicanálise*. Rio de Janeiro: Civilização Brasileira,.

CHKLOVSKI, V. (1973) "A arte como procedimento". *Teoria da Literatura*; formalistas russos. Porto Alegre: Editora Globo.

FOUCAULT. Michel. (2001) Estética: *Literatura e pintura, música e cinema*. Coleção Ditor e Escritos I. Rio de Janeiro: Forense Universitária.

LLANSOL, Maria Gabriela. (1977) *O Livro das Comunidades*. Porto: Afrontamento.

___________. (1982) *A Restante Vida*. Porto: Afrontamento.

___________. (1987) *Finita*; Diário 2. Lisboa: Rolim.

___________. (1996) *Causa Amante*. Lisboa: Relógio D´Água.

___________. (1998) *Um Falcão no Punho*. 2. ed. Lisboa: Relógio D´Água.

NANCY, Jean-Luc. (2005) *Resistência da poesia*.Trad. Bruno Duarte. Viseu: Ed. Vendavel.

NUNES, Silvia Alexim. (2000) *O corpo do diabo entre a cruz e a caldeirinha*; um estudo sobre a mulher, o masoquismo e a feminilidade. Rio de Janeiro: Civilização Brasileira.

PESSOA, Fernando. (1972) *Mensagem, Obra Poética*. Rio de Janeiro: José Aguilar Ed.

PIGNATARI, Décio. (1974) *Semiótica e literatura*. São Paulo: Perspectiva.

GESTOS MARGINALES / ESTRATEGIAS CENTRALES EN LA POESÍA DE ADÉLIA PRADO

Margara Russotto

Há o perigo de eu falar
na presença de todos
uma coisa alucinada.
Adélia Prado, *A Matéria*

¿Cuál sería esa "cosa alucinada" de la cual se hablaría "en presencia de todos" y con la cual nos amenaza o advierte el sujeto lírico? La obra de Adélia Prado (Divinópolis, Brasil, 1935) ha seducido a sus lectores con una poesía aparentemente despretenciosa, directa y vital, y de temas en buena parte accesibles a los lectores promedio; todo lo cual parece contradecir cualquier tipo de alucinación. Sin embargo, estos versos del epígrafe, tomados de su poema "Materia" de la serie *A faca no peito* de 1988,[1] si bien se refieren al tópico del amor pasional y a la necesidad de refrenar sus ímpetus, también aluden a una suerte de escándalo latente, oculto o implícito, en "materias" (también poéticas) tales como el erotismo, el cuerpo y el lenguaje, constantemente explorados en su poesía. Por otra parte, advierten también sobre la presencia determinante de "los otros";

1 Salvo indicación contraria, todos los poemas mencionados se refieren al volumen de Adélia Prado: *Poesia reunida*, 1991.

de una colectividad expectante que asiste o participa en el universo evocado, como un silente coro griego capaz de enjuiciar, lo cual remite a una dimensión social introyectada a través de las mismas ambiguedades y tensiones del poema. La "presencia de todos", aquí, no solamente alude a la experiencia de la alteridad, sino al peso de una dimensión de la colectividad que parece ajena a todo desvío o distorsión pasional, pues ejerce el poder de sancionar o decidir la moral de cualquier acción humana. Y por pasión, se entiende sufrimiento, enardecimiento, locura y exacerbación, conceptos etimológicamente vinculados a la tradición cristiana, pero también a la representación del antiguo teatro griego.

Podríamos considerar esta polaridad entre la "alucinación" y el (buen) "juicio" una posible puerta de entrada a la poesía de Adélia Prado, como un escenario sobre el cual se debaten las diferentes combinaciones articulatorias de este enfrentamiento en la conciencia del sujeto lírico.

En efecto, a lo largo de esta obra encontramos espacios marcados ora por uno ora por otro, a veces en un mismo poema. Tópicos que se fragmentan, encadenan o superponen, entre rupturas o retomadas y entre voces que se interpelan, parecen dialogar o bien disputarse el predominio del "juicio" o el de la "alucinación". Presencia diasporizada en dispersa multitud, "los otros" tienen diferentes rostros. Son también el rostro de Dios, constantemente traído a colación para consuelo, imprecación y pregunta. Dios llega a ser el "otro" total y omnipresente, testigo puntualmente convocado y exhortado, ante la necesidad de contrarrestar cualquier tipo de "alucinación", como se puede ver en el poema "Mulher querendo ser boa": *Me toldam horas de cinza / rachadas de imprecação. / Ó Deus, não me humilhe mais / com esta coceira no púbis. / Responde-me sobre os mortos,/ se mamam, / nesta lúa visível em pleno dia, /do seu leite de sonho.* (p. 270).

Las voces de la alteridad se manifiestan o dejan oir en escenarios domésticos y familiares, con numerosas referencias a la vida de la provincia o del barrio popular. Imágenes como la del hombre que se para en la puerta de su casa con un palillo en la boca después de comer, por ejemplo, o la de alguien que llama a los perros batiendo un hueso en el suelo, revelan aspectos de un contexto desintelectualizado, de una cotidianidad más rural que urbana y ajena a todo tipo de elaboración estética. Igualmente, referencias a formas de religiosidad popular se evidencian frecuentemente en la breve aparición de miembros de la comunidad católica, como vecinas y beatas que también contribuyen para plantear preguntas existenciales desde un ámbito de la conciencia ingenua o proto-filosófica popular, siempre a través de un lenguaje considerado considerado "sencillo".

Desde *Bagagem* (1976) hasta *Miserere* (2013), el espacio ocupado por "los otros" constituyen evidencias de marginalidad en varios sentidos, tanto por las marcas del orden femenino recludo en el espacio limitado de lo doméstico, como por la preferencia hacia una línea temática de la literatura intimista considerada en cierto modo banal o superada, y que tradicionalmente se asocia a la vida de las mujeres y a su entorno familiar (vecinos, cocina, chismes del barrio, religión popular, expresiones coloquiales). Nuestra propuesta de lectura quisiera explorar el sentido que adquieren estos "gestos marginales" frente al "gesto alucinado", problematizando su función dentro de una posible estrategia discursiva que resemantiza lo marginal para convertirlo en estructura central que da unidad a la obra de esta importante escritora brasileña.

Para plantear correctamente esta propuesta de lectura, vamos a revisar los diferentes "gestos", huellas o actitudes, del sujeto lírico en su relación con "los otros". Aunque dichos roles son casi innumerables mediante diferentes performances, en esta oportunidad vamos a detenernos particularmente en dos de ellos. El primer rol consiste en la relación entre el sujeto lírico y una colectividad, donde también se establece el diálogo con lo masculino como base fundamental para la construcción identitaria de ambos géneros; mientras que el segundo se refiere a la inscripción literaria que el sujeto lírico se (auto) atribuye en el canon de la literatura del Brasil. De modo que el primero se refiere al género sexual, y el segundo al género literario ya que la "actitud" del segundo corresponde a la del sujeto de los actos creadores en una situación socio-literaria específica.

Trataremos de mostrar – a través del análisis del comportamiento del sujeto lírico en determinados poemas – que mientras con el primer rol se manifiesta la noción de "marginalidad" mencionada, con el segundo vemos un salto conceptual que hace de una poética con tópicos aparentemente marginales un recurso para alcanzar una posición central. Cabe precisar que dichos roles no se manifiestan cronológicamente ni son producto de una supuesta evolución intelectual o estilística del sujeto lírico. Por lo contrario, ambos se articulan de modo independiente y a la vez en estricta interconexión sugiriendo indirectamente, por una parte, el poder de la poesía como um constructor de identidades, y por la otra la posibilidad de transformar elementos considerados menores o marginales, elevándolos a una estatura central y estructurante de una dada poética. Esto implica en última instancia las contradicciones y los conflictos que atraviesa esta entidad problemática – el sujeto lírico- transitando entre identidad y alteridad, y entre biografía y ficción.

La importancia del sujeto lírico, como categoría específica y estructurante del poema, a la vez que como instrumento analítico apropiado para su descripción y significación, ha sido ampliamente investigada y destacada por los críticos incluso a través de debates recientes (COMBE, 2010). Para algunos teóricos, como Slawinski por ejemplo, el yo lírico es considerado una categor'ia de centralidad casi absoluta en el poema. Su naturaleza estática y monocéntrica es considerada ajena a la pluralidad de las acciones y el dinamismo que caracteriza el discurso de los otros géneros, como el drama y la narrativa. En la lírica, el percurso temporal queda limitado o diluido, porque acción y tiempo no son elementos secuenciales o episódicos, sino conexiones internas, involucradas íntimamente en la estructura semántica de los versos hasta determinarla totalmente. Y como el espacio y el tempo, también el sujeto lírico existe de manera inmanente en la organización de dicha estructura. Como afirma Slawinski, un poema simplemente crece o muere junto com el sujeto lírico (SLAWINSKI, 1989). Es tal su centralidad semántica y compositiva, que todos los niveles del universo poético proyectan sus "actitudes" o sombras, a veces invertidas, amplificadas, deformadas; son sus "huellas", "gestos", "ecos" o "máscaras"; en fin, variaciones del transfondo biográfico y sociopolítico aunque sea remotamente aludido o incluso cuidadosamente ocultado. En este sentido, enfocar el estudio de un poema a partir de los roles que desempeña el sujeto lírico y atendiendo a la interrelación dialógica con el otro, es una perspectiva que corresponde a la naturaleza específica del género.

También Kate Hamburguer ve, en la lírica, la tendencia apelativa a un "outro" o un "tú" que se revela más explícita y frontalmente. La identificación entre emisor y receptor, a pesar de sutilezas y sinuosidades, es producida de manera más profunda y "espontánea" (como en los vocativos *oh, ah, ay*, por ejemplo). La diferencia que existe entre la experiencia lírica – que corresponde al género llamado existencial – y la experiencia del drama o de la novela – también llamados de géneros miméticos – consiste en el hecho de suponer que la enunciación de un poema no se presenta como apariencia o ilusión, no imita propiamente nada, ni se conforma con la exhibición de sentimientos. Por lo contrario, queda en ello implícita una suerte de "entrega" o confesión, que se "comprende" y afecta inmediatamente a los lectores a través del proceso de indentificación. El valor existencial de un poema pasa por ese modo de "revivir el hecho" - podría decirse así - en la conciencia del que lee como si fuera un hecho proprio que estimula la auto interrogación. No hay otro acontecimiento en la lírica que no sea esa conexión interrogativa entre sujeto y objeto. Esa es la "experiencia" más genuina que ella ofrece: la revelación de una incumbencia; de esa llamada a la responsabilidad por todo lo que es humano. Por eso, según Hamburguer, el contenido de un poema es recibido de manera immediata "como si confrontáramos las palabras de algún (otro) real que conversa con el 'yo' " (HAMBURGER, p. 89). Esta fuerza apelativa de la poesía es de tal naturaleza que produce un dialogismo intrínseco, directo e inmediato, incluso de tipo autorreferencial mediante auto-desdoblamientos, donde el "otro" (los otros, el mundo, objetos, animales, y el propio "yo" que asume el acto enunciativo) es parte de un dialogismo previsto y esperado en el horizonte de expectativas de la comunicación poética.

En este sentido, la "apelación" tiende a ser la figura retórica dominante de la poesía de Adelia Prado, de modo que la "presencia de los otros" adquiere diferentes formas. Además de esa presencia colectiva de carácter moral ya mencionada, aparece el otro masculino en particular, el cual se revela como presencia amable, a ratos patético o aislado en su propia condición de humanidad sorprendida, pero siempre como una presencia cercana y a menudo con nombre propio (como el padre, el esposo o compañero, Zé, Teodoro, y el enigmático Jonathan, fuente de ardiente sensualidad). En la serie de poemas de "A sarça ardente", la memoria del padre muerto es de una nostalgia inconsolable, y su perfil se confunde con el diseño fugaz de otras voces masculinas, murmurando o resistiendo a la muerte. Los diferentes géneros se comunican y se entrelazan, se acarician repasando la piel, el cuerpo, las palabras que se intuyen o callan en la mayor austeridad. Las generaciones se complementan, recogen hábitos del pasado y parece no haber ruptura ni distancia entre ellas.

Lo masculino es maravilloso y lo femenino le rinde homenaje, y se rinde: *Tudo que não é mulher está em ti, maravilha.*[2]

Iluminada por la afectuosa compasión de la cotidianidad compartida, los modestos objetos de la intimidad (el agua tibia, el jabón de tocador, la lámpara de mesa) se vuelven elementos de un ritual de entrega y erotismo, como se ve principalmente en *Bagagem*, su estreno poético en 1976 que alcanza la 20ª edición en el 2004. Seductor o silencioso, observado y cantado, el otro masculino existe como entidad protectora de un mundo arcaico, de ecos bíblicos y sólidas certezas, incorporado al sujeto lírico a manera de eco, que interroga o presupone, acompañando la voz de una subjetividad femenina dialogante y deseante.

Complementando este diálogo, hay un mundo de voces femeninas repasando los hechos importantes: el día del eclipse o una celebración familiar. Voces casi inaudibles de tías, hermanas, hijas, vecinas y parientes se hacen escuchar a través del flujo ventrílocuo del sujeto lírico. Ellas desgranan los deberes de la conformidad ante la finitud de todo, cumpliendo con el registro de la memoria familiar, los nacimientos y enfermedades, los amores y los secretos de la carne, las traiciones, la muerte de los viejos, la autoridad inescrutable de Dios, en un contexto casi de estructura premoderna. Es ese mundo "al margen" de lo moderno, como de lo que es considerado sublime y elevado, lo que encontramos en poemas tan peculiares como, por ejemplo, el de las mujeres adornando la iglesia del pueblo ("Três mulheres e uma quarta", p. 226); o la oración a San Antônio para que ayude a encontrar la cartera perdida ("Responsório", p. 329); o el recurso de esconderse por una emoción profunda, inventando

2 "Para o Zé", p. 99-100.

"uma barata pra matar com um chinelo" ("Episódio", p. 122).[3] El sujeto lírico parece comunicar un gozo ambíguo, entre el legítimo reconocimiento del contexto regional mineiro y la provocación al resemantizar elementos de la cultura popular insertos en el poema contemporáneo marcado por la duda y la fragmentación. La retomada en clave subversiva de este universo "marginal" olvidado, utiliza diferentes estrategias, como la de revalorar las metáforas "muertas" en un poema en honor a los cantores populares del Brasil: *Emvém a noite com seu negro manto,* ("As seis badaladas do entardecer", p. 312); o incluir transcripciones fonéticas del habla coloquial, como en: *mãe, cê tá aí, mãe?* ("Impropérios", p. 214); o finalmente, tratar el tópico de la mujer traicionada por el amado, tema querido por la literatura de cordel, y retomado en parte con la misma aparente simplicidad: *Jonathan me traiu com uma mulher / que não sofreu por ele / um terço do que eu sofri; / uma mulher turista espairecendo na Europa.* ("A terceira via", p. 347-348). [4]

Las mismas declaraciones de la autora corroboran la construcción de un perfil apropiado a dicho universo, en un intento por subrayar la conexión entre sujeto lìrico y sujeto empírico. En las varias entrevistas televisivas de Adélia Prado, ella se define como una "pacata senhora mineira" educada en la represión erótica, que escribe con "a simpleza de um estilo", y que forma parte del "pueblo" igual que su público. En numerosas ocasiones se declara poeta de "lo cotidiano" y de profunda fe católica, esta última considerada el pilar fundamental de su vida y su poesía. Vincula de este modo la poesía como un don y como aspiración a lo trascendente y lo religioso que da sentido y significación a la vida. Sinembargo, su exaltación religiosa se confunde con

3 Nótese la forma coloquial *pra,* ya reivindicada por los modernistas, en vez de la forma culta *para.*

4 Este poema forma parte de una serie mayor dedicada a la traición de Jonathan en *O pelicano.*

lo erótico, alterna entre lo sublime y lo brutalmente carnal, y buena parte de sus textos, sea en prosa sea en verso, utilizan recursos de la poesía de vanguardia, usando la fealdad, lo anti-intelectual y el término procaz y corporal, negando la sensatez que justamente se esperaría de "una buena señora de Minas Gerais".

El sujeto lírico de estos poemas, se desdobla así en gestos y actitudes contradictorias, persiguiendo objetivos de naturaleza claramente retórica. Si definimos lo marginal como lo que permanece a distancia de un centro, al cual en cierto modo queda subordinado, vemos que estos temas evidencian un mundo arcaico, desplazado del centro de la vida moderna, y una visión de la feminidad tradicional adoradora del hombre y respetuosa de los valores patriarcales. Sin embargo, como vimos a través de los diferentes roles del sujeto lírico que presenta la obra de Adélia Prado, existen numerosas mediaciones en juego. Aún cuando la interrelación entre identidad y alteridad pertenece tanto a la vida como a la poesía de manera determinante, no dejan de ser artificios de representación y por lo tanto una conversión en términos de estructura de una poética y de una visión de mundo.

El último rol del sujeto lírico que debemos resaltar es el que vehicula una poética determinada al concentrarse en las actitudes del sujeto en tanto creador de una técnica compositiva. En efecto, la serie de poemas que tratan el tema de la filiación literaria -especialmente "Com licença poética" y "Todos fazem um poema a Carlos Drummond de Andrade" - revelan la inscripción literária que el sujeto lírico se auto atribuye con orgullo, a través de una "actitud" picaresca, imprevisible y bruscamente plural - "desdobravel", dice; no lineal, sino múltiple, caleidoscópica, y como reivindicación de libertad. En estos poemas, que podríamos considerar como la explicitación de la poética adeliana, el sujeto lírico confronta su lugar y posición en la historia literaria del Brasil comparándose con la poderosa figura del poeta nacional Drummond de Andrade. Y lo hace tomando los famosos versos con los que se le consagra, y los trastorna; los interpreta y recoloca en una intertextualidad crítica que le permite evidenciar la propia poética discrepante. El verso de Drummond que Adélia Prado discute – *voce será gauche na vida* – ha sido considerado símbolo de la personalidad "torcida" y ensimismada sobre sí misma que caracteriza, y en buena parte sintetiza, su poesía. Frente a esta conciencia exasperada y volcada sobre las deformidades de la condición humana, ella opone la alegría de la gratuidad (*levará bandeira*), la milenaria aceptación del dolor como instrumento de aprendizaje (*dor nao é amargura*), y la liberación de escrúpulos auto-punitivos. Y concluye que ser *coxo* es una maldición reservada a los hombres. Las mujeres, afirma, son portadoras de felicidad. El diálogo incesante con la poética austera de Drummond, se afirma en muchos otros poemas, o incluso versos, "reescribiendo" algunos de sus tópicos puntuales, como es el caso de "Agora, ó José", en una suerte de "rectificación" por el camino de la tolerancia y la compasi'on, del poema de Drummond que lleva casi exactamente el mismo título: "E agora, José?".

Los "gestos" del sujeto lírico de Adélia Prado en cuanto creador evidencian así una visión asertiva y eufórica de la identidad femenina en general y de la escritora en particular, y marcan su territorio en la poética barroca de tradición mineira, lejos de la abstracción y la intelectualización, y más cerca de la oralidad y cierto sofisticado primitivismo. Sea en relación al contexto psicológico y objetual del enunciado, sea considerando al yo como protagonista del contexto sociocultural que lo determina y, finalmente, prefigurando la segunda persona, evocada y potencial o en tanto desdoblamiento del sujeto, estas "atitudes" y "gestos" son también estrategias de representación y mediación. Por lo tanto ellas insertan el esfuerzo solitario en el espacio histórico de las relaciones humanas que es el interminable diálogo entre identidad y alteridad, configurando así una poetica histórica supraindividual. Trenzando el aludir con el ocultar, el uno con la multiplicidad de la vida social, la norma con el desvío, la intimidad personal con la historia cultural, la conciencia del yo con las formas de la alteridad, estos poemas construyen una determinada poética supraindividual que el poema niega y confirma al mesmo tempo.

En este sentido, y para concluir, el sujeto lírico de estos poemas es uno y muchos, tiene nombre propio y ninguno, es un sujeto histórico concreto y a la vez un producto de las necesidades impuestas por la retórica. Es esta multiplicidad de roles lo que permite tensionar lo "marginal" trascendiéndolo y alcanzar lo "central" en diferentes claves. La recuperación de lo regional devaluado y la femineidad celebratoria sin conflicto de géneros, parece ser una aparente conquista del sujeto lírico en el territorio de la batalla entre el "juicio" y la "alucinación". Pero no sabemos a quién corresponda estrictamente esta entidad ni quién será el vencedor. Como se nos advierte una vez más, el poema "As palavras e os nomes" nos invita a dudar: *Meu nome agora é nenhum, / diverso dos muitos nomes / que se incrustam no meu.* (p. 383).

Referências bibliográficas:

ADORNO, Theodor (1962). "Discurso sobre lírica y sociedad". *Notas de literatura.* Barcelona: Ariel, p. 53-72.

BOSI, Alfredo (1977). *História concisa da literatura brasileira.* São Paulo: Editora Cultrix.

CANDIDO, Antonio (1987). *O estudo analítico do poema.* São Paulo: FFLCH-USP.

______. (1980). *Literatura e sociedade.* São Paulo: Companhia Editora Nacional,.

COMBE, Dominique (2009/2010). "A referência desdobrada: o sujeito lírico entre a ficção e a autobiografia". Tradução de Iside Mesquita e Vagner Camilo. São Paulo: *Revista USP*, n.84, p. 112-128, dez./fev.

FONTANELE, Laéra (2002). *A máscara e o véu; O discurso feminino e a escritura de Adélia Prado.* Rio de Janeiro: Relume Dumará: Fortaleza.

FOUCAULT, Michel (1969). *¿Qué es un autor?* México: Universidad Autónoma de Tlaxcala, 1969.

HAMBURGUER, Kate (1986). *A lógica da criação literária.* São Paulo: Editora Perspectiva.

PRADO, Adélia (1991). *Poesia reunida.* Sao Paulo: Edições Siciliano.

______. (1999). *Prosa reunida.* Sao Paulo: Editora Siciliano.

______. (1999) *Manuscritos de Felipa.* Sao Paulo: Editora Siciliano.

______. (2005) *Quero minha mãe.* Rio de Janeiro: Editora Record.

______. (2010) *A duração do dia.* Rio de Janeiro: Editora Record.

______. (2013) *Miserere.* Rio de Janeiro: Editora Record.

______. (2014) *Poesia reunida.* Rio de Janeiro: Editora Record.

SLAWINSKI, Janusz. (1989) "Sobre la categoría de sujeto lírico", en Henryk Markiewicz et al: *Textos y Contextos. Una hojeada en la teoría literaria mundial.* La Habana: Editorial Arte y Literatura, Tomo II. Selección y traducción Desiderio Navarro. Versión PDF en línea: http://www.criterios.es/masalla/iii27.htm. Consultada el 19 de abril 2016.

MULHERES ENGAIOLADAS EM TEMPOS DE FARDAS: REPRESENTAÇÕES DA MULHER COMO SER À MARGEM EM *O PARDAL É UM PÁSSARO AZUL* DE HELONEIDA STUDART

Evelyn Melo

Breves notas sobre a autora e sua postura ideológica

Representante de uma ilustre e tradicional família cearense, a autora Heloneida Studart (2003), em meio às explicações de suas origens, faz questão de enfatizar que, apesar de sua criação reacionária, típica das heranças que a casa grande deixou como marca cultural em um país profundamente caracterizado por desigualdades, também pertence à sua história o aspecto de subversão, o que, segundo a própria autora, perfaz uma condição de encruzilhada em sua vida: de um lado, o prestígio de ser a sobrinha-neta do barão de Studart, por outro ser trineta de Antônio Marcos Bezerra de Menezes, ministro da guerra da Confederação do Equador em sua época, participante de um famoso movimento libertário que houve no Nordeste e foi condenado à morte pela Coroa.

É igualmente sobrinha de Antônio Bezerra de Menezes, que também dá nome a uma famosa avenida de Fortaleza, e foi o abolicionista mais destacado do Ceará, razão pela qual foi deserdado e posto para fora de casa pelo pai, um fazendeiro conhecido. Segundo a própria autora, em depoimento ao CPDOC da FGV[1], publicado em 2003, o delito maior de seu tio foi roubar os escravos das fazendas dos amigos do pai, a fim de colocá-los em jangadas e libertá-los no Rio Grande do Norte. Aparentemente, a história de Studart inicia-se entre o conforto do nascimento em berço de ouro e o desconforto por compreender que esse ouro nem sempre foi conquistado por vias éticas.

Ao que parece, a última constatação foi o gatilho para o que se chamou de escolha subversiva, opção esta que parece ser parte do constructo genético da família Studart, uma vez que a autora a repetiria anos depois, como jornalista, ao enfrentar o truculento regime militar de 1964. Entretanto, enveredar pelos caminhos da esquerda não foi o primeiro ato de rebeldia de Heloneida Studart, mas optar por uma profissão ao invés de se dedicar a ser uma dona de casa extremada configurou seu primeiro ato de subversão, pois, para isso, precisou quebrar com as expectativas da família de raízes mais que tradicionais.

Precoce, inicia a carreira jornalística com apenas 16 anos, inaugurando sua relação com a escrita e a percepção de que o Ceará não seria o local mais adequado para suas pretensões. Por essa razão, a jovem autora parte para o Rio de Janeiro com a intenção de publicar seu primeiro romance intitulado *A primeira pedra*, nos idos de 1952. Nesta ocasião, a obra foi muito bem aceita pela crítica, o que a impulsionou, apenas três anos depois, a escrever o romance *Diz-me teu nome* (1955) que, repetindo o sucesso do primeiro, foi premiado pela Academia Brasileira de Letras e pelo prêmio Orlando Dantas.

Como se pode notar, muito antes de se insurgir como representante política ou como feminista, Studart começou traçando seu destino pelas letras. A militância política foi resultado de seu trabalho no Serviço Social do SESI, ocasião em que escreveu uma tese sobre favela, o que lhe garantiu um posto para trabalhar

1 Disponível em: http://www.fgv.br/cpdoc/historal/arq/Entrevista47.pdf

com uma biblioteca ambulante fornecedora de livros para conjuntos habitacionais de trabalhadores. Paralelamente a este trabalho, já fazia parte da equipe dos jornais Correio da Manhã e do Diário de Notícias. Foi nestas condições que Studart conheceu, em 1963, José Cândido Filho, militante do Partido Comunista, de quem recebeu convite para criar o Senalba (Sindicato dos Empregados em Entidades Culturais, Recreativas, de Assistência Social de Orientação e Formação Profissional do Município do Rio de Janeiro). Sindicato criado, Heloneida Studart passa a ser a vice-presidente de uma instituição que pretendia, às vésperas do golpe militar, politizar sua categoria. Diante disso, seu caminho já estaria traçado.

Quando o AI-5 foi promulgado, Studart ocupava o posto de presidente do sindicato, o qual havia aceito a fim de blindar José Candido, que já se encontrava na mira do DOPS (Departamento de Operações Políticas e Sociais). Mesmo conhecendo os riscos de sua opção e já com 6 filhos, Studart não pensou em recuar, passando a conciliar filhos, profissão, casamento e os tumultos da vida política. A tensão já se fazia presente em sua vida desde 1966, mas foi com a promulgação do ato institucional número 5 que tudo se complicou. Dias após a sua instituição, a autora foi destituída de seu cargo e pouco depois efetuou-se sua prisão, tendo sido encarcerada nas dependências do presídio São Judas Tadeu

Foi da vivência do cárcere e da amizade com pessoas diretamente ligadas à luta contra o regime militar que a autora retirou elementos que alimentariam sua ficção. A escolhida para a análise que aqui segue é *O pardal é um pássaro azul*, primeira obra a compor um conjunto de três romances, ao qual nomeou-se *A trilogia da tortura*.

Mulheres engaioladas e o pardal que não poderia ser azul

O pardal é um pássaro azul (1975) é, a um tempo, a história de um preso político perseguido por afirmar que o "pardal é um pássaro azul" e a transformação da personagem Marina, de menina desengonçada em mulher apaixonada por João, seu primo, homossexual e preso político. A saga, neste sentido, tanto faz menção à privação ideológica e denúncias de violência nas prisões, sobretudo contra presos políticos, como revela o atraso cultural das famílias tradicionais nordestinas e, consequentemente, a opressão à figura feminina.

O romance narrado em primeira pessoa, sendo voz e foco narrativo da personagem Marina, revelam o drama de uma mulher inserida em uma sociedade preconceituosa, criada por mulheres reacionárias, autoritárias e machistas. Sendo a neta predileta da matriarca, a avó Menina, a protagonista tem a oportunidade de se vingar da mãe, pois esta sempre preferiu a irmã, Guiomar, por considerá-la mais bonita e mais mulher, ou melhor, por ter nesta filha um reflexo melhor de si mesma.

A família Carvalhais Medeiros é povoada de mulheres que enlouquecem por "perder sua pureza", sendo o referente masculino a grande razão para a desgraça das mulheres, desde o ponto de vista da matriarca, uma senhora rancorosa e de valores morais rígidos e intolerantes, como se pode conferir no trecho abaixo (STUDART, 1975, p. 44 e 45):

> - Minha filha, tome a benção dos padres – disse vó Menina, assim que me viu.
>
> - Não beijo a mão de ninguém – respondi. – Vó Menina não me leve a mal, mas não gosto de tocar nas pessoas.
>
> Para minha surpresa, a desobediência lhe agradou.

> - Eu também era assim – disse. – Meu finado marido nunca me viu o corpo. Sempre guardei o pudor e a coragem. Agora, eu não sei que praga bateu em cima dessas mulheres Carvalhais Medeiros... É tudo mimosa, tudo se desmancha. O sangue de nossa família terá aguado, Marina?
>
> [...]
>
> Eu não posso me conformar com a covardia de minhas filhas... Só você é que tem pulso, sustância e pudor nesta casa...

Se de acordo com Simone de Beauvoir (BEAUVOIR, s.d), não se nasce mulher, mas torna-se, não por acaso o nome desta personagem tão rígida é avó Menina; nota-se sua recusa em tornar-se mulher, pois, na verdade, seu moralismo enxerga o sexo feminino e tudo o que se entende por feminino ou de mulher como algo menor ou pior, por isso, não atingiu o estádio mulher, recusando-se a se sexualizar, negando o próprio corpo, logo, apesar de avó, ainda é menina. Por esta razão, Marina compreende que, caso aceite o posto que a avó lhe oferece, deverá obedecer rigidamente suas ordens, o que significa abrir mão de si mesma. Necessariamente precisará desistir de seu primo João, pois a família composta apenas por mulheres e baixo às ordens da avó, não tolera relação entre homens e mulheres, somando-se o fato de que João feriu a honra da família ao envolver-se com comunistas e ser preso. Assim, a personagem se vê entre ocupar o lugar da avó ou lutar para ver seu amor liberto e a salvo.

Tal desenvolvimento da narrativa está de acordo com as crenças feministas compartilhadas por Heloneida Studart e por ela publicadas na obra *Mulher, a quem pertence teu corpo?* (1990) de que, apesar de anunciarem a revolução sexual para as mulheres no fim da década de 1960, no interior do Nordeste e de Minas, pais continuavam expulsando de casa as filhas que deixavam de ser virgens e, na maior parte do país, honra e sexo ainda eram confundidos. No romance tal tradição se explicita na fala de Marina quando esta afirma (STUDART, Heloneida, 1975, p. 20) "Em nossa família só se usam as palavras de cristal e ouro: santidade, graça, bondade, nobreza, perdão, penitência".

Como se pode constatar, a protagonista é integrante de uma família liderada sob esquema matriarcal, porém, um matriarcalismo inteiramente construído pela ideologia patriarcal, de acordo com a proposição defendida por Simone de Beauvoir em *O segundo sexo*, de que o opressor não seria tão forte se não contasse com a conivência do oprimido. Marcam esta relação os desencontros entre gerações, refletidos no descompasso entre a protagonista jovem e as mulheres mais velhas da família, salientando o confronto tradição *versus* revolução.

Assim, a protagonista rivaliza com a mãe e com a matriarca da família e se identifica com sua ama de leite ou com as empregadas da cozinha, relação esta bastante semelhante à exposta pela própria autora em entrevista ao CPDOC (CENTRO DE PESQUISA E DOCUMENTAÇÃO DE HISTÓRIA CONTEMPORÂNEA DO BRASIL) da Fundação Getúlio Vargas (1999, p. 3), quando revela alguns detalhes de sua família e de sua formação como mulher:

> Até os sete anos me criei num casarão onde havia seis empregadas na cozinha. Há até um dado curioso: as seis eram brancas, porque no Ceará houve muito pouca presença do africano, e uma delas, Marciana, tinha olhos azuis. Assim mesmo diziam: "Heloneida gosta de estar o tempo todo com as negras da cozinha...

Tal coincidência entre a biografia da autora e a insistente repetição com que esta caracterização da protagonista e construção de seu microcosmo familiar são pontuadas na obra, podem revelar que estas mulheres fictícias configurem, muito possivelmente, uma forma de autoria implícita, uma vez que as personagens condensariam o ponto de vista e experiência da própria autora. Sendo assim, à protagonista cabe lutar contra a prisão doméstica, em primeiro plano, e contra as influências nefastas da política repressiva, assim como coube à própria autora em sua trajetória de vida.

No romance em questão, a personagem Marina precisa livrar-se das garras da mãe e da avó, a fim de conquistar sua independência pessoal e se vê comprometida a ajudar o primo que corre risco de morte na prisão. Aos poucos, a esfera de repressão começa a invadir o espaço do casarão, transformando a vida da protagonista num pesadelo unânime em que "os rapazes obstinados apodreciam no fundo das prisões por afirmar que os pardais são pássaros azuis" (STUDART, 1975, p. 16).

É justamente este intercâmbio com a realidade de João que realiza a explosão do mundo da protagonista e a empurra para a ação. Marina, cujo nome deriva do latim *marinus*, remetendo ao mar, pode ser considerada tal qual às aguas profundas e agitadas que, uma vez revoltas, podem arrastar qualquer coisa para si; misteriosa e profunda, guarda vários segredos de sua família, traz em si uma revolta silenciosa contra os desmandos da avó e a crueldade da mãe, entretanto, o gatilho para que tenha consciência disso é a troca de experiências com seu primo, permitindo-lhe perceber que seu mundo não tinha nada a ver com as palavras de ouro e cristal, pilares formadores da moral das mulheres Carvalhais Medeiros: o mundo de Marina era composto por aranhas venenosas, purgantes de óleo de mamona, jabá salgado, panarícios sarjados com lâmina enferrujada, enfim, é salpicado dos métodos de tortura a que João estaria exposto na prisão. De acordo com a própria personagem (STUDART, 1975, p. 101):

> Eu mesma mudei, nada tenho em comum com aquela mocinha presumida que ia fazer um curso de Biblioteconomia. Nada tenho em comum com a garota que esperava João na sacada alta da janela, entre as moringas toucadas de crochê. Nos meses loucos em que me acreditei como as outras – porque pensava que João era como os outros – eu sentia as veias cheias de vinho doce, e o mundo explodia em cores chamejantes diante dos meus olhos, era um fogo de artifício prodigioso.
>
> Uma só palavra de mamãe bastava para fazer refluir cores e sons. Com as mucosas secas, evitando os espelhos, acabei por esquecer os traços do meu rosto. A prisão de João me levou a desprezar o resto. Livros, coleções, jardins suspensos de palavras, signos e significados emprateleirados. O meu mundo era outro, bronco, bruto, dominado pelos fetiches do ódio. O mundo do pesadelo unânime de que João fala. Foi a descoberta desse fato que me trocou por outra pessoa. O fenômeno não aconteceu apenas com tia Nini. Somos todos outros.

O perigo a que seu grande amor está exposto faz com que Marina tenha forças suficientes para entender a si mesma e enfrentar sua família. Compreende que se sente falida como mulher, razão pela qual se permitiu um amor impossível: João jamais lhe corresponderia por ser homossexual, logo, a protagonista jamais quebraria os tabus de sua família de jamais manter relações com um homem. Ao compreender suas escolhas, a protagonista, finalmente, consegue se libertar da tirania de sua mãe, como se pode conferir no trecho abaixo (STUDART, 1975, p. 69):

> – Que é que você está me olhando? – indaguei. – Não tenho marca, nem mancha, nem sinal. Você mesma não disse que ele é pederasta? Se ele é pederasta, como é que eu posso ser mulher? Não sou mulher, sou bruxa de pano e quero que você dê o fora daqui, imediatamente. Vá pras profundas. Vá pra onde quiser. Espera que eu lhe devolva a dignidade perdida, heim? Vá esperando.

Marina não devolve a dignidade à sua mãe, mas, por sua vez, reconquista a sua ao compreender que a figura materna sempre a boicotara, inclusive, sendo possível que houvesse mentido sobre a sexualidade de João a fim de golpear sua autoestima e impedir que a protagonista se realizasse como mulher. Outro elemento que corroborará para a formação e amadurecimento sexual da personagem é o estrangeiro Pablo, homem misterioso, ligado a João, a quem Marina dá esconderijo no casarão e que causa grande impacto na vida de Guiomar e Nini, as quais veem, finalmente, a possibilidade de driblar a avó Menina e manter relações com um homem.

Entretanto, é Marina quem desperta os instintos de Pablo e, ao se dar conta disso, a personagem mantem relação sexual com ele, acreditando que, na verdade, Pablo seria um caso de seu primo João, e esta, portanto, seria uma forma de se vingar daquele que lhe teria usurpado o amor do primo. É a partir do momento que Marina tem controle e poder sobre sua sexualidade e seu corpo, que toma as rédeas de sua vida e passa a ser capaz de enfrentar sua família, ganhando forças para tentar ajudar João.

É, portanto, entre a opressão do regime e a repressão da mulher que se desenvolve a narrativa, entretanto, ainda são sutis as denúncias de tortura, as quais se encontram metaforizadas, entrelinhas, uma vez que a censura era uma preocupação palpável e a autora já estava fichada nas dependências da polícia política. Sendo assim, as cenas de violência aparecem de forma bem mais sutil, como se pode verificar no trecho abaixo (STUDART, 1975, p. 92):

> Finalmente, tomei coragem e olhei para a tela de cores cruas onde um homem de túnica arriada e torso coberto de vergões contemplava os seus flageladores. Os carrascos tinham bustos humanos, mas cabeças animalescas. Cabeças de dragões, de harpias, faces de serpentes, perfis de cachorro. Vários possuíam seios com mamilos vermelhos ou pênis cuidadosamente multicoloridos. Não tive nenhuma dúvida de que me encontrava diante daqueles a quem Pablo chamava "os fetiches". Os fetiches do ódio. Eles possuíam ferrões, farpas, tesouras, tesourinhas, finos punhais, tomadas elétricas. Deviam ter sido eles que haviam interrogado o paraguaio. Por vontade deles, João estava na prisão e era liquidado aos poucos. De certo, por causa dos fetiches é que Padre Elias costumava usar roupas enormes, sapatos imensos; queria fingir ser maior do que era, visto que seu pequeno Deus caíra, há muito tempo, nas garras dos totens do ódio. O prisioneiro se voltava para os flageladores nu e coroado de espinhos; e estes riam, mostrando as mandíbulas cheias de punhais.

Nesta obra, conforme o exemplo acima, Heloneida Studart inicia uma técnica que se intensificará em suas próximas obras: a sondagem da psique dos torturadores através de alusões à psicanálise freudiana, tais como fetiches e a menção aos totens do ódio, dos quais seriam resultados todos os tabus que se acumulam ao longo da obra, clara intertextualidade com *Totem e tabu* de Sigmund Freud (2012), propondo-se, inclusive, o deslocamento e falência do totem religioso para o totem do ódio, onde a figura onipotente do torturador ocupa o lugar principal, deslocando Deus.

Também é destruído o poder dos Carvalhais de Medeiros, pois seu onipotente casarão e a tradição da família não estão imunes à opressão: a obra se inicia com uma pomposa cerimônia em que o bisavô de Marina é homenageado, emprestando seu nome à uma rua da cidade, mas com o desenrolar da trama, nota-se que o prestígio da família não será suficiente para livrá-la das garras da polícia política, e culmina com a polícia invadindo o casarão, sem que a família pudesse intervir ou reagir a semelhante afronta. Marina não pode salvar João, pois este morre na tortura. A única coisa que lhe resta é continuar seu processo de independência pessoal: planeja humilhar a avó em público e gastar todos os seus bens. O desfecho da obra não se cumpre; fica em aberto. É certa apenas a morte de João.

Conclusão

A fim de finalizar o debate aqui sugerido, ressalta-se que a finalidade do presente trabalho é resgatar a importância da autora Heloneida Studart para os estudos referentes ao que se convencionou nomear como Romance de Protesto, bem como ampliar questões que privilegiem a teoria feminista como uma forma de resistência artística que colaborou ativamente com o protesto contra a ditadura militar brasileira, partindo-se do princípio que os Romances de Protesto ao possuírem vínculo com o ponto de vista feminista, ganham um duplo grau de resistência, mesclando à matéria narrativa tanto as denúncias de tortura e de todas as formas de repressão política como questões referentes à opressão de gênero, traduzida nos dilemas enfrentados pelas personagens femininas.

Houve, portanto, voz feminina nos tantos debates produzidos à época e a obra de Heloneida Studart é uma entre outros tantos exemplos que se podem encontrar nas produções de, por exemplo, Ana Maria Machado, Nélida Piñon, Lygia Fagundes Telles, entre outros nomes femininos, que também contribuíram na recomposição de uma história não tão distante. Urge, portanto, repensar a postura teórica para análise dessas obras, resgatando vozes e permitindo que novas questões surjam nesse terreno literário.

Referências Bibliográficas

BEAUVOIR, Simone. *O segundo sexo.* São Paulo: Circulo do Livro, s.d.

FREUD, Sigmund (2012). *Totem e Tabu.* São Paulo: Companhia da Letras.

STUDART, Heloneida (2003). Heloneida Studart (depoimento, 1999). Rio de Janeiro, CPDOC/ALERJ.

___________ (1990). *Mulher, a quem pertence teu corpo?* Petrópolis: Vozes.

___________, (1978). *O pardal é um pássaro azul.* Rio de Janeiro: Civilização Brasileira.

WHO'S AFRAID OF YOLANDA MORAZZO?

Andreia Oliveira

who shall measure the heat and violence of a poet's heart
when caught and tangled in a woman's body?
Virginia Woolf, *A Room of One's Own*

A leitura do título deste texto anuncia imediatamente uma associação a Virginia Woolf, desencadeando-se, de seguido, um conjunto de referências que a liga não só à literatura inglesa, mas também à peça de teatro de grande sucesso de 1962, mais tarde transposta para o cinema, *Who's afraid of Virginia Woolf?*, de Edward Albee, e que contou com Elizabeth Taylor e Richard Burton nos principais papéis. Interpretando o casal problemático Martha e George, que discute crua e analiticamente o casamento e as relações afetivas e conjugais, a ligação da narrativa fílmica/teatral a Woolf faz-se pelo facto de, através da sua escrita, em *stream-of-counsciousness*, tentar entender as imbricações da mente e do coração humanos, pela honestidade e frontalidade que fazem parte da tessitura do seu texto, aliadas ao alto grau de complexidade e de intelectualidade. Assim, o medo de não entender Viriginia Woolf, em paralelo com a atitude de Martha e George, que se escondem atrás dos seus medos, decorre de não se conseguir entender a profundidade e riqueza das personagens que construiu e, num outro nível, decorre igualmente do medo que rodeava a comunidade académica, que não podia admitir ler Virginia Woolf.

No entanto, esta reflexão não se centra na escritora inglesa, mas sim numa outra escritora que não se deve recear. Na verdade, é preciso conhecê-la e, na linha do título, *não ter medo* da sua poesia. Ela é Yolanda Morazzo, uma figura marginalizada na literatura de Cabo Verde porque deixada em segundo plano, ainda que frequentemente mencionada em obras de referência e presente em diversas antologias. Sendo um vulto cultural e literário e um dos poucos nomes femininos a inserir na História desta literatura, pretende-se apresentar Yolanda Morazzo aos que ainda não têm conhecimento da sua existência, lembrá-la aos que já a conhecem, bem como discutir a sua representação enquanto autora marginalizada – salientando-se o caso específico da literatura de Cabo Verde no que se refere à mulher enquanto produtora de literatura – e a representação do feminino, em termos genéricos, que atravessa o conjunto da sua obra, não obstante as outras temáticas e dimensões que ele abarca, tais como a infância, a ligação à terra, a denúncia do colonialismo, entre outras.

Please, do not be afraid. It's just Yolanda Morazzo

Nasceu a 16 de dezembro de 1927[1], em Mindelo, na ilha de São Vicente, Cabo Verde, Yolanda Morazzo Lopes da Silva Cruz Ferreira, filha de Ida Morazzo e de Vasco da Gama Lopes da Silva e neta do

1 Ao longo da investigação, têm surgido dúvidas em relação ao ano de nascimento de Yolanda Morazzo, apontando-se 1927 ou 1928. No entanto, se anteriormente, pela pertinência e validade dos trabalhos consultados, acreditámos ter sido 1928, recentemente pudemos confirmar que, afinal, a data correta é 1927.

poeta José Lopes da Silva, uma das grandes figuras da literatura cabo-verdiana e que, segundo a poetisa:

> Ele foi meu mentor, como o foram também meus pais, que liam muito. [...] O meu avô era uma figura proeminente, espécie de patriarca, mentor para todos os assuntos. Toda a gente o respeitava e admirava pela sua vasta cultura e simpatia.[2]

A sua formação inicial foi feita no Liceu Gil Eanes do Mindelo mas, em 1943, aos dezasseis anos, Yolanda Morazzo mudou-se para Lisboa, onde não só completou os estudos liceais, mas também fez os cursos de Francês e Inglês nos Institutos Francês e Britânico, respetivamente, tendo-se tornado docente da *Alliance Française* em Luanda, para onde se deslocou posteriormente e residiu. O contacto com os seus conterrâneos (como Gabriel Mariano ou Ovídeo Martins), tanto durante o tempo em que esteve na capital portuguesa na adolescência, como quando esteve em Angola, não se perdeu, uma vez que era frequentadora da Casa dos Estudantes do Império e, em Luanda, da Casa de Cabo Verde, tendo igualmente conservado as amizades com famílias cabo-verdianas residentes na capital. Aliás, Cabo Verde, Angola e Lisboa são os três principais locais de escrita dos seus poemas e que identifica em cada um, juntamente com a data da composição. Yolanda Morazzo conciliou o ensino com a atividade literária, tendo começado a colaborar cedo na imprensa em publicações como a *Claridade*, a *Morabezza*, a *Ponto e Vírgula*, o *Arquipélago* e nos jornais angolanos *Província de Angola*, *Jornal do Lobito*, *Notícia* e *República*. No entanto, é ao grupo e à publicação *Suplemento Cultural do Boletim de Cabo Verde* que o seu

2 A entrevista de Yolanda Morazzo a Elsa Rodrigues dos Santos está disponível em http://yolandamorazzo.blogs.sapo.pt.

nome ficará sempre ligado, sendo o seu único elemento feminino. Ainda que, dispersos, os seus poemas façam parte de antologias, só em 2006 é que o conjunto da sua obra é coligido, sob a chancela da Imprensa Nacional-Casa da Moeda e pela mão de Elsa Rodrigues Santos, em *Poesia Completa 1954-2004*, integrando os seus quatro livros, que correspondem a fases cronológicas distintas: *Velas Soltas* (1954-1960), *Cântico de Ferro* (1960-1966), *Lumenara* (1967-1979) e *Cântico da Integração Cósmica* (1980-2004). Posteriormente rumou a Lisboa, onde viveu até 27 de janeiro de 2009, data do seu falecimento.

Até 2006, Yolanda Morazzo é praticamente uma desconhecida e, na verdade, ainda atualmente está em curso a investigação em torno da sua figura e, sobretudo, em torno do estudo da sua poesia, com os objetivos de consolidar a sua relevância enquanto autora e de dar à sua obra o crédito e a investigação que ela merece. Pretende-se, então, que Yolanda Morazzo deixe de ser uma referência adicional, um nome apenas mencionado de passagem ou uma alusão por ligação a outros (especialmente a elementos do sexo masculino) quando o foco recai sobre a literatura cabo-verdiana, existindo, desta forma, enquanto figura individualizada e sendo reconhecido o seu mérito. Realcem-se as palavras de Laura Padilha:

> Já no primeiro volume ao apresentar a cabo-verdiana Yolanda Morazzo, única mulher relacionada, é mostrado, inicialmente, o fato de ser neta de outro poeta, José Lopes; depois, o de ser casada com o Pintor Fernando Cruz (PADILHA, 2002,166).

Neste caso concreto, Yolanda Morazzo não está na margem por não ser mencionada, mas sim por não lhe ser dado o devido valor e lugar na literatura de Cabo Verde, como sucede com grande parte das mulheres escritoras do arquipélago, tais como Orlanda Amarílis, também conhecida e estudada tardiamente e que é uma das grandes figuras femininas das literaturas dos cinco países africanos de língua portuguesa. No entanto, deste grupo – e frisem-se as palavras de Pires Laranjeira:

> Para quem está de fora [...] e somente os observa como conjunto, não só porque os aprecia à distância como também porque se habituou a descaracterizá-los e a desfocá-los, é difícil escapar à visão agrupamentista (PIRES LARANJEIRA, 1992, p. 37).

Cabo Verde é um caso particular, não só por o sistema literário ser recente (cerca de dois séculos), por haver muitos autores por conhecer e estudar, em grande parte devido à complexidade do campo literário e à sua situação de diglossia e ainda ao facto de ser uma literatura que "se desenvolveu e continua numa situação de dependência cultural" (PRADO, 2014, p. 150). Por outro lado, não deixe de se salientar a desigualdade no contraste entre o número de escritores e escritoras pertencentes a esta literatura, destacando-se o domínio total do masculino. Assim, as figuras femininas foram arredadas e/ou esquecidas e, portanto, colocadas na margem, o que se explica se se considerarem as dificuldades das mulheres no acesso à cultura e à educação. As poucas que se conseguem afirmar, tal como Yolanda Morazzo, são exceções e fazem-no porque se inserem em círculos culturais mais prestigiados e ambientes privilegiados, tendo ao seu alcance ferramentas e meios de aquisição, desenvolvimento de conhecimentos e de produção e divulgação literárias. Neste sentido, é fundamental reconstituir a História, através da investigação, e explicar, sobretudo pelos textos literários, a qualidade das obras e a importância das mulheres escritoras cabo-verdianas, quer das já descobertas e pouco estudadas, quer das que ainda estão por descobrir. Yolanda Morazzo enquadra-se no primeiro caso e, dado o primeiro passo, que é coligir e editar o conjunto da obra, impera agora que este seja densa e rigorosamente estudado.

Now it's time to be really afraid of Yolanda Morazzo

A representação do feminino é a principal vertente a explorar nesta reflexão. No entanto, não deixem de se fazer dois apontamentos iniciais em relação às temáticas que perpassam a poesia de Yolanda Morazzo. O primeiro refere-se à sua ligação próxima e intertextualidade com os poetas brasileiros, tal como acontece com grande parte dos escritores cabo-verdianos. No caso da autora, Manuel Bandeira, de quem "incorpora um verso (ainda que modificado um pouco no teor e na forma) do poema "Desencanto" (PEREIRA, 2013, s/p.) na sua composição de 1962 intitulada "O que há em mim é a vida", e Jorge Amado (Yolanda Morazzo nomeia "um seu poema como "Capitão da areia", numa clara remissão ao romance do autor brasileiro" (PEREIRA, 2012, p. 26), são os principais autores referidos. O segundo direciona-se no sentido de referir a importância de temáticas como a infância, a opressão exercida pelo colonizador sobre o povo, as desigualdades do continente africano, a nostalgia da terra (FERREIRA, 2011), entre outras, que, muitas vezes, são reveladas através do feminino. Dos quatro livros de poesia de Morazzo, foi selecionado um conjunto de poemas tendo em vista criar uma visão ampla das diferentes circunstâncias em que a mulher é apresentada e se apresenta. De *Velas Soltas*, em "Diabolismo", salienta-se a duplicidade da figura feminina no confronto de si com o outro, sugerindo-se que este seja o diabo que se apodera dela – "Apalpo o coração / A saber se vivo...// O que aí está/ É o outro / Que baila / Uma dança macabra / Sobre o meu cadáver" (MORAZZO, 2006,

p. 33) – e que traz consigo a morte. A dimensão reflexiva tem uma presença forte, especialmente no que se refere ao desencontro do eu com os outros e com o mundo, da apatia e passividade do primeiro em confronto com o movimento e a dimensão proativa do segundo. "Letargo" é um exemplo deste pendor reflexivo, apresentando um sujeito poético feminino ("Comprazo-me estendida no meio leito", (MORAZZO, 2006, 34)) que apenas vê "formas indistintas", que não sente a vida, que não se quer ver nem encarar-se, para quem o tempo é um *continuum* que deixa no ar um certo desencanto: "A luz do dia vai- se escoando / Sem que eu a veja / E quando a noite vem / Não sinto a diferença / Não há mutação.../ Nem tempo.../ Nem espaço..." (*Idem*, p. 35).

Por outro lado, "A Tua Carta" apresenta um tom distinto: é uma composição doce e que revela um sujeito poético apaixonado e encantado, sobressaindo o amor *naïf*, inocente que encerra a espera da carta do amado. Contudo, esta espera, que aumenta à medida que os versos se encadeiam, revela um desencontro, já que a carta nunca chega e a figura feminina continua, sonhadora e esperançosa, a suspirar e a esperar, tentando inclusivamente encontrar desculpas para a demora: "Se batem à porta / Corro a ver / Se é o correio / Com a tua carta / A tua carta tão querida / A tua carta tão desejada / Que chegaria atrasada / Quem sabe?! / Por um motivo qualquer / Ou por doença..." (*Idem*, p. 42). Em "Lua Fria", verifica-se o oposto: não só há referências eróticas e sensuais, como o discurso feminino é altamente sinestésico e engenhoso, jogando com os binómios frio/quente e fogo/gelo para se afirmar perante o outro, criando-lhe a dúvida e atiçando-lhe a curiosidade: "Que sabes tu / Da embriaguez dos astros / Que sabes da sua loucura / Conheces os mistérios e segredos / Que envolvem uma lua de gelo?" (*Idem*, p. 43). A lua, símbolo representativo por excelência da feminilidade e da fertilidade, é metáfora da mulher; logo, todas as características que esta associa, ao longo do seu discurso, ao astro são, afinal, suas e, na verdade, o que se pode encontrar são crateras, "fogo a palpitar", "fogo lá no fundo", "fogo vivo e quente" (*Ibidem*). O poder de sugestão no sentido do desejo é evidenciado por esta repetição anafórica de "fogo" na quarta estrofe, mostrando uma face distinta das até então apresentadas.

"Diz Amor" é uma sextilha que pauta pelo confronto entre as ideias distintas de amor e de encontro carnal entre masculino e feminino, em que a mulher, absolutamente crente no sentimento amoroso, pede ao amado que

> Ah! Não me digas com esse ar de desprezo
> Que sou vulgar que sou banal
> Que só tenho carne como as outras todas...
> Não digas isso outra vez!
> Diz antes que me quiseste magoar
> Diz amor que somos dois loucos... (*Idem*, p. 54)

Saliente-se que a temática do amor se revela fundamental na poesia de Yolanda Morazzo, sendo a sua importância e vivência reiteradas nos diferentes livros. "Amo o Amor", de *Cântico de Ferro*, é disso exemplo, ainda que apresente uma dimensão diferente. É a imagem do fogo que abre o poema – "Tela de lume em luz branca" (*Idem*, p. 129) – e, ao mesmo tempo, a descrição da figura feminina, que se apresenta "de cabeleira desatada/deusa dos olhos verdes/ninfa selvagem" (*Ibidem*). Os quinze anos da mulher e a sua juventude fazem-na intitular-se "carne em flor" e percecionar-se como objeto de desejo de vários homens: "São os olhos dele/são os lábios doutro/é o sorriso de um/e aquele que é poeta/Estudantes tímidos/suspiram ao passar [...]" (*Idem*, p. 129-30), desconstruindo-se desta forma toda a inocência e a envolvência *naïf* da primeira abordagem da mulher ao amor e uma forma distinta de o encarar. Por sua vez, de "Penumbra", também parte deste segundo livro de Morazzo, se sublinha a dimensão sensual (e "moça-amante" é a palavra-chave do poema), ainda que, por oposição, já não seja a juventude em destaque, mas a sua lembrança. É, portanto, a nostalgia da mocidade que atravessa o poema e, à maneira pessoana, o sujeito poético termina o seu discurso com o verso "A Saudade de não ter sido Eu" (*Idem*, p.108). Neste universo feminino de Yolanda Morazzo, não deixe igualmente de se fazer menção às dimensões da maternidade (presente, por exemplo, no poema "Rosa da minha vida" e "Diva", de *Cântico de Ferro* e "Diva", de *Lumenara*) e da pobreza e doença que devastam a África e, em particular, Angola, expressas no poema "Sanzala na cidade", datado como "Luanda, 24 de maio de 1982", e que integra o quarto livro da autora, *Cântico da Integração Cósmica*. As imagens são cruas e expressivas da sujidade, da miséria e da falta de condições dignas de vida: a mulher que tende " [...] a fuba para um saco escondido / uma outra acocorada / lava a loiça num alguidar / despeja a água gordurosa / no chão de concreto / enquanto crianças nuas de barriga inchada / chapinham nas poças de água suja / onde o paludismo espreita" (*Idem*, p. 255). Não está só em causa o papel das mulheres, ligado às tarefas do quotidiano doméstico, mas também a revelação de uma preocupação social que é passível de ser encontrada noutras composições. Neste seguimento, o último poema a aludir é "Mulher", um hino à liberdade feminina, ao futuro e que é reflexo da luta travada e das características das mulheres, podendo ser sintetizado na seguinte estrofe:

> (...) Flecha arremessada-imparável pedra cravada na rocha firme
> uma pincelada inapagável na memória das cavernas
> no vértice

e no limiar de tudo
eterna geratriz
  e Universo
  Mulher [...] (*Idem*, p. 297)

I hope you are not afraid now: conclusions

Ainda que em termos genéricos, é notória a forte presença feminina na poesia de Yolanda Morazzo, dando-se especial enfoque ao envolvimento social e às linhas temáticas do erotismo e da sexualidade, principalmente por, durante muitas décadas, se ter pensado que as duas últimas eram dimensões arredadas da esfera literária, sobretudo na literatura escrita por mulheres. Assim, a poesia desta autora constitui a prova contrária desta situação, quer expressando ambas as linhas temáticas de forma mais subtil, quer de forma mais explícita. Tendo em atenção o pudor que caracteriza a literatura cabo-verdiana, a atitude de Morazzo é inovadora e expressiva. Por outro lado, pretendeu-se igualmente mostrar diferentes ângulos de perspetivação do feminino, frisando desta forma a multiplicidade de representações que pode ser encontrada na sua obra, num exercício de uma espécie de *caleidoscópio poético* que permita observar diferentes imagens de cada vez que é rodado ou, no caso, de cada vez que a página é passada e o leitor se embrenha nos poemas.

Referências Bibliográficas

FERREIRA, Vera Lúcia da Silva Sales. (2011) Lembrar e Carpir: *estratégias de construção de poemas escritos por mulheres nas literaturas africanas de língua portuguesa*, Pontifícia Universidade Católica de Minas Gerais, Belo Horizonte.

LARANJEIRA, Pires. (1992) *De letra em riste. Identidade, autonomia e outras questões na literatura de Angola, Cabo Verde, Moçambique e São Tomé e Príncipe*, Porto: Afrontamento.

MORAZZO, Yolanda. (2006) *Poesia Completa 1954-2004*, Lisboa: Imprensa Nacional-Casa da Moeda.

PADILHA, Laura (2002) *Novos pactos, outras ficções: ensaios sobre literaturas afro-luso- brasileiras*, Lisboa: Universidade Aberta.

PEREIRA, Érica Antunes (2013) "A construção identitária cabo-verdiana na literatura e o Brasil como paradigma imaginário: em busca de Pasárgada" in *Atas do Colóquio Internacional Cabo Verde e Guiné-Bissau: percursos do saber e da ciência - 21 a 23 de junho de 2012*, Lisboa: Instituto de Investigação Científica Tropical. Disponível em: http://www.academia.edu/3810502/A_CONSTRU%C3%87%C3%83O_IDENTIT%C3%81RIA_CABOVERDIANA_NA_LITERATURA_E_O_BRASIL_COMO_PARADIGMA_IMAGIN%C3%81RIO_EM_BUSCA_DE_PAS%C3%81RGADA, consultado a 15 de maio de 2016)

______. (2012) "O Brasil pelos cabo-verdianos: diálogos interliterários entre os dois lados do Atlântico" in *Anais do I Encontro de Diálogos Literários: um olhar para além das fronteiras - 22 a 24 de agosto de 2012*, 19-35 Disponível em https://dialogosliterarios.files.wordpress.com/2013/03/3.pdf, consultado a 15 de maio de 2016).

PRADO, Maria Felisa Rodríguez. (2000) "A literatura cabo-verdiana e o olhar dos escritores" in *Actes du Colloque International organisé par le Laboratoire EDPAL (ERILAR)*, Rennes: Université de Rennes, 147-151 Disponível em http://www.academia.edu/16354069/A_literatura_caboverdeana_e_o_olhar_dos_escrito res, consultado a 15 de maio de 2016).

http://yolandamorazzo.blogs.sapo.pt

CORPO, SEXUALIDADE & MARGINALIDADE FEMININA

O "SER MARGINAL" NA OBRA DE CASSANDRA RIOS

Leonardo Alexander do Carmo Silva

A palavra "margem" (do latim *margo*) nos remete etimologicamente à ideia de borda, de extremidade. Termo originalmente usado nos estudos de geografia, passou a ser adotado no campo das ciências sociais no século XX. A noção de marginalidade foi introduzida na sociologia por Robert Park em 1928 e, desde então, vêm sendo utilizada e reformulada por diversos estudiosos, não somente da geografia e sociologia, mas também da psicologia social. Um dos principais nomes a se interessarem pelo conceito de "marginalidade" foi o geógrafo suíço Antoine Bailly que definiu o indivíduo marginal como sendo aquele que se vê em um estado de isolamento (desejado ou não), o que gera uma prática espacial específica e contribui para o afastar de processos de interação (BAILLY, 1986, p. 48). Bailly insiste, portanto, na dimensão espacial e social da marginalidade.

A marginalidade pode ser definida como a posição que um indivíduo ou um grupo ocupa situado à margem de um sistema cultural e/ou espacial. O ser marginal é aquele que, por contrariar uma norma, por não pertencer a um centro, é visto como perigoso e ameaçador, cumprindo também um tipo de função social ao permitir que a sociedade, de uma maneira geral, determine e defina o que é normal e/ou desejável e rejeite o que considere anormal e/ou indesejável. Ao falarmos de marginalidades, portanto, não estamos nos referindo apenas ao binômio centro-periferia, mas também ao binômio normalidade-desvio.

A obra de Cassandra Rios é centrada nesse último aspecto da marginalidade. Grande parte da produção literária da autora, composta por mais de cinquenta romances, é consagrada à descrição de relações homossexuais femininas em cenários urbanos num período em que a sociedade brasileira revelava-se ainda bastante intolerante à manifestação da homossexualidade. Assim, a autora não somente garantiu a existência de personagens lésbicas na literatura brasileira, como elevou essas figuras marginais a uma posição de destaque.

Cassandra Rios, pseudônimo da escritora paulista Odete Rios, foi a primeira escritora brasileira a atingir a marca de um milhão de exemplares vendidos e, no auge da sua produção literária, nos anos 1970, manteve uma média de 300.000 livros vendidos por ano. Ainda assim, por um longo tempo, um enorme desinteresse da academia pairou sobre sua obra, essencialmente desconcertante. No entanto, nos últimos anos, a obra da autora vêm sendo revitalizada sobretudo pelos estudos de gênero e pelos estudos *queer*.

Rios publicou o seu primeiro livro em 1948, aos 16 anos de idade, e construiu uma prolífica carreira que se estendeu por mais de quatro décadas. Não é difícil elencar os motivos pelos quais tanto autora quanto obra foram marginalizadas ao longo dos anos: seus livros foram (des)qualificados como pornográficos; sua obra aborda o desejo feminino homossexual; a escritora é apontada pela crítica uma autora menor; e a qualidade de sua escrita é constantemente questionada. Vale ressaltar também que, por contrariarem certos "valores morais da família", a maioria dos seus romances foram censurados durante a ditadura militar.

Nesse trabalho, interessar-nos-emos pela representação de um modo de ser marginal ligado à homossexualidade a partir de três romances da autora que, por terem sido publicados em momentos distintos da carreira de Rios, permite-nos ter uma visão mais global de sua obra. Cada um dos romances escolhidos é centrado na vida de uma jovem lésbica que luta para encontrar o seu espaço no mundo.

O romance *A Noite tem mais luzes* (1962), o livro mais vendido da escritora, conta a história de Pascale, uma jovem que, após vivenciar um relacionamento desastroso com uma mulher casada, acaba por ser apaixonar por uma prostituta. O que chama atenção no romance é que, ao longo da narrativa, a protagonista hesita entre duas posturas radicalmente opostas: ela inicia um envolvimento com um homem e, em um segundo momento, passa a se travestir e encarnar um personagem masculino, fingindo ser um homem heterossexual e podendo, assim, cortejar e desfrutar da companhia da sua amada. O final trágico da personagem está ligado à incapacidade da mesma de encontrar seu lugar no mundo como uma mulher homossexual.

O segundo romance, *As Traças* (1975), conta a história de uma adolescente, Andréa, que se apaixona por sua professora com quem inicia eventualmente uma relação intensa e obsessiva. Ao longo da trama, a protagonista deve lidar com pressões externas (sobretudo no ambiente escolar) e internas (sua dificuldade em assumir sua homossexualidade) e é também alvo de diversas disputas amorosas, sendo assediada por homens e mulheres. Ela se vê constantemente confrontada a discursos que procuram desnaturalizar o desejo homossexual e é incitada a se enquadrar numa norma. Sem poder viver seu amor de maneira livre e atormentada pela necessidade de esconder o seu desejo, ela encontra em remédios o seu refúgio, o que culmina em uma overdose.

Por fim, o terceiro romance, *Eu sou uma lésbica* (1980), retrata a descoberta por Flávia de sua sexualidade, a princípio na infância, momento em que se vê atraída por uma amiga de sua mãe, e o re-despertar do seu desejo na adolescência, momento em que a personagem deve se confrontar com o fato de que é homossexual e tudo o que isso implica. Dos três romances, é o único em que a protagonista tem um final feliz, o que está provavelmente associado ao fato de que é a única personagem que consegue eventualmente sair do estado de hesitação entre modelos binários de uma sociedade heteronormativa e assumir para si e para o mundo a sua homossexualidade, o que não ocorre sem muito sofrimento e angústia.

Em seus romances, Cassandra Rios dá visibilidade a diversos modos de "existência" homossexual. Um deles é o das personagens femininas secundárias que assumem não somente sua homossexualidade mas também uma identidade de gênero que contraria as normas. As "machonas", como são designadas, são personagens marginalizadas, vítimas de violência e discriminação, que se veem confinadas em seus próprios espaços, bares e casas noturnas "feitas para elas", um microcosmo, um lugar de proteção, em que um certo tipo de liberdade pode ser usufruída. A ideia de um microcosmo, de uma comunidade fechada em si mesma, é constantemente tematizada nos romances. Segundo o psicólogo social Gustave-Nicolas Fischer, os indivíduos ou grupos marginais se apropriam geralmente de espaços fronteiriços, em que comportamentos de transgressão podem ser experimentados já que tais lugares escapam do domínio de um controle social (FISCHER, 1992). Esses espaços marginais constituem portanto territórios-refúgios.

Em *As Traças*, por exemplo, uma das personagens, Rosana, lésbica assumida, renuncia a companhia dos colegas numa festa de aniversário, já que o seu comportamento, sua forma de falar e agir é desaprovada pelos outros. Trata-se de uma convidada indesejada, que se sente intrusa: "Sou lésbica, chega, cansei de tudo! Vou embora, aqui não é ambiente para mim, tenho o meu próprio" (RIOS, *As Traças*, 1981, p. 128).

A ideia de um ambiente de proteção, ou de um *habitat* natural, aparece em outra passagem do romance, quando Andréa (a protagonista de *As Traças*) é seduzida pela ideia de se aproximar daquelas que em tese passavam pela mesma experiência, podendo finalmente pertencer a um grupo (aproximação que ela será incapaz de realizar efetivamente devido aos seus próprios preconceitos): "E veio-lhe pela primeira vez a ideia de fugir. De sumir no mundo à procura de gente igual. [...] Mesmo temendo rivalidade, eram iguais, precisavam entender-se, conversar, pertenciam ao mesmo clã" (RIOS, *As Traças*, 1981, p. 67).

A imagem do microcosmo, do clã, é retomada de diferentes maneiras nos romances, como em uma passagem de *A noite tem mais luzes*: "Dia a dia iam-se conhecendo novos membros da quase seita homossexual, como se fosse um colar cuja ponta tinha um imã atraindo na distância as peças que lhe pertenciam" (RIOS, *A noite tem mais luzes*, 1970, p. 27).

No romance *Eu sou uma lésbica*, fica evidente que o único momento em que o homossexual poderia expressar sua orientação e identidade sexual no seio da sociedade dos anos 1970, ou seja, em espaços não marcados, era durante o carnaval (caracterizado pela inversão de códigos, pelo disfarce): "O carnaval nos clubes marcava momentos grandiosos na vida das lésbicas, que se fantasiavam de Zorro, de caubói, usavam máscaras, cortavam os cabelos rente na nuca, riscavam bigodes com lápis de sobrancelhas e até costeletas. Era a liberdade" (RIOS, *Eu sou uma lésbica*, 2006, p. 95). No entanto, trata-se de uma liberdade provisória e ilusória.

Encontram-se, portanto, nos romances de Cassandra Rios diversos exemplos de personagens homossexuais, assumidas, que ao ocupar um lugar marginal, delimitado, podem gozar de algum tipo de liberdade: liberdade de expressão de sua identidade de gênero e de sua orientação sexual. Evidentemente essa liberdade reduzida não reduz a sensação de marginalização. Nesse sentido, o microcosmo ao qual pertencem pode ser também considerado como um tipo de prisão: "O mundo pequeno confina pessoas da mesma índole, no mesmo ambiente" (RIOS, *As Traças*, 1981, p. 70). No entanto, a alternativa a esse tipo de vida marginal, que seria esconder a orientação sexual, é também vista como uma forma de encarceramento, como comenta o narrador de *As Traças*, em relação a Andréa, a protagonista: "Estava se tomando masoquista, agressiva, fugitiva, encarcerando-se e furtando-se à vida que deveria levar " (RIOS, *As Traças*, 1981, p. 115).

Entre duas prisões, as heroínas dos três romances optam por não integrarem nenhum grupo e rejeitam a ideia de comunidade. Tais personagens, vivem em um entre-lugar ou, talvez, num não-lugar, pois rejeitam e desprezam o modo de vida e o tipo de comportamento das chamadas "machonas", se recusando a ocupar o mesmo espaço que elas (não somente um espaço físico, mas um espaço social); e também não conseguem se assimilar totalmente à norma, vivendo atormentadas pela angústia de serem "descobertas". Ou seja, elas vivem numa constante tensão entre o centro e a margem. Por essa razão, são personagens vulneráveis e torturadas, como podemos constatar numa passagem de *Eu sou uma lésbica*: "Ninguém precisava atravessar a minha vida pessoal, devassar as minhas particularidades, penetrar o meu mundo; preferia disfarçar, passar despercebida; para que me tornar alvo de achincalhes? Sabia bem o que pensavam e falavam de gente como eu" (RIOS, *Eu sou uma lésbica*, 2006, p. 65).

A noção de pertecimento é requisitada constantemente nos romances, já que as protagonistas não cessam de questionar qual é o seu lugar no mundo. É recorrente a manifestação de um desejo de assimilação, como em *A noite tem mais luzes*: "Seria preciso ter suprema força de vontade, que derrotasse o próprio pensamento e instinto e causasse até amnésia para reintegrá-la no mundo a que nunca pertencera." (RIOS, *A noite tem mais luzes*, 1970, p. 25-26).

Em outra passagem do mesmo romance, a protagonista em tom de desabafo, fala da impossibilidade de encontrar um lugar no mundo, por estar justamente num entre-lugar, por não corresponder a um modelo estável, único:

> Eu me arrasto com o meu dilema que é o seu e o de tantas outras homossexuais, estendendo a mão, esmolando compreensão, um lugar neste mundo... e só vejo dedos em riste me apontando, acusando, como se eu fosse a culpada de ser aquilo que sou: de saia, fantoche, de calça comprida, uma coisa esquisita, desengonçada que não é nem uma coisa nem outra... eu sou um problema... deveria ter nascido morta..." (RIOS, A noite tem mais luzes, 1970, p. 17)

O romance *Eu sou uma lésbica* termina com uma série de indagações e reflexões da protagonista (também narradora), num final de tipo moralizador. "Mas a gente vai seguindo, como borboletas sem rumo à procura de jardins. Eu sou uma lésbica. Deve a sociedade rejeitar-me? [...] Em que situação uma homossexual deve ser rejeitada, compreendida ou aceita?" (RIOS, *Eu sou uma lésbica*, 2006, p. 143) Nele, vemos novamente retratada a questão do não-lugar (com a imagem das borboletas em busca de jardins). No entanto, o trecho esboça um questionamento mais crítico. Através dessa série de interrogações e do uso do verbo "dever", a narradora abre, mesmo que indiretamente, a discussão sobre os direitos dos homossexuais.

Como vimos, além do sentimento de não pertencimento, as protagonistas dos romances são tomadas por um sentimento de inadequação. Tal sentimento está geralmente associado à busca das personagens por uma identidade, identificação ou até mesmo por um conceito de lesbianidade. As três protagonistas revelam aliás uma grande inquietação intelectual, muitas vezes recorrendo a livros médicos e de psicanálise (cujas teorias elas geralmente não aceitam) para poder compreender melhor o seu desejo e se questionam constantemente sobre o que é ser lésbica: "O que era ela afinal? Um punhado de nomes e teorias feitas por homens que nunca haviam sido homossexuais, que faziam de seres como ela espécimens raros da natureza? Desajustada. Assecla de um mundo que se subdividia em inumeráveis classes" (RIOS, *A noite tem mais luzes*, 1970, p. 21).

É interessante observar como, muitas vezes, elas elaboram o próprio conceito de homossexualidade. Podemos, por exemplo, analisar as conclusões a que chega Andréa:

> Estava ali, com sua inteligência e raciocínio capaz de provar que não se tratava absolutamente de nenhum distúrbio glandular ou hormonal, psicose, neurose, anomalia proveniente de traumas psicológicos, complexos ou vício adquirido na infância. Variante da erótica, sim, uma terceira alma, essencialmente feminina, com disposição à atração por pessoas do mesmo sexo, sem influência de nenhuma característica do sexo oposto (RIOS, *As Traças*, 1981, p. 75).

A personagem rejeita teorias médicas e psicanalíticas que associam a homossexualidade a uma anomalia. Vale salientar que Cassandra Rios escreveu numa época em que a homossexualidade ainda era amplamente considerada como uma prática ou comportamento desviante. É importante lembrar, por exemplo, que até 1973 a Associação Americana de Psiquiatria considerava a homossexualidade como uma desordem mental e que, somente em 1985, o Conselho Federal de Psicologia deixou de tratá-la como desvio sexual no Brasil. Além disso, foi necessário esperar até 1990 para que a

Organização Mundial de Saúde retirasse a homossexualidade da lista de doenças mentais. É interessante o uso que o narrador faz da expressão "terceira alma". Novamente a lesbianidade é associada a um espaço de exceção. Essa "terceira alma" quebra com a lógica binária que é um dos fundamentos de uma sociedade heteronormativa.

No entanto, ainda que as protagonistas manifestem uma certa resistência à ideia de serem definidas por um discurso pré-fabricado e estrangeiro a sua realidade e por mais que considerem que seu desejo não é antinatural (na verdade existe uma hesitação constante entre diferentes posturas), a homossexualidade continua sendo para elas uma marca de segregação:

> Uma mulher marcada, ginecômana, homossexual. Por mais que tentasse disfarçar, estava sempre sendo apontada, como uma coisa rara ou ridícula até que acostumou com a indiscrição das criaturas que estão sempre de olhos arregalados espreitando tudo, criticando, acusando, querendo inferiorizar o próximo sem lembrar que também ocupa esse lugar para outros e sucessivamente um após outro na corriqueira maledicência (RIOS, *A noite tem mais luzes*, 1970, p. 23)

Nesse trecho, o narrador denuncia o fato de que a identidade de um indivíduo é muitas vezes resumida à orientação sexual e de que a sociedade é composta por grupos sociais que se definem um em relação ao outro em termos de superioridade (que se traduzirá em poder). Essa ideia é retomada por Andréa em uma passagem de *As Traças*: "É uma doença contagiosa. Os preconceitos continuam formando grupos. As pessoas não gostam de entenderem-se uns aos outros, preferem julgar, acusar, separar" (RIOS, *As Traças*, 1981, p. 99).

Em uma passagem do romance *Eu sou uma lésbica*, o momento em que a protagonista assume sua homossexualidade é como uma autocondenação: "E parecia que eu estava me condenando ou sentenciando algo muito grave. Parecia mesmo que eu estava dizendo: 'Sou comunista, sou nazista, sou terrorista, sou subversiva... sou contra tudo e contra todos... sou o demônio... sou o terror para todas as nações... sou... o quê?'" (RIOS, *Eu sou uma lésbica*, 2006, p. 81).

Cassandra Rios mostra em seus romances o sistema repressivo e discriminatório contra a manifestação da homossexualidade, ao tratar, por exemplo, da existência de estabelecimentos e bailes que proibiam a entrada de homossexuais e também ao abordar a violência contra os mesmos: " Pensaram que eu fosse um rapaz, quando viram que não era, sacaram a coisa. Queriam me arrasar ali mesmo." (RIOS, *As Traças*, 1981, 143); "O pau preto desceu na sua cabeça e as pernas da machona dobraram. Comprimi o peito com as mãos, sentindo algo estranho e violento. Revolta. Pena. Lástima — e acima de tudo vergonha." (RIOS, *Eu sou uma lésbica*, 2006, p. 98).

Em seus romances, Cassandra Rios não cessa de se perguntar o que significa ser homossexual numa sociedade heteronormativa. Sua obra reproduz diversos preconceitos, estereótipos e lugares comuns, afinal ela reflete os dilemas de uma geração que ainda estava buscando uma maior compreensão e entendimento da própria sexualidade, ao mesmo tempo em que era aturdida por discursos que caracterizavam seus desejos como anormais, pecaminosos e antinaturais. No entanto, ela tem o mérito de ter levantado diversas questões sobre a sexualidade humana, numa época em que tais discussões eram praticamente inexistentes na literatura brasileira e na mídia nacional, dando representação a um tipo de desejo outro e desvelando dramas e conflitos humanos através de suas personagens marginais: indivíduos atormentados pelo sentimento de culpa, de não pertencimento e de inadequação, à procura de um lugar no mundo.

Referências bibliográficas

FISCHER, Gustave-Nicolas (1992). *Psychologie sociale de l'environnement.* Privat: Toulouse.

BAILLY, Antoine (1986). "L'émergence du concept de marginalité: sa pertinence géographique". *Marginalité sociale, marginalité spatiale.* CNRS: Paris, p. 48-53.

RIOS, Cassandra (1970). *A noite tem mais luzes* [1962], Rio de Janeiro: Record.

______________. (1981) *As Traças* [1975], Rio de Janeiro: Record.

______________. (2006) *Eu sou uma lésbica* [1980], Rio de Janeiro: Azougue Editorial.

O(S) QUE FAZEM MULHERES NOS "LIVROS PARA HOMENS" DA VIRAGEM DO SÉCULO XIX

Maria Cristina Pais Simon

Ramalho Ortigão terá afirmado, nos primeiros anos de novencentos, que havia em Portugal "mais de quatro milhões de analfabetos e de um milhão de homens de letras" (CHAGAS, 1906, p. 217), o que pode talvez explicar a instensidade da produção bibliográfica, o aumento das bibliotecas, quase uma centena, com milhões de livros, no conjunto do país, às quais se somam os gabinetes de leitura ainda existentes, embora reduzidos praticamente à cidade de Lisboa. À produção editorial nacional juntam-se as importações anuais de milhares de livros; a França é um dos principais países exportadores. As editoras prezam as *Colecções* ou *Bibliotecas* especializadas tematicamente; entre elas as de livros licenciosos para homens muito frequentemente apresentados como manuais de divulgação médica contendo, no próprio título, ou na capa, a credibilidade que dissimula a sua real vertente. Entre as mais célebres estão as publicações da Livraria de João Carneiro: *Bibliotheca Sexual do Dr. Désormeaux, Professor de Medicina Legal e Membro da Academia de Medicina de Paris; Bibliotheca de Conhecimentos Medicinnaes e Psichologicos do Dr. Caufeynon*; *O Coração das Mulheres*, do distincto medico Dr. Krauffmann; *Amor e Segurança*, 108 edições em Paris – Processos faceis para evitar a procreação, do distincto médico Dr. Brenns. Na Livraria Central de Gomes de Carvalho encontra-se a *Bibliotheca Scientifico-Sexual* com o subtítulo: "Vulgarisação de conhecimentos hygienicos, medicos e sociológicos". Os títulos dos volumes são, de qualquer modo, suficientemente sugestivos para o público conhecedor.[1] Um autor como Alfredo Gallis, por exemplo, reúne também sob o título genérico *Tuberculose social* romances como *Mulheres Perdidas, Sáficas, O Marido Virgem – Patologia do amor, As Mártires da Virgindade – Romance Patológico*, em que a pretexto de moralizar a sociedade desenvolve claramente a panóplia da literatura erótica e pornográfica.

Mas muitíssimos outros textos circulam sem outro objectivo senão a exposição directa e crua de temas relativos à sexualidade para o simples gosto de determinado público.

É mais precisamente no século XVI que este género de literatura começa a ser divulgado, e no século XVII as publicações já correm a Europa. É, porém, no século XVIII, período áureo por excelência, que a literatura libertina francesa, livre pensadora, ateia e filósofa, invade a Europa pela simples razão que, depois de um século XVII bastante repressivo, o Iluminismo e principalmente o período revolucionário, mais tolerantes, facilitam as redes de distribuição que alimentam mercados clandestinos extremamente lucrativos. É neste contexto social, político e intelectual que é consignada a designação "literatura pornográfica", sendo o adjectivo retomado do grego "pornê" (prostituta) por Restif de la Bretonne em *Le Pronographe ou*

---

1 Cite-se a título de exemplo a *Bibliotheca de Conhecimentos Medicinnaes e Psichologicos do Dr. Caufeynon* constituída por títulos como: *Os Vicios Femininos, Como Evitar a Sifilis, O Abortamento*, entre outros. Na *Bibliotheca Scientifica*, livros como *Segredos do casamento* ou *O Coração da Mulher* contêm capítulos intitulados: "Segredos do leito conjugal", "Viciosos", "Provocações".... *A Collecção "Amorosa"* publica: *Seis Mulheres para um Homem, O Espartilho* etc.

la prostitution réformée (1769); a pornografia fica então relacionada com a representação da prostituição passando depois a ser a expressão artística do obsceno.

É, porém, no século XIX que a escrita erótica e pornográfica se vulgariza na Europa. A produção em aumento notório e a reedição das obras clássicas são confortadas pelo vasto mercado da fotografia erótica e pornográfica também em pleno desenvolvimento, e pelo filme que está aparecendo confidencial e timidamente· o que preocupa bastante as autoridades médicas e políticas.

Em Portugal, o primeiro grande texto licencioso de oitocentos é a satírica e obscena *Martinhada* (1814) da autoria do "Camões do Rossio", curiosamente dedicada a Frei Martinho de Barros, confessor de D. João V. Mas é na segunda metade do século que se vulgariza no país uma literatura popular licenciosa acessiva a diferentes bolsas, ou seja, entre 40, 100 e 400 réis por volume.[2]

As obras são, de modo geral, publicadas anónima e clandestinamente ou sob pseudónimos que podem ocultar personalidades ou autores consagrados tentados por semelhante experiência de escrita; temos em Portugal o caso de Guerra Junqueiro ou de Cândido de Figueiredo, em França o de Balzac, mas não só.[3]

---

2 A. H. de Oliveira Marques e L. N. Rodrigues indicam que antes da República "um operário da Covilhã ganhava 400 réis por dia. Um de Coimbra podia receber até 460. Em Lisboa estes números elevam-se até 500 e 600 réis diários e até a mais". A literatura dirigia-se, no entanto, mais propriamente a uma população com maior poder de compra e minimamente instruída. O *Censo da População do Reino de Portugal no 1° de Dezembro de 1900* indica que 74% dos Portugueses com idade superior a 7 anos são analfabetos (3 271 021 para uma população total de 4 417 000 habitantes). Ver : J. Serrão e A. H. de Oliveira Marques (dir.), *Nova História de Portugal, Da Monarquia para a República* (v. XI, coord. A. H. de Oliveira Marques), Lisboa, Editorial Presença, 1991, p. 217, 519.

3 António Ventura cita alguns destes pseudónimos: Arsénio de Chatenay, Josinus, Boccacio Júnior, Kin-Foó, Fídias, Olharac. Ver posfácio de: Guilhermino, *Entre lenços. Episódios inocentes para educação e recreio de pessoas casadoiras,*

Embora muito se inspirem da literatura libertina clássica francesa que continua a ser reeditada, os textos licenciosos da viragem do século não são portadores da mesma mensagem pois têm por contexto a revolução industrial, primeira etapa de uma revolução sexual que irá triunfar no século XX, e uma economia de mercado que, paradoxalmente, liberta e reprime a sexualidade, como demonstra Edward Schorter em *Naissance de la famille moderne*. O discurso sobre o corpo baseia-se, então, na repressão das pulsões, como indica Michel Foucault, e tratados médicos, estatísticas, panfletos sobre vícios, casamento, puberdade feminina, sobre as tão temidas doenças venéreas, tornam-se correntes mesmo antes do advento da protossexologia que irá estabelecer catálogos de perversões.

Em simultâneo, o êxodo rural, a promiscuidade dos alojamentos operários e o trabalho feminino nos centros urbanos, quer nas manufacturas, quer em casa particulares onde a criada é realmente para todo o serviço, contribuem forçosamente para o relaxamento da sexualidade.

O factor religioso é também de maior importância para a compreensão da questão pois o catolicismo, que se torna cada vez mais uma prática feminina, erige o corpo a nível de símbolo. A proclamação do dogma da Imaculada Conceição em 1854 e o subsequente desenvolvimento do culto marial intensificam automaticamente o culto da virgindade e da maternidade, "os dois estados mais divinos da mulher", como afirma Chateaubriand em *Le Génie du christianisme*4. A virgindade, autêntica obsessão para a medicina da época que considerava a desfloração como susceptível de dar largas às maiores

---

Lisboa, Editores Tinta-da-China, 2011, p. 113, 114. O editor e o ano de publicação da edição não são conhecidos. A menção dos lugares e das casas editoras é também, por vezes, significativamente fantasiosa, *O Pauzinho do Matrimónio* indica, por exemplo: "Paris, Imprimerie V. Le Chaste, 4881".

4 Paris, Gallimard, col. « Bibliothèque de la Pleiade », 1978, p. 487.

permissividades, torna-se um tema recorrente nas bibliotecas populares pretensamente científicas que divulgam todas as manhas para "encobrir uma primeira falta"[5].

Por fim, a todos estes factores juntam-se as filosofias pessimistas finisseculares e estéticas como o Naturalismo que acreditam num determinismo implacável que reduz o Homem a uma "besta humana" dominada pela carne, como indica Zola no *Roman expérimental* e mais tarde Alain Corbin ao referir-se à omnipresença da "carne textualizada":

> L'omniprésence de la 'chair en texte' est désormais frappante dans le roman. Le corps, dans l'abondance de ses mises en scène, est saisi 'comme tableau par un tiers voyeur'. Les Rougon-Macquart illustrent cette profusion. [...] Les romans naturalistes, notamment, sont autant de 'boîtes noires à secret d'alcôve'. Les scènes de chambre abondent chez Zola. Certes, la censure impose des masques rhétoriques qui empêchent d'effacer totalement le mystère. L'effet sur le lecteur n'en est pas aboli pour autant (CORBIN, 2005, p. 176).

Neste contexto, a Família, núcleo preservado onde a espécie se propaga saudavelmente, garante da moral, da felicidade individual e do equilíbrio social, é posta num pedestal. O Lar, espaço feminino por excelência, resguarda dos perigos exteriores. E assim se vão consolidando as noções de privacidade, discrição, pudor, individualismo, imprescindíveis para o sucesso de uma paraliteratura baseada na satisfação de pulsões consideradas como baixas e vergonhosas.

Vejamos agora em que consistem propriamente os textos. Inserem-se num espaço estritamente social normativizado, mas num

---

5 Subtítulo de *Toilette secreto das damas*, Lisboa: Livraria do Povo, s. d.

intuito deliberadamente transgressivo. É da transgressão das fronteiras que separam o universo normal, ou seja social e moral, do universo da sexualidade livre e, por conseguinte, desviante, que reprimem as pulsões ; é da transgressão da linguagem (tudo pode ser dito) que os textos licenciosos tiram partido. Nota-se ainda que não existem precisamente enredos, mas cenas justapostas, "quadros, que exibem numa escrita perfeitamente visual, relações sexuais em que a mulher assume o mesmo papel que o homem, ou assume mesmo um papel masculino, no objectivo de despertar o desejo do *leitor-voyeur*. Esta intenção explica a presença, praticamente de regra, de ilustrações, desenhos e, mais tarde, de fotografias a permear o texto.

Todas estas observações se inserem rigorosamente nas definições que Maingueneau, Evrard ou Pauvert, especialistas do género, dão da literatura pornográfica. São pois pornográficos os textos do nosso *corpus*: *Entre Lençóis. Episódios Inocentes para Educação e Recreio das Pessoas Casadoiras* de Cândido de Figueiredo, *Aventuras Galantes* de Rabelais, *Sáficas*, *As Mártires da Virgindade* de Alfredo Gallis, e *O Pauzinho do Matrimónio, almanaque perpétuo* ilustrado por Rafael Bordalo Pinheiro cujos textos permanecem, ainda hoje em dia, anónimos.

Visual, teatral, exibicionista, os textos em análise produzidos, em princípio, por homens para homens, põem no primeiro plano estereótipos à margem do modelo feminino em vigor: a mulher como ser doméstico, vitrina do homem, pilar da família e da sociedade, em princínpio também. Deparamos, por conseguinte, não com esposas, não com mães, mas sim com « mestra(s) de homens » (título de um volume da Colecção "Cor de rosa"), devotadas à volúpia sem fim procriativo, pelo que o *Almanach dos Amores* para o anno de 1894 lhes atribui, na constituição de um ministério perfeito, a pasta do Exterior, ficando a do Interior para o marido.

Na opinião de Maingueneau, este tipo de personagens desviantes determina dois géneros de escrita pornográfica, a "canónica" e a "não canónica" que pode ser tolerada ou proibida; define-as nos seguintes termos: "La pornographie canonique prétend inscrire la sociabilité sexuelle dans l'orbite de certaines valeurs sociales fondamentales, alors que la pornographie interdite entre délibérément en conflit avec les normes sociales dominantes." (MAINGUENEAU, 2007, p. 42)

Aventuras Galantes de Rabelais, pseudónimo com que Alfredo Gallis, um dos maiores pornógrafos portugueses da viragem do século, assinou os seus textos mais ousados, ilustra perfeitamente a vertente canónica. O opúsculo recentemente republicado pela Editora Tinta-da-China reúne textos curtos de *Diabruras de Cupido – Contos Galantes* e *Volupias – 14 Contos Galantes* cujo editor e ano de publicação permanecem ainda anónimos, embora se possam datar dos finais do século XIX.

Destas personagens sem consistência psicológica, sem identidade, ou somente com um nome próprio que as resume na íntegra – Inocência, por exemplo – apenas são evocados os traços que têm uma incidência no papel que desempenham, pelo que se reduzem ao corpo que a fisiologia tão em voga na época considera como uma linguagem infalível e que exprime sempre, nestes casos, um "temperamento ardentíssimo" e um "histerismo ninfomaníaco" de "mulheres erradas" ("Deliciosa": 14, 15). "Carnes" é, aliás, o termo frequentemente utilizado por Gallis para as designar, e metáforas relativas a mimos alimentares, como por exemplo "moranguinhos" para designar os mamilos, bem como os adjectivos "deliciosa", "apetitosa" são, de modo comum, atribuídos à fêmea que inspira ao macho "sorrisos gulosos" ("Mulheres perdidas", p. 26).

Como nos textos de Sade que poucos detalhes dá da anatomia das jovens vítimas do deboche libertino, os retratos de Gallis obedecem a uma retórica de convenção sistematicamente focalizada nas partes erógenas em que sobressai a cor vermelha e em que a "gruta de Calipso" é exposta e comentada sem pudor, bem como o "mimoso(s) pezinho(s)", que se esconde na meia presa pela liga que desliza, no sapatinho ou na botina ("Deliciosa": p. 12, 13, 18), e que é um autêntico fetiche neste autor, bem como um lugar comum do género.

Mais do que da nudez, é da desnudação que a escrita licenciosa tira partido uma vez que o corpo pertence à esfera da intimidade, e que escondê-lo é pudicícia e civismo, como afirma Balzac: "Le vêtement est comme l'excuse de son sexe, l'alibi de son indécence [...] Toute notre société est dans la jupe." (PERROT, 1984, p. 174). Por este motivo, são aqui de regra as cenas de desnudação gradual que vão revelando a pouco e pouco o corpo e expondo a sugestiva roupa interior que se tornou na época motivo literário. O banho, que só nos anos de 1910-1920 se vulgarizou, e que está sistematicamente presente, contribui para o mesmo efeito. Para se avaliar o seu teor erótico basta reler as páginas que Zola dedica ao "*cabinet de toilette*" de Nana, basta pensar que nos colégios era visto como um pecado, e que se aconselhavam, ainda em 1903, as lavagens parciais, de olhos fechados, quando a tentação era grande (PERROT, 1984, p. 129).

No *corpus* em análise, a marginalidade feminina atinge o seu auge em *Entre Lençóis. Episódios Inocentes para Educação e Recreio de Pessoas Casadoiras* da autoria de Guilhermino, pseudónimo de Cândido de Figueiredo. Por violar interditos que são autênticos tabus, *Entre lençóis* ilustra a vertente não canónica da escrita pornográfica, e o facto de o enredo decorrer durante o carnaval e explorar um cómico pesadamente farsesco, como indicam os títulos dos seis capítulos (I- "Como se dão clisteres" III- "Gato por lebre"...), nada atenua. As diferentes situações reunem personagens assaz convencionais: uma matrona viúva tem a seu cargo dois adolescentes, uma filha ingénua, mas libertina, e um sobrinho órfão que se dão, entre si, a brincadeiras sexuais incestuosas; a família é servida pela criada Inocência.

Com a malícia característica das mulheres maduras, a mãe, sexualmente descompensada, ultrapassa todas as barreiras sociais e morais para sua satisfação pessoal e o texto acaba numa orgia, no próprio leito dos progenitores, onde as quatro persongens praticam uma sexualidade incestuosa hetero e homossexual.

O carácter esquemático das personagens, o burlesco das situações cuja grosseria farsesca é propositadamente exagerada (a ingenuidade bronca da virgem iniciada, a constante preocupação de decência da mãe perversa, os casos da criada com os amos que serviu...), parecem mostrar que o objectivo de Cândido de Figueiredo, que se destinou na juventude à vida religiosa, é denunciar a hipocrisia social.

Nesta vertente não canónica podem-se ainda inserir a maior parte dos textos do satírico e obsceno *Pauzinho do Matrimónio* que aposta também no incesto e na lubricidade de frades devassos.

Observemos agora, em confronto com o canónico e o não-canónico, um terceiro e último modo de escrita licenciosa que nada retém de qualquer influência literária precedente e que está estritamente ancorado no contexto do final de oitocentos e dos primeiros anos do século XX. Tomamos como base dois romances da série *Tuberculose social* de Alfredo Gallis: *As Mártires da Virgindade, romance patológico* (1905) e *Sáficas*, cujo tema é o celibato feminino e a reivindicação dos direitos naturais que a sociedade não reconhece à mulher.

A afiliação destes textos a um vago Naturalismo, à fisiologia, ao higienismo e à medicina alienista da época são pretexto para uma escrita tão pornográfica quanto as precedentes e em que a única diferença é a caracterização do corpo; neste caso um corpo doente, descompensado.

Em *As Mártires da Virgindade*, considerando a sexualidade como uma "necessidade da natureza", o autor condena o "convencionalismo social" e a "moral das famílias" (p.10) e expõe as funestas consequências da castidade forçada em passos que classificam e marginalizam definitivamente as protagonistas: sonhos e fantasmas eróticos, utilização substitutos fálicos, onanismo e consecutivo esgotamento físico e mental, dores ovarianas e uterinas, consideradas como uma das causas principais de instabilidade feminina, ou seja, o que a medicina da época diagnostica como histeria e sexualidade mórbida.

Em Sáficas, romance escrito no contexto do Ultimato de 1890, uma preceptora inglesa "iniciada aos Mistérios de Lesbos" pela monitora do seu colégio de Dublin (p. 88), leva a filha de uma honrada família portuguesa, noiva de um oficial que combate em África, à "hedionda perversão moral" (p. 15). Além da diferença dos hábitos, é principalmente o corpo sofredor de "anomalia genésica" (p. 16), em nada vocacionado para a maternidade, que exprime a negatividade da "lésbica erótica", "furiosa", do "réptil" predador descrito do seguinte modo:

> Mergulhou a cabeça umas poucas de vezes e sahiu logo do banho destendendo a sua forte musculatura deselegante e angulosa, um tanto mascula pela exiguidade dos seios apenas esboçados, da bacia estreita e deprimida, das pernas secas, delgadas, nervosas, com ausensia quase completa de relevo nadegal.
>
> A agua fria restitui-lhe o equilibrio nervoso. [...]
>
> Um ou dois kilometros de bicycleta pela frescura saudavel e oxigenada da manha acabaria por completar o que a agua tinha começado.
>
> Miss Katie era pratica e hygienista como todas as da sua raça (p. 76- 77).

Ao demonstrar que a solução para a sexualidade mórbida não é obrigatoriamente o casamento, ideia comum na época, Gallis faz-se o porta-voz de um contradiscurso apelando para o amor livre muito em voga nos dois primeiros decénios do século XX e divulgado pelos jornais da esquerda libertária, como *A Juventude*.

Ao cabo desta análise chegamos à conclusão que, nos exemplos observados, a escrita licenciosa da viragem do século se revela, afinal, bastante rotineira relativamente à representação da mulher marginal. Não está propriamente ancorada no contexto económico e social particularmente propício a desvios de todos os généros, como consideraram a sociologia e a medicina. Essencialmente mercantil, também só retém dos exemplos clássicos aspectos e situações imprescindíveis ao género, naturalmente de natureza sexual. Em soma, esta paraliteratura aposta exclusivamente na negação de princípios morais e satifaz-se, portanto, sem precisar de ir mais além, com o destronamento do símbolo da virtude, por excelência: a mulher que a cultura finissecular colocou num pedestal. Situa-se, por conseguinte, não propriamente no real, mas num mundo às avessas povoado por anti-heroínas que condensam muito convencionalmente em si toda a negatividade da eterna Eva e que não têm, obviamente, espessura suficiente para que se chegue a qualquer dedução fiável sobre o que se entende por marginalidade feminina neste período. É somente o pano de fundo de contextualização, normalizador e normatizador, mas muito frequentemente omitido ou demasiado esquematizado, que assinala por vezes implicitamente a margem.

Referências bibliográficas

ALEXANDRIAN, (1989) *Histoire de la littérature érotique*, Paris: Seghers.

CHAGAS, João, (1906) *As minhas razões*, Lisboa: Imprensa Moderna.

CORBIN, Alain (dir.) (2005) *Histoire du corps, De la Révolution à la Grande Guerre* (v. 2), Paris, Seuil (coll. « Points »).

DADOUN, Roger. (2010) *L'Erotisme. De l'obscène au sublime*, Paris: PUF.

DELON, Michel. (2000) *Le savoir-vivre libertin*, Paris: Hachette (coll. « Pluriel »).

DELVEAU, Alfred. (1997) *Dictionnaire érotique moderne* (1864), Paris, Editions 10/18.

EVRARD, Franck. (2003) *La Littérature érotique ou l'écriture du plaisir*, Toulouse: Ed. Milan.

FIGUEIREDO, Cândido de. (2011) *Entre Lençóis.Episódios Inocentes para a Educação das Pessoas Casadoiras*, Lisboa: Tinta-da-China.

FOUCAULT, Michel. (1976-1984) *Histoire de la sexualité*, Paris, Gallimard, 3 vols.

GALLIS, Alfredo, (1905) *As Martyres da Virgindade, romance pathologico*, Lisboa: Livraria Viúva Tavares Cardoso.

————————, (1933) *Saphicas*, Livraria Central Gomes de Carvalho Editores, 2a. ed.

GOULEMOT, Jean Marie (1991), *Ces livres qu'on ne lit que d'une main. Lectures et lecteurs au XVIIIe siècle*, Aix-en-Provence, Alinéa.

MAINGUENEAU, Dominique. (2007) *La Littérature pornographique*, Paris, Armand Colin.

PAUVERT, Jean-Jacques (2000) *La Littérature érotique*, Paris, Flammarion, 2000.

PERROT, Philippe (1984) *Le corps féminin*, Paris, Seuil (coll. « Points »).

PIA, Pascal (préf.) (2001), *Dictionnaire des œuvres érotiques*, Paris, Robert Laffont (coll. « Bouquins »).

PINHEIRO, Rafael Bordalo. (ilust.) (2011) *O Pauzinho do Matrimónio – almanaque perpétuo* (1881), Lisboa, Tinta-da-China.

PION, Alexandra. (2010) *Stendhal et l'érotisme romantique*, Rennes, Presses Universitaires de Rennes.

RABELAIS. (2011) *Aventuras Galantes*, Lisboa, Tinta-da-China.

REICHLER, Claude. (1987) *L'Age libertin*, Paris, Editions de Minuit.

SCHORTER, Edward (1981) *Naissance de la famille moderne*, Paris, Seuil.

WALD LASOWSKI, Patrick. (2008) *Le grand dérèglement*, Paris, Gallimard.

SOMBRIOS DESEJOS: MARGINALIDADE E TRANSGRESSÃO NA OBRA DE JUDITH TEIXEIRA

Maria do Carmo Cardoso Mendes

A obra literária de Judith Teixeira revelou um ostensivo desvio dos padrões da sua época. Atesta-o o facto de a sua primeira coletânea poética, *Decadência* (1923), ter sido apreendida e destruída. Pondo em causa preconceitos epocais sobre a sexualidade feminina e representando poeticamente o desejo homossexual, as suas criações literárias sofreram uma declarada marginalização. Como assinala René Garay (GARAY, 2003, p. 150), *Decadência* foi retirado das livrarias lisboetas e depois queimado; a sua autora foi apelidada de "desavergonhada" e vítima de gravuras paródicas; Fernando Pessoa defende António Botto e Raul Leal (cujas obras *Canções* e *Sodoma Divinizada* tinham sido qualificadas como "imorais") sem se lembrar de Judith Teixeira; e, por fim, José Régio defende que toda a obra de Judith Teixeira "não vale uma canção escolhida de António Botto". Este trabalho, centrado nas coletâneas poéticas *Decadência, Castelo de Sombras* (1923) e *Nua. Poemas de Bizâncio* (1926), tem assim como principais propósitos: 1) identificar a representação da sexualidade feminina na obra poética de Judith Teixeira; 2) Reconstruir as imagens do desejo homoerótico; 3) Explicitar os vetores que constroem a representação do interdito; 4) Determinar de que modo a obra poética de Judith Teixeira configura "um ser à margem" que se auto-representa na conferência *De Mim* (1926) nos seguintes termos: "As minhas emoções não podem obedecer a pautas nem a conceitos tradicionais". Atendendo ao ainda relativo desconhecimento da escritora no contexto literário português, apresento de seguida uma contextualização epocal sumária.

Localizada na transição de Oitocentos para Novecentos, a obra literária de Judith Teixeira (Viseu, 1873; Lisboa, 1959) é constituída por três coletâneas poéticas: *Decadência* (1922), *Castelo de Sombras* (1923) e *Nua. Poemas da Bizâncio* (1926). A apreensão da sua primeira obra poética é o culminar de um escândalo provocado pela publicação, atestando ao mesmo tempo o inconformismo da época com o tratamento de motivos como a exaltação do desejo de cariz homossexual e a celebração do erotismo e da sensualidade.

Se atentarmos, com Maria Alzira Seixo (SEIXO, 1987, p. 72), nos modelos literários da mulher no século XIX - a mulher angélica, a mulher fatal e a mulher burguesa - concluiremos que eles são produzidos pela imaginação masculina. Na viragem do século XIX para o século XX, surgem em Portugal mulheres escritoras "com uma autonomia intelectual e humana" (SEIXO, p. 193). Mas tal só se verifica de forma consistente a partir da década de 1950. Até aí, a voz das mulheres é "silenciada durante os anos do *Orpheu*, passa despercebida ao longo do movimento da 'Presença' e quase não existe no Neo-realismo: todos eles movimentos de homens" (SEIXO, *p.* 193-194). Uma obra como a de Judith Teixeira não poderia deixar de suscitar apenas duas reações: a hostilidade e a indiferença. Da primeira dá conta a apreensão de *Decadência*; da segunda, a ostracização da escritora. O seu tempo de escrita não era propício à aceitação de motivos que exaltam o corpo, o desejo, a sensualidade e o erotismo femininos. É sobre estes motivos que me debruçarei numa análise das obras poéticas da escritora e da conferência *De mim*.

A exaltação do corpo e do desejo assume um lugar privilegiado na poesia de Judith Teixeira, que comporta "uma dimensão erótica desviante, o que, de per si, a coloca, ao seu tempo, em lugar solitário e original" (SOUSA, 2009, p.50). É o que pode ler-se no poema "Perfis decadentes", na celebração do desejo que atinge o orgasmo:

> Fitaram-se as bocas sensuais!
> Os corpos subtilizados,
> femininos,
> entre mil cintilações
> irreais,
> enlaçaram-se
> nos braços longos e finos!
> ....
> E morderam-se as bocas abrasadas,
> em contorções de fúria, ensanguentadas!
> [...]
> E ficou no ar
> a vibrar.
> a estertorar,
> encandescido,
> um grito dolorido... (TEIXEIRA, 2015, p. 61)

A insubmissão da obra poética de Judith Teixeira manifesta-se também no motivo do lesbianismo, que encontra uma expressão cabal no poema "A Estátua" (da coletânea *Decadência*). Ressalta nesta composição o encantamento pelo corpo feminino, numa descrição erótica que exalta partes desse corpo:

> O teu corpo branco e esguio
> prendeu todo o meu sentido...
> Sonho que pela noite, altas horas,
> aqueces o mármore frio
> do alvo peito entumecido...

E quantas vezes pela escuridão,
a arder na febre dum delírio,
os olhos roxos como um lírio,
venho espreitar os gestos que eu sonhei...
....

– Sinto os rumores duma convulsão,

a confessar tudo que eu cismei!
....

Ó Vénus sensual!
Pecado mortal
do meu pensamento!
Tens nos seios de bicos acerados,
num tormento,
A singular razão dos meus cuidados!

Fevereiro – Noite luarenta
1922 (TEIXEIRA, p. 47)

Se a sensualidade da deusa Vénus é exaltada nesta poesia, já em "Ilusão" (pertencente à coletânea poética de 1926 *Nua. Poemas de Bizâncio*)[1] é a figura sedutora e aniquiladora de Salomé que atrai a atenção do sujeito poético:

Vens todas as madrugadas

prender-te nos meus sonhos

[...]

Vens toda nua, recortada em graça,
[...]

---

1 Como assinala Martim de Gouveia e Sousa (2009, p. 53), o título desta coletânea tem um teor desafiante, e o mesmo pode afirmar-se da epígrafe, pertencente à poetisa lésbica Renée Vivien.

> És linda assim: toda nua,
> no minuto doce
> em que me trazes
> a clara oferta do teu corpo
> e reclamas firmemente
> a minha posse!...
> [...]
> Loira Salomé
> de ritmos esculturais!
> Vens mais nua
> esta madrugada!
> Vem esconder-te na sombra dos meus olhos
> e não queiras deixar-me...
> ai nunca, nunca mais! (TEIXEIRA, 2015, p. 137)

Não poderá deixar de destacar-se na obra poética de Judith Teixeira o valor sensual da dança feminina: mulheres dançarinas, evocando a famosa orgia de fogo da novela de Mário de Sá-Carneiro *A Confissão de Lúcio*, são um motor de forte atração sexual. Não estranha, por isso, que Salomé seja convocada pela dança, o mesmo acontecendo na poesia lírica "A Bailarina Vermelha", pertencente também à coletânea *Nua* (cf. TEIXEIRA, p. 141-142).

Igualmente relevante na poesia de Judith Teixeira é a "apropriação do desejo masculino" (GARAY, 2003, p. 152), seja no que respeita à atitude voyeurística tipicamente masculina, seja na obsessão pelo sexo feminino. O primeiro aspeto é bem visível no poema "Venere Coricata". Inspirado no quadro elaborado pelo italiano Tiziano em 1538 – uma tela que representa uma jovem nua langorosamente deitada num esplendoroso leito –, o poema de Judith Teixeira é uma celebração do corpo feminino, destacando nele dois elementos – os lábios e os seios – eroticamente descritos:

Cintilações de cor avermelhada,
vêm envolver-lhe a curva provocante!
E na boca perversa de bacante
agoniza uma rosa ensanguentada!
[...]
Contorce-se num ritmo de desejos...
E a lua vai-lhe mordendo todo em beijos
o seio nu, de bicos enristados! (TEIXEIRA, 2015, p. 86)

Tiziano, *Vénus de Urbino* (1538)

A fixação no corpo feminino e na sensualidade que dele se desprende encontra-se também claramente expressa na composição poética "A Mulher do Vestido Encarnado": mais uma vez, a cor vermelha é o símbolo da paixão, da sensualidade e do excesso, tornando-se possível a propósito desta poesia evocar o mito da *femme fatale*, a mulher que combina um extraordinário poder de sedução com uma não menos excecional capacidade de destruição do ser masculino:

Ameigam teu corpo airoso
requebros sensuais,
e o teu perfil
felino e vicioso
diz-nos pecados brutais...
– Paixões perversas
onde o crime é gozo!
[...]
Ó farrapo de luxúria
que acendes quentes desejos
até à fúria,
na febre de longos beijos!...

Perderam-se tantas, tantas
mocidades
nos teus olhares diabólicos,
que nem tu já sabes quantas! (TEIXEIRA, 2015, 89)

Os dois aspetos contribuem para reforçar o desafio da poesia de Judith Teixeira aos preconceitos sobre a sexualidade feminina. O desejo de posse física, recorrente em diversos poemas, revela também essa apropriação de prerrogativas tradicionalmente masculinas. Assim, na composição lírica "Flores de Cactus" (de *Decadência*), a simbologia erótica de uma flor de cores flamejantes é o pretexto para a celebração do contacto físico: "Nascem para ser beijadas / e possuídas / pelo sol abrasador... / Lascivas / Predestinadas / para os mistérios do amor! / [...] / Ó flor do cactus enrubescida! / No teu vermelho, há sangue, há vida... / – E eu tenho uma enorme sede de viver!" (TEIXEIRA, 2015, p. 52-53). No envolvimento corporal, o beijo – muitas vezes transformado em mordedura – assume relevo e a boca feminina surge como elemento privilegiado na representação do corpo, que pode ler-se, a título exemplificativo, no poema "O teu perfil": "A tua boca, / taça misteriosa, / que ninguém mais possa encontrar! / Taça original, / cheia de cor, / taça dolorosa, / onde em bebia, todo o meu amor!" (TEIXEIRA, 2015, p. 80)

O vocabulário da obra poética de Judith Teixeira ratifica esta exaltação da posse física, frequentemente associada à perversão: destacam-se as formas verbais "morder", "morderam-se", "abrasar", os adjetivos "infernal", "doido" e "insaciada", os substantivos "posse", "perversão", "sensualismo", e expressões como "bocas abrasadas", "contorções de fúria, ensanguentadas", "fúria dos meus beijos", "ânsias torturadas", "posses brutais", "posse insaciada"; "embriaguei-me num doido desejo", "loucas vibrações", "bebo os teus beijos em fogo", "minha boca em febre, / rubra e ardente", "o clamor do meu delírio". Sublinhe-se que o sangue e as rosas vermelhas surgem com frequência para metaforizar o excesso de desejo e de posse física, como pode ler-se no poema significativamente intitulado "Rosas Vermelhas" (da coletânea *Decadência*), uma exaltação do prazer na Dor:

> Que estranha fantasia!
> Comprei rosas encarnadas
> às molhadas
> dum vermelho estridente,
> tão rubras como a febre que eu trazia.
> – E vim deitá-as contente
> na minha cama vazia!
>
> Toda a noite me piquei
> nos seus agudos espinhos!
> E toda a noite as beijei
> Em desalinhos… (TEIXEIRA, 2015, p. 69)

Ou ainda na composição "Madrugadas", que representa o momento de despedida de um encontro erótico: "E num frémito de louca / cravava na tua boca / um beijo rubro de sangue!" (TEIXEIRA, 2015, p. 84).

Também em "Gomil de Graças" (da coletânea *Nua. Poemas de Bizâncio*), voltamos a assistir a esta representação desenfreada do desejo de posse:

> A tua posse, para mim,
> acredita, meu amor, sinceramente,
> podia ser
> um gomil de graças
> onde eu fosse beber,
> em raivosa ardência,
> as nossas duas vidas
> misturadas!...
> (...)
> Corre um *frisson* nos meus nervos doridos
> e vem-me a tentação cruel, brutal,
> de estilhaçar
> o gomil da tua boca
> numa bacanal
> de beijos
> sofregamente mordidos! (TEIXEIRA, 2015, p. 157)

A boca assume-se, assim, como o símbolo erótico por excelência, o que também é visível nas poesias "Mais Beijos" – onde o sujeito poético reclama o contacto com a boca do ser amado: "Mais beijos!... / Deixa que eu, endoidecida, / Incendeie a tua boca / e domine a tua vida!" (*idem*, 167) – e "Horas Nostálgicas" (ambas da coletânea *Nua*): "Na flor sangrenta da tua boca / poisavam os meus beijos / em doidas revoadas, / como asas sem rumo, / ruflando em loiras madrugadas" (TEIXEIRA, 2015, p. 176).

Imagens do Eu e exaltação de valores individuais são frequentes na obra poética de Judith Teixeira. De facto, o processo de autocaracterizarão demonstra a subversão de padrões socialmente aceites: assim, no poema "A outra", o desdobramento da personalidade é expresso pela imagem de um ser outro conotado com a perversão: "A Outra, a tarada, / Aquela que vive em mim. / Que ninguém viu nem conhece, / E que enloirece / À hora linda do poente / Pálida e desgrenhada" (TEIXEIRA, 66).

A obra de Judith Teixeira não se cansa de desocultar a manifestação reiterada do desejo, que a poetisa confessa, por exemplo, na composição "O Meu Destino": "Vivo de inquietações... / De sombrios desejos... / As minhas ambições, / andam traduzidas / nos rúbidos lampejos / Dos meus olhos em fogo! (TEIXEIRA, 75). Esta busca constante da completude física assume-se, portanto, como um projeto de vida de alguém que procura sempre no Outro a satisfação do prazer físico. Poder-se-á falar de uma busca romântica de um mais além, que o poema "Liberta" exemplarmente traduz: se o título antecipa cataforicamente o desprendimento das amarras das convenções, o conteúdo reitera esta procura de sensações novas onde prazer e dor sempre se conjugam:

> E o meu olhar ansioso
> fundiu-se no teu!
> ....
> E as tuas lindas mãos,
> esguias e nevróticas,
> pintam-me telas rubras
> bizarras e exóticas
> de largos horizontes...
> ....
> Hoje, ergue-me a ânsia enorme
> de outras horas viver!
> – sensualizando a vida,
> descobrindo novas fontes,
> de dor e de prazer...
> – Orgias de estranha cor
> de que tu fosses somente
> o extraordinário inventor! (*idem*, p. 77-78)

De forma muito idêntica, na poesia lírica "A minha colcha encarnada", assiste-se a uma descrição do desejo inapaziguável, transferido, na ausência da amante, para um objeto que simboliza, na sua cor e no contacto físico, a ânsia de posse:

> Perfumes estonteantes,
> atiram-me embriagada
> sobre os cetins roçagantes
> da minha colcha encarnada!...
>
> Em espasmos delirantes,
> numa posse insaciada –
> rasgo as sedas provocantes
> em que me sinto enrolada!
>
> Tomo o cetim às mãos-cheias...
> Sinto latejar as veias
> na minha carne abrasada!
>
> Torcem-me o corpo desejos...
> mordendo o cetim com beijos
> numa ânsia desgrenhada! (*idem*, 81)

A atração pelo próprio corpo e pela sensualidade que dele emana é retomada na composição lírica "A cor dos sons" (de *Nua. Poemas de Bizâncio*), onde o sujeito poético confessa que os seus desejos são uma "sinfonia desvairada", "doidos" e "incoerentes" (TEIXEIRA, 144). De facto, o desejo é sempre celebrado sob o prisma do excesso e não será por isso um acaso que termos como "embriaguez" e "embriagada" marquem uma presença muito forte na obra poética de Judith Teixeira. Todavia, a transgressão e o interdito não constituem, na obra poética de Judith Teixeira, motivos que conduzam ao aniquilamento do Eu; pelo contrário, podemos ler na sua poesia esse ímpeto de "Além" que a obra poética de Mário de

Sá-Carneiro tão exemplarmente traduziu. Ao mesmo tempo, assume a poetisa uma atitude de indiferença sobre juízos de valor que a sociedade possa produzir acerca da sua orientação lésbica. É o que pode concluir-se da leitura do poema "A minha amante", cujos título e conteúdo assumem inequivocamente o desejo lésbico e o desprendimento de comentários depreciativos, ao mesmo tempo que revela uma nítida consciência de que a homossexualidade feminina é socialmente encarada como vício doentio:

> Dizem que eu tenho amores contigo!
> Deixa-os dizer!...
> Eles sabem lá o que há de sublime.
> Nos meus sonhos de prazer...
> [...]
> Não entendem dos meus amores contigo –
> não entendem deste luar de beijos...
> – Há quem lhe chame tara perversa,
> dum ser destrambelhado e sensual!
> Chamam-te o génio do mal –
> o meu castigo...
> E eu em sombras alheio-me dispersa... (TEIXEIRA, 2015, p. 82-83)

Bastaria atentarmos na conferência *De Mim. Em que se explicam as minhas razões sobre a Vida, sobre a Estética sobre a Moral* (1926) para confirmarmos esta inabalável atitude de convicção pessoal sobre o valor da sua poesia e o modo como ela abala convenções epocais e prerrogativas de género. A evocação do *Manifeste Futuriste de La Luxure* da francesa Valentine de Saint-Point é o mote para a celebração da sexualidade, enfaticamente representada na citação repetida da afirmação da escritora francesa: "A luxúria é uma força". Numa clara intertextualidade, Judith Teixeira exclama na poesia lírica "Rosas Pálidas" (de *Nua*): "A luxúria, ó pálidas irmãs, / é a maior força da vida! / Sensualizai pois! a vossa carne /arrefecida..." (TEIXEIRA,2015, p.163). Na impossibilidade de fazer uma análise exaustiva da conferência *De Mim*, ressalto somente três aspetos: em primeiro lugar, esta conferência constitui uma relevante reflexão de Judith Teixeira sobre as reações intempestivas desencadeadas pela publicação da sua obra poética: refere-se à apreensão de *Decadência*, às críticas violentas a *Castelo de Sombras* e a *Nua*, e a própria caracteriza tais críticas como "comentários espantosos", "ruídos incendiários e clamorosos" (TEIXEIRA, 2015, p. 281). Quer isto dizer que a escritora se sente legitimada a qualificar as reações à sua obra poética. Em segundo lugar, aconferência *De Mim* constitui uma firme exposição do distanciamento que Judith Teixeira observa entre a sua personalidade e a "*Maioria*". Não deixa de observar que "a compreensão vulgar" não se eximiu à crítica agressiva da própria escritora, qualificando-a como "imoral e dissolvente" (TEIXEIRA, 2015, p. 282). É significativo que por duas vezes a escritora insista na cisão entre si e os outros: "cavou-se o abismo entre mim e a Maioria..." (TEIXEIRA, 2015, p. 284). Em terceiro lugar, a conferência *De Mim* enquadra artisticamente todos os motivos e temas apresentados no conjunto da obra poética de Judith Teixeira, em nome de dois princípios: o princípio da Beleza – que deve nortear toda a criação artística – e o princípio da Autenticidade – que repudia quaisquer preconceitos: os "verdadeiros artistas", proclama a escritora, erguem-se "sempre emancipados dos preconceitos da época ou civilização em que viveram" (TEIXEIRA, 2015, p. 283). De modo insistente, manifesta-se apartada de convenções e exclama: "As minhas emoções não podem, portanto, obedecer a pautas nem a conceitos tradicionais" (TEIXEIRA, 2015, p. 286). De facto, as emoções de Judith Teixeira, expressas na sua obra poética (mas também nas novelas de *Satânia* – 1927), só poderiam orientar-se por uma pauta de valores individuais. Sabendo-se em contracorrente com a sua época e com os princípios sociais e morais que a nortearam, a obra poética de Judith Teixeira é, em síntese, "um verdadeiro hino ao universo erótico" (GARAY, 2003, p. 150). As razões da condenação da sua obra literária e da personalidade da própria autora podem encontrar-se num "contexto sexista, homofóbico e socialmente subdesenvolvido da vida europeia de princípios do século XX" (GARAY, 2003). Mas a própria escritora teve consciência das limitações que a sua época lhe impôs e denuncia no soneto "Regresso à Verdade" que "o preconceito é uma crueldade" (*idem*, 235), preferindo ao conformismo que restringe a liberdade do ser humano "Viver e agir somente por instinto" (*ibidem*). Exorta os seus contemporâneos a libertarem-se do jugo desse preconceito, esperando que a literatura seja um caminho para essa libertação: "Oh! Poetas da minhas raça / Meus irmãos na decadência / Sacudi o falso manto da prudência / Cantai comigo uma marcha rubra e triunfal / A luz e a cor / A rubra verdade da verdade do amor" (TEIXEIRA, 2015, p. 243).

Referências bibliográficas:

GARAY, René. (2003) "Judith Teixeira a Voz Sáfica do Primeiro Modernismo Português", António Manuel Ferreira (coordenador), *Percursos de Eros. Representações do Erotismo*, Universidade de Aveiro, Edição Universidade de Aveiro, p. 141-154.

SEIXO, Maria Alzira. (1987) *O tempo das mulheres*, Lisboa, Imprensa Nacional-Casa da Moeda.

SOUSA, Martim de Gouveia. (2009) "Lesbianismo e interditos em Judith Teixeira", *Forma Breve 7. Literatura e Homoerotismo*, p. 45-59.

TEIXEIRA, Judith. (2015) *Poesia e Prosa*, Lisboa, Dom Quixote.

O CLAMOR DO SEXO: MARGINALIDADES FEMININAS SOB A ÓTICA DE EÇA DE QUEIRÓS E FIALHO DE ALMEIDA

Elisabeth Fernandes Martini

Na primeira metade do século XIX, em meio às revoluções a incitarem paixões e ódios variegados, os indivíduos percebem-se continentes e advogam para si próprios o direito de escolha, a começar pelo protagonismo na seara amorosa. Tal iniciativa repercute no transbordamento sentimental da expressão artística, tendo como fim último o encontro da tão sonhada cara metade e a união eterna dos amantes.

No entanto, diante das várias desilusões por que passam os povos no correr dos oitocentos, há que se desdobrar no espaço privado uma reação diante dos arroubos das paixões e os seus prejuízos para o indivíduo, a comunidade, a nação. Os olhares voltam-se para o espaço privado, porque, como afirmam Maria Helena Santana e António Apolinário Lourenço:

> A consolidação da ordem favorecia [...] os valores burgueses, baseados na felicidade doméstica, no trabalho honrado, nos costumes regrados. Acreditava-se na ética familiar como caminho do progresso social. Compreende-se assim a insistência quase obsessiva

> da literatura realista em denunciar a cultura do amor erótico como um dos mais nocivos legados da geração precedente. (SANTANA; LOURENÇO, 2010, p. 266)

Colocando na pauta do dia as situações-limite que assaltam o cotidiano dos sujeitos, os escritores finisseculares introduzem nas narrativas os matizes dos agregados domésticos. O casamento que, até então, fora o epílogo das narrativas de amor, passa a deflagrador de imbróglios que hão de confrontar a paz doméstica, esta última a funcionar como uma fachada incólume para os "bem casados".

A sociedade resiste a deglutir a sensação de mal-estar que só faz crescer e fermentar a vida em família A contrapartida é o recrudescimento do discurso patriarcal, haja vista o poder simbólico que ganha proeminência e proporciona aos homens o livre trânsito entre os espaços público e privado, na mesma medida em que conforma as mulheres ao exercício da domesticidade. Trata-se de uma segmentação de habilidades e competências por gênero, que Pierre Bourdieu assim deslinda:

> [...] a lógica paradoxal da dominação masculina e da submissão feminina, que se pode dizer ser, ao mesmo tempo e sem contradição, espontânea e extorquida, só pode ser compreendida se nos mantivermos atentos aos efeitos duradouros que a ordem social exerce sobre as mulheres (e os homens), ou seja, às disposições espontaneamente harmonizadas com esta ordem que as impõe. (BOURDIEU, 2014, p. 50)

Esta ordem sutil e perene sujeita a personagem Maria da Piedade no conto "No moinho",[1] de Eça de Queirós, desde a infân-

1 Como situa Marie-Hélène Piwnik, "No moinho" foi publicado primeiramente n'"O Atlântico", Folha comercial, literária e noticiosa, Lisboa, ano I, nº7, 28 de abril de 1880, p. 1-2. (PIWNIK, 2009, p. 207).

cia. Publicada primeiramente em folhetim e posteriormente na obra póstuma *Contos*, em 1902, a narrativa focaliza uma mãe de família exemplar, Maria da Piedade, que, até a idade propícia para casar, mantivera-se, enquanto filha da classe pequeno-burguesa, bela, recatada e do lar. Ela sai da casa paterna aos vinte anos, diretamente para a casa do marido que, mesmo velho e enfermiço, mostra-se interessante para a família da noiva porque dispõe de uma rica herança. E o consórcio vem bem a calhar, porque, como dividendo, Maria da Piedade consegue livrar o casebre dos pais da penhora.

O casamento de Maria da Piedade e João Coutinho, portanto, desde os primeiros parágrafos do conto, sugere uma conjugação de interesses. Mais do que os pertences pessoais, a mulher – fruto de um ambiente opressivo, onde a mãe era uma criatura azeda e o pai um sujeito beberrão e taciturno – traz na mala uma percepção de mundo descorada. Como é uma moça de uma "beleza delicada e tocante; [...] uma loura de perfil fino, a pele erbúnea, e os olhos escuros de um tom de violeta, a que as pestanas longas escureciam mais o brilho sombrio e doce" (QUEIRÓS, 2009, p. 207), enche de orgulho os moradores, por sua postura séria e distinta. E, ao portar-se como a enfermeira dos filhos e do marido, varia a figuração entre fada e santa, junto à comunidade. No entanto, ela não percebe maiores realizações na lida ininterrupta:

> [...] ter-se-ia resignado, na sua natureza de enfermeira e consoladora, se os filhos ao menos tivessem nascido sãos. Mas aquela família que lhe vinha com o sangue viciado, aquelas existências hesitantes, que depois pareciam apodrecer-lhe nas mãos, apesar dos seus cuidados inquietos, acabrunhavam-na. Às vezes só, picando a sua costura, corriam-lhe as lágrimas pela face: uma fadiga da vida invadia-a, como uma névoa que lhe escurecia a alma. (QUEIRÓS, s.d., p. 208)

Maria da Piedade diz para si própria que se sente feliz por ser boa, mas esse "prêmio de consolação" não é percebido como uma recompensa de fato. As lágrimas que deixa escapar, quando se encontra a sós, denota um inconformismo que não se restringe à puerilidade dos afazeres diários.

A insatisfação vai mais fundo, porque, além dos filhos tidos e havidos, não existe outra evidência de conjugalidade entre Maria da Piedade e João Coutinho. E mesmo que essa senhora do lar tivesse o instrumental necessário para discernir a origem de tanta angústia, não encontraria em casa possibilidade outra de extravasão, frente às pulsões que desconhece e que, no século XIX não eram designadas como tal. Afinal, como o sexo consta no rol de deveres das mulheres casadas, tendo em vista a procriação, não é bem-visto que elas demonstrem interesse numa seara em que os homens têm livre expressão.

A chegada de um primo célebre de João Coutinho à vila – Adrião, romancista reverenciado em Lisboa –, no entanto, cria outra dinâmica na vida dos atores e confere um novo ritmo à narrativa.

Qual lufada de ar fresco que entra pela janela, esse torvelinho inesperado incomoda sobremaneira Maria da Piedade, por alterar a rotina do seu "hospital", que é como a própria define o *locus* onde dispensa cuidados desmesurados ao marido e aos filhos, sempre tristes e adoentados. Até mesmo a paisagem da janela mostra-se:

> [...] monótona como a sua vida: em baixo a estrada, depois uma ondulação de campos, uma terra magra plantada aqui e além de oliveiras e, erguendo-se ao fundo, uma colina triste e nua, sem uma casa, uma árvore, um fumo de casal que pusesse naquela solidão de terreno pobre uma nota humana e viva. (QUEIRÓS, 2009, p. 209)

Não se percebe, no desenrolar do conto, que a casa dos Coutinho venha em algum momento a se assemelhar a um lar, porque o cenário mais se assemelha a um asilo e o aspecto lúgubre tende a se acirrar à medida que a narrativa se encaminha para o epílogo, como veremos mais adiante.

Contrariando as expectativas do primo João – que exibe os laços de parentesco como um símbolo de distinção – o recém-chegado ocupa uma hospedaria próxima e, ao jantar com a família Coutinho, explica que veio à aldeia com o propósito de vender suas terras, mas não sabe como dar bem termo à transação. João recomenda, então, as habilidades da mulher como negociadora, o que merece uma pronta exclamação: "– Mas que superioridade, prima! – exclamou Adrião maravilhado. – Um anjo que entende de cifras! Pela primeira vez na sua existência Maria da Piedade corou com a palavra de um homem" (QUEIRÓS, 2009, p. 211). Trata-se a perturbação da aldeã de um sentimento novo vivenciado por quem, mesmo que distinguida pelo matrimônio e pela maternidade, nunca fora abrasada pela chama do desejo.

No dia seguinte, no percurso até a propriedade, se estabelece um diálogo franco entre ambos. Estimulada pelo primo, Piedade principia a falar das limitações que lhe são impostas pela vida doméstica. Adrião rompe gradualmente o semblante da esfinge, ao lhe perscrutar o íntimo:

> Decerto poderia haver alguma satisfação num dever tão santamente cumprido... Mas, enfim, ela devia ter momentos em que desejasse alguma outra coisa além daquelas quatro paredes, impregnada do bafo da doença...
>
> – Que hei-de eu desejar mais?

> Adrião calou-se; pareceu-lhe absurdo supor que ela desejasse, realmente, o Chiado ou o Teatro da Trindade.... No que ele pensava era noutros apetites, nas ambições do coração insatisfeito... Mas isto pareceu-lhe tão delicado, tão grave de dizer àquela criatura virginal e séria – que falou da paisagem... (QUEIRÓS, s.d., p. 212)

Interlocutor privilegiado, Adrião oferece à Maria da Piedade a oportunidade de elaborar os próprios sentimentos. Esse processo, por assim dizer psicanalítico, impacta sobremaneira a sua visão, porque Maria da Piedade parte de um espaço restrito e pobre de estímulos, que é a sua casa, para uma visão alargada de mundo que a natureza vicejante que repentinamente fica ao alcance da sua mão. Adrião, por sua vez, também se surpreende com a mudança de paisagem, porque, transportado da cidade para a aldeia, deixa-se seduzir pela bela visão que tem da janela da hospedaria – um moinho abandonado; contraponto à insossa vista que Piedade tem de casa – mote mais que propício para programem um passeio, na manhã seguinte.

Conforme o combinado, Adrião e Piedade tomam o caminho do moinho, para que ele visite as imediações e usufrua do ar matinal; o que se constitui mudança de paradigma, para aquela que é regida por padrões utilitários. Adrião representa uma ruptura com o comportamento predominantemente burguês, porque, imaginador por ofício, compõe com palavras e num relance um quadro e um capítulo de folhetim, enquanto Maria da Piedade, portadora de recursos sensoriais desaproveitados, mira o mesmo espaço sem o ver e se espanta com a leitura que o homem da cidade faz da cena campestre. Nesse ínterim, ele passa a ficcionalizar a "vida futura" de ambos:

> Adrião agora, inflamado àquela ideia, pintava-lhe na sua palavra colorida toda uma vida romanesca, de uma felicidade idílica, naquele esconderijo de verdu-

> ra: de manhã, a pé, cedo para o trabalho; depois o jantar na relva à beira de água; e à noite as boas palestras ali sentados, à claridade das estrelas ou sob a sombra cálida dos céus negros de Verão. (QUEIRÓS, 2009, p. 215)

Assim como Adrião cria um cenário romanesco condizente com o seu ofício de escritor, também Eça de Queirós compõe uma tessitura literária que bebe na tradição romântica, visando favorecer a aproximação dos atores para além das formalidades do parentesco postiço:

> E de repente, sem que ela resistisse, prendeu-a nos braços e beijou-a sobre os lábios, dum só beijo profundo e interminável. Ela tinha ficado contra o seu peito, branca como morta; e duas lágrimas corriam-lhe ao comprido da face. Era assim tão dolorosa e fraca que ele soltou-a; ela ergueu-se, apanhou o guarda-solinho e ficou diante dele, com o beicinho a temer, murmurando:
>
> – É mal feito.... É mal feito... (Ibid.)

Intensa e efêmera é a aventura amorosa de Adrião e Piedade, que finda naquele beijo. O *bon vivant* quase se arrepende da ousadia, mas, por fim, cinicamente, considera-se generoso por prestar a corte à "prima". Ele gozara na plenitude o breve momento íntimo privado por ambos, enquanto a aldeã percebe no episódio fortuito todo um arcabouço de convicções e contenções pessoais a ruir. Ele, no entanto, sabe muito bem que não existem outras saídas para aquela mãe de família e, ao final das contas, entende ser demasiado o que chama desmoralizá-la a sangue frio. Despede-se da família, não sem antes perceber que à mulher tornara a máscara habitual, ainda que as palmas das mãos se mostrassem mais gélidas do que de costume. E, apaziguado o problema de consciência, ele parte, para não mais voltar.

Quanto à mulher, diante de um súbito processo, até então reprimido, de autoconhecimento, passa a não mais se adequar ao repositório em que fora desde sempre confinada. Até ali nada desejara, porque não sabia o que desejar. No entanto, a partir do momento em que mira novos horizontes, como voltar à ordem mesquinha do espaço doméstico?

No intervalo de dois anos, efetua-se nela uma verdadeira metamorfose. O narrador dispõe paulatinamente sobre o processo em que transita do sofrimento contido à liberdade sem peias, para o horror da comunidade na qual se insere. Mª Piedade passa

> [a] uma existência de abandonada. Tudo de repente em volta dela – a doença do marido, os achaques dos filhos, as tristezas do seu dia, a sua costura – lhe pareceu lúgubre. Os seus deveres, agora que não punha neles toda a sua alma, eram-lhe pesados como fardo injustos. A sua vida representava-se-lhe como desgraça excepcional: não se revoltava ainda; mas tinha desses abatimentos, dessas súbitas fadigas de todo o seu ser, em que caía sobre a cadeira com os braços pendentes, murmurando: – Quando se acabará isto? (QUEIRÓS, 2009, p. 216-217)

Uma vez que se percebe como um sujeito desejante, Mª Piedade não vê como voltar atrás. Mas a mudança principia tímida e vai se acentuando, no decorrer de dois anos. Mais e mais ela vai se afundando na leitura de romances e evadindo-se para "um mundo artificial e idealizado. A realidade tornava-se-lhe odiosa [...]" (Ibid, p. 216-217)

O ponto de vista – moralista – do narrador oferece o vislumbre do campo aberto da liberdade sexual, que Maria da Piedade vivencia a seu modo. Não havia incômodo de outrem quando Maria da Piedade estampava no rosto a sua incompletude, conquanto se mantivesse recatada. Mas agora, com a expressão da sua insatisfação cada vez mais notória, vê-se a família em risco e surge de pronto a diagnose para tais "males", como Maria Helena Santana e Apolinário Lourenço evidenciam:

> A libido feminina ("furor uterino") representa o perigo invisível do casamento: "feitiço" e "narcótico" designam frequentemente a paixão maléfica [...]. Pode ela ser simplesmente insatisfeita, uma Bovary, mas não é raro que padeça de histerismo, como na altura se dizia. Muitos autores se referem a esse estigma feminino que a medicina rotulava de "histeria sexual", uma das construções ideológicas mais misóginas do século XIX. Vigorava também a ideia de que o apetite sexual tende a ser de extremos, ora excessivo na ardência, ora na frigidez. (SANTANA; LOURENÇO, 2011, p. 268)

Assim como os médicos, também os escritores passaram a destacar a sexualidade feminina como um sintoma. Sensíveis ao despertar dos instintos das moças solteiras, e à vida solitária das solteironas, são especialmente críticos em relação aos deslizes da mulher casada e ferinos diante da expressão dos seus desejos.

Maria da Piedade passa, segundo o narrador, de santa a Vênus. Diante da impossibilidade – agora que vê o mundo com novos olhos – de tornar àquela condição de ignorância sobre si e a realidade circundante, ela se encaminha para a vazão desmedida – aos olhos do senso comum – do seu desejo, o que escandaliza mais: "[...] chegou ao momento em que bastaria que um homem lhe tocasse para ela lhe cair nos braços – e foi o que sucedeu enfim, com o primeiro que a namorou daí a dois anos. Era o praticante da botica" (QUEIRÓS, 2009, p. 218).

O parágrafo final, que introduz o boticário na narrativa, só faz ressaltar, segundo o senso comum, o clima de degenerescência moral da personagem: "Por causa dele escandalizou toda a vila. E agora, deixa a casa numa desordem, os filhos sujos e ramelosos, em farrapos, sem comer até altas horas, o marido a gemer abandonado na sua alcova, toda a trapagem dos emplastros por cima das cadeiras, tudo num desamparo torpe" (Ibid, p. 218).

Para todos os efeitos, o discurso misógino leva a crer que a opção de Piedade conduz à derrocada familiar. Outras leituras, no entanto, podem emergir do intento moralizador que a narrativa encerra. Afinal, Maria da Piedade é mais infeliz ao término da narrativa do que o fora desde o início?

Por outro lado, os Coutinho principiam um casamento fragilizado pela ausência de desejo entre os pares, onde a doença preexiste, e tudo isso reverbera na falta de vitalidade de toda a família. A descoberta que Piedade faz do seu querer desconcerta este castelo de cartas, pronto para se desfazer ao primeiro sopro. E ao se decidir a fazer uso do próprio corpo como lhe aprouver recebe, desta mesma sociedade que antes a aplaudira, atitudes de desprezo e a marca da degenerescência. Mesmo que todo o seu esforço pareça em vão, a verdade é que agora Maria da Piedade se reconhece indivíduo e frui à sua maneira o sentimento de liberdade. A narrativa, ainda que à revelia do autor, revela-nos: nada será como antes, porque o erotismo não poupa nada, nem ninguém.

Fialho de Almeida, por sua vez oferece-nos, em "O funâmbulo de mármore", o retrato de uma esteta, a buscar o belo no mundo da arte:

> [...] havia na sua vida este episodio – uma noite, num circo de Napoles, vira fazendo equilíbrios num globo,

> um rapaz vestido de meia ágil elegante. Nunca pôde esquecer aquella figura que surgira pela primeira vez á sua imaginação, como eflorescência rara, sonhada entre incoherencias de febre (ALMEIDA, 1931, p. 234).

Diferentemente da aldeã em sua primeira fase, a *contessina* não tem amarras a contê-la em suas viagens. Ela vaga à procura de algo que a embeveça, até se apaixonar por um artista de circo - Zampa é o seu nome: "O espectaculo de um corpo fortemente creado, embriagava-a de uma aspiração criminosa e de uma animalidade fatal: queria-o! Algumas vezes Zampa não vinha, e as horas da noite deslisavam para a pobre leviana em suplícios atrozes e vacilações eternas. " (ALMEIDA, 1931, p. 235)

No entanto, enquanto Maria da Piedade à sua maneira se distancia de um casamento que a dilacera, a contessina se deixa enredar por essa paixão e a persegue ferozmente:

> Então sahia a procural-o, só, envolta numa d'essas mantas de cores vivas, que Livorno produz, um punhal no cinto e pallida como uma esperança pisada á beira d'um esquecimento. Já podia entrar nos lugares lôbregos onde tilinta o dinheiro dos vícios cobardes, para arrancal-o do jogo, embriagado e vil, falando uma aravia brutal. Os convivas faziam-lhe *toasts* cobriam-lhe de sarcasmos, prenhes de insolência de bordel. Nestas luctas supremas, parecia que a sua paixão se avigorava; queria explicar a si mesma porque razão esse palhaço a dominava e a prendia, fazendo d'ella uma escrava; reflectia então insurgir-se contra semelhante envilecimento, readquirir a sua liberdade de outr'ora, a sua franca alegria de criança; impossível! [...] a esplendida figura de archanjo que era o seu

> desejo, o seu gozo, o seu deslumbramento e a sua perdição;" (ALMEIDA, 1931, p. 235-236).

O apelo erótico é grandiloquente e exige o abandono de posturas comedidas ou quaisquer outros melindres, diante da expressão crua da pulsão sexual. O fascínio que Zampa exerce ultrapassa as convenções sociais e fomenta a procura por uma satisfação contínua e sem limites, porque, como diz Georges Bataille: "Toda concretização erótica tem por princípio uma destruição da estrutura do ser fechado que é, no estado normal, um parceiro do jogo" (BATAILLE, 1987, p. 14).

Chega o dia em que Zampa – jogador, alcoólico e desordeiro – morre apunhalado em uma casa de jogo. E a *contessina* esculpe a estátua do amante, como forma de extravasar a sua dor, exigindo de si o máximo de esforço e realismo na empresa:

> Era Zampa. Ninguem que o tivesse visto na arena podia desconhecel-o.
>
> Ao acabar o trabalho, quando numa contemplação palpitante ergueu os olhos sobre a sua obra, o cinzel cahiu-lhe das mãos e os soluços estrangularam-lhe a voz. [...] E de rastos no xadrez do atelier, cabellos soltos em espirais procellosas, o olhar faiscante de loucura, semi-núa, agonisante, branca, cingia com os braços a sua obra imortal, tentando aquecer com a lava dos seus beijos a gélida indiferença do funâmbulo de mármore.
>
> Enfim acharam-na cahida aos pés da estatua, abraçada ao globo como a serpente dos retabulos da Virgem, um sorriso de bacchante nos labios emmurchecidos. Morrera. (ALMEIDA, 1931, p. 238-239)

Ainda que o autor procure explicar a figuração da personagem como uma construção alegórica, é possível entrever nessa entrega total da escultora o grau de envolvimento sexual que vai num crescendo até chegar ao clímax e, segundo esse prisma, a contessina fialhiana e a aldeã queirosiana se aproximam. Mesmo que pelo filtro dos autores a situação final de ambas seja abjeta, torna-se evidente que elas decidiram pela fruição erótica e nessa escolha reside o seu ato de liberdade.

Entretanto, a protagonista "d'O Funâmbulo..." pode nos dizer muito mais. Segundo a alentada leitura de José Carlos Barcellos, mesmo que morra ao final da busca, ela acaba por se mostrar, em meio aos percalços, uma figura improvável. Isso porque, ainda que nos seja apresentada como uma aristocrata italiana - rica, excêntrica, solteira e, por tudo isso, mais afeita a licenciosidades consideradas inusuais no Portugal oitocentista - não é possível imaginar, em meio ao *modus vivendi* que encerra as *senhoras* no recôndito do lar, que mulheres circulem às altas horas pelas tabernas, com o punhal à cinta, a ouvir provocações e palavras de baixo calão, enquanto procuram o objeto de sua predileção e insubmisso desejo.

A chave de leitura de Barcellos sugere que a personagem transita de gênero, dada a confidência do narrador junto ao público leitor, ao final da narrativa, de que a referida não seria uma mulher "de verdade":

> Se quiserem ver passar por instantes a contessina, tal como a sonhamos, vão a um atelier onde se curve um escultor sobre a pedra ou sobre o tronco, ou observem um poeta que febrilmente escreve os alexandrinos do seu poema. Em qualquer dos três, poeta, pintor ou escultor, pousou o beijo da contessina. Não é uma mulher, meus caros, mas o sopro abrasado que passa

> e se extingue, depois de haver criado também o seu funâmbulo de mármore. (ALMEIDA, 1931, p. 240).

Além disso, é possível perceber em outros episódios da prosa fialhiana descrições detalhadas do corpo masculino e até mesmo a sugestão de uma relação homoerótica entre as personagens femininas no conto "A verruga", cujo final nos remete a uma imagética pagã em meio ao bucolismo da paisagem.

Ambas mergulham no gozo ao promover a representação fidedigna do objeto do desejo, porque, ainda recorrendo a Bataille, o erotismo é, de forma geral, infração à regra dos interditos; e, como tal, é uma atividade humana. No entanto, ainda que comece onde termina o animal, a animalidade não deixa de ser o seu fundamento. Desse fundamento a humanidade se desvia com horror, mas ao mesmo tempo conserva-o, mesmo que sob disfarce. Por sinal, a animalidade é tão bem conservada no erotismo que o termo bestialidade mantém-se intimamente relacionado.

Mesmo que a personagem fialhiana seja um híbrido, transitando entre os gêneros, é possível contrapô-la à personagem queirosiana, desvelando desse modo algumas simetrias. Piedade tem filhos e marido, mas não se realiza como mãe ou esposa. A *contessina*, por sua vez, não vislumbra marido ou filhos, porque nem um nem outro compõe o seu projeto de vida.

Piedade não obtém satisfação com a vida em família, mas é respeitada pela comunidade até se decidir pela livre expressão dos seus desejos, o que rapidamente condu-la à execração pública. A *contessina*, por prescindir da aprovação social, sustenta desde o início da prosa uma relação considerada venal, sem outro interesse aos olhos da convenção que não seja o clamor do sexo.

Piedade desdobra-se em cuidados em relação ao marido e aos filhos, mas não tem tempo para olhar para si e sequer desejar um algo a mais para uma vida pobre de estímulos, até se perceber em dolo. A *contessina* tem a si própria e o seu desejo desmesurado. E arde como uma chama: intensa, mas efêmera. Por sua vez, tendo desvelado o desejo, Maria da Piedade não pode mais denegá-lo, o que significaria trair a si própria.

Ambas as personagens, por fim, se irmanam na expressão da sua verdade, o que, segundo os pressupostos da época, tem efeitos destrutivos por serem o outro lado da moeda. Para nós, leitores contemporâneos, no entanto, nos dizem mais, porque abrem uma janela para o reencontro do sujeito consigo próprio. Nesse sentido, a literatura pode descortinar um universo ilimitado; algo que sequer seus autores percebem, porque antecipam no campo ficcional muitas das hipóteses a que Sigmund Freud só chegaria passadas as primeiras décadas do século XX.

Seriam santas ou pecadoras, enfermeiras ou prostitutas essas matrizes de feminilidade que provocaram a imaginação de tantos leitores e que ainda hoje invadem o nosso imaginário? Eça de Queirós e Fialho de Almeida se arrogaram o papel de reformadores, mas não impediram que suas personagens fugissem à régua e esquadro das convenções sociais. Mesmo com toda a misoginia do final dos oitocentos e das décadas iniciais do século XX, as piedades e as *contessinas* hão de encontrar o seu lugar e retornarão com as primeiras incursões feministas.

Referências bibliográficas:

ALMEIDA, José Valentim Fialho de. (1931) "O funâmbulo de mármore". *In: Contos.* Lisboa: Livraria Clássica Editora A.M. Teixeira e Filhos.

BARCELLOS, José Carlos. (2006) " Identidades problemáticas: configurações do homoerotismo masculino em narrativas portuguesas e brasileiras (1881-1959)" *In:* BARCELLOS, José Carlos. *Literatura e Homoerotismo em questão.* Rio de Janeiro: Dialogarts. Acessível em: file:///C:/Users/Elisabeth/Downloads/JCB/[1]lit_e_homo.pdf Último acesso: 15/04/2017.

BATAILLE, Georges. (2014) *O erotismo*. Tradução Fernando Scheibe. Belo Horizonte: Autêntica Editora.

QUEIRÓS, José Maria Eça de. (2009) *Contos*. Edições críticas das obras de Eça de Queirós, por Marie-Hélène PIWNIC. Organização de Carlos Reis. Lisboa: Imprensa Nacional - Casa da Moeda. Vol I.

LOURENÇO, António Apolinário / SANTANA, Maria Helena. (2011) "No leito: comportamentos sexuais e erotismo. " *In:* VAQUINHAS, Irene. (coord.) *História da Vida Privada em Portugal*. Lisboa: Círculo de Leitores.

DESENCONTROS ENTRE A MULHER E O MÉDICO: ENCONTROS ENTRE CLARICE LISPECTOR E MARIA JUDITE DE CARVALHO

Estela Vieira

Já perto do fim d'*A hora da estrela*, o último romance publicado em vida em 1977 pela célebre escritora brasileira, Clarice Lispector, a heroína e jovem nordestina, Macabéa, decide, um dia depois de receber o seu salário, procurar o médico barato e indicado pela sua colega de trabalho, Glória. A protagonista e narradora, Mariana Toledo, do conto epónimo da coleção, *Tanta gente, Mariana*, publicada em 1955 pela autora portuguesa Maria Judite de Carvalho, também tem uma consulta com um médico-especialista logo no inicio da história, quando ela já vive no quarto alugado e de tectos baixos da casa da D. Glória. Estes dois encontros são apresentados desde logo manifestamente como desencontros, destacando uma certa incomunicabilidade entre o médico e a mulher. São desta forma cenas emblemáticas da temática dos dois textos, isto é, da relação entre o indivíduo — em particular a mulher — e a sua realidade alienadora, e da solidão e marginalidade da mulher na sociedade. Além disso, são cenas também representativas da própria construção narrativa porque indicam uma problemática de linguagem, uma impossível transmissibilidade linguística e afetiva—dilema que surge como uma preocupação fundamental de ambas autoras e que ao mesmo tempo aproxima os seus projetos literários. Neste breve ensaio tentarei através de uma leitura destes comparáveis encontros ou desencontros entre médicos e protagonistas estabelecer um paralelo entre o fazer literário das duas escritoras.

Primeira parte: autoridade e palavra

O médico em ambos contextos representa uma figura de autoridade. Nas duas narrativas ele é masculino e dominante, em termos físicos e/ou em termos de estatuto social. Os dois são, por isso, representações metonímicas da cultura patriarcal, e do mundo que estas mulheres habitam, mas do qual se sentem alheadas, uma sociedade onde os homens ocupam as posições de poder. Em ambos textos esta julgada superioridade por parte do homem é representada ironicamente.

O médico no texto de Maria Judite de Carvalho, é chamado primeiro o "especialista" e depois o "grande Cardénio Santos," e é comparado com "um daqueles raros tipos geniais que nunca na vida erraram um diagnóstico. Nunca. Que se saiba, naturalmente" (CARVALHO, 2011, p. 11). A consulta foi cara, custou-lhe muito a Mariana juntar os quinhentos escudos, e quando a narradora se indaga sobre a possibilidade de engano no diagnóstico, descarta de imediato a hipótese, porque como havia um professor—o "senhor professor" como diz a bonita e sorridente empregada à entrada—da Faculdade de Medicina, de se enganar (CARVALHO, 2011, p. 11)?

No entanto, a cena revela nomeadamente que a figura fraca nesta conversa é precisamente o doutor. Ao lado da coragem da doente, ela diz "—Sou uma mulher corajosa, doutor" (CARVALHO, 2011, p. 12), o que se destaca é a debilidade e a impotência do médico. Ele aparece de imediato desapontado olhando para Mariana como "se quisesse despertar a minha boa vontade" (CARVALHO, 2011, p. 10). Enquanto ela lhe "sorri de olhos sérios" (CARVALHO, 2011, p. 10) e mais tarde observa-lhe a cara atentamente, ele demora-se, hesita e procura um caminho fácil. Ouvimos a indignação de Mariana e a sua impaciência com a fragilidade do médico no tom dos seus pensamentos e nas suas perguntas retóricas:

> Todo aquele teatro para quê? Talvez por não saber como havia de começar... Ora, não sabia ele outra coisa! E a prática para que serve? Mas então para quê tantas demoras? (CARVALHO, 2011, p. 10-11)

E quando Mariana o fita cuidadosamente o que encontra é uma "cara rosada e lunar, dois pequenos olhos penetrantes embutidos em carne mole" (CARVALHO, 2011, p. 11). A fraqueza do médico e a sua falta de palavras é tão notável que terá de ser Mariana a falar por ele. Aliás esta falta de poder da palavra é comum entre todos os homens que vão fazer parte da vida de Mariana, incluindo um primeiro médico que ela já tinha consultado, que também falava com silêncios, meias-palavras e soava "falso" (CARVALHO, 2011, p. 11). Só depois de ela mentir e dizer ao médico que tem uma viagem marcada, é que ele, perplexo e rendido admite que não acha um passeio neste momento indicado. Ainda resmunga antes de finalmente articular o diagnóstico, e contar a Mariana "uma verdade pomposa, carregada de palavras difíceis, muito técnicas" (CARVALHO, 2011, p. 12). Palavras que não aparecem em discurso direto no conto mas apenas assim resumidas pela narradora. O enfrentamento das duas personagens é comparado metaforicamente com uma guerra, ou um conflito ou competição entre os dois. A narradora diz depois de lhe falar abertamente de uma possível e subsequente morte, "A arma atingira-o, porque ele não estava em guarda. Ainda se debateu, naturalmente" (CARVALHO, 2011,

p. 12). A presumida autoridade social, científica e linguística do médico é desta forma contestada e fracassada.

No romance de Clarice Lispector o médico que Macabéa visita, embora não tenha o prestígio social do senhor doutor Cardénio Santos, é uma figura igualmente apresentada como preponderante e a sua representação é ainda mais evidentemente irónica e trocista, feita no tom dialógico e paródico que caracteriza o romance. O médico apesar de muito gordo, suado e com um tique nervoso parece "que estava fazendo beicinho de bebê quando está prestes a chorar" (LISPECTOR, 1998, p. 67). Este médico, desatualizado na medicina, mas que serve para pobres, pois ele faz o seu trabalho "nunca por amor à profissão nem a doentes" (LISPECTOR, 1998, p. 67), também mente e apresenta-se incapaz de falar ou de enfrentar a verdade tal qual o especialista que Mariana consulta: "O médico olhou-a e bem sabia que ela não fazia regime para emagrecer. Mas era-lhe mais cômodo insistir em dizer que não fizesse dieta" (LISPECTOR, 1998, p. 67).

O poder do médico de Macabéa é também questionado no sentido que ele não consegue ter qualquer influência sobre a doente. Ele receita-lhe um tônico que ela evidentemente não comparará, pois "achava que ir ao médico por si só já curava" (LISPECTOR, 1998, p. 67). As recomendações e observações dele, sejam elas sérias ou sarcásticas, passam desapercebidas pela jovem – ou são intencionalmente ignoradas por ela. Enquanto Macabéa sorri e agradece tudo o que ouve, ficando cada vez mais cansada da conversa, a frustração do médico aumenta cada vez mais. Fica enervado, e não consegue "atinar com o porquê de sua súbita irritação e revolta" (LISPECTOR, 1998, p. 67). A culminação da perturbação que ele sente, resultado da sua própria fraqueza de não poder entender ou dominar Macabéa, aparece nas últimas palavras que lhe dirige, " – Sabe de uma coisa? Vá para os raios que te partam!" (LISPECTOR, 1998, p. 68). A sua falta de educação e irritação contrastam significativamente com a delicadeza e pudor de Macabéa. Na incompreensão ou aparente tolice da protagonista surge uma denúncia da falsidade e debilidade do médico.

Segunda parte: um diagnóstico impossível

Se a fraqueza de carácter do médico malcriado contradiz sarcasticamente o seu corpo imponente e forte, Macabéa, embora fisicamente frágil, malnutrida e doentia, surge como uma figura no entanto resistente. Tanto o ser como o corpo da jovem são incompreensíveis para o médico: "Ele a examinou, a examinou e de novo a examinou" (LISPECTOR, 1998, p. 66). Macabéa não se revela. Inclusive ela não se despe. Quando ele avisara que ia examiná-la ela disse: "– Ouvi dizer que no médico se tira a roupa mas eu não tiro coisa nenhuma" (LISPECTOR, 1998, p. 68). Mesmo depois de passá-la pelo raio X e de poder ver desta forma o seu interior, ela continua enigmática (LISPECTOR, 1998, p. 68). A incompreensibilidade é aparentemente mútua e como vimos Macabéa parece continuamente não entender nem saber responder. Niube Ruggero de Oliveira escreve num estudo comparatista sobre a presença da solidão em contos das duas escritoras "que as *concepções-do-mundo* de Clarice Lispector e Maria Judite de Carvalho têm afinidades marcantes com a filosofia da existência" (LISPECTOR, 1998, p. 116). De facto, nestas duas consultas médicas não encontramos apenas diagnósticos dos corpos femininos mas também tentativas, embora fracassadas, de classificar as condições existenciais e as identidades femininas das protagonistas.

Os dois médicos, as supostas competências masculinas, tentam fazer uma etiologia do corpo e do ser femininos. Mas se sua autoridade é contestada, o diagnóstico é igualmente difícil, se não impossível, de acertar. Tentar achar a origem ou a causa das coisas é tão impossível como a comunicação afetiva, intelectual e linguística. Mariana parece sofrer de uma doença incurável mas que nunca é especificada, da mesma maneira que ela não morre na narração mas parece estar sempre a morrer desde o início do conto, nas palavras dela está "a esperar a morte" e "de caras com a morte" através do texto, como se a sua doença crónica é apenas um pretexto do seu sentir existencial (CARVALHO, 2011, p. 12-13). Esta ambiguidade e entre-lugar que caracterizam tanto a subjetividade como a perspectiva narrativa de Mariana passam despercebidos pelo doutor Santos, cujas palavras totalmente simplificacionistas, "– A senhora não é de meias-medidas" (CARVALHO, 2011, p. 12) mostram o pouco que ele a compreende.

O médico de Macabéa, por outro lado, faz um diagnóstico específico, acha que ela sofre de tuberculose pulmonar, mas não será isto a causa da sua morte trágica, e apesar da análise a protagonista não deixa de ser um enigma. Nem o médico, nem Rodrigo S.M. – o narrador/persona inventada para contar em primeira pessoa a vida de Macabéa –chegam a qualquer conclusão e falham nas suas aproximações. Nos dois textos, os encontros com os médicos parecem proporcionar nas palavras de Mariana "uma espécie de cifra da morte" (LISPECTOR, 1998, p. 11), no sentido que predizem ou prefiguram um final ou uma finalidade do corpo feminino, mas mais importante ainda, uma morte (ou vida) existencial das protagonistas. Esta morte/vida, ou concepção-do-mundo, em ambos textos, anuncia também o começo, ou a possibilidade, da história e da narração. Maria de Lurdes Gouveia da Costa escreve que a "incomunicabilidade induz a solidão" na obra de Maria Judite de Carvalho (CARVALHO, 2011, p. 10), mas ao mesmo tempo é também a sentença de morte, o encontro com o outro, a resistência à autoridade, que induz a vida literária. A incomunicabilidade com o médico (e com a sociedade patriarcal e as figuras masculinas em geral) cria a possibilidade para a palavra e para a escrita, e este é o espaço que as protagonistas e as escritoras ocupam e desde o qual resistem. Como escreve Ana Paula Fernandes, "O silêncio torna-se um momento necessário de contemplação e de auto-reflexão que facilita a escrita literária como a enunciação do não-dito" (FERNANDES, p. 4).

Conclusão: *uma etiologia médica e diegética*

O exame clínico que o médico faz é obviamente comparável com a própria análise literária que Rodrigo faz da sua protagonista. Logo após esta consulta, o narrador diz que se sente enjoado com o médico e a sua cerveja e que precisa de interromper uns dias a história, da mesma forma como o médico também se fartou de Macabéa e a mandou rudemente embora. É impossível não associar a náusea que Rodrigo sente com a repugnância do médico. Neste caraterístico desabafo, o narrador diz estar cansado da literatura e das suas personagens. Ele fala do lodo, do pecado, do gozo e da matança de porcos e galinhas e inclusive da possibilidade de lhes beber o sangue. Junto a este conjunto de imagens surrealistas, Rodrigo também menciona o sexo da jovem, como se o narrador sentisse a mesma frustração do médico de não a poder despir: "Penso no sexo de Macabéa,... – seu sexo era a única marca veemente de sua existência" (1998, p. 70). O paralelo entre o médico e o narrador está presente na frustração e fracasso de ambos.

Maria Judite de Carvalho e Clarice Lispector escrevem textos meta-ficcionais que tentam reconstruir a narrativa dentro do contexto da escrita a partir de uma subjetividade feminina. Tanto o conto como o romance põem em causa a própria construção da narrativa interrogando desta forma como se narra a história de uma mulher, e o que significa contar uma biografia ou autobiografia feminina. Como escreve Hélène Cixous na sua conhecida leitura da obra de Lispector, "The text raises the general question of how to narrate" (CIXOUS, 1990, p. 143). Para ambas escritoras as formas literárias convencionais são incapazes de comunicar ou transmitir uma identidade definitiva e especialmente feminina. Os textos, e estes dois desencontros entre doutores e protagonistas, construem e representam uma falhada etiologia tanto médica como diegética retratando na linguagem e na estrutura uma frustração com a autoridade, as convenções narrativas e os papéis sociais. Estes encontros não mostram apenas uma mulher vulnerável enfrentando um homem com poder sobre o seu corpo e o seu destino, mas mostram efetivamente o fracasso total de tal cenário. O médico examina e reexamina Macabéa. O doutor Cardénio Santos lê e relê as complicadas esdrúxulas das análises. Nada descobrem, nada podem confirmar com certeza. Nenhum sabe ser interlocutor das mulheres, faltam-lhes as palavras, e autoridade, a compreensão. O conflito entre o feminino e a suposta autoridade sobre o corpo, ou sobre a palavra, é questionada, e desta maneira as escritoras mostram que mesmo dentro de uma existência que é de facto uma sentença de morte, elas, Macabéa, Mariana, o sexo feminino, despidas ou vestidas, confirmam a sua existência no silêncio e na incomunicabilidade do texto ou da escrita feminina.

Referências Bibliográficas:

CARVALHO, Maria Judite de. (2011) *Tanta gente, Mariana*. Alfragide: Leya, SA.

CIXOUS, Hélène. (1990) *Reading with Clarice Lispector*. Minneapolis: Univ. of Minnesota Press.

COSTA, Maria de Lurdes Gouveia da. (1987) *Imagens da mulher e reverso simbólico*. Dissertação de Mestrado. Faculdade de Letras da Universidade de Coimbra.

LISPECTOR, Clarice. (1998) *A hora da estrela*. Rio de Janeiro: Rocco.

OLIVEIRA, Niube Ruggero de. (2007) "A presença da solidão a sós ou em companhia nos contos de Clarice Lispector e Maria Judite de Carvalho." Ed. Benilde Justo CANIATO. *Travessias Atlânticas: Literatura nos países de língua portuguesa*. São Paulo: USP Via Atlântica, p. 115-132.

FERNANDES, Ana Paula. "*Tanta gente, Mariana* e ela tão só." Acessível em: http://alfarrabio.di.uminho.pt/vercial/zips/afernandes01.pdf

RELIGIÃO, DOMINAÇÃO & MARGINALIDADE FEMININA

AS LÁGRIMAS DE MARIA MADALENA: MAR DE AMOR E DOR

Geise Kelly Teixeira da Silva

A figura de Maria Madalena foi um dos *leitmotivs* mais explorados pela Igreja Católica desde a Idade Média até finais do século XVIII. A par de todas as variantes míticas e biográficas que enriqueceram o seu nome através dos séculos, sua figura esteve quase sempre associada ao pecado original e à luxúria, uma condensação de toda a imperfeição do sexo feminino que durante muito tempo contribuiu para sustentar a misoginia tradicional e serviu de base para a elaboração de um dos mais emblemáticos modelos morais do Cristianismo.

O arquétipo de "pecadora penitente" forjado em torno de sua imagem, resultado de um longo e complexo processo de ""glutinações", prolifera na hagiografia e se difunde através da arte e da literatura devota. Vários pregadores e tratadistas evocaram Madalena e suas lágrimas para estimular a meditação dos fiéis, principalmente das mulheres. Sua figura passará a ser situada como contraponto frente ao ideal de perfeição da Virgem Maria, assinalando com o seu exemplo de pecadora e penitente a possibilidade de que também estas mulheres, marginalizadas e depreciadas pela sociedade, poderiam alcançar o perdão e a santidade. Mais do que isso, a figura de Maria Madalena irá representar um modelo de comportamento penitente a ser seguido e imitado pela mulher cristã, seja ela jovem, casada ou viúva. Não é a toa que o gesto mais eloquente da santa é a sua postura de joelhos, uma posição que representa humilhação e inferioridade diante de Cristo, constituindo um ritual que terá lugar particularmente na comunidade monástica e cada vez mais enraizada nos hábitos religiosos femininos.

Se na arte religiosa dos séculos XVI e XVII a representação de Maria Madalena prolifera tanto como "mirrófora" quanto penitente, no campo literário, seja sacro ou profano, notar-se-á uma visível preponderância das lágrimas numa clara sintonia com a sensibilidade religiosa da época. Com efeito, as lágrimas de Maria Madalena virão a constituir um tópico bastante atrativo aos olhos de eclesiásticos, poetas e dramaturgos que, inspirados tanto nos evangelhos quanto na *Legenda Áurea*, de Jacopo da Voragine, e no seu traslado português – o *Flos Sanctorum* –, transformam-na em uma personagem carregada de simbolismo.

Na Península Ibérica vamos nos deparar com uma larga fortuna literária acerca da vida desta *peccatrix*, o que demonstra a enorme popularidade alcançada por esta santa no sul da Europa. Sua representação em Portugal, nesse mesmo período, não se distancia muito dos contornos apresentados na Idade Média (BARBAS, 1997, p. 179). Sem perder os traços arquetípicos de pecadora, Maria Madalena será transformada em um modelo de "santidade heroica" (PERROT e DUBY, 1994, p. 198) de central importância no contexto da Contrarreforma, convertendo-se em um símbolo autêntico do arrependimento e penitência para edificação dos fiéis.

É de surpreender, contudo, a escassa repercussão de uma das figuras mais representativas da piedade barroca na literatura conventual feminina em Portugal no período moderno, ainda mais se considerarmos a função modeladora assumida por grande parte desta literatura (MORUJÃO, 2013, p. 479). Isabel Morujão refere que apesar de Maria Madalena ter sido objeto de tratamento poético em quase todas as poetisas, não se verifica uma grande expansão ou qualquer assinalável recorrência nos exemplares de que temos conhecimento.[1] Entre aqueles que a autora pontua, destaca-se o poema heroico de Soror Maria de Mesquita Pimentel[2] intitulado *Memorial dos Milagres de Cristo,* poema épico do século XVII que permaneceu manuscrito até pouco tempo e que só em 2015 foi dado à estampa (MORUJÃO e CONDE, 2015).

Um dos aspectos que irrompe como que há de mais inesperado neste poema é o protagonismo que a religiosa cisterciense atribui a santa Maria Madalena. Nenhum outro texto conhecido da literatura conventual feminina, conforme já referido, confere, a esta personagem, tamanho relevo. Neste *Memorial dos Milagres* Soror Mesquita Pimentel dedica todo o canto X à "pecadora arrependida", que é amplamente focalizada ao longo de 93 estrofes escritas em oitava rima, recuperando a tradição dramática que se construiu em torno dessa figura feminina. Da mesma forma que os diversos sermões e textos hagiográficos exploraram a imagem de Maria Madalena no esplen-

1 Isabel Morujão cita como exemplos de incursões do heroico na literatura conventual feminina os poemas escritos por D. Helena da Silva, com a sua ordenação da *Vida de Nossa Senhora*, escrita a partir dos versos de Virgílio, e o *Poema a la Pasión de Cristo*; também *Ave Peregrina* e *Primaz do deserto*, de Soror Maria do Céu; e *A Cristo baixando o limbo* e *Jacob e Raquel*, de Soror Madalena da Glória. (MORUJÃO, 2013, p. 140-182).

2 Soror Maria de Mesquita Pimentel foi uma religiosa professa no Mosteiro de São Bento de Cástris, em Évora, nascida em 1586. Além do *Memorial dos Milagres de Cristo,* escreveu também os poemas épicos *Memorial da Infância de Cristo* e *Memorial da Paixão de Cristo,* obras que, juntamente com a primeira, constituem uma trilogia. Esta última ainda continua inédita, embora a sua edição já esteja a ser preparada.

dor de sua beleza antes do arrependimento e depois a verter rios de lágrimas aos pés de Cristo, Soror Mesquita Pimentel também explora as duas facetas de sua personagem, esboçando a imagem de uma mulher atraída pelo luxo e vaidade para, em seguida, transformá-la em um modelo de amor e penitência para edificação de seu público leitor, convocando, para isso, "os elementos persuasivos mais eloquentes da época" (MORUJÃO, 2013, p. 483)

É acerca desse "pendor persuasivo" que pretendo debruçar-me ao longo desta comunicação, buscando, sobretudo, sublinhar os processos estilísticos que vão sendo gradualmente erigidos no canto épico de Soror Mesquita Pimentel para promover a captação de seu destinatário à maneira do consagrado conceito horaciano do *ut pictura poesis*. Ocupar-me-ei, por agora, apenas em demonstrar como alguns dos processos retórico-poéticos por ela mobilizados, em articulação com os afetos que suscita, contribuem para comover e persuadir o leitor no sentido de chamar sua atenção para o comportamento penitente de Maria Madalena enquanto modelo a ser seguido, em especial pelo público feminino a que se destina, visando atingir objetivos que vão de encontro às coordenadas propostas pelo Concílio de Trento.

A partir desta análise, pretende-se também dar visibilidade a um tipo de produção que abarca, em vários sentidos, a expressão da marginalidade feminina em Portugal na Idade Moderna; marginalização no que diz respeito à condição de mulher e de religiosa da autora; à posição também marginal de sua personagem enquanto pecadora; e também ao caráter "periférico" que a escrita conventual feminina, por seu estatuto de menoridade, ainda hoje apresenta no contexto dos estudos históricos e literários. Relegada durante muito tempo ao esquecimento, essa obra chega aos nossos dias como um eco das muitas vozes femininas que ao longo dos séculos passados foram silenciadas pela historiografia literária portuguesa, ilustrando um quadro da escrita feminina que se processou a margem do cânone literário e sob o peso de uma sociedade enraizada nos valores patriarcais.

Um dos primeiros aspectos que salta à vista do leitor no canto X do *Memorial dos Milagres de Cristo* é a presença de uma série de elementos que se aproximam das convenções retórico-poéticas do período em que foi constituído, sendo patente o aproveitamento e atualização de alguns dos códigos estético-literários da altura, como metáforas minerais e naturais na construção do retrato feminino; a mitologia clássica greco-latina; e figuras de linguagem (metáfora, hipérboles, antíteses, paradoxos). Conforme veremos mais adiante, a força do *ut pictura poesis* e os vários elementos retórico-poéticos que se disseminam ao longo da narrativa, em articulação com os afetos que se expressam na "linguagem das lágrimas", resultam como estratégias eficazes para mobilizar no leitor emoções com vista à comoção e persuasão.

Antes de aprofundar esses aspectos, é preciso ter em conta não apenas as normas que moldavam a construção do texto conventual feminino, mas também as influências que algumas das coordenadas mais evidentes do pensamento estético-literário da altura exerceram sobre a escrita de Soror Mesquita Pimentel, o que nos remete para o panorama literário de Seiscentos, século atravessado pela filosofia estética do Barroco e ao longo do qual assistimos à proliferação de obras voltadas para a conservação e difusão da doutrina católica. Forjado pela conjuntura da época, este *Memorial*, assim como muitas outras obras emanadas da clausura feminina, configura-se como uma forma de literatura edificante e formadora cuja função era a de tornar próxima e real para os cristãos a existência divina, exercitando a adesão dos leitores pela via emotiva e pelo agenciamento de uma retórica adequada" (MORUJÃO e CONDE, 2015).

Dada a funcionalidade que a sua obra assume no âmbito dos conventos femininos, é o tipo de leitor visado que irá condicionar o estilo adotado por Soror Mesquita Pimentel. O que está em jogo no método composicional de seu canto épico não é a beleza das palavras enquanto expressão de engenho, mas a valoração da *res* diante do *verbum*, ou seja, o que interessa é a exaltação da vida da santa Maria Madalena enquanto símbolo de amor e penitência a ser valorizado pelos cristãos. Para conduzir o leitor nessa direção, a autora lança mão de artifícios próprios do discurso epidítico, de modo a garantir a produção de um efeito emotivo capaz de suscitar a reflexão.

À semelhança dos muitos textos de piedade e sermões produzidos naquela época, no canto X de seu *Memorial dos Milagres* a poetisa também irá explorar o motivo das lágrimas para comover o leitor e, por essa via, colocá-lo diante da problemática do arrependimento, conversão e penitência. Na medida em que desenvolve os afetos na elocução de seu poema, a poetisa mescla em sua linguagem alguns artifícios retórico-poéticos, recorrendo ao uso de metáforas, hipérboles e analogias para amplificar a projeção dos afetos ao passo que louva a superioridade da beleza da santa Maria Madalena e a grandeza de suas virtudes. Essa correlação, conforme veremos adiante, favorece a recepção da mensagem que pretende veicular. Primeiro, porque os afetos que o poema suscita envolvem o leitor numa teia emotiva, causando-lhe comoção; e segundo, porque a amplificação, enquanto artifício retórico, atinge a disposição do público pela admiração que as imagens despertam, tornando-se particularmente um dispositivo de persuasão na medida em que se assenta na sedução dos sentidos.

O argumento que antecede o canto antecipa o assunto de que se pretende dar notícia: a vida e conversão de Maria Madalena. Ao longo das 93 estrofes que o constituem, a "pecadora arrependida" aparece mergulhada num mar de amor e dor, inundando todo o canto com as suas lágrimas; lágrimas de contrição motivadas pela dor de seus pecados e pelo sentimento de culpa e arrependimento, mas que também expressam o grande amor que sente por Cristo; lágrimas que a narradora toma para si, fazendo-nos caminhar lado a lado com a pecadora arrependida e sentir com ela as suas dores.

É com "voz de choro e de alegria" que a narradora começa a contar a história de sua heroína. Retomando um processo comumente usado em hagiografias com o objetivo de identificar e dar relevo ao herói, a narradora informa o leitor acerca da origem e filiação nobre de Madalena. O ponto de partida é Jerusalém, lugar onde viviam seus pais, Siro e Eucária, senhores ilustres e "opulentos nas riquezas". Em seguida, passa ao lugar comum da humildade: "Não é de tosca mão tão alta empresa / por ser digna de engenho sobre-humano / que se afoga no mar de tal beleza"[3], descrevendo com pormenores as características físicas da pecadora, representando-a no auge da sua beleza e formosura como sendo inigualáveis.

Mais adiante é referido o primeiro encontro de Maria Madalena com Jesus, que estava a pregar no Templo. Com suas palavras e vista penetrante, Cristo repreendia suas maldades de tal modo que Maria chorava e cobria-se com seu manto. Envergonhada e com o peito trespassado de dor, a pecadora foge em direção a sua casa. Ao chegar a seus aposentos, "o freio solta ao choro reprimido" e "com o coração rasgado de tormento / despiu o seu riquíssimo vestido / e ficou sem as joias preciosas / mais ricas com as lágrimas fermosas"[4]. Banhada em lágrimas de arrependimento, Maria Madalena passa a recriminar a vaidade e o "falso amor", inaugurando um monólogo que se prolonga por cinco estrofes, condenando a si mesma por ter preferido as "imagens falsas e fingidas" aos "verdadeiros bens". O peso de suas culpas é tão grande que deseja antes a própria morte do que ter cometido algum pecado.

3 Canto X, estr. 6ª, p. 375.

4 Canto X, estr. 41ª, p. 387.

Logo após, a narradora regressa para afirmar o estado de conversão de Maria Madalena, agora, já desvestida dos adornos do mundo. Depois de ter com o mundo "contas rematadas", a pecadora convertida toma um vaso de precioso unguento "e com humilde traje logo parte / para ir buscar de Cristo a melhor parte"[5]. Durante o percurso, Madalena derrama suas lágrimas por todo o caminho por onde passa. Os pés, que antes a conduziam velozmente por caminhos perigosos, parecem-lhe, naquele momento, demasiado vagarosos, tamanha é o seu desejo de estar na companhia de Cristo. Interpela, então, a seus pés: "Por que não is com asas, pés, voando / por que vá mais depressa a Deus chegando?",[6] desejando que estes tivessem asas para que voando fizessem-na chegar mais depressa à fonte de sua glória.

Segue-se, então, o episódio em casa de Simão, o fariseu. Aqui, a autora recria quase textualmente a cena narrada em Lucas 7, 36-50. Entrando em casa do fariseu Simão, Maria avista Jesus sentado à mesa e tamanha é a sua dor e culpa que "não ousa ver-lhe a face esclarecida / mas encolhida vai, por detrás passa".[7] Daí em diante, é narrado o momento em que Maria Madalena lava os pés de Jesus com suas lágrimas e seca-os com seus cabelos; e "depois que com seu doce choro grave / lavou a Cristo os pés divino ofício", "os cabelos soltou, laço suave / e por lhe dar de amor mais claro indício / com este ouro espalhado lhos limpava / e infinitos ósculos lhe dava" [8]. Em seguida, derrama sobre os seus pés o alabastro de perfume que traz consigo, "metida num incêndio tão ardente / não fala uma palavra do que sente".[9] O fariseu Simão, que estava a observar a atitude de

5 Canto X, estr. 51ª, p. 390.

6 Canto X, estr. 55ª, p. 391.

7 Canto X, estr. 58ª, p. 392.

8 Canto X, estr. 65ª, p. 395.

9 Canto X, estr. 67ª, p. 395.

Maria Madalena perante Cristo e conhecia a má fama que ela tinha, "logo dentro em si diz murmurando"[10] que se Jesus fosse realmente um profeta, ele certamente saberia que aquela mulher que lhe lavara e beijara os pés era uma pecadora da cidade e, por isso, "era razão que logo a despedisse / e que estar a seus pés não consentisse".[11]

A narrativa prossegue recriando o quadro da parábola dos dois devedores, presente em Lucas 7, 41-42 no momento em que Jesus dialoga com Simão, comparando a sua (ausência de) atitude com as ações de Maria Madalena, que terá todos os seus pecados perdoados por amar a Cristo com tanto excesso. Madalena parte, então, enriquecida, levando a situação narrativa ao desfecho com os comensais "olhando-se uns aos outros admirados" e a perguntar quem é este homem que "tem em si cifrados / os poderes de Deus alto e celeste.[12]

A leitura que este canto oferece permite-nos observar um particular dramatismo, que se concentra, sobretudo, no momento em que Maria Madalena arrepende-se de seus pecados e na cena do lavatório dos pés. A presença redundante e hiperbólica das lágrimas, constantemente explorada pela poetisa, intensifica a expressão da dor sentida pela pecadora, emprestando à narrativa uma eloquência ímpar que apela ao *pathos* do leitor devoto e provoca nele comoção pelo suscitar de afetos. Maria Madalena não apenas chora, mas "corrente de lágrimas lançava"[13] e "cento de fio em fio lhe corria".[14] O monólogo ferido e prolongado da pecadora não deixa de demonstrar uma clara intenção da poetisa em captar a adesão de seu destinatário, exercendo sobre ele uma ação transformadora na medida em

10 Canto X, estr. 70ª, p. 396.

11 Canto X, estr. 71ª, p. 397.

12 Canto X, estr. 91ª, p. 403.

13 anto X, estr. 60ª, p. 393.

14 Canto X, estr. 61ª, p. 393.

que o faz meditar sobre a dor e sofrimento da personagem, identificando-se com ela e projetando nela a si próprio.

Neste ponto, é interessante observar que o que antes motiva a conversão da pecadora não é influência do amor que lhe havia inspirado Cristo, mas sim o temor de vir a irritar a Deus e ser condenada a penas eternas. É evidente a intenção de despertar em seu leitor cristão uma adesão emocional baseada no medo, pois a autora apresenta diante dele a ira de Deus e o inferno a arder em fogo,[15] transformando o monólogo de Maria Madalena e a dramatização de seu conflito interior em uma exortação, já que na medida em que sua personagem recrimina a si própria, explicando a sua reprovável conduta, seu discurso estabelece com o leitor devoto, em particular a mulher cristã, uma espécie de admoestação, funcionando como exemplo e aconselhando todos os fiéis que se enredam em caminhos semelhantes a envergonhar-se de seus pecados, chorar suas culpas e a converter-se, assim como fez Maria Madalena. Este tipo de construção, baseada no medo, é algo característico das pautas religiosas impostas pelo movimento contrarreformista, uma vez que não corresponde com a imagem evangélica da pecadora que lavou os pés de Jesus, em quem o impulso afetivo resulta mais importante que o temor (SANCHEZ ORTEGA, 1995, p. 95).

Igualmente interessante é o ritmo demorado que a poetisa confere a esta cena, construindo uma espécie de gradação pelo intensificar do pranto. Algo semelhante pode ser observado no momento anterior à unção. Desde a entrada de Maria Madalena na casa

---

15 Vejam-se os seguintes versos:

Olha e vê de uma parte Deus irado
E de outra o fogo arder no inferno
O piedoso céu está cerrado
E vê-se assi metida neste aperto.
Canto X, estr. 43, p. 387.

do fariseu até a unção propriamente dita, a sequência dos acontecimentos nos é narrada com impressionante lentidão, prolongando-se por nove estrofes. Contudo, importa destacar que esse alargamento não se dá a nível da progressão narrativa, mas na expressão dos gestos e sentimentos de Madalena.

> Aos pés do bom Jesus chorando estava
> Humilde, vergonhosa e mui confusa,
> Tal corrente de lágrimas lançava
> Que parecia Bíblis ou Aretusa.
> E quão forçosamente que chorava
> Movida da divina infusa,
> Porque vestia lágrimas tão belas
> Que parece que o Céu chora as estrelas[16]!
>
> O vaso de alabastro já derrama
> Nos pés que com seu pranto tem lavados
> Nos quais se prende, enreda, enlaça, inflama
> Despois que com doçura os tem beijados.
> Nunca cessa de obrar quem muito ama
> E em todos estes termos delicados
> Metida num incêndio tão ardente
> Não fala uma palavra do que sente.[17]

Veja-se que o que mais avulta nestes versos não são propriamente as ações de Maria, mas a intensidade e riqueza expressiva de seus sentimentos. Se nos relatos evangélicos esta cena é narrada com uma certa economia, Soror Mesquita Pimentel, pelo contrário, confere uma maior amplitude aos gestos de sua personagem, cujas lágrimas emprestam um realismo particular e dramático à narrativa. Mas, não

16 Canto X, estrofe 60ª, p. 393.

17 Canto X, estrofe 67ª, p. 395.

são apenas as lágrimas de Maria Madalena que permeiam o texto. A narradora/poetisa também chora a dor de sua personagem, mas é um choro que ao mesmo tempo expressa alegria por saber que ela, "porque soube chorar", encontrou consolo e perdão em Cristo. Não só isso: sua escrita constitui uma prática de exercício espiritual através da qual a própria autora trabalha o autoaperfeiçoamento e o exercício ascético tão preconizado pela cultura monástica, cuja doutrina baseava-se no desapego do mundo e no desejo de Deus. Por esse motivo, é possível identificar os próprios sentimentos da autora a permear o texto; sentimentos de amor, devoção e comoção que se misturam às lágrimas de sua personagem e adensam o dramatismo de sua história.

Para além dos movimentos afetivos que se observam em toda a narrativa, sublinhe-se a dimensão visual deste poema, percebida principalmente na descrição física de Maria Madalena antes de sua conversão e na sequência narrativa de suas ações como numa espécie de exercício espiritual inaciano (LOYOLA, 2012, 145-146). Tal qual um pintor, a narradora "pinta" diante de nossos olhos um quadro da "santa pecadora" a partir da enumeração de suas particularidades físicas, imprimindo uma certa vitalidade que salta à vista do leitor. Maria Madalena aparece desenhada com "olhos de diamante" e longas "madeixas de ouro";

> A fronte tinha cândida e serena
> Sobrancelha arqueada e assaz escura
> Para mais realçar da Madalena
> A cor do rostro igual, a neve pura;
> Suas formosas faces de açucena
> Em que a púrpura e neve mais se apura
> O nariz que as divide era aquilino
> Em que pôs natureza o pincel fino.[18]

18 Canto X, estr. 9ª, p. 376.

Sua boca que é qual rubim partido
Com perfilo sutil alionado
Admirando, descobre dividido
Rico nácar de pérolas guardado;
E não tinha valor menos subido
Em seu rostro perfeito e acabado
A barba de cristal linda, engraçada
Por esmalte no meio mui rosada.[19]

A descrição da santa em seu estado de pecadora segue ainda por outras estrofes: a garganta "de azuis e roxas veias se jaspeia"[20], "as mãos são de marfim e pura neve"[21], esboçando um retrato que segue a mesma verticalidade da composição clássica do retrato feminino, cujo enfoque voltava-se para as partes nobres da mulher, como assim o fizeram inúmeros poetas dos quais temos conhecimento desde o *Cancioneiro Geral* (RESENDE, 1973). Desse modo, a poetisa fornece ao leitor um material pictórico que encontra expressão nos códigos tradicionais da representação feminina, utilizando-se de elementos naturais e preciosos (ouro, diamante, esmeralda, rubi, pérola e cristal) e de qualidades (branca, neve, pura) para metaforizar a raridade da beleza e pureza da santa. Assim, como se demonstrasse o *ut pictura poiesis*, Soror Mesquita Pimentel "pinta" a sua personagem de modo semelhante aos inúmeros retratos pintados pela poesia da altura. Tal como aparece em Góngora e Camões, "cabelos de ouro", "olhos de diamante", "pele branca" e "boca de rubi" são metáforas que remetem a uma larga fortuna da tradição petrarquista e, ainda

19 Canto X, estr. 10ª, p. 377.

20 Canto X, estr. 12ª, p. 377.

21 Canto X, estr. 13ª, p. 377.

que não desviem sua obra da tônica pedagógica cristã, imputam-lhe uma certa fruição estética.

Não obstante, na medida em que retoma metáforas consagradas pela poética de seu tempo, Soror Mesquita Pimentel não descura da lei do *decorum* horaciano, adequando os seus versos ao tema e à função de sua obra ao passo que reveste a sua personagem de uma indumentária cristã que se expressa por meio de metáforas colhidas nos campos semânticos do luminoso (raios, luz, sol, estrelas, fogo, aurora). Nota-se, desse modo, uma transladação do motivo poético da beleza feminina para o plano da religiosidade, configurando uma forma de divinização de sua personagem e da matéria narrada em atenção aos códigos que orientavam e moldavam a escrita religiosa.

É a partir daí que passaremos a observar de forma mais depurada e significativa os vários recursos retórico-poéticos que incidem por trás da composição plástica do retrato da santa e de alguns quadros narrativos. Configurando um método da amplificação normalmente usado nos gêneros epidíticos, a *descriptio*[22] adquire uma dimensão pragmática importante para qualquer discurso que tem por fim o *movere*, justamente em função do efeito perlocutório que essa composição exerce sobre o leitor. Ao representar Maria Madalena desse modo, a autora faz com que sua imagem seja projetada diante dos olhos do leitor pela força no *ponere ante oculo*, envolvendo-o em uma teia de sentidos que se processa por meio de um exercício de imaginação. Os adjetivos que realçam a beleza da santa Maria

22 A *descriptio*, conforme prescreve Quintiliano, é um procedimento elocutivo utilizado na descrição de pessoas, lugares, ações, caráter etc., e serve como técnica de amplificação do discurso. Utilizando-se de metáforas, comparações e epítetos, a *descriptio* visa atingir a clareza do discurso e a eficácia visual a partir da representação das coisas como se fossem quadros, de modo a imprimir-lhes uma vivacidade capaz de fazer "ver diante dos olhos" e, por essa via, comover e persuadir o leitor/ouvinte/espectador mais facilmente. Cf. QUINTILIANO. *Instituição Oratória*, Livro VIII.

Madalena, além de reforçar a sua singularidade e raridade, têm a finalidade de louvar e engrandecer aquela que mais soube amar a Cristo, cabendo, pois, à poetisa amplificar tais virtudes, de modo a assinalar a sua superioridade. Para tanto, Soror Pimentel recorre a metáforas, hipérboles e analogias para distinguir a sua personagem, de modo a provocar no leitor admiração pela beleza que suscita, o que por sua vez faz deslocar a imagem do que é representado para um plano onde, segundo Sócrates, parece mais admiravelmente maravilhoso do que antes.

A contemplação de alguns quadros narrativos também contribui para a ilação dessa função suasória. Os relatos que envolvem a personagem Maria Madalena abundam em pormenores que iluminam os seus gestos com uma força plástica admirável, fazendo-nos acompanhar cada um de seus passos como se pudéssemos vislumbrar os acontecimentos com o mesmo olhar da narradora. Será interessante enumerar alguns dos sintagmas verbais que descrevem plasticamente a sua ação: "Na casa de Simão vai já entrando"[23]; "Mas encolhida vai, por detrás passa"[24]; "Aos pés do bom Jesus chorando estava"[25]; "o vaso de alabastro já derrama"[26]. A articulação discursiva destas cenas produz imagens que envolvem o leitor na narrativa e apela à interiorização de uma presença. A vivacidade da *descriptio* de que fala Quintiliano, provoca a impressão de presença do referente quase como se este pudesse ser colocado "ante os olhos". Atrelada aos afetos e aos caracteres que lhes correspondem, a imagem representada permite, desse modo, que o leitor construa na alma aquilo que não é possível captar pelos sentidos. Por conseguinte, a plasticidade

23 Canto X, estr. 57ª, p. 392.

24 Canto X, estr. 58ª, p. 392.

25 Canto X, estr. 60ª, p. 393.

26 Canto X, estr. 67ª, p. 395.

de algumas imagens oferecidas pela poetisa, em articulação com os afetos que suscita, acaba envolvendo o leitor na matéria narrada para melhor comover os ânimos e persuadir.

Pode-se dizer ainda que o uso de tais adjetivos e metáforas serve para por em perspectiva a imagem da pecadora antes e depois de sua conversão, produzindo um efeito de contrastes que indicia a orientação retórica subjacente no discurso narrativo de Soror Mesquita Pimentel. Na estrofe 23ª, percebemos de forma mais explícita essa intencionalidade:

> Estrela celestial, se aqui me atrevo
> A vos pintar com tinta negra e escura,
> É porque firme intento na alma levo
> De mostrar cedo a vossa fermosura;
> As sombras como é certo e entender devo
> Fazem resplandecer mais a pintura,
> Tais nossas culpas são, e a sombra delas
> Vos fará mais fulgente que as estrelas.[27]

Veja-se que os adjetivos "negra" e "escura" produzem um efeito contrastivo em relação ao discurso elogioso e "iluminado" com que a personagem é descrita. De acordo com Sánchez Ortega, essa duplicidade de imagens "puede provocar em el espectador, gracias a este contraste, uma impresión mucho más profunda" (SANCHEZ ORTEGA, 1995, p. 256) na medida em que emparelha elementos antitéticos para promover uma reflexão sobre o mundo das vaidades. Do ponto de vista discursivo, trata-se de uma estratégia que pretende colocar o leitor devoto diante de dois polos distintos: o pecado e o arrependimento. É por isso que a narrativa se constrói dividida em duas partes: na primeira, Maria Madalena aparece revestida de rica

27 Canto X, estr. 23ª, p. 381.

pedraria, ressaltando-se o seu estado de pecadora; já na segunda, após o arrependimento e conversão, a santa é retratada sem nenhum adorno. A representação dos traços físicos que ressaltam a sua beleza corresponde à imagem de uma mulher entregue às vaidades do mundo e serve de pretexto para a sua posterior "desfiguração", provocando no leitor um maior efeito suasório no sentido de conscientizá-lo sobre a fugacidade da beleza e os perigos que o "falso amor" oferece. Vale a pena retomar aqui mais alguns versos:

Esta sua sem par rara beleza

> A muita liberdade e poucos anos
> Ser muito conquistada e ter riqueza
> Causas assaz forçosas pera danos
> Lhe foi ocasião para que presa
> Ficasse com os laços dos enganos
> E que tanto ao profano amor se desse
> Que o divino amor de Deus perdesse.[28]

É a presença proeminente de Maria Madalena, ainda em seu estado de pecadora, que irá imprimir no leitor o sentimento de contrição; "rara beleza", "liberdade", "poucos anos" e "riqueza" são combinações que constituem um recorrente clichê dos sermões penitenciais e chama a atenção para os perigos de gozar da beleza e formosura, pois a beleza pode ser tão perigosa para a mulher que a possui quanto para o homem que a contempla. Na medida em que "encena" ao leitor os costumes de Maria Madalena na sua fase de pecadora, Soror Mesquita Pimentel esboça a personalidade de uma figura feminina distante do universo moral e social valorizado pelo Cristianismo, bem como do esquema normativo o qual deveria seguir a mulher cristã. O monólogo ferido e prolongado de Madalena

28 Canto X, estr. 18ª, p. 379.

antes da conversão expressa o conflito interior de uma mulher dividida entre o "amor sacro" e o "amor profano" que também constituiu um dilema para as mulheres do Antigo Regime (SANCHEZ ORTEGA, 1995, p. 279) e que, neste canto em particular, deixa entrever a sobrevivência do estereótipo feminino da debilidade da mulher no discurso da religiosa de Évora. Depois de ilustrar a vida dissipada de sua personagem, a autora passa a relatar o processo de conversão que irá transformá-la de pecadora em fiel seguidora de Cristo, constituindo um autêntico modelo de arrependimento e penitência.

Se no início do canto X a poetisa dá a entender que contará apenas a história da vida e conversão de Maria Madalena, o desenrolar de sua narrativa revela outra intenção. Mais do que apenas louvar a santa, a poetisa demonstra buscar exercer também uma influência transformadora sobre o seu público leitor. A adequação de todos os processos retóricos por ela mobilizados demonstra uma preocupação em captar a adesão do destinatário, na medida em que intensifica a projeção dos afetos e explora alguns dos lugares-comuns de textos consagrados na altura e que aparecem recolhidos nas inúmeras narrativas sobre a conversão de Maria Madalena. A contemplação dos quadros evocados constitui uma súmula da vida ascética tal como sintetizada pelos ensinamentos de S. Paulo e pretende conduzir os fieis à prática da perfeição cristã, principalmente as mulheres, que deveriam procurar aperfeiçoar suas próprias virtudes para que fossem exemplos por excelência da mulher cristã perfeita.

Embora o texto da autora seja apenas mais um entre os vários que a sua época produziu em tempos de Contrarreforma, não deixa de ser interessante observar os influxos estilísticos que se manifestam através de um prolongado desenvolvimento poético dos textos bíblicos. Por esses aspectos particulares é que considerei a relação entre retórica clássica e cristã uma perspectiva de leitura pertinente na abordagem deste texto de Soror Mesquita Pimentel. É certo que seu processo de tessitura esteve orientado pelo conjunto de regras que regiam a escrita feminina, sobretudo dentro dos conventos, devendo-se, por isso, evitar excessos condenáveis. No entanto, não se pode afirmar categoricamente que a autora tenha escrito a sua obra sem qualquer preocupação formal, ainda que esta não tenha sido a sua principal intenção. O conhecimento dos artifícios e procedimentos retóricos que a poetisa demonstra ter serve não apenas para atestar que a sua obra não esteve desvinculada das estruturas retóricas de pensamento ou que tampouco se processaram em um contexto isolado. Antes, demonstra que, naquela altura, contrariando a ideia da inferioridade intelectual feminina presente no discurso patriarcal, era possível, sim, que uma mulher fosse capaz de escrever obras de reconhecido valor estético, a exemplo de Soror Maria de Mesquita Pimentel, uma religiosa que, na sua dupla condição feminina e cristã, soube conjugar um código linguístico fortemente retórico dentro de um gênero tão rico e pouco aventurado por mulheres.

Referências Bibliográficas

BARBAS, Helena. (1997) *Imagens e sombras de Santa Maria Madalena na literatura e arte portuguesas,* Lisboa, Universidade Nova de Lisboa (tese de Doutoramento policopiada).

______. (2008) *Madalena História e Mito,* Lisboa, Ésquilo.

MORUJÃO, Isabel (2013)

MORUJÃO, Isabel e Antónia Fialho CONDE (2015)

PERROT, Michelle e Georges DUBY (1994)

SANCHEZ ORTEGA, María Helena. *Pecadoras de verano arrepentidas en invierno*. Madrid: Alianza Editorial, 1995.

SANTAS PECADORAS E PECADORAS SANTAS: O FEMININO NOS MISTÉRIOS DE LISBOA

Andreia Alves Monteiro de Castro

Mesmo empregando deliberadamente um título provocador e polêmico, que estabelece uma alusão direta ao romance de Eugène Sue, Camilo Castelo Branco, em *Mistérios de Lisboa*, sem dúvida não fez uma "cópia barata de folhetinistas ainda mais baratos" (ALVES, 1990, p. 18). Desconstruindo e reconstruindo o modelo importado, enquanto executa o seu romance, o escritor português questiona as formas com as quais eram representadas e debatidas as principais questões de seu tempo, em um diálogo, ora franco, ora sutil, com os textos dos mais afamados escritores e, neste caso, especialmente, com o então conhecidíssimo folhetim francês. Logo, a associação entre crime e miséria e o escrutínio dos espaços mais pobres à procura do vício e da degeneração, muito em voga na época e evidentes em *Os Mistérios de Paris*, não poderiam ser esquecidos. Entretanto, Camilo não confirma a tese mundialmente difundida pelo rei do romance folhetim. Ao contrário disto, quase todas as personagens do seu romance desfrutam de uma privilegiada posição econômica e social, salientando, assim, que havia muita violência e injustiça não oriundas da falta de dinheiro.

Em os *Mistérios de Lisboa,* a busca do rapaz de catorze anos que não sabia quem era por suas origens serve como mote para a revelação de uma cadeia de transgressões ocorridas no interior das boas casas, no seio de ilustres famílias cristãs. A começar pelo malfadado caso de amor vivido por seus verdadeiros pais, Ângela de Lima e Pedro da Silva, um relacionamento impossibilitado por questões socioeconômicas ligadas à indivisibilidade do patrimônio familiar e à sucessão única. No entanto, todas as barreiras foram vencidas "quando a voz impetuosa da paixão falou mais alto", e a moça acabou por engravidar. Deste modo, o comportamento transgressor do jovem casal teve consequências que trouxeram à baila vários *tabus* oitocentistas, como o desacato à autoridade paterna, o sexo fora do casamento, o nascimento de filhos naturais e o infanticídio. Temas apresentados e discutidos por quase todas as personagens envolvidas na história, que, por intermédio do discurso direto, de transcrição de cartas ou passagem de diários, tomam a palavra para si, expressando e defendendo os seus distintos e, muitas vezes, opostos pontos de vista. Contudo, sobre esses assuntos, somente a voz de Ângela quase não é ouvida. É por vozes masculinas que o seu passado é narrado. É por eles que o leitor percebe o quanto a moça, controlada e massacrada pelo pai, padeceu a falta do amante morto e do filho, tirado de seus braços ao nascer e que não teve a chance de ver crescer.

E o calvário da moça não se resumiu a essas duas perdas. A quebra da autoridade paterna não poderia ficar impune. O marquês, na intenção de condicionar o comportamento da filha, reafirmar o seu papel e garantir que a sua honra permanecesse intacta, demostra à Ângela, de todas as maneiras de que dispõe, que ela não era dona de seu corpo nem tinha o domínio de sua própria vida. Mesmo que a conduta deste pai seja questionada, a todo tempo, por padre Dinis, um religioso nada convencional (que escondia um passado criminoso e protegia os jovens pecadores não apenas por compaixão, mas, também, por identificação), nos oitocentos, a violência doméstica não era condenada, de forma sistemática e explícita, nem pelas leis nem pela sociedade. Em pouco tempo, Ângela é obrigada a se casar com um rapaz órfão e muito rico, o conde de Santa Bárbara. O que a levaria a afirmar: "sou a condessa de Santa Bárbara, vendida por oitenta contos". Contudo a transação comercial entre o marquês de Montezelos e o Conde de Santa Bárbara estava fadada ao fracasso. Ângela, que depois de casada poderia gozar da notabilidade e das regalias garantidas pelo prestígio e pelo dinheiro do marido, se recusa a cumprir com os seus deveres conjugais, frustrando duramente as expectativas do seu comprador. Por escrúpulos e por remorsos, ela renuncia à vida de confortos que poderia ter e, singularmente, identificando-se com a santa cujo nome especificava o seu novo título, a condessa de Santa Bárbara prefere uma vida de martírios a aceitar consumar o casamento arranjado. Se, por um lado, tal atitude talvez possa soar e até seja apresentada no romance como autopunição ou necessidade íntima de castigo; por outro, novamente, a moça forçadamente dócil impõe com coragem a sua vontade e diz não ao pai e ao marido. O conde, mesmo muito rancoroso por se sentir enganado, e muito humilhado por não ser correspondido, não rompe com o contrato firmado e assume o papel que antes cabia ao marquês, o de verdugo da moça insubordinada, e, com muito sadismo, passa a sentir prazer em infligir à esposa castigos de variadas naturezas.

Deste modo, novamente, o romance demonstra como a violência doméstica não era criminalizada. Assim como pai sobre a filha, o marido possuía uma natural autoridade sobre a mulher, que lhe devia respeito, fidelidade e obediência e, quando alguma destas condições era infringida, essa mesma autoridade o permitia castigá-la fisicamente. E, para rebaixar e escarnecer ainda mais a esposa, o conde de Santa Bárbara passa a viver em concubinato adulterino com Eugénia, uma criada que, aos dez anos de idade, começara a servir a condessa e, aos treze, fora violentada pelo patrão, ocupando, desde de então, o papel que a condessa havia recusado. Ângela nada faz para defender a menina, demonstrando o quão complexas e contraditórias aquelas relações poderiam ser. Não apenas por horror e por impotência, mas também por remordimentos e por ciúmes, a condessa não consegue enxergar Eugénia como uma vítima, também imensamente coagida e humilhada, ao contrário disto, a condessa passa a odiá-la e a temê-la.

Quando o conde, moribundo, confessa todos os seus malfeitos ao padre e deixa um testamento destinando meios suficientes para que as suas duas "mulheres" levassem uma vida com folga, desde que aceitassem uma vida de clausura e de castidade reclusas em um convento. Surpreendentemente, a condessa viúva, mesmo diante de uma liberdade recém conquistada, aceita a proteção do convento para reabilitar o seu bom nome, obedecendo, pela primeira vez, àquele a quem sempre desgostou. Ângela, que já havia sido a sedutora e seduzida Eva, a destemida mártir Bárbara, agora, assumia-se como Madalena arrependida, abdicando de sua existência mundana e pretendendo, por fim, deixar-se levar por uma doença da qual já manifestava graves sintomas. Ao tomar tal atitude, a mulher, que encarnara tantos papeis, renega a função considerada, naqueles idos, como sagrada e feminina por excelência, abandonado mais uma vez o filho com quem há pouco convivia.

Entretanto, Ângela não é a maior transgressora dos *Mistérios de Lisboa*. Anacleta dos Remédios, em sua fase criminosa, subverte completamente a idealizada imagem da mulher dos oitocentos, a começar pela conformação de sua família, também formada pelo rico monsenhor D. Teotónio de Mascarenhas e por suas três filhas. Tal configuração familiar, por si só, evidencia a quebra de um grande interdito religioso imposto pelo concílio Tridentino: o celibato sacerdotal. Mas, embora os concubinatos clericais fossem penalizados pelo direito canônico e pelas Ordenações do Reino, muitas foram as amásias dos padres. Sendo assim, mesmo "vivendo em pecado", é possível dizer que Anacleta e o seu amante quinquagenário, se mantivessem o decoro exigido, poderiam levar uma vida tranquila. Mas esta não era a vontade daquela mulher que, após desafiar códigos religiosos e sociais, se tornaria verdadeiramente uma criminosa. Para se beneficiar da herança das filhas, ela premedita e executa o amante. O padre que, além da luxúria também incorria com frequência em um outro pecado, a gula, morre como peixe, pela boca. Ironicamente, a facinorosa vendedora de peixes escolhe justamente o vinho, um elemento de grande simbologia e importância para a liturgia do sacramento da Eucaristia, como veículo para uma dose letal de morfina.

Anacleta, após envenenar D. Teotónio, conta com a ajuda do aparvalhado caixeiro Joaquim para se livrar do inconveniente corpo. Ele deveria colocá-lo em uma barrica com bacalhaus podres e descartá-lo como lixo no Tejo. Contudo, o outro amante de Anacleta acaba por ter muitas dificuldades para realizar a tal missão e, no final, perece, por acidente, ao cair preso ao tonel no rio que margeia Lisboa.

Apesar de manter a dura crítica anticlerical e de empregar alegorias religiosas para esse fim, a fina ironia e o humor negro, habilmente, manejados pelo narrador ao logo dessa passagem, somados a esse desfecho absurdo, quase *nonsense*, atenuam um pouco a crueldade e a violência típicas de uma cena de assassinato tão friamente premeditado e executado. O terrível é sutilmente transformado em risível para deixar a situação menos aversiva a um leitor que, embora já pudesse rir do padre, ainda poderia se escandalizar ao ver uma mãe como mentora e autora de um delito dessa natureza, e o pior, com motivação tão torpe. Essa visão permeia o próprio código filipino, cujo texto revela que, comumente, os delitos considerados próprios ao sexo feminino eram aqueles relativos a questões morais.

Deste modo, as assassinas frias e calculistas não só violavam as normas, mas também punham em questão o estatuto social e a conformação de caráter que lhes eram atribuídos. Nesses casos, a fragilidade, a submissão e a sentimentalidade eram, justamente, substituídas por força, por rebeldia e por racionalidade, causando, no mínimo, um grande desconforto.

Sem deixar rastros ou testemunhas, a arguta assassina do padre não só se livrava do patíbulo como se libertava de todas as amarras que a infelicitavam. Ela continuava vendendo os seus bacalhaus para que os "mais prudentes" não atentassem para a ilícita origem de seu enriquecimento. Próspera e respeitada, visto que "o dinheiro reabilita, e anistia todos os crimes" (CASTELO BRANCO, 2003, p. 288), a comerciante recebia as melhores famílias em jantares e reuniões. Em um deles, a mulher "de quarenta", se apaixona por um rapaz que lhe rouba todo o dinheiro e a abandona, fazendo, em todos os sentidos, Anacleta provar do "próprio veneno", mas em menor dose. Sem ter meios para manter-se, ela se desespera, e chega a pensar em suicídio. No entanto, encostou-se ao parapeito da janela, sorriu ao primeiro homem que passara, respondeu com um aceno a uma pergunta, e, recolhendo-se para dentro, mandou retirar a filha para a cozinha". Após ter incorrido em concubinagem, em homicídio e em furto, Anacleta agora também peca por exercer a mesma ocupação de Marguerite Gautier e Marion Delorme. Mas sem qualquer aparente idealização, ela não se torna uma prostituta de alma pura, tão presente em outros folhetins. Anacleta exerce a sua profissão pensando apenas no dinheiro e não enfrenta grandes dramas ou conflitos morais por isso.

Mas este não era ainda o último limite a ser infringido por Anacleta. Além de ganhar dinheiro vendendo o seu corpo, a prostituta ainda tenta aliciar a sua mais querida. A menina não aceita o destino que a mãe lhe impunha e, quando se vê sem saídas, Maria, com olhos postos na Virgem Santíssima, para se manter pura e casta, se joga de uma janela. Gestos como este remetem a sacrifícios feitos por santas e por mártires do cristianismo que tiraram as suas vidas para não serem violadas ou forçadas a renunciar a sua fé. Tal atitude conjuga, de certa forma, santidade, na renúncia à própria vida em nome da virtude, e um pecado mortal, no suicídio, considerado como uma inapelável desobediência aos desígnios de Deus. Maria, ao fundir santidade e pecado, não mudaria apenas o seu próprio destino, o seu sacrifício alteraria completamente os rumos da vida de Anacleta. O horror daquela morte expiatória parece fazer a bacalhoeira enfrentar uma terrível crise de consciência, fazendo-a temer e confessar. Seguindo a lógica subjacente no romance e explícita na passagem dedicada a Anacleta, apesar da contrição fulminante da pecadora, a morte da virgem Maria, com alusão direta e indireta a figura da Sagrada Mãe, não redimiria e nem garantiria a anistia de todos os crimes de Anacleta automaticamente, de modo involuntário e impessoal.

Sem, de fato, prestar contas à justiça terrena, às forças policiais, no romance, não parecem ser capazes de coibir e nem de punir esses delitos, era forçoso que a criminosa enfrentasse duras penas autoimpostas para que ela pudesse não só se reconciliar com Deus, mas, sobretudo, com a sociedade. Para obter o perdão público, ou pelo menos a sua complacência, era preciso exibir o sofrimento e a vergonha publicamente, mas tomando o cuidado de não explicitar diretamente a natureza das suas infrações, evitando ferir o pudor e o recato social. O ritual da penitência, se vivido apenas intimamente, não teria o valor e nem o êxito necessário para inocentar Anacleta. Era preciso que ela o expusesse à vista de todos, para que os outros o identificassem e o legitimassem, fazendo a pecadora se converter em santa. Então, naquele dia, Anacleta dos Remédios desapareceu de Lisboa e, em uma aldeia no norte de Portugal, surgiu uma devota extremamente austera. Uma esfarrapada beata que, por enfrentar duras privações e cuidar dos aflitos e dos doentes, atraiu a atenção e a piedade de todos e que, logo, começaram a lhe chamar de a "santinha de Viduedo".

Anacleta, como Ângela, também passa a seguir uma vida ligada à religião para evitar o opróbio e aplacar a culpa. Contudo, sem poder arcar com a grande soma do dote conventual, a bacalhoeira de "baixo-nascimento" teve que buscar a reabilitação sem o auxílio das instituições religiosas. O beatério, agora trilhado por Anacleta, foi o mesmo caminho percorrido por muitas mulheres excluídas que buscavam prestígio e elevação espiritual sem poder pagar "pela chancela" da Igreja. Mas nem todas as beatas alcançavam, em vida, a glória de serem tidas por santas. Após os decretos do Concílio Tridentino, liderar, pregar e aconselhar passaram a ser, exclusivamente, desígnios masculinos, reduzindo drasticamente o papel feminino na igreja. A reclusão havia se tornado o princípio básico da vida religiosa feminina, entretanto não era regra para o sacerdócio masculino. Apenas os homens, quer representassem o clero regular quer o secular, tinham a posição de liderança asseguradas em um mundo onde a religião marcava e acompanhava a vida das pessoas do batismo à extrema unção. Muitas mulheres, como a "santinha de Viduedo", que transitavam entre o sagrado e o profano, o milagre e o embuste, a santidade e a loucura, foram desacreditadas e escarnecidas pelas autoridades católicas.

Depois de mais de dez anos em jejum, em oração e praticando a caridade, a beata de Viduedo consegue encontrar o descanso eterno nos braços do seu velho conhecido, padre Dinis. Mas, antes, teve de seguir toda a liturgia do Sacramento da Penitência: confessou suas faltas, perdoou os seus ofensores, e, enfim, recebeu a absolvição do seu redentor. Sendo assim, Anacleta, que tinha sido assassina, ladra, prostituta, alcoviteira e fugitiva, também morre redimida. Do mesmo modo que Ângela, ela desafiou o seu tempo por fugir do controle masculino, por querer ser dona do corpo, do seu desejo, do seu destino. A diferença entre as duas está nos meios empregados Anacleta para atingir estes fins, dos quais a bem-nascida e bem-criada condessa de Santa Bárbara jamais imaginaria, ousaria ou precisaria se valer.

Pelo destino reservado a essas duas personagens, Camilo parece evidenciar, que, o castigo mais certeiro era mesmo o peso da vergonha pública, que, como elas, muitas foram as mulheres perseguidas devido a preceitos e preconceitos fortemente disseminados pela Igreja, mas também, que muitas se valeram da religião para se reabilitar, demonstrando que no ordenamento sociocultural do Portugal dos oitocentos quase nada era completamente desprovido de significação ou de sentimento religioso.

Referências Biliográficas:

ALVES, José Édil de Lima. (1990) *A paródia em novelas-folhetins camilianas*. Lisboa: Biblioteca Breve.

CASTELO BRANCO, Camilo. (2003) *Onde está a felicidade?*. Porto: Caixotim.

______. (1982) *Os Mistérios de Lisboa*. In: Obras completas. Porto: Lello & Irmão Editores,1982, v.I.

TRAJECTÓRIAS FEMININAS "À MARGEM"

O PROBLEMA FEMINISTA DE ANA DE CASTRO OSÓRIO NA IMPRENSA DOS PORTUGUESES DO RIO DE JANEIRO (1910-1913)

Eduardo da Cruz

Brasil e Portugal possuem fortes laços históricos e culturais, contudo, as relações luso-brasileiras, sobretudo nos campos da política, da cultura e das mentalidades, necessitam ainda de estudos mais aprofundados sobre determinados aspectos e períodos de nossa História. Por isso, propomos aqui valorizar a produção literária e cultural dos imigrantes portugueses no Brasil na primeira república, utilizando a imprensa periódica como fonte primária para essa investigação, porém tomando o jornal não apenas como documento, mas também como polo fundamental de uma rede de sociabilidade que se descortina em suas páginas, além de examinar a inserção do discurso feminista nessa rede de ligações entre intelectuais, literatos e imigrantes.

A imprensa criada pelos imigrantes portugueses no Brasil tem sido sistematicamente ignorada pelos estudos históricos e culturais. Enquanto os periódicos criados por outros grupos de imigrantes no Brasil como italianos, árabes, japoneses etc. já apresentam uma historiografia e análise, aqueles voltados para a colônia portuguesa em nosso país, apesar de em muito maior número, ainda carecem de pesquisa e divulgação. Além de algumas análises profundas sobre determinados títulos que pretendiam uma ligação cultural entre os dois países lusófonos, principalmente os da primeira metade do século XX, pouco mais se encontra. A explicação parece ser a própria ligação entre os dois povos e a língua que partilham. Talvez por isso, a imprensa imigrante portuguesa não tenha relevo nos estudos, cada vez mais profícuos, sobre o periodismo no Brasil. Ao mesmo tempo, essa produção também não tem recebido atenção de pesquisadores portugueses, por não conhecerem ou não terem acesso ao que seus patrícios publicaram do outro lado do Atlântico. Com isso, a historiografia da imprensa periódica da colônia portuguesa em nosso país e sua especificidade, sua ligação com a própria história da imigração e sua relação estreita com o meio cultural circundante passam despercebidas.

Ao buscarmos a produção literária dos portugueses no Rio de Janeiro no século XIX a partir de alguns periódicos criados pelo associativismo luso nessa cidade, traçamos um panorama do que era essa imprensa imigrante na cidade. Encontramos, a partir de diversos catálogos (principalmente o atual da Biblioteca Nacional e também antigos catálogos manuscritos dessa biblioteca), 64 títulos criados pela colônia portuguesa no Rio de Janeiro entre 1833 e 1899. Muitos foram de curta duração. Sobre alguns há apenas a notícia de que existiram. De outros, alguns números avulsos no acervo dessa biblioteca. Espanta, entretanto, é que um número tão significativo de títulos não tenha ainda suscitado o interesse de mais pesquisadores. Além de inúmeros escritores hoje desconhecidos, encontram-se nesses jornais e revistas alguns literatos que já eram reconhecidos e aclamados na época em que imigraram, como José Feliciano de Castilho Barreto e Noronha, Antônio Emílio Zaluar e Faustino Xavier de Novais, colaborações enviadas diretamente de Portugal para serem publicadas primeiramente nessa imprensa, como algumas de Camilo Castelo Branco, e ainda um rol de poetas e prosadores portugueses que faziam parte do grupo de amigos de Machado de Assis e cuja relação contribuiu para sua formação (MASSA, 2009; SANDMANN, 2003), além do próprio Machado, que colaborava ou era membro do Grêmio Literário Português.

Também é interessante relacionar os períodos de crescimento e de transformação dessa imprensa com a própria história da imprensa periódica no Brasil, com os fluxos de imigrantes e com a relação cultural e econômica desses imigrantes com o nosso país. Por esse aspecto, dois títulos ganham destaque, o *União Portugueza* (1899-1908) e o *Portugal Moderno* (1899-1913), por terem surgido numa década marcada pela presença da lusofobia nos jornais, ao mesmo tempo em que há um crescimento empresarial da imprensa (SODRÉ, 2011). Também porque, em 1908, os dois títulos resolvem se unir para criarem o *Diario Portuguez*, anunciado nas páginas de ambos. Todavia, foi um empreendimento malogrado, cuja duração exata não nos foi possível ainda definir, pois não há nenhum número guardado na hemeroteca da Biblioteca Nacional. O *Portugal Moderno* acaba por retomar sua publicação em dezembro de 1909, no número 458.

Esses dois periódicos também trazem uma significativa participação de escritoras, se comparados com seus antecessores. Nos títulos fundados entre 1833 e 1899, rara é a presença feminina e, quando ocorre, são colaborações enviadas ou copiadas de Portugal, o que justifica a presença pontual de nomes como Antónia Pusich, Maria José da Silva Canuto, Maria Peregrina de Sousa, Amélia Janny, e poucas outras. Isso se justifica em parte pela própria característica da imigração portuguesa ao longo do Oitocentos, "marcada pela expressiva chegada de meninos-homem para as casas comerciais" (MENEZES, 2007, p. 112). Mesmo durante o período da "Grande Imigração", entre 1800-1914 (MENEZES, 2007), quando há um aumento significativo do número de imigrantes portuguesas, principalmente casadas, as mulheres continuam a ser minoria. Segundo os dados dos censos brasileiros analisados por Lená Menezes, no caso dos portugueses no Rio de Janeiro, "as mulheres representavam pouco mais de 35% em 1920, contra mais de 28% e 1906" (MENEZES, 2007, p. 114), isso devido a uma "tendência de crescimento da imigração familiar" (MENEZES, 2007, p. 115). Por outro lado, o que se via ao longo do século XIX era uma preocupação das autoridades consulares e associações beneficentes portuguesas com a chegada de mulheres solteiras, com reiteradas "alusões à prostituição, que aparece como a ocupação predominantes dessas portuguesas que emigravam sozinhas para o Brasil" (SILVA, 1986, p. 655). Já nos primeiros anos do séc. XX, a ocupação predominante, segundo as estatísticas, era o serviço doméstico – inclusive, no próprio *União Portugueza* há diversos anúncios de moças que se oferecem e famílias que contratam para esse trabalho –, mas também na indústria. Percebe-se, por outro lado, o incremento de "oportunidades de trabalho assalariado feminino em escolas" (SILVA, 1986, p. 659) no final do séc. XIX. Daí até o reconhecimento como "mulher de letras" há uma distância grande. Raro seria o número de portuguesas imigrantes escritoras. E as dificuldades para publicarem seus textos não eram poucas.

Os jornais da colônia portuguesa têm, em geral, uma proposta clara, que é também a do *Portugal Moderno*: além de lutar em defesa dos interesses de seus patrícios, o conjunto de todo o conteúdo do jornal reconstitui de certo modo o imaginário nacionalista português na ex-colônia. Benedict Anderson, em *Comunidades Imaginadas* (1983), aponta o papel dos jornais como "produto cultural", "com seu caráter profundamente ficcional", chamando a atenção para a "arbitrariedade na inclusão e justaposição" dos fatos, cujo "vínculo imaginário provém de duas fontes indiretamente relacionadas. A primeira é a simples coincidência cronológica. A data no alto do jornal" (ANDERSON, 2008, p. 65). A segunda consiste em sua leitura, "a 'forma extrema' do livro" publicado em larga escala e de rápida obsolescência que cria "uma extraordinária cerimônia de massa: o consumo (a 'criação de imagens') quase totalmente simultâneo do jornal-como-ficção" (ANDERSON, 2008, p. 67-68).

Assim, quando, na nova fase, o *Portugal Moderno* valoriza a mulher enquanto escritora, a ponto de, no número 464, de 15/01/1910, ao anunciar que receberá colaboração de escritores portugueses escrita expressamente para esse jornal e o primeiro texto publicado ser "O problema feminista", de Ana de Castro Osório, uma nova ficção nacional e republicana começa a ser elaborada junto à colônia imigrante, a da inclusão das mulheres na vida pública. Essa construção ganha ainda mais força quando a relação entre Castro Osório e o jornal torna-se mais intensa por ela ter vindo, acompanhando o marido, viver no Brasil e passar a enviar diversos textos para o *Portugal Moderno*, a maioria deles publicada em destaque, na primeira página, na posição que antes era ocupada pelo editorial do redator. Além disso, a participação feminina torna-se mais ativa, aumentando a presença de mulheres assinando colunas, artigos, contos e poemas nas páginas desse jornal, em consonância com o debate republicano e feminista levantado por Osório.

Ana de Castro Osório (1872-1935) tem uma longa e reconhecida carreira como editora, escritora (de literatura infantil e para adultos) e polemista defendendo a república e o feminismo.

PORTUGAL MODERNO

Viva a Marinha Portugueza !...

Fig. 1 - PORTUGAL MODERNO, n. 464, 15/01/1910, p. 1

> A constatação do atraso em que as mulheres viviam no início do século XX, sem direitos políticos, menorizadas pelo Código Civil, sujeitas à tutela dos pais e maridos, confinadas ao papel de esposas, mães, irmãs ou filhas e engrossando a taxa de analfabetismo, encaminhou a escritora para a reivindicação de direitos para o sexo feminino, tornando-a feminista: a feminista mais emblemática das duas primeiras décadas (ESTEVES, 2014, p. 45).

Como editora e autora de literatura infantil, Ana criou, ainda em 1897, uma "Coleção para Crianças", que chegou a publicar 18 volumes com histórias populares portuguesas, narrativas educativas, peças de teatro e poesia. Como escritora, fez a recolha oral de contos tradicionais portugueses e traduziu outros dos irmãos Grimm, de Andersen etc. Também publicou diversos livros destinados ao ensino primário, participando de concursos em Portugal e no Brasil, tendo livros aprovados para uso nas escolas dos dois países. Na imprensa, além de colaboração em diversos periódicos, desempenhando, inclusive, papel relevante no jornal de Setúbal (Portugal), *O Radical* (1910-1911), também dirigiu alguns, antes e depois de sua estadia brasileira, como *Sociedade Futura* (1902), *O Jornal dos Pequeninos* (1907-1908), *A Mulher e a Criança* (1909-1910), *A Semeadora* (1915-1918).

Politicamente comprometida, republicana convicta, Ana de Castro Osório defendeu com sua pena e com ações direitos das mulheres, como a educação e a instrução, o sufrágio, o divórcio, a independência econômica, incluindo o acesso a diversas profissões e salário igual para ambos os gêneros, agindo em prol das bandeiras principais das campanhas feministas em Portugal (CASTRO, 2011; ESTEVES, 2011). Participou ativamente dessas lutas a partir de associações que dirige, como o Grupo Português de Estudos Feministas (1907), a Liga Republicana das Mulheres Portuguesas (1908) e a Associação de Propaganda Feminista (1911, ainda antes de se mudar para o Brasil).

A ligação de Ana de Castro Osório com o Brasil não é totalmente desconhecida. Pelo lado editorial e educacional, ela teve três manuais, *Uma Lição de História* (1909), *Os nossos amigos* (1909) e *Lendo e Aprendendo* (1913), aprovados para uso nas escolas, em Minas Gerais e em São Paulo (REMÉDIOS, 2000) e pela publicação de seu livro voltado às crianças *Viagens aventurosas de Felício e*

Felizarda ao Brasil (1923). Mais tarde, ao final da década de 1920, ela publica em Portugal um romance sobre uma feminista republicana portuguesa que vai tentar a vida no Brasil, *Mundo Novo*.

Também já começam a aparecer estudos algumas relações de sociabilidade entre ela e outras escritoras, educadoras e feministas brasileiras percebidas pela troca de correspondência e mesmo referências publicadas (GOMES, 2013; LOUSADA, 2015; LOUSADA e LAGUARDIA, 2013; PEREIRA, 2015). As principais pesquisas têm se debruçado sobre no livro *A Grande Aliança*, que Ana de Castro Osório publica em 1924 com uma recolha das conferências que proferiu em várias cidades brasileiras entre 1922 e 1923 durante uma visita por ocasião das comemorações do centenário da independência (GOMES, 2011 e 2013). Esses trabalhos focam principalmente em sua proposta de uma "grande aliança" cultural entre Portugal e Brasil , com relevo para a rede de sociabilidade que ela estabeleceu aqui. Pouco se comenta sobre a participação de Ana de Castro Osório na imprensa brasileira, apesar da reconhecida importância que as feministas da virada do século XIX para o XX deram à imprensa periódica (LOUSADA, 2011; DUARTE, 2016). Por outro lado, os escritos de Ana de Castro Osório e outras escritoras suas contemporâneas têm sido cada vez mais objeto de investigação, tanto em Portugal quanto no Brasil.

Como vimos apontando, o *Portugal Moderno* não tem sido alvo de análise por ser, no Brasil, um periódico da colônia portuguesa, e em Portugal por não ser encontrado na hemeroteca da Biblioteca Nacional em Lisboa. A participação de Ana de Castro Osório na imprensa brasileira também ainda não foi foco de pesquisa apesar do recente e cada vez maior interesse na rede de sociabilidade por ela estabelecida entre os dois países, sobretudo entre os grupos feministas, e por apontarem que sua defesa da república nos anos que esteve no Brasil levantou polêmica junto à colônia portuguesa aqui residente (ESTEVES, 2005), que incluía muitos monarquistas que emigraram de Portugal quando da implantação da república. Junta-se a isso o fato de o *Portugal Moderno* não ser um jornal indicado como feminista ou voltado especificamente a um público feminino, estando, portanto, fora das análises dos que se interessam por esse tema. Merece destaque, portanto, para os estudos das relações luso-brasileiras, da literatura em língua portuguesa, da história da imprensa brasileira (imprensa de imigrantes no Brasil), da história do feminismo no Brasil e em Portugal, a análise e a divulgação da obra de Ana de Castro Osório nesse jornal.

Para isso, utilizamos um arcabouço teórico interdisciplinar fundamentado em estudos das áreas da História Cultural, História da Leitura, História da Literatura e Crítica Literária, áreas relacionadas que permitem analisar modos de ver e escrever as culturas brasileira e portuguesa, suas relações, e os valores críticos que anunciam e silenciam. Acreditamos que os estudos sobre literatura, principalmente quando lidam com produções de outras épocas, ganham força ao incluir a relação que essa área estabelece com os estudos culturais, com a história das mentalidades e com a própria história da leitura, cuja análise em conjunto permite ao pesquisador contemporâneo acessar significados além dos obtidos através da leitura da obra literária isolada de seu suporte. Assim, o objetivo de trabalhar com periódicos funda-se no interesse de encontrar nesse material testemunhos importantes sobre a sociedade e a cultura que lhes é própria.

Os leitores da época da publicação a que nos dedicamos não se confrontavam com textos abstratos, mas com objetos cuja organização condicionam sua leitura, apreensão e compreensão do texto lido (CHARTIER, 1991). No caso específico de um jornal, a posição do texto na página, seu tamanho, o formato do título, a participação constante ou não de seu autor ao longo do periódico, são elementos materiais que influenciam na significação de um texto. Por isso o nome de Ana de Castro Osório ganha relevo no *Portugal Moderno*, pois seu redator passa a dar aos textos dela um destaque maior, pela posição que vão assumir na publicação, como se fossem os artigos dela os novos norteadores da política editorial do jornal.

Certeau diz que escrever "é uma atividade concreta que consiste, sobre um espaço próprio, a página, em construir um texto que tem poder sobre a exterioridade da qual foi previamente isolado" (1994, p. 225). É um ato que tem como função influir sobre a realidade, da qual se distingue, com o objetivo de transformá-la. É, portanto, sob essa perspectiva que percebemos a escrita de Ana de Castro Osório nesse semanário. Ao tomarmos o periódico como texto, buscamos identificar essas propostas de transformação da realidade, sobretudo no caso específico do *Portugal Moderno*, em que ganham relevo vozes dissonantes da realidade social, como a dos imigrantes e a das mulheres.

Juntamos a isso os termos de ação política envolvida nos escritos que compõem o jornal. Não falamos de posições partidárias propriamente, mas na entrada em cena daqueles que estavam mudos, mas que se fazem ouvir a partir da divulgação do periódico, inicialmente a voz dos imigrantes, que se abre para o conflito quando a ela se junta a voz das mulheres. Partilhamos, assim, a ideia de Rancière:

> O conceito de escrita é político porque é o conceito de um ato sujeito a um desdobramento e a uma disjunção essenciais. Escrever é o ato que, aparentemente, não pode ser realizado sem significar, ao mesmo tempo, aquilo que realiza: uma relação da mão que traça linhas ou signos com o corpo que ela prolonga; desse corpo com a alma que o anima e com os outros corpos com os quais ele forma uma comunidade; dessa comunidade com a sua própria alma (RANCIÈRE, 1995, p. 7).

Chartier (1991) observa que investigar os usos do escrito ajuda a compreender os modos como uma comunidade constrói suas representações sobre o mundo, investindo-o de significados plurais. Ao analisarmos um periódico da colônia portuguesa no Brasil, temos a chance de mostrar como esse grupo se percebia como comunidade, que estratégias simbólicas utilizavam para se posicionar em meio a uma sociedade que, apesar de culturalmente próxima, lhe era alheia. Principalmente se levarmos em consideração, como afirma Anderson (2008), o papel fundamental da imprensa periódica na construção das identidades nacionais e a composição do jornal como ficção.

Assim, ao analisarmos o periódico, não como mera coletânea de textos, mas como elementos que unem uma multiplicidade de discursos, podemos revelar seus autores, ainda reconhecidos ou anônimos hoje, que entram em cena no momento em que o jornal é tomado como fonte primária, revelando múltiplas perspectivas de uma época e maneiras desiguais de se apropriar e de se aproximar da cultura escrita (BARBOSA, 2007). Dessa forma, a leitura dos periódicos altera a história da literatura tanto por permitir o contato com gêneros que eram então percebidos como literários e pelo conhecimento mais amplo do campo literário, que não é constituído apenas pelos nomes canônicos dos manuais. É o caso da inclusão da escrita de mulheres e de imigrantes.

Chama a atenção, no número de 15 de janeiro de 1910 do *Portugal Moderno*, a menção à Ana de Castro Osório. Ela não é recebida pelo redator como uma simples colaboradora ou como uma escritora menor, mas como literata do nível dos maiores de sua época:

> Promettemos offerecer aos nossos leitores, de quando em quando, a publicação de artigos de distinctos escriptores portuguezes, expressamente escriptos para esta folha.

> Não faltamos.
>
> É a exma. sra. D. Anna de Castro Osorio, uma das mais illustradas e talentosas escriptoras portuguezas, delicada artista por educação e temperamento, pensadora vigorosa por estudo e amor a causa da humanidade, quem honra hoje as nossas columnas.
>
> Não podiamos abrir melhor a lista dos nomes illustres que trarão ao *Portugal Moderno* a riqueza dos seus talentos e o fulgor das suas pennas (PORTUGAL MODERNO, n. 464, 15/01/1910, p. 1).

O texto de apresentação parece evitar polêmicas, optando por "amor à causa da humanidade" em detrimento da "causa feminista". A própria Ana de Castro Osório, após a proclamação da república em Portugal, tentou a opção pelo "humanismo" em vez de assumir o termo "feminismo": "Perante a carga depreciativa que o vocábulo tinha na opinião pública, [...] sugeriu a sua substituição pela expressão 'Humanismo Integral', por a considerar mais consensual, abrangente e consentânea com o combate ao desnivelamento artificial criado entre os dois sexos" (ESTEVES, 2014, p. 53).

Ao analisarmos o texto que inaugura sua colaboração no jornal carioca, percebemos que essa preocupação já estava lá presente, mesmo tendo sido publicado antes da proclamação da república portuguesa em 5 de outubro daquele ano. "O problema feminista", título de seu artigo, traz claramente o problema da luta feminista como algo necessário para o progresso da humanidade. É justamente ressaltando a importância da mulher na sociedade que Ana de Castro Osório abre seu texto: "Qualquer que seja a marcha da sociedade actual, é fóra de dúvida que, para a sua evolução e progresso, têm já hoje de contar com a mulher, em todas as suas modalidades e modos de ser" (PORTUGAL MODERNO, n. 464, 15/01/1910, p. 1).

Seu discurso se interlaça com uma das marcas históricas da masculinidade portuguesa, os navegadores. Em uma sociedade marcada pela "cultura marialva", que calava as mulheres e segregava-as ao lar, enquanto aos homens "cabia a aventura marinheira, a viagem sedutora e o domínio inquestionado das formas de opressão" (CERDEIRA, 1997), deve ter chocado os leitores portugueses do jornal a presença do texto de Osório entremeado à grande matéria da primeira página, a de exaltação da marinha portuguesa, por ocasião da chegada ao Rio de Janeiro do cruzador São Gabriel, cujo nome deriva de uma das naus que fizeram o primeiro caminho marítimo para as Índias em 1497-1498. Não é mesmo tarefa fácil seguir a leitura linear do texto em meio a tantos recortes por conta das imagens dos navios lusos e de jovens marinheiros estampados na página (Fig. p. 1), mas a força do discurso feminista se impõe às críticas acusando-as de retrocesso:

> O homem, qualquer que seja a sua posição e cultura intellectual, tem de encarar hoje a questão feminista como um facto positivo de interesse social, uma questão que tem de solucionar-se e não pode retroceder nem que com ella retrocedesse toda a humanidade a um primitivismo que está fóra da nossa razão (PORTUGAL MODERNO, n. 464, 15/01/1910, p. 1).

O artigo de Ana de Castro Osório não defende apenas teoricamente a participação da mulher na sociedade. A escritora ressalta o viés econômico-social do problema feminista. "E ficamos assim com a questão feminista reduzida aos seus verdadeiros termos: uma questão social agravada com uma tremenda questão econômica" (PORTUGAL MODERNO, n. 464, 15/01/1910, p. 1). Esse é um ponto que deve ter causado algum impacto nos leitores imigrantes. Como apontamos previamente, a colônia portuguesa no Rio de

Janeiro ainda era majoritariamente masculina, mas já começava a receber levas cada vez maiores de mulheres, que também precisavam de empregos para sobreviver. Esse é o principal ponto defendido por Ana em seu texto de estreia no jornal carioca, o direito a um posto de trabalho que desse autonomia à mulher, que não poderia mais ser vista apenas como esposa e mãe, dependente de um homem. Nesse aspecto, a luta era a mesma tanto no Brasil quanto em Portugal.

> A mulher é um exercito de trabalhadores sem pão, é uma maioria collossal de criaturas que se encontram na vida entre o dilemna pavoroso de morrer de fome ou de entrar denodadamente no caminho da concorrencia do trabaho, que vae affectar (d'isso as accusam os homens) a sua situação já pouco satisfatoria.
>
> No emtanto, a mulher necessita de viver como ser autonomo. Não é digno que se prolongue esta situação vexante para a maioria d'ellas que só na esperança d'um marido vivem, que só do dinheiro do homem comem, que se julgam perdidas na existencia, como ramo de arvore levado na corrente impetuosa d'um rio, se acaso lhes falta o apoio másculo do homem ganha-pão (PORTUGAL MODERNO, n. 464, 15/01/1910, p. 1).

A colaboração seguinte de Ana de Castro Osório no *Portugal Moderno* será após sua vinda para o Brasil, quando ela inicia uma série de publicações nesse semanário. Apesar de não serem mais textos escritos em Portugal especialmente para essas páginas, como gostaria o redator do periódico, suas produções ganham destaque, ocupando quase sempre a primeira página.

A quantidade de publicações da pena da feminista portuguesa é expressiva no período. Entre 16 de setembro de 1911, data da primeira participação por contrato, e a última em 14 de dezembro de 1913, Ana de Castro Osório publica no *Portugal Moderno* 51 artigos, apenas 1 não é inédito, ao longo de 90 números, com destaque para a longa série em 11 partes intitulada "A mulher na política portuguesa". Além disso, publica um conto original e duas traduções: um conto de Natal de Hans Christian Andersen e 41 capítulos de um longo folhetim, "O inevitável trunfo", tradução do romance *Hilda van Suylenburg* (1897), de Cecilia de Jong van Beek em Donk. Esse romance é considerado um marco do feminismo holandês. Ana de Castro Osório afirma estar traduzindo do alemão para o português (desde a primeira publicação até 1913, o romance teve 7 edições em holandês, 6 em alemão, uma em sueco e outra em francês). Não conhecemos outra tradução para o português e é uma pena que o jornal *Portugal Moderno* tenha cessado sua publicação antes do término do romance. Mesmo assim, esse folhetim mostra que Ana de Castro Osório estava a par do que outras feministas estavam produzindo e ajudava a difusão e a vinculação de suas ideias. Desse modo, intensifica-se sua campanha feminista, ou humanista, junto ao que era então o principal órgão de imprensa dos imigrantes portugueses.

Em um tempo como o nosso em que tanto as correntes migratórias quanto a luta feminista por direitos e visibilidade são assunto cotidiano e estão em debate, esperamos tornar mais claro um momento importante dessa história. Procuramos dar a conhecer um órgão de ligação cultural luso-brasileira, o *Portugal Moderno*, importante por sua longevidade como periódico de imigrantes e pelo papel que desempenhou na luta feminista na primeira república brasileira e portuguesa. O problema ressaltado em seu artigo de estreia ainda é atual, a independência financeira das mulheres e o acesso justo ao mercado de trabalho. Ao darmos publicidade a textos de Ana de Castro Osório pouco conhecidos ou ainda desconhecidos da crítica literária, contribuímos para os estudos sobre essa escritora, sobretudo pela luta feminista que desempenhou dos dois lados do Atlântico. Valoriza-se assim o discurso do imigrante e sua contribuição para a cultura local, e a luta das mulheres, ao trazer à luz uma parte da produção cultural luso-brasileira.

Referências Bibliográficas:

Fonte primária:

Portugal Moderno – Orgam Portuguez no Brazil – Fundado em 1899, Rio de Janeiro: 1899-1913.

Demais referências:

ANDERSON, Benedict. (2008) *Comunidades Imaginadas*: reflexões sobre a origem e a dfusão do nacionalismo. trad. Denise Bottman. São Paulo: Companhia das Letras.

BARBOSA, Socorro de Fátima Pacífico. (2007) *Jornal e literatura*: a imprensa brasileira no século XIX. Porto Alegre: Nova Prova.

CASTRO, Zília Osório de; ESTEVES, João; MONTEIRO, Natividade (coord.). (2011) *Mulheres na 1ª República*. Percursos, Conquistas e Derrotas. Lisboa: edições Colibri.

CASTRO, Zília Osório de. "As intelectuais". in: CASTRO, Zília Osório de; ESTEVES, João; MONTEIRO, Natividade (coord.). (2011) *Mulheres na 1ª República*. Percursos, Conquistas e Derrotas. Lisboa: edições Colibri, 2011.

CERDEIRA, Teresa Cristina. "Mulheres e Revolução: a Cultura Marialva posta em questão". *Revista Mulheres e Literatura*, (1997) Rio de Janeiro, v. I. Disponível em: < http://litcult.net/93/>. Acesso em 30/08/2016

CERTEAU, Michel de. (1994) *A invenção do cotidiano: artes de fazer*. Petrópolis: Vozes.

CHARTIER, Roger. (1991) "O Mundo como representação". *Estudos Avançados* 11(5), São Paulo. Disponível em: http://www.revistas.usp.br/eav/article/view/8601/10152

CRUZ, Eduardo da. (2015) "Imprensa luso-brasileira no Rio de Janeiro oitocentista". In: CRUZ, Eduardo da; FERREIRA, Tania Maria Bessone da Cruz (Org.). *No Giro do Mundo*: os periódicos do século XIX no Real Gabinete Português de Leitura - v. II. Rio de Janeiro: Real Gabinete Português de Leitura.

DUARTE, Constância Lima. (2016) *Imprensa feminina e feminista no Brasil*. Século XIX: Dicionário ilustrado. Belo Horizonte: Autêntica Editora.

ESTEVES, João.*Silêncios e feminismos*. Disponível em: <http://www.aph.pt/ex_assPropFeminina13.php>. Acesso em: 30/08/2016.

______. "Ana de Castro Osório" (verbete). in: CASTRO, Zila Osório de; ESTEVES, João. (Direcção). (2005) *Dicionário no Feminino*. Lisboa: Livros Horizonte.

______. (2014) *Ana de Castro Osório (1872-1935)*. Lisboa: CIG.

______. (2011) "Feminismo, Feminismos e Sufragismo na 1.ª República". in: CASTRO, Zília Osório de; ESTEVES, João; MONTEIRO, Natividade (coord.). *Mulheres na 1ª República*. Percursos, Conquistas e Derrotas. Lisboa: edições Colibri.

FERREIRA, Maria Luísa Ribeiro (Org.). (2002) *As teias que as mulheres tecem*. Lisboa: Colibri.

GOMES, Angela Maria de Castro. (2013) "A "grande aliança": um projeto político-pedagógico luso-brasileiro na Primeira República". *Anais do XXVII Simpósio Nacional de História - ANPUH 2013*. Natal. Disponível em: <http://www.snh2013.anpuh.org/resources/anais/27/1362239883_ARQUIVO_TextoAnaCOsorioanpuh13.pdf>. Acesso em: 15/07/2016.

_____. (2011) "A Grande Aliança de Ana de Castro Osório: um projeto político-pedagógico fracassado". *Estudos do Século XX*, v. 11, p. 20-43.

LOUSADA, Isabel. (2015) "Entre Marias, Ana de Castro Osório, Entre Correspondências". *Anais do VII Seminário Internacional Mulher e Literatura*. Caxias do Sul: UCS.

______. (2011) "Imprensa: amplificador da voz feminina". CASTRO, Zília Osório; ESTEVES; João; MONTEIRO, Natividade (coords.).

Catálogo do Seminário Mulheres na 1ª República. Percursos, conquistas e derrotas. Lisboa: Edições Colibri, p. 41- 48, 2011.

LOUSADA, Isabel. LAGUARDIA, Angela. (2013) "Maria Lacerda de Moura e Ana de Castro Osório: correspondência em trânsitos atlânticos e feministas". *Navegações*: revista de cultura e literaturas de língua portuguesa, v. 6, n. 1, jn./jun. Porto Alegre: PUC-RS/ CLEPUL(Universidade de Lisboa).

MARTINS, Ana Luiza; LUCA, Tania Regina de. (orgs.) (2013) *História da Imprensa no Brasil*. 2.ª ed. São Paulo: Contexto.

MASSA, Jean-Michel. (2009) *A juventude de Machado de Assis, 1839-1870*: ensaio de biografia intelectual. 2ª ed. Trad. de Marco Aurélio de Moura Matos. São Paulo: Editora UNESP.

MENEZES, Lená Medeiros de. (2007) "A presença portuguesa no Rio de Janeiro segundo os censos de 1872, 1890, 1906 e 1920: dos números às trajetórias de vida". in: SOUSA, Fernando de; MARTINS, Ismênia de Lima; PEREIRA, Conceição Meireles (coord.). *A emigração portuguesa para o Brasil*. Porto: CEPESE/Edições Afrontamento.

MOREIRA, Nadilza M. de B. (2002) "Da margem para o centro: a autoria feminina e o discurso feminista do século XIX". in: DUARTE, Constância Lima. *Gênero e representação*: teoria, história e crítica. Col. Mulher e Literatura v. 1. Belo Horizonte: UFMG, FALE, Pós-lit. Disponível em: <htto://www.amulhernaliteratura.ufsc.br/9nadilzabh.html>

PEREIRA, Maria Apparecida Franco. (2015) "Ana de Castro Osório e 'a grande aliança': migrações intelectuais da aproximação de Portugal e Brasil, na Primeira República". *Anais do XXVIII Simpósio Nacional de História*. Florianópolis/SC: 2015. Disponível em: <http://www.snh2015.anpuh.org/resources/anais/39/1435673181_ARQUIVO_TextoMariaApparecidaFrancoPereira.pdf>. Acessado em: 15/07/2016.

RANCIÈRE, Jacques. (1995) *Políticas da escrita*. Trad. Raquel Ramalhete et. al. Rio de Janeiro: ed. 34.

REMÉDIOS, Maria José. (2000) "Ana de Castro Osório e a construção da Grande Aliança entre os povos: dois manuais de escritora portuguesa adoptados no Brasil". *Anais do I Congresso Brasileiro de História da Educação.* Rio de Janeiro: Sociedade Brasileira de História da Educação. Disponível em: <http://www.sbhe.org.br/novo/congressos/cbhe1/anais/109_maria_jose.pdf>. Acesso em: 15/07/2000

SANDMANN, Marcelo. (2003) *Aquém-Além-Mar*: presenças portuguesas em Machado de Assis. Tese de doutorado em Teoria e História Literária. Campinas: UNICAMP.

SILVA, Maria Beatriz Nizza da. (1986) "A mulher no contexto da imigração portuguesa no Brasil". in *Análise Social*, v. XXII (92-93), 1986 - 3º-4º, pp 653-659.

SODRÉ, Nelson Werneck. (2011) *História da imprensa no Brasil.* São Paulo: INTERCOM; Porto Alegre: EDIPUCRS.

AMÉLIA DE LEUCHTENBERG: RETRATO DE UMA MULHER A MARGEM DO PODER

Paulo de Assunção

Amélie Auguste Eugénie Napoléone de Beauharnais (Amélia) foi princesa de Leuchtenberg (1812-1873) e segunda esposa do imperador D. Pedro I do Brasil, D. Pedro IV de Portugal (1798-1834). Os reveses da história fizeram com que esta figura feminina ficasse esquecida em meio a turbulência do século XIX, passando a desempenhar um papel secundário na vida política portuguesa entre 1834 e 1873. Neste artigo temos como intenção evidenciar que a trajetória de vida de Amélia conduziu para que esta vivesse na periferia do poder, num momento de grandes transformações econômicas, sociais, políticas, culturais e religiosas.

O entendimento do percurso de vida de Amélia de Leuchtenberg possibilita pensar questões mais amplas sobre a sociedade, tendo em vista que ela fazia parte de uma complexa trama social composta por relações múltiplas, nem sempre fáceis de serem alteradas. Jacques Le Goff observa que "a biografia histórica deve se fazer, ao menos em certo grau, relato, narração de uma vida, ela se articula em torno de certos acontecimentos individuais e coletivos – uma biografia não événementielle não tem sentido".(LE GOFF, 1990, p. 1)

Deve-se destacar que a assimetria na condição dos gêneros era flagrante no século XIX. A mulher tinha um campo de atuação reduzido, marcado algumas vezes, pela passividade e subordinação. Ao homem era dado protagonismo, dirigir, defender e sustentar a sua família de base patriarcal. Concordamos com Mary Del Priore quando afirma, na apresentação da obra *História das Mulheres no Brasil*, que: "A história das mulheres é relacional, inclui tudo que envolve o ser humano, suas aspirações e realizações, seus parceiros e contemporâneos, suas construções e derrotas" (DEL PRIORE, 1997, p. 8-9).

Amélie Auguste Eugénie Napoléone de Beauharnais, conhecida como Amélia Augusta Eugênia Napoléone de Beauharnais, era filha de Eugène Rose de Beauharnais (1781-1824), 1° duque de Leuchtenberg, e da princesa Augusta-Amélie Louise de Baviera (1788-1851). Amélia de Beauharnais nasceu em Milão (SCHMIDT, s/d, p. 31)[1] em 31 de julho de 1812, ocasião em que seu pai comandava as tropas italianas, francesas e bávaras do quarto corpo da armada francesa que tinha como objetivo principal a conquista da Rússia.

Após a queda de Napoleão Bonaparte (1769-1821), as ideias revolucionárias estavam em ebulição e os monarcas europeus, cada um a sua maneira, tentaram debelar os focos de insurgência, sem resolverem as questões sociais e a disseminação do ideário nacionalista. A nova conjuntura política que se delineava fez que Eugène de Beauharnais fosse obrigado a seguir para Munique, passando a ficar sob proteção do sogro, Maximiliano I José (1756-1825) (MARTINS, 2001, p. 21). Augusta-Amélie se dedicou, com empenho, na negociação dos casamentos dos filhos, tendo como objetivo garantir um futuro tranquilo para os seus descendentes. A filha Amélia também

1 A autora Maria Junqueira Schmidt afirma que foi em Munique. Ver: SCHMIDT, Maria Junqueira. *A Segunda Imperatriz do Brasil (Amelia de Leuchtenberg)*. São Paulo: Companhia Melhoramentos, [s.d.], p. 31.

foi alvo de suas preocupações, uma vez que um dos pretendentes era D. Pedro I (179-1834), imperador das longínquas terras brasileiras (SANTOS, 2008, p. 93).

D. Pedro I casara-se, em primeira núpcias, com Caroline Josepha Leopoldine Francisca Fernanda von Habsburg-Lothringen (1797-1826), conhecida com Leopoldina, ou Maria Leopoldina, que foi arquiduquesa da Áustria. (SANTOS, 2008, p. 31)Após a morte de D. Leopoldina foram iniciadas as negociações para que fosse encontrada uma nova esposa para o imperador brasileiro. Em 20 de junho de 1827, D. Pedro escreveu ao cunhado o arquiduque Francisco Carlos da Áustria (1802-1878) e ao príncipe Carlos Teodoro Maximiliano Augusto da Baviera (1795-1875) para que estes, munidos das procurações que receberiam, tivessem a possibilidade de contratar um novo casamento com Maria Luiza Guilhermina da Baviera (1808-1892) ou Maria Ana Leopoldina Isabel Guilhermina da Baviera (1805-1877).[2] Ambas declinaram do pedido de casamento.

Na corte de Viena, a imperatriz Carolina Carlota Augusta de Áustria, também conhecida como Carolina Augusta da Baviera (1792-1873), quarta esposa do imperador Francisco I da Áustria (1768-1835),[3] escreveu para a irmã, a duquesa Augusta-Amélie de Leuchtenberg, comunicando o desejo de D. Pedro I, imperador do Brasil, em contrair novas núpcias (BRAGANÇA, 2009, p. 12).

Em 26 de março de 1828, Augusta-Amélie escreveu a sua irmã Carolina Carlota. Na missiva revelava sua preocupação na celebra-

---

2 D. Pedro Enviou o italiano Luiz d'all Hoste e depois Carlos Matheus Pereira com carta para Francisco I e Metternich. SCHMIDT, Maria Junqueira. *A Segunda Imperatriz do Brasil (Amelia de Leuchtenberg)*. São Paulo: Companhia Melhoramentos, [s.d.], p. 10.

3 Carolina Carlota Augusta da Baviera casou em 8 de junho de 1808 como o príncipe herdeiro Guilherme de Württemberg. O casal não teve filhos e se divorciaram em 31 de agosto de 1814. Ela casou em segunda núpcias com Francisco II da Alemanha e I da Áustria, pai de D. Leopoldina.

ção do casamento de sua filha, Amélia, como o imperador do Brasil. Sabia que a primeira esposa de D. Pedro I, D. Leopoldina, "teria morrido em consequência dos desgosto e mau tratos que sofreu; diz--se também do mal carácter e dos modos do imperador!". Esta indagação procedia, pois afirmava-se que o casamento com Leopoldina teria custado uma soma elevada e D. Augusta-Amélie não poderia suportar tal despesa, tendo em vista a sua condição financeira.[4]

A resposta não foi nada animadora. A irmã Carolina Carlota registrou em missiva que conforme pudera averiguar junto ao seu marido, o imperador Francisco I da Áustria, D. Leopoldina não fora feliz no casamento. Era público que o imperador D. Pedro I tinha uma amante (Domitila de Castro Canto e Mello (1797-1867), também conhecida como Marquesa de Santos) e filhas que foram reconhecidas legalmente. Contudo, destacava que o imperador era uma pessoa inteligente e bondosa (MARTINS, 2001, p. 29).

A priori, a duquesa Augusta-Amélie não foi favorável a ideia de casar a filha Amélia com o imperador do Brasil. A jovem Amélia acabara de completar dezesseis anos e não estava preparada para cuidar de cinco enteados. A duquesa registrou a sua hesitação em carta dirigida ao genro, príncipe Oscar da Suécia (1799-1859), em 20 de fevereiro de 1829.[5] Confessava que não conhecia adequadamente "algumas coisas sobre esta Corte do outro lado do mundo. Bem sei que este partido seria bem bom, mas a que serve uma coroa quando se é infeliz no lar". (BRAGANÇA, 2009, p. 14). Contudo, tinha consciência de que o enlace matrimonial seria a forma de garantir o melhor futuro possível para a filha. A possibilidade de ser uma

4 Carta de Augusta Amélia a sua irmã Carlota – Munique, 26 de marco de 1828. MARTINS, Maria Manuela Pereira Pera Lourenço. *D. Augusto de Leuchtenberg e Santa Cruz.* Lisboa: Colibri, 2001, p. 130.

5 O Príncipe Óscar era casado com Josefina Maximiliana Eugênia Napoleona, filha mais velha da Duquesa Augusta-Amélie.

imperatriz, a riqueza, o luxo e a ostentação social se apresentavam como certos. Esquecia-se que os reveses da vida poderiam mudar os caminhos a serem trilhados.

A jovem Amélia, ao tomar conhecimento da proposta de casamento, também foi reticente, mostrando a sua intenção em permanecer ao lado da mãe (MARTINS, 2001, p. 14). Contudo, após ter refletido sobre o assunto, Amélia escreveu à mãe, dizendo que aceitava. Tinha ciência que o futuro marido tinha uma fama duvidosa. Conforme registra "me disseram uma quantidade de coisas que não são recomendáveis", referindo-se à D. Pedro I. Entendia que fazia um "grande sacrifício" e que aceitava a proposta para "proveito" da sua família. Colocava como uma das condições que o imperador brasileiro, "por si mesmo ou por sua medição restitua a meu irmão o título que pertencia a meu pai" (TORRES, 1947, p. 27).

Após longas tratativas entre o marquês de Barbacena, Felisberto Caldeira Brant Pontes de Oliveira Horta (1772-1842), representante de D. Pedro I, e os agentes de D. Augusta-Amélie o contrato de casamento foi celebrado. Em 2 de agosto de 1829, a jovem Amélia foi agraciada com a Grã-Cruz da Ordem de Nossa Senhora da Conceição de Vila Viçosa, adquirindo o título de 16ª duquesa de Bragança e imperatriz do Brasil. Nesse mesmo dia foi realizado o casamento por procuração, numa cerimônia reservada na sua residência em Munique.[6] A jovem deixou a Baviera e enfrentou o desconhecido. A imperatriz e sua comitiva chegaram a baía do Rio de Janeiro em 15 de outubro de 1829. A recepção foi realizada com toda a pompa que o momento exigia. No período que antecedeu a chegada foi montada uma arquitetura efêmera para recepcionar a futura rainha, enquanto o Palácio de

6 MARTINS, Maria Manuela Pereira Pera Lourenço. *D. Augusto de Leuchtenberg e Santa Cruz*. Lisboa: Colibri, 2001, p. 24. CELLIEZ, Adelaïde. *Les impératrices. France, Russie, Autriche, Brésil*. Paris: E. Ducrocq, 1860, p. 602.

São Cristóvão era renovado. Arcos de triunfo foram erguidos e a expectativa era grande. A cerimônia de casamento ficaria imortalizada no quadro pintado por Jean-Baptiste Debret (1768-1848). D. Pedro, como demonstração da sua afeição pela esposa, ofereceu-lhe uma tiara de diamantes com uma pureza ímpar, que causou admiração de todos, inclusive da própria D. Amélia.

A questão do trono português estava em aberto. D. Miguel havia usurpado o poder, sofrendo a oposição da corrente liberal que instigava a D. Pedro tomar a frente do processo de recuperação do trono a favor de D. Maria II (SCHMIDT, 1930 tomo 107, v. 161, p. 34). Esta se encontrava no Rio de Janeiro, residindo no palácio que pertencera a marquesa de Santos, que passou a servir de sede improvisada da corte portuguesa (SANTOS, 2008, p. 274-275). Em 21 de abril de 1830, D. Pedro apresenta uma via alternativa aos embates que enfrentava com D. Miguel. Ciente da conjuntura crítica em Portugal e no Brasil, deu instruções para o marquês de Santo Amaro, José Egídio Álvares de Almeida (1767-1832) realizasse a conciliação com D. Miguel.

Enquanto isso, a jovem Amélia teve um convívio aparente harmonioso com D. Pedro I, sendo considerada uma "companhia estimulante e moderadora".[7] O comportamento do imperador foi afável, não poupando esforços para satisfazer os desejos da esposa, sempre agraciando-a com presentes. Tal situação não impediu que D. Pedro I tivesse seus relacionamentos extraconjugais, provavelmente sem que a esposa tivesse conhecimento.

Na França a queda do monarca Carlos X (1757-1836), em 2 de agosto de 1830, faria que os ventos republicanos soprassem com mais intensidade, enquanto a dinastia dos Bourbons era criticada mais uma vez. No Brasil, a imprensa periódica não poupou críticas ao imperador e aos deputados que o apoiavam. D. Pedro I utilizou de

7 *Ibidem*, p. 277.

mão forte para reprimir, por meios legais, o que considerava abuso de liberdade da imprensa.

O assassinato do jornalista Giovanni Battista Libero Badaró (1798-1830), em 21 de novembro, na cidade de São Paulo, intensificou os gritos de rebeldia. O jornalista, ao tomar conhecimento da revolução ocorrida em setembro, na cidade de Paris, escreveu um artigo para o periódico *O Observador Constitucional*. No texto conclamava os brasileiros a seguirem tal exemplo. Na noite do dia 20, Libero Badaró sofreu um atentado quando regressava para sua residência na rua de São José, falecendo no dia seguinte. O crime foi atribuído a Cândido Ladislau Japiasssu (1799-1861), partidário de D. Pedro, o que acelerou os embates entre conservadores e liberais, que se proliferaram por diferentes partes do território brasileiro. O que ficava evidente era a reprovação à política imperial e a crescente impopularidade do monarca.

A fim de acalmar os ânimos, D. Pedro seguiu para Minas Gerais, acompanhado de D. Amélia que demonstrou grande interesse em conhecer o interior das províncias do Rio de Janeiro e Minas Gerais e se afastar do clima tenso que marcava a capital do Brasil (SCHMIDT, s/d, p. 52). A cada parada eram apresentadas reclamações e demonstrações de insatisfação com o seu governo. Os periódicos especulavam sobre a visita do imperador a Minas Gerais, afirmando que este visitava o local para "comprar amigos com títulos e comendas" (MELLO, 2008, p. 282).

Ao regressar das Minas Gerais, no dia 11 de março, o imperador já trazia consigo uma intenção madura de abdicação. O partido português (conservador), tendo como objetivo demonstrar o seu apoio irrestrito a D. Pedro, preparou para o casal imperial uma recepção com fogos de artifício e iluminação nas casas dos apoiadores do monarca. Na Chácara da Floresta, residência do deputado Pe. José Custódio Dias, se reuniram vários deputados que elaboraram um Manifesto expondo suas posições contra os portugueses que assediavam o imperador. A reação do partido brasileiro (liberal) foi imediata, promovendo revoltas com pedras e garrafas, ocorrida no dia 13 de março. Episódio que entrou para a história como a "Noite das Garrafadas" (SCHMIDT, s/d, p. 63).

A antipatia em relação ao imperador crescia, em parte alimentada pelo marquês de Barbacena, o qual estava ressentido devido à sua saída do governo e afirmava publicamente que, caso houvesse uma forte pressão, o imperador acabaria por abdicar.

D. Amélia acompanhava os acontecimentos com apreensão, pois temia que uma revolta eclodisse a qualquer momento (SANTOS, 2008, 144). Na madrugada de 7 de abril, o imperador redigiu a abdicação do trono em favor do seu filho D. Pedro II, entregando o documento a Miguel de Frias e Vasconcelos (1805-1859). Terminava o curto reinado do imperador (CELLIEZ, 1860, p. 604). Em seguida, ele retirou-se do recinto, sendo acompanhado de D. Amélia, ambos se dirigindo para os aposentos reais (ALMEIDA, 1973, p. 39). Nessa ocasião teriam se despedido dos filhos do imperador. D. Amélia chorava compulsivamente não escondendo a sua indignação pela falta de gratidão do povo brasileiro em relação a D. Pedro (TORRES, 1947, p. 127).

No dia 12 de abril, o casal embarcou na fragata inglesa "Volage", comandada pelo Charles Lord Colchester (1798-?). No dia seguinte, os navios zarparam. A estada da jovem em terras brasileiras chegara ao fim, como também o seu reinado. A trama política fazia com que D. Amélia assumisse um lugar a margem do poder, passando a ser a ex-imperatriz do Brasil.

Em meados de junho de 1831, D. Amélia escreveu à enteada (D. Maria II), informando da sua chegada após 58 dias de viagem, e de ter enfrentado três dias de tempestade, o que fez que ficasse indisposta o tempo todo. O mal-estar era maior, porque D. Amélia encontrava-se no quinto mês de gestação e as incertezas eram muitas. Em 1º de dezembro, desse mesmo ano, nascia Maria Amélia Augusta Eugénia Josefina Luísa Teodolinda Heloísa Francisca Xavier de Paula Micaela Gabriela Rafaela Gonzaga de Bragança e Beauharnais, que passaria a ser conhecida como Maria Amélia de Bragança (SCHMIDT, s/d, p. 87) e (SANTOS, 2008, p. 292).

Em 25 de janeiro de 1832, D. Pedro deixou Paris e seguiu em direção as Ilhas dos Açores para empreender a reconquista do trono português, acompanhado de Pedro de Sousa Holstein marquês de Palmela (1781-1850); Nuno José Severo de Mendonça de Moura Barreto duque de Loulé (1804-1875), e de Paulo Martins de Almeida, visconde de Almeida (1807-1874) (BRAGANÇA, 2009, p. 20 e 31).

Em setembro de 1833, depois da vitória do liberalismo, D. Amélia, a filha e a enteada deixaram Paris, tendo como destino Lisboa. No dia 22 de setembro, a fragata que seguia com D. Amélia entrou na foz do rio Tejo (ALMEIDA, 1973, p. 53). No porto, uma grande comitiva a aguardava. D. Pedro, fortemente emocionado, não escondeu a saudade que sentia da esposa e das filhas (SANTOS, 2008, p. 301). A pequena Maria Amélia estava prestes a completar dois anos de idade. Maria da Glória completara 14 anos e ganhava feições de mulher (TORRES, 1947, p. 171).

A ascensão da jovem rainha portuguesa, D. Maria II, foi acompanhada de uma tragédia familiar. D. Pedro IV, que lutara para defender os interesses da filha, visitando as províncias do Norte, no regresso a Lisboa em 1834, dava mostras de fraqueza e de estar doente. Na noite de 27 de maio, D. Pedro compareceu ao Teatro São Carlos, a fim de dar demonstrações públicas do regozijo da vitória liberal, acompanhado de D. Amélia e de D. Maria II. No caminho, o coche em que seguiam foi atacado por pedras e lama. Os ataques foram atribuídos ao grupo liberal de esquerda, que ficaria conhecido como Setembrista, este não aceitava o teor do acordo de Évoramonte, entendendo que D. Pedro não tinha agido com a energia necessária. Ao adentrar no recinto do teatro D. Pedro foi hostilizado com vaias pelos liberais. O ambiente ficou extremamente tenso. O bulício foi grande e em meio a confusão D. Pedro desfaleceu, tendo um acesso de tosse, seguido de sangramento pela boca, sinal da debilidade física que o acompanhava e da tensão que sentia (TORRES, 1947, p. 177).

No dia 15 de setembro, D. Pedro refez o seu testamento,[8] nomeando D. Amélia como sua testamenteira. Três dias depois, o regente informou à Câmara que não tinha condições de continuar a frente dos negócios públicos, comunicando que declararia a maioridade de D. Maria II (SCHMIDT, s/d, p. 101). Esta foi chamada e recebeu orientações sobre como conduzir o governo de Portugal. O momento era de incerteza sobre o destino político da nação (CELLIEZ, 1860, p. 608).

A tarde de 24 de setembro de 1834 ficaria marcada nas lembranças de D. Amélia. A movimentação era intensa no Palácio de Queluz (ALMEIDA, 1973, 55). O ex-imperador agonizava e a consternação era geral. D. Amélia solicitou que rapidamente a princesa Maria Amélia, que dormia, fosse levada ao quarto do pai, sem que a criança entendesse o que acontecia ao seu redor. O imperador moribundo fez seu último gesto de carinho para com a filha.[9] A comoção era geral. D. Pedro faleceu naquela noite, na sala D. Quixote, contava com 36 anos de idade.[10] Agora Amélia era a ex-imperatriz viúva do Brasil, afirmando o seu papel periférico em relação ao poder.

---

8 O testamento foi ditado para o ministro do reino Bento Pereira do Carmo. A data é 17 de setembro.

9 *Nota biográfica sobre Dona Maria-Amélia de Bragança, Princesa do Brasil.* Lisboa: Tipografia Liga dos Combatentes, 1984, p. 10

10 Ver: CASTILHO, José Feliciano. "A morte do Libertador": In: *A Águia*, no. 64. Lisboa, 26 de 1834. Outros jornais noticiaram a morte de D. Pedro e os artigos que tratam do assunto nos dias seguintes é amplo, sempre destacando a grandeza e o heroísmo do homem que defendeu a Carta Constitucional.

Atendendo ao desejo de D. Pedro I, D. Maria II casou-se com Augusto de Leuchtenberg (1810-1835), irmão de D. Amélia. Em Munique, no dia primeiro de dezembro de 1834 era celebrado o casamento por procuração. D. Augusto chegou em Lisboa no dia 25 de janeiro de 1835, para felicidade de D. Amélia que revia o irmão e passaria ter um forte aliado na corte. O recontro era uma mistura de alegria e ao mesmo tempo tristeza, devido à perda do marido e às lembranças do passado (MARTINS, 2001, p. 61). A cerimônia de casamento ocorreu no dia seguinte a chegada do rei consorte.[11]

O enlace matrimonial entre Augusto de Leuchtenberg e D. Maria II durou apenas dois meses. Após uma caçada, D. Augusto começou a passar mau e veio a falecer no dia 28 de março de 1835. A perda do irmão foi mais um golpe duro para D. Amélia. Em poucos meses perdera dois entes queridos. O destino que unia, também separava. Não havia remédio que fizesse esquecer os dissabores da vida.

Logo em seguida começaram as negociações para a realização de um novo casamento para D. Maria II. O jogo político do período era complexo e temia-se o futuro. As incertezas entre a *entourage* que vivia na corte era grande e era difícil escolher aqueles que tivessem de fato pureza de intenção. As agressões eram mútuas e faltava coalisão entre os grupos que disputavam o poder (SERRÃO, 1995, 16). D. Amélia, não desejando conviver com intrigas palacianas, preferiu passar uma temporada na Quinta Real de Caxias, aproveitando os banhos de mar (TORRES, 1947, 201).

Em 18 de setembro de 1835, D. Maria II definiu como residência de D. Amélia o Palácio da Bemposta, que era habitado até aquele momento pela ex-regente, a infanta D. Izabel Maria, irmã de

11 IHGB - Arq 2.4.3 - Documento 10 - *Cópia da Certidão do Reitor da Paróquia da Santa Igreja Basílica Patriarcal, do recebimento de sua Majestade a Senhora D. Maria II, com a S.A.R. Príncipe Augusto Duque de Leuchtenberg e de Santa Cruz.*

D. Pedro. Tal determinação visava a evitar os inconvenientes das intrigas, que eram muitas, e evidenciava o desejo de afastamento de D. Amélia da vida da corte. Um dos boatos dava conta que D. Amélia desejava a morte de D. Maria II. Como esta não possuía descendentes, o trono de Portugal passaria para Maria Amélia (SCHMIDT, s/d, p. 120). D. Amélia declinou da oferta de morar no Palácio da Bemposta e continuou a viver no Palácio das Janelas Verdes, que seria a sua moradia até o seu falecimento.

D. Amélia vivia de sobressalto, pois sua filha, em diferentes ocasiões, manifestou ter uma saúde débil. O cuidado e a proteção materna eram intensos, fazendo com que esta procurasse o melhor clima para beneficiar a saúde da filha. A doença de Maria Amélia se agravou fazendo com que D. Amélia decidisse por passar algum tempo na Ilha da Madeira, considerando o local mais apropriado para a convalescença, pelo clima ser tão benigno, conforme aconselhamento médico. Ela estava ciente do risco que corria em fazer tal viagem, mas era preciso arriscar. Em 26 de agosto de 1852 mãe e filha seguiram a bordo da fragata a vela "D. Fernando" em direção a cidade de Funchal (BRAGANÇA, 2009, p. 57).

Mãe e filha se instalaram na Quinta das Angústias. O nome da propriedade expressava bem o sentimento de todos que acompanhavam a jovem, todavia havia o reconforto de uma bela paisagem que permitia vislumbrar a cidade do Funchal e o Oceano. O quadro da doença pulmonar se agravou fazendo com que Maria Amélia ficasse confinada no seu quarto. D. Amélia não ocultava o seu temor e a tristeza em ver a filha em tal situação (ALMEIDA, 1973, p. 79-80). O mês de dezembro de 1852 e janeiro de 1853 foram de um sofrimento cruel para a jovem princesa e para D. Amélia que acompanhou a agonia da filha. Os médicos não conseguiram fazer nada para reverter o quadro.[12] Na madrugada do dia 4 de fevereiro, por volta das quatro horas, a jovem faleceu.[13] Nada mais restava a fazer (SCHMIDT, s/d, p. 137).

Nos anos seguintes, D. Amélia viveu das lembranças dos entes queridos ao mesmo tempo em que realizava ações beneméritas. Estava atenta aos acontecimentos da corte portuguesa, mas era evidente que a sua posição tinha um papel secundário nas tramas do poder, sendo poucas vezes consultada sobre assuntos do reino.

No começo da década de 1870, D. Amélia demonstrava grande debilidade física e antevia que seus dias chegavam ao fim. Febre e acessos de bronquite fizeram que ela pedisse os sacramentos. A visita da irmã, Josephine de Leuchtenberg (1807-1876), rainha da Suécia, e de D. Pedro II (1825-1891) e D. Teresa (1822-1889) lhe dariam novo ânimo.

Em 9 de janeiro de 1873, D. Amélia manifestou o desejo de acrescentar alguns detalhes no seu testamento que já estava pronto desde 6 de janeiro de 1863. Na madrugada do sábado dia 26 de janeiro de 1873 morreu D. Amélia de Leuchtenberg (SCHMIDT, s/d, p. 176).

No final da vida as dores físicas aumentaram e se somaram as dores da perda de entes queridos. A exuberância do vestuário e dos penteados que marcaram a juventude desapareceram com o tempo. Os dias passavam num ritmo lento. A memória do passado ocupava grande parte do tempo presente. Talvez Amélia tivesse pensado nos momentos mais solitários que viver era sofrer e chorar. A vida lhe ti-

12 *Nota biográfica sobre Dona Maria-Amélia de Bragança, Princesa do Brasil.* Lisboa: Tipografia Liga dos Combatentes, 1984, p. 35.

13 IHGB - Arq 2.4.3 - Documento 43 - *Certidão de óbito de Dona Maria Amélia de Bragança e Leuchtenberg.* Atestado por José Pereira da Costa, licenciado em Filologia Clássica pela Universidade de Coimbra e diretor do Arquivo Distrital de Funchal. Ver também: *Nota biográfica sobre Dona Maria-Amélia de Bragança.* [s.l.]: LEIPSIC, 1857, p. 35-36.

nha reservado presentes, mas também privações. Restava a resignação. As recordações eram dolorosas e mostravam a fragilidade de uma mulher e ao mesmo tempo de todos os seres humanos. Uma mulher que viveu a saga de ficar a margem do poder e a margem da história.

Referências Bibliográficas:

ALMEIDA, Sylvia Lacerda Martins. (1973) *Uma filha de D. Pedro I – Dona Maria Amélia*. São Paulo: Companhia Nacional.

BRAGANÇA, Carlos Tasso de Saxe-Coburgo. (2009) *A princesa flor Dona Maria Amélia*. Funchal: DRAC.

CASTILHO, José Feliciano. (1834) "A morte do Libertador": In: *A Águia*, no. 64. Lisboa, 26.

CELLIEZ, Adelaïde. (1860) *Les impératrices. France, Russie, Autriche, Brésil*. Paris: E. Ducrocq.

DEBRET, Jean Baptiste. (1839) *Voyage pittoresque et historique au Brésil*. Paris: Firmin Didot Frères, v. III.

ELIAS, Norbert. (1994) *O processo civilizador*. Rio de Janeiro: Jorge Zahar, v. I.

GIORGIO, Michela. (1994) "O modelo católico". *História das Mulheres* – o século XIX. Lisboa: Afrontamento, v. 4.

LE GOFF, Jacques. (1989/2) "Comment écrire une biographie historique aujourd'hui?" In: *Le Débat*: Paris: Gallimard, n. 54, mar/abr., p. 48-53.

LORIGA, Sabina. (1998) "A biografia como problema". In: REVEL, Jacques (org.). *Jogos de escalas*: a experiência da microanálise. Rio de Janeiro: FGV.

MARQUES, Eduardo Alves. (2009) *Se as joias falassem*. Lisboa: A Esfera dos Livros.

MARTINS, Maria Manuela Pereira Pera Lourenço. (2001) *D. Augusto de Leuchtenberg e Santa Cruz*. Lisboa: Colibri.

MELLO, Barão Homem de. (1897) "Viagem do imperador D. Pedro I a Minas Geraes em 1830 e 1831". In: *RIHGB*. Rio de Janeiro: IHGB, tomo LX, p. 305-383.

PRIORE, Mary del. (1997) *História das Mulheres no Brasil*. São Paulo: Contexto.

REAL, José Alberto Corte. (1872) *Viagem dos imperadores do Brasil em Portugal*. Coimbra: Imp. da Universidade.

ROSSI, Paolo. (2010) *O passado, a memória e o esquecimento*. São Paulo: Editora Unesp.

SANTOS, Eugénio. (2008) *D. Pedro IV*. Lisboa: Temas e Debates.

SCHMIDT, Maria Junqueira. *A Segunda Imperatriz do Brasil (Amélia de Leuchtenberg)*. São Paulo: Companhia Melhoramentos, [s.d.].

SCHMIDT, Maria Junqueira. (1930) "Conferencia da senhorinha Maria Junqueira Schmidt – A Segunda Esposa de D. Pedro I". In: *Revista do Instituto Histórico e Geográfico Brasileiro*. Rio de Janeiro: Imprensa Nacional, tomo 107, v. 161.

SERRÃO, Joaquim Veríssimo Serrão. (1995) *História de Portugal [1832-1851]*. Lisboa: Verbo.

SOUSA, José de Campos. (1958) "Viagem de Sua Majestade a Imperatriz viúva Duquesa de Bragança à Suécia, no ano de 1839". In: *Revista Ocidente*. Lisboa,[s.n.], p. 284-301.

TORRES, Lygia Lemos. (1947) *Imperatriz Dona Amélia*. São Paulo: [s.n.].

Fontes:

Diário Fluminense, 30 de dezembro de 1830, v. 16, no. 153, p. 1.

Instituto Nacional Torre do Tombo (IANTT) – Casa Real – Caixa 7321 – Carta de Ouro Preto, 22 de fevereiro de 1831.

Instituto Histórico e Geográfico Brasileiro (IHGB) – Arq. 2.4.3 – Documento 10 – *Cópia da Certidão do Reitor da Paróquia da Santa Igreja Basílica Patriarcal, do recebimento de sua Majestade a Senhora D.*

Maria II, com a S.A.R. Príncipe Augusto Duque de Leuchtenberg e de Santa Cruz.

Nota biográfica sobre Dona Maria-Amélia de Bragança, Princesa do Brasil. Lisboa: Tipografia Liga dos Combatentes, 1984.

MARIA LACERDA DE MOURA: À MARGEM DE SEU TEMPO E ALÉM DELE

Angela Laguardia

Muitas mulheres tiveram seus textos marginalizados, silenciados e até mesmo esquecidos por não corresponderem aos propósitos ou ideários de sua época. Nesta constelação de "estrelas apagadas", vamos encontrar Maria Lacerda de Moura. O objetivo de nosso trabalho é trazer uma reflexão sobre os textos, destacando aqueles que podem ser considerados iniciais e inéditos, para desta forma compreender como eles podem ter ressoado e corroborado com a multiplicidade de seus papeis no decorrer de seu percurso, considerados contraditórios por seus contemporâneos, e relegados à margem e ao silêncio.

Maria Lacerda de Moura (1887-1945) foi educadora, escritora, oradora brilhante, jornalista, intelectual militante e uma "feminista utópica", como afirmou a estudiosa de sua obra, Miriam Lifchitz Moreira Leite, no subtítulo de sua antologia (LEITE, 2005), que reúne excertos de algumas das obras da pensadora e foram agrupados em blocos temáticos intitulados: "Registros biográficos"; "Educação"; "Amor Plural"; "Maternidade-Consciente" e "Pacifismo".

A seleção abrange, além de suas obras, um prefácio e artigos que foram escritos nas décadas de 20 e 30 do século XX, e correspondem ao período em que Maria Lacerda viveu no estado de São Paulo, quando mudou para a capital, em 1921, e, posteriormente, para uma chácara em Guararema, em exílio voluntário, em 1928. Apesar de não obedecer à cronologia das publicações, pudemos constatar que a antologia parte de 1924, com sua obra emblemática *A Mulher é uma Degenerada,* e termina com o artigo autobiográfico "Profissão de Fé", publicado no periódico paulista *A Lanterna* (MOURA, 1935, p. 3) em 1935.

Entre os anos mencionados, temos a seguinte produção: *Religião do Amor e da Beleza* (1926); uma *Autobiografia* (1928), publicada no periódico paulista *O Combate*; um prefácio ao livro *Liberdade Sexual das Mulheres,* do argentino Júlio Barcos (1929) e as obras *Civilização – tronco de escravos* (1931); *Amai...e não vos Multipliqueis* (1932);*Han Ryner e o Amor Plural* (1933), *Serviço Militar Obrigatório para a Mulher?* (1933); e *Ferrer – apóstolo da não violência* (1934).

Os títulos selecionados, e outros que omitimos aqui, que pertencem a esta segunda fase da sua vida e obra, se assim pudermos classificá-la, além de estarem inseridos em um momento político e social significativo do país, entre a Primeira e Segunda República e a constituição do Estado Novo, apontam para marcos culminantes de seu percurso, atravessados por muitos acontecimentos significativos no âmbito privado e social. Entre eles, podemos destacar a sua valiosa contribuição para a história das conquistas e evolução dos direitos das mulheres no Brasil.

Silenciada por décadas, a sua voz polêmica e original emerge novamente no fluxo feminista dos anos setenta, com a tese *Outra Face do Feminismo*, de Miriam Lifchitz Moreira Leite. Resgate que faria justiça àquela que foi pioneira na área dos Estudos sobre a Mulher no Brasil. Em 1921, Maria Lacerda funda em São Paulo a Federação Internacional Feminina, junto com outras mulheres paulistas e santistas e, ao redigir os estatutos da Federação, sugere a criação de uma cadeira sobre a História da Mulher nas escolas femininas.[1]

Autodidata, foi incompreendida por muitos dos seus posicionamentos, que contrariavam a sociedade, a política e as crenças religiosas vigentes. Maria Lacerda exerceu diversos papeis e, corajosamente, traçou o seu caminho. A sua força se originava de seus ideais educacionais, humanitários e espirituais e ultrapassam, sem dúvida, o mote inicial de "feminista utópica". Não era comum a existência de mulheres combativas, intelectuais e espiritualizadas, ao mesmo tempo e "naquele tempo".

Assim, buscamos em seus escritos iniciais, que antecedem a fase paulista, quando ainda morava em Barbacena, Minas Gerais, alguns excertos significativos, e provavelmente inéditos, para a compreensão de suas motivações iniciais, suas ideias e constante busca pelos alicerces ou pilares da evolução humana ao longo de sua existência.

Maria Lacerda nasceu em Manhuaçu, em 1887, mas aos quatro anos, em 1891, sua família transferiu-se para Barbacena, onde o pai, Modesto Araújo Lacerda, exerceria o cargo de oficial do Cartório dos Órfãos. Em 1892, inicia suas primeiras letras no Externato de freiras do Asilo de Órfãos, experiência que recorda em seu texto *Autobiografia*, de 1928, publicado no ano seguinte no periódico *O combate*, e que já revelavam suas agudas observações, apesar da pouca idade, entre os seis e dez anos:

[...] percebi o espírito de classe, de casta e a injustiça com que os católicos estabelecem a diferença econômica e de dominismo entre os colegiais e respectivas famílias, no trato aos ricos, aos potentados, e no desprezo e exploração para com os pobres, os humildes e os

1 Trabalhar pela criação de uma cadeira de História da Mulher, sua evolução e sua missão social, em todas as escolas femininas" (LEITE apud LEÃO, A. Carneiro "Os deveres das novas gerações" *in*: *São Paulo em 1920*. São Paulo, Annuario Americano. 1920, p.171-174).

de cor".Foi uma das belas experiências de minha vida.E quem sabe a sabedoria com que meu pai agiu, confiante em si mesmo, para, com o exemplo, nos apontar caminho diverso? (*O Combate*, São Paulo, n.º 5110, 3 agosto 1929, 3).

A memória do pai é reverenciada no mesmo artigo como exemplo de caráter e reconhecimento pela formação de seu caráter, "[...] como qualquer cousa de santo dentro de mim mesma. Era uma alma grande, incompatível com a vida social" (*Idem*, 1929, p. 3).

Maria Lacerda era filha de pai espírita convicto, anticlerical e maçom. Vivia sob a atmosfera adversa de uma cidade provinciana, onde o clero mantinha o controlo sobre o ensino e as relações familiares e sociais e a educação da mulher restrita ao papel de esposa e mãe, mesmo do ponto de vista de positivistas brasileiros da Primeira República, que acreditavam que "Só excepcionalmente a Mulher pode exercer funções intelectuaes ou praticas destinadas ao Homem" (TEIXEIRA MENDES, 1908 *apud* LEITE,1884, 23).

Após quatro anos no colégio católico e aulas particulares, ela ingressa na Escola Normal Municipal de Barbacena, em 1899, onde, a partir de 1908, seria professora de Pedagogia; Psicologia Experimental; Higiene e Trabalhos Manuais, tendo dirigido um *Paedagogium*.Mais tarde, adotaria a pedagogia libertária de Francisco Ferrer e a Escola Moderna idealizada por ele, além de escrever sobre os métodos pedagógicos da médica italiana Maria Montessori.

Em 1912, começa a escrever crônicas para um jornal local e dos seus primeiros apontamentos sobre pedagogia, neste período, se destacariam dois acontecimentos significativos que traduzem a efetivação de seus esforços em intervir na sociedade e na educação: um mutirão para a construção de casas populares, a Vila D. Viçoso, e de um lactário; e a criação da Liga Barbacenense contra o Analfabetismo.

Em 1918, publica a sua primeira obra, *Em torno da Educação*, coletânea de artigos publicados em periódicos da cidade, que dedica ao pai Modesto Lacerda, com as seguintes palavras: "A ti que me ensinaste que a Terra é um grande laboratório onde cada alma se purifica. A ti, meu Pae, que me fizeste comprehender que, na Natureza, tudo trabalha tudo evolue [...]" (MOURA, 1918, p. 4).

Neste período, Maria Lacerda acompanha o movimento sufragista de Bertha Lutz, líder destacada deste movimento, com quem se corresponde e vem a colaborar com a criação da Liga para a Emancipação Intelectual da Mulher, no Rio de Janeiro, em 1918.

Em um periódico do mesmo ano, intitulado *A Petala*, e editado em Barbacena, encontramos uma apreciação crítica de suas alunas sobre a obra *Em torno da Educação* e textos inéditos que podem ser atribuídos a ela, pelo teor e estilo. *A Pétala* traz um subtítulo em seu primeiro número: "Litterario, critico, humorístico e noticioso", e nos outros números: "Assumptos educativos, sociaes, hygiene, literatura e humorismo". Suas redatoras tinham nomes de flores: Resedá, Magnólia, Orchidéa e Myosótis. Era, portanto, um periódico feminino e feminista, como atestam os artigos encontrados em seus seis números,que se intitulavam "De que é feita a mulher"; "Victorias do Feminismo";"Educar a Mulher"; e "A Mulher". Além das notícias sobre a causa feminista em Portugal, comparadas com o pouco envolvimento das brasileiras com o tema, surgem as notícias que terminam com uma frase que Maria Lacerda repetiria em suas obras futuras,quando se referia à conquista da liberdade das mulheres "[...] a 'liberdade não se pede, conquista-se'" (*A Pétala*, Barbacena, Anno 1, n.os 4, 5 dez. 1918, p. 1).

Curiosamente, dois outros artigos distintos, de cunho espiritualista, aparecem no periódico: no primeiro, temos a apresentação de uma nova flor que se denomina Lotus; o segundo, com o título de "Paz", traz a assinatura de Lotus, e saúda a "[...] Liberdade, cantico de Fraternidade, Igualdade Futura...[...] a Paz, precursora da grande sociedade democrática, da opolenta Cidade do Trabalho... (*A Pétala*, Barbacena, Anno 1, n.º 3, 12 out. 1918).

Maria Lacerda publica seu segundo livro, *Renovação*, em 1919. Em seu prefácio, testemunha a sua própria "renovação", através da aquisição do conhecimento, e se dirige às mulheres do país, alertando-as e exortando-as a fazer o mesmo:

> Falta-nos instrucção. A mulher continúa ignorante. Não temos literatura feminina. A brasileira não lê. É preciso que Ella saiba que o homem não a libertará e: 'só a mulher libertada pode libertar o homem' [...] E' indispensavel que a mulher trabalhe pela mulher (MOURA, 1919, p. 10).

O primeiro capítulo do livro traz o título de "Feminismo" e é iniciado com a definição da palavra:

> [...] recentemente criada, designa as reivindicações tendentes a fazer reconhecer os direitos da mulher. Feminismo universitário o movimento accessível á intromissão da mulher em todos os ramos de estudos, em todas as carreiras. 'A trabalho igual salário igual'- fórmula, divisa do feminismo. E' elle, actualmente, um dos inimigos do casamento: os homens nas suas exigências egoísticas não podem ser autoritários com a mulher instruída e conhecedôra dos seus direitos (MOURA, 1919, p. 21).

Com argumentação empenhada, citações de obras e de muitos nomes que ilustram o seu conhecimento sobre o tema e seu empenho em prol da mulher, Maria Lacerda desenvolve o capítulo, discorrendo sobre a atuação do movimento feminista em diferentes países.

Aborda, também, assuntos que eram considerados tabus na época, como a questão da prostituição e sua ligação com a miséria; o desamparo das viúvas pobres; das mulheres que sofreram violência; e, ainda, a diferença entre a remuneração do trabalho feminino e a do masculino. Suas preocupações e sua escrita eram moldadas pela franqueza e pela convicção de seus ideais, mesclando-se com seus anseios espiritualistas, como podemos constatar neste excerto:

> Educação e instrução, princípios de uma moral nóva, escolas superiores, universidades femininas, associações, centros de propaganda - eis o que as mulheres de todas as nações precisam afim de dirigir as aspirações feministas para um ponto único: Solidariedade, Harmonia e Amôr (MOURA, 1919, p. 40).

Maria Lacerda foi uma das poucas feministas envolvida com o movimento operário e sindical do país, por acreditar que a luta feminista deveria ser parte integrante do combate social. Suas primeiras conferências aconteceram na Liga dos Homens do Trabalho, em 1919, Barbacena e na Federação Operária Mineira, em 1920, em Juiz de Fora.

A primeira, "Porque vence o porvir?", ela dedica aos operários de seu país, em tom profético, narrando passagens importantes da história da evolução da humanidade, com exemplos de seus principais filósofos até chegar ao Cristianismo, para depois falar de sua época, dos costumes questionáveis daquela sociedade, da importância da conscientização sobre as marchas dos governos e das desigualdades sociais:

> [...] Saiamos da letargia. Trabalhemos para a Renovação. Tudo reforma. Do berço ao túmulo roça-

> mos pela mentira. Proclamemos a verdade. Só a verdade é lei, é honra, é justiça. Só a verdade merece o culto dos homens. [...] Proclamemos a verdade, sim, emancipando-nos das pequenas minudencias da vida, das paixões que desgastam, do fanatismo pessoal que cega. Olhemos horizontes mais amplos. [...]
>
> Falta a instrucção solida que dá valor, que insufla energia, que dignifica e sublima. Quea mulher vibre também em meio do clamor [...] Que o operário por si se levante: que exija o pão e a intrução, que espalhe a boa semente, a leitura sã que dá força e vigor, que ensina e corrige [...].
>
> Que o operário se levante e proteste: tem direito pelos séculos de trabalho, de sacrifícios, de arte e de civilizações que lega à posteridade. Instruí-vos. Abri vosso entendimento à grande harmonia que canta em torno das nossas almas. Prescutai o passado. Entregai- vos ao futuro (MOURA, 1919, p.12-20).

Em Juiz de Fora, fez a sua primeira conferência fora de Barbacena, intitulada "A mulher brasileira e o problema trabalhista", em 1920, e a segunda, "Idealismo", em 1921, no Real Centro Português, na cidade de Santos, São Paulo.

Assim, voltamos ao início do nosso artigo e ao ano de 1921, quando Maria Lacerda encontra São Paulo em plena efervescência: o progresso e a industrialização; os movimentos operários que se organizam com a participação das mulheres; o movimento libertário do Anarquismo e outras ideologias da esquerda. Seus contatos com ativistas políticos, escritores brasileiros e estrangeiros, trabalhadores e sua colaboração em jornais anarquistas ou não, além de conferências, participações em festivais ou outras tantas atividades que exerceu como escritora e jornalista, não a afastaram de seus ideais educacionais, nem de seus princípios místicos e pacifistas.

Seu posicionamento antifascista, principalmente através do Jornal *O Combate*, provocou o empastelamento do Jornal pró-fascista italiano *Il Piccolo*, que teve sua sede invadida por estudantes que defendiam a escritora que havia sido caluniada em um artigo. Este episódio provocaria a iniciativa de sua mudança para Guararema, em 1928. Ali, viveu em uma comunidade rural à margem do rio Paraíba, lecionou e conviveu com outros idealistas e individualistas – denominados objetores de consciênciada Primeira Guerra Mundial. Durante este tempo, pronunciou muitas de suas conferências pacifistas no Uruguai, na Argentina e em várias cidades do estado de São Paulo, além ter escrito muitas de suas obras, entre as quais, em 1934, seus dois livros antifascistas, *Clero e Fascismo – horda de embrutecedores!*;e *Fascismo – filho dilecto da Igreja e do capital*. Embora traduzisse o seu combate ao fascismo, este posicionamento afastava a autora de marxistas, comunistas e anarquistas, entre outros grupos, caracterizando um percurso muitas vezes solitário e considerado rebelde, mas imbuído do corajoso comprometimento de seus ideais.

Em 1935, faz um apelo às mulheres brasileiras para a fundação de um Comitê Feminino contra a Guerra, publicado no periódico paulista *A Lanterna*, em 2 de novembro de 1935.No mesmo ano, com a repressão do governo de Getúlio Vargas, veio a perseguição desta comunidade. Maria Lacerda manteve-se escondida durante algum tempo e voltaria a Barbacena em 1937, mas não seria bem recebida.

Em 1938, mudou-se para o Rio de Janeiro. E, em carta para sua amiga Albina Moreira Lima, escreve sobre suas impressões da capital do país, sobre a guerra, e também desabafa:

> [...] O 'perigo' que descobriram em mim é justamente a minha capacidade de compreensão humana e o meu desejo de fraternismo. Constitue crime ser humano. [...] Não há ninguém perigoso: todos os seres humanos são partículas ou teem uma chispa da divindade (Carta manuscrita de MLM a Albina Moreira Lima. Rio de Janeiro, 20 de maio de 1938).

No Rio de Janeiro, publica sua décima quinta obra, *Português para os Cursos Comerciais*, em 1940, e pronuncia sua última conferência "O Silêncio", em 1944, na sede da Ordem Rosa Cruz.

Em 1945, Maria Lacerda vem a falecer no Rio de Janeiro. Em 2015, a cidade comemorou 450 anos, e a revista *Veja*[2], em edição especial, trouxe o artigo "Rio – 450 anos", na edição de 4 de março de 2015, com nomes ilustres da cidade, ou que fizeram parte de sua história. Nos verbetes, organizados por temas, encontramos um título: "Seu lugar era na frente - Elas tinham atitude". Entre tantas mulheres ilustres, como Chiquinha Gonzaga, Júlia Lopes de Almeida e outras, se encontrava MARIA LACERDA DE MOURA.

Referências Bibliográficas:

A Pétala, Barbacena, Anno 1, n.4, 5 dez.1918. Arquivo Histórico Municipal Professor Altair José Savassi (AHMPAS).

A Pétala, Barbacena, Anno 1, n. 3, 12 out. 1918, p.1.Arquivo Histórico Municipal Professor Altair José Savassi (AHMPAS).

LEÃO, A. Carneiro. (1920) "Os deveres das novas gerações" in: São Paulo em 1920. São Paulo, Annuario Americano, p.171-174.

LEITE, Miriam Lifchitz Moreira. (1984) *Outra Face do Feminismo: Maria Lacerda de Moura*. São Paulo: Ática.

---

2 "RIO – 450 anos: Seu lugar era na frente- Elas tinham atitude", in *Veja*, São Paulo, ed. 2415, ano 48, n.º 9, 4 de março de 2015, p.72.

LEITE, Miriam Lifchitz Moreira. (2005) *Maria Lacerda de Moura – uma feminista utópica*, Florianópolis: Ed. Mulheres.

MOURA, Maria Lacerda de. (1918) *Em torno da Educação*. São Paulo: Teixeira.

______. (1919) *Por que Vence o Porvir?* Barbacena, Liga dos Homens do Trabalho, 24 de fev.

______. (1919) *Renovação*. Belo Horizonte: Typ. Athene,.

______. (1929) "Auto-Biographia". *O Combate*, São Paulo, n.º 5110 3 de ago., p.3.

______. (1935) Profissão de fé. *A Lanterna*, São Paulo, n.º 388, 9 de fev., p.3.

______. (1935) Guerra à Guerra. *A Lanterna*, São Paulo, 2 nov.

______. (1938) Carta manuscrita a Albina Moreira Lima. Rio de Janeiro, 20 de maio.

Veja, São Paulo: ed. 2415, ano 48, n.º9, 4 mar. 2015, p.72.

Alameda nas redes sociais:
Site: www.alamedaeditorial.com.br
Facebook.com/alamedaeditorial/
Twitter.com/editoraalameda
Instagram.com/editora_alameda/

Esta obra foi impressa em São Paulo no verão de 2024. No texto foi utilizada a fonte Georgia em corpo 10,5 e entrelinha de 15,5 pontos.